젊은 의사의 초상

안상선

하찮은 네까짓 놈의 생사여탈이 이제부터 내 손안에 달렸다

도서출판 월인

책머리에

무거운 짐을 내려놓는 기분이다.

처음 글을 쓰기 시작 했던 때, 시간이 더 지나버리면 애초의 느낌과 감정이 퇴색되어 버리지 않을까 하는 쫓기는 마음으로 원고지 한 장씩 이야기를 써내려갔다. 초고를 끝마치고 다시 십수년이 흘러 기억에도 가물가물한 빛바랜 원고지를 끄집어내어 이번에는 컴퓨터 도움을 받아 옛날보다 훨씬 수월하게 남은 이야기를 마무리 지을 수 있었다.

소설의 형식을 빌어 되살린 지난날 기록들은 흔적 없이 지워버리기에는 아까운 소중한 기억들이었으며, 나 혼자만의 가슴속에 묻어버리기에는 벅찬 귀중한 사람들과 공유한 감격스런 추억들이었기에, 그들이 있어 더욱 의미 있었던 젊은 시절을 기리고 싶었고 그들 때문에 젊은 날이 더 값졌다고 감사하고 싶었다.

경아에게 진심으로 미안하다는 마음을 전하고, 젊은 날이 굴곡 되지 않게 길동무가 되어준 지선에게 깊은 감사를 표한다. 메말랐던 여정에서 시종일관 무궁한 사랑으로 감싸준 아내에게 고마움과 애정을 전하고 싶다.

나의 사랑 대한민국.

평범했던 의학도가 민청학련과 5.18 광주민중항쟁 가까이서 겪었던 사실들을 돌아보며 오늘의 대한민국이 조국의 미래를 위해 젊음을 불사른 양현과 상윤형, 수많은 또 다른 명수와 순형, 심지어 현영이 같은 젊은이들의 피와 땀이 한땀 한땀 일구어 낸 결실이었음을 모든 이들에게 가감 없이 알려주고 싶었다.

운명을 달리하신 아버지, 다행히 아직 살아계신 어머니, 당신의 아이들이 지난날 젊음을 헛되이 흘려보내지 않고 캄캄한 어둠속에서도 희망을 잃지 않고 애쓰며, 기도하며, 자랑스러운 조국을 꿈꾸며 살았다는 사실을 더 늦기 전에 밝혀 드리고 싶었다.

응어리진 미움도 원망도 모두 털어버리고, 이제야 어깨가 펴지며 막혔던 가슴이 시원해진다. 이번 가을 광주에 가면 홀가분하게 충장로 길도 걸어보고 무등산도 다녀와야지.

서툰 글솜씨를 격려해주며 끝까지 포기하지 않게 이끌어 준 소설가 윤이주 선생님과 그의 부군 소종민 선생님께 감사를 드립니다.

2012년 10월

안상선

차례

제3부 곰 조각

제4부 5.18광주민중항쟁

제5부 미완성교양곡

제1부
회상

올가미

8일째였다. 혹시 8일이 넘었는지도 모르겠다. 물고문이 끝났을 때 기억이 없다. 눈을 가린 채 냉기가 확 도는 고문실에 끌려들어가 몇 사람에게 인지 꼼짝 못하게 사지가 붙들려 발버둥치며 물속에 머리를 처박혔던 기억까진 확실히 나는데, 끝나고 나서 어떻게 방으로 되돌아왔는지 그 뒤의 상황은 모르겠다. 그때도 희미하게 '특수 훈련 받은 빨갱이 새끼' 소리를 들었다. 처음 일주일 동안엔 낮에는 고문과 매타작, 밤엔 글쓰기로 보냈다. 그런 와중에 지난 밤 처음으로 물고문이 추가되었다. 내가 제공했던 진술내용이나 정보가 대공실장 기대에 어긋났던 모양이다. 고문 수위가 한 단계 높여진 셈이다. 물고문이 있던 날 낮부터 대공실장이 독사눈을 옆으로 흘기며 잡아먹을 듯 독기를 품은 눈초리로 온종일 물고 늘어졌다.

8일 전 처음 이곳에 연행되어 오던 날 광주시내 한복판, 도청 맞은편에 설마 이런 무시무시한 곳이 있으리라고는 상상도 못했다. 아직도 이곳의 정확한 정체를 모르겠다. 나를 연행해왔던 두 사람은 사복

차림이었으며 눈이 매섭기로 짐작컨대 정보과 형사 같아 보였으나 대공실장이란 사람은 계급장도 없는 군복 비슷한 색깔의 복장을 하고 있어, 이런 점으로 미루어 보면 혹시 이곳이 말로만 듣던 보안부대 안가란 곳인지도 모르겠다. 그가 맨 처음 나에게 내풍긴 인상은 '하찮은 네까짓 놈의 생사여탈이 이제부터 내 손안에 달렸다.' 바로 그거였다. 그런데 독사눈은 역시 프로였다. 낮 동안 무섭게 두드려 패도 어떻게나 기술적으로 때렸던지 혹시나 하고 다음날 이곳저곳 움직여보면 여전히 뼈나 관절이 으스러진 곳은 없었다. 오히려 독사눈이 나한테 '너, 진짜 빨갱이 맞지?' 반문을 했다.

내가 물고문을 프로답게 기도로 물 한번 안 넘기고, 잘 치러 넘겼다는 의미였다. 나중에 가서 안 되겠다 싶으니까 아예 목을 물속에 쑤셔 넣어 버리고 말았다. 그러면서 '너, 이제 보니 북쪽에 가서 특수훈련 받고 온 놈 확실하구나?' 소리를 '꽥~' 질렀다. 하긴 그 말도 일리가 있었다. 고등학교 임해훈련 때 받았던 바다 수영 훈련이 물고문을 치르는데 결정적으로 도움을 주었다. 헐떡거리며 물고문을 받는 도중에 '물고문 때 숨 쉬는 요령이 파도가 밀려올 때 숨을 참았다 파도가 지날 때 순간적으로 조금씩 나누어 숨을 들이쉬는 수영 요령과 비슷하다'는 생각이 들었다.

아니나 다를까, 실험실 바닥에 떨구어 놓고 거짓말로 불에 태워 없애버렸다고 둘러댄 문제의 유인물을 물고문 받던 날 그들이 찾아낸 것이었다. 일주일 동안의 나의 진술이 모두 거짓이었음이 들통 났으니 독사눈의 꼭지가 돌 만했다. 어떤 경로로 유인물이 그들 손에 들어갔는지 연유는 모르겠으나 이젠 내 말을 한마디도 안 믿겠다는 폭탄선언이 뒤따랐다.

"그러니까, 그동안 진술이 모두 꾸며댄 거짓부렁이란 말이지? 지금부터 최근 한 달 전부터 네놈이 만났던 사람과 한 짓을 처음부터 다시 쓰기 시작해! 너 한번 죽어봐라, 이 빨갱이 새끼야!"

"빨갱이라니, 생사람 잡지 마시오. 우리 집안은 이래봬도 할아버지가 독립운동을 해서 훈장까지 수여된 독립투사 집안이라오."

궁지에 몰린 나는 하는 수 없이 돌아가신 할아버지한테 기댔다. 그랬더니 독사눈이,

"그래봐야 너의 아버지는 일제시대 광주공항 활주로를 닦았던 친일파 매국노야, 이 새끼야." 한다.

독사눈이 일제시대 광주 학생이면 으레 강제로 동원되어 '근로봉사'란 미명아래 광주비행장 활주로공사를 했던 뻔한 사실을 들먹였다.

독립운동을 했던 할아버지 탓에 사상이 불온한 집안으로 낙인 찍혀 광주에서 공립학교 입학을 할 수 없었던 처지로, 서울서 학업을 마쳐야했던 아픈 사실을 알고 있던 내가,

"그런 증거 없는 거짓말 하질 마시오. 우리 아버지는 광주에서 학교를 다닌 사실이 없소. 안타깝게도 일제시대 우리 집안은 사상이 불온하여 아버지뿐만 아니라 종조 할아버지, 작은아버지, 고모 어느 한 사람 광주에서 취학조차 하기 어려워 서울에서 학업을 마쳐야 했소."

"너희 집안에 6.25전쟁 통에 북으로 넘어간 친척 있지, 안 그래?"

안 되겠으니까 독사눈이 월북한 친인척이 없느냐고 말머리를 돌렸다.

"우리같이 불행한 과거를 가진 나라에서 어떤 집안치고 월북한 친인척이 없는 집안이 어디 있겠소? 그런 식으로 나를 연좌시키려는, 억지는 부리지 마시오."

나와 독사눈의 싸움은 팽팽하게 계속됐다. 그렇지만 아직도 숨겨야 할 비밀이 많은 내 쪽이 여전히 불리했다.

그러는 도중에 양현이, 상윤형, 정길이가 차례로 밝혀지고 유인물 숨긴 사실이 하나씩 들통 나면서 고문의 강도가 점차 심해졌다.

그들은 짬짬이 낮 동안 한차례씩 복도를 왕래시켰다. 처음엔 몰랐으나 며칠 지나면서 그 이유를 알 수 있었다. 왕래 때면 맞은편에서 역시 사람이 나타나는데, 그 사람이 내 곁을 지나게 했다. 어떤 경우가 되었던 대화는 허용이 안 되는데, 그 곁을 양현이, 상윤형, 정길이, 의대생 친구 재석이, 그리고 낯모르는 많은 사람과 스치게 했다.

그런 날 저녁이면 스쳐간 사람을 알고 있는지 확인했고 그 사람을 언제 어느 곳에서 만나, 무슨 짓을 했는지 밤새 글로 써내야 했다. 내가 써낸 글과 상대방이 쓴 글의 내용이 일치될 때까지 반복해 밤새 쓰게 만들었다.

"양현이와는 맨 처음 언제, 어디서, 누구하고 만났어?"

"양현이와 단 둘이서 만났습니다."

"야 자석아, 양현이와 김상윤은 셋이서 만났다고 하는데 왠 새빨간 거짓말이냐!"

그 다음 매타작이 이어지고, 셋이서 만났던 사실을 추가시켜 처음부터 다시 써내려가게 했다. 대개 그런 식이었다.

"그럼 양현이, 김상윤 말고 다른 사람 또 누굴 만난 사실 있어, 없어?"

"그외 만났던 사람은 없습니다."

"야 자석아, 정길이도 만났잖아?"

그들이 미리부터 빤히 알고 있던 사실을 내가 어느 정도 거짓 없이 자백하는지 확인하는 작업을 반복시키니, 영락없이 그들이 쳐놓은 그물에 걸린 날갯죽지 꺾인 새의 신세와 똑같았다

최근 30일 행적 중에서 혹시나 드러나면 어쩌나? 조마조마 마음 졸이며 아직까지 자백 안 한 사실은 이곳에 붙들려오기 불과 얼마 전에 6명 친구들과 가졌던 단체미팅 내용이었다.

어찌 생각하면 그때 미팅은 그들이 촉각을 세우는 유인물 내용과

전혀 상관없는, 학생들끼리 순수한 만남이니 드러나 봐야 별일 있겠는가? 이렇게 가볍게 생각할 수도 있지만, 파고 들어가면 그렇게 단순히 넘어갈 문제가 아니었다. 만약 나의 친구들을 조사하는 과정에서 현영이 손을 빌어 친구들 앞으로 띄운 데모 선동 편지가 한 통이라도 발견되는 사단이 일어난다면?

그 다음 연이어 벌어질 사태의 뒷감당은 어떻게 해야 할지? 상상하기조차 끔찍하다. 더군다나 편지를 받았던 사람들이 모두 내 주변 친구들이고 그 편지가 공교롭게도 유인물이 나한테 전달된 시점에 딱 맞추어 띄워졌었다. 친구들 또한 누구로부터 전달되었는지 발신인도 기재 안 된 편지를 받았으며 편지를 받은 후 우리들끼리 한차례 모임까지 가졌으니, 나나 내 주변 인물이 발신인으로 의심받기가 당연한 이치다. 노심초사 현영이 편지가 들키지 않기를 빌며 잘못되어 현영이한테 불똥이 튀지 않기를 바라는 마음에서 경아, 지선이 친구들과 가졌던 미팅 내용에 관해서는 아무리 심한 고문을 치르더라도 내입으로 먼저 끄집어 낼 수가 없는 행적이었다.

"네가 최근 한 달간 만났던 사람과 했던 일 그리고 불온한 유인물을 누구한테 보여 주었나 그것만 정확히 밝히면 너는 편해, 이 빨갱이 자석아!"

빨갱이 소리를 듣고 또 들어도 어느 한 가지 사실대로 밝힐 수 없는 내 처지가, 어린 시절 눈 많이 쌓였던 겨울 고향 뒷산에서 봤던, 먹을거리를 찾아 마을 가까이까지 내려와 올가미에 걸려 바둥거리던 노루신세와 똑같았다.

울보 파일러트

캠퍼스 근처 경아네 자취집은 학생들 왕래가 잦은 골목에 위치해 있었는데 자취방으로 들어가는 문이 골목 어귀를 향해 있었다. 골목과 방문 사이에 눈높이보다 약간 높은 벽이 있었고 방문 앞에 폭이 그다지 높지는 않지만 마루까지 있어 마루에 서서 바라보면 담장 밖으로 골목 안이 들여다보였다. 이곳에서 경아는 혼자 자취를 하고 있었으며 똑같은 구조의 옆방에도 여고생 둘이서 역시 자취를 하고 있었다.

경아와 미팅에서 만나고 얼마 지나지 않았을 때 일이다. 일요일 오후 도서관에서 나오는 길에 경아네 집을 찾아가 밖에서 보니 방문은 열려있으나 방안에 사람 기척이 없었다. 골목길을 몇 차례 서성거리며 기다려봤지만 돌아오는 기미가 안 보인다. 그리고 옆방 학생들은 여전히 책상 앞을 지키고 앉아 공부하느라 여념이 없다. 그냥 소리 질러 불러볼까 망설이다가 공부하는 학생들한테 지장이 될 것 같아 그만두었고 돌멩이라도 방안으로 던져볼까도 생각했지만 역시 떨어지면서 '땡그랑' 소리를 낼까 두려워 궁리 끝에 종이비행기를 접었다.

노트장을 접어 날려 보낸 첫 번째 비행기는 생각과는 달리 겨우 담장을 넘더니 날아가다 말고 기수를 반대방향으로 틀면서 마루 근처에도 못 미치고 담장 곁에 떨어지고 말았다. 실패를 거울삼아 두 번째 비행기는 조금 작고 더 두껍게 접어서 날려 보냈으나 이번에도 역시 방안으로는 못 들어가고 방문 앞마루에 추락해 버렸다.

세 번째 날린 비행기가 기수를 여학생 방 쪽으로 잘못 틀면서 여학생들 레이더망에 잡혀버렸고, 놀라서 무슨 일인가 두리번거리는 여학생들과 눈인사를 하게 되면서 여학생들이 수돗가에 있는 경아한테 연락을 해줘 어렵사리 경아를 만날 수 있었다.

이때 처음으로 여학생들과 상면하게 되었는데, 그 뒤부터 자기들끼리 '파일러트 아저씨'로 통한 모양으로, 나를 보면 바로 경아한테 '파일러트 아저씨' 왔다고 연락해 주었다. 그런데 근래 들어 한 달이 넘도록 아저씨가 모습을 보이지 않으니 여학생들은 아저씨 소식이 무척 궁금했을 것이다.

이때 아저씨는 피치 못할 사건에 휘말려 몸이 자유롭지 못한 상태였으며 경아가 그리고 여학생들이 궁금했다. 무엇보다 사람이 그리웠다. 아니 사람냄새가 죽도록 맡고 싶었다.

양심이란 단어를 사전에서 찾아보면 '사람으로서 마땅히 가져야 할 바르고 좋은 마음'이라고 풀이되어 있는데 뒤집어서 생각하면 사람으로서 가져야 할 바르고 좋은 마음이란 응당 사람이라면 갖추어야 할 기본 의무조항이라는 뜻이 된다. 이런 기준에 비추어보건대 인간이라고 하여 엄격한 의미에서 모두 사람이 아닌 모양이다. 왜냐하면 양심이 없는 인간은 사람이 될 수 없으므로. 그래서 사람으로서 조건에 어그러지지 않고 갖추어진 사람을 '사람답다'라고 한다. 때문에 사람이란 권리만을 주장하는 주체가 아니고 동시에 의무도 져야하는 법적

인격을 의미하게 된다.

언제부터인지 양심수란 단어가 만들어졌다. 양심수란 사람의 양심에 비추어 부끄럼 없는 행동을 했는데 이 행동이 실정법에 저촉된 경우 처벌받는 사람들을 일컫는다. 그런데 이 법이 문제였다. 만인의 안녕질서를 지키기 위하여 공평하게 집행되었을 때는 문제가 되지 않으나 일부 기득권을 쟁취한 집단의 이익만을 위해 잘못 집행이 되었을 때 문제가 초래되는 것이다.

이때 처벌을 받는 사람은 자신의 죄에 대하여 수긍을 하지 않고 대다수 양식 있는 식자들도 처벌에 대하여 부당함을 공감한다. 아니 어느 경우엔 양심수와 똑같이 용기 있는 행동을 하지 못한 자신의 용기 없음을 심지어 부끄럽고 죄스럽게 여긴다.

오랜 수감생활을 치른 양심수 시인이 감옥에서 풀려나오면서 외친 소리다. '사람만이 희망'이라고.

그의 외침은 인류역사의 흐름에서 결국 주체는 사람이라는 의미다. 과학도 신도 아니며 오로지 사람만이 희망 있는 역사의 주체라는 의미다. 사람다운 사람만이 인류역사 흐름의 주체이며, 미래의 희망이라는 뜻이며 메시지다. 그리고 그의 간절한 소망일 것이다. 물론 시인이 지적한 사람다운 사람이란 사람으로서 가져야 할 좋은 양심을 가지고 있는 사람을 말했음은 물어보나 마나다.

사람이라는 뜻 속에는 의무와 권리가 한꺼번에 내포되어 있기 때문에 기본권을 주장할 권리가 있는 사람은 의무적으로 바르고 좋은 마음을 갖추어야 하기 때문이다. 양심수는 감옥에 갇혀있을 때도 떳떳하고 법정에서도 당당하며 풀려나면서도 후회가 없다. 오히려 양심수가 아닌 사람들이 더 부끄러워 낯을 못 든다. 법정에서도 해괴한 일이 벌어지는데 법을 집행하는 법관이 양심수로부터 한 수 가르침을 받게 된다.

"재판관님, 지금은 내가 죄인 신분으로 재판을 받는 처지이지만 훗날 역사가 다시 시비를 정확히 가려줄 것입니다."

그리고 세월이 흐르고, 아니 어떤 경우엔 많은 세월도 아닌, 시간이 조금 지나면서 역사가 다시 심판해 준다.

'그때 양심수들이 모두 옳았다'라고.

양심수가 사면되는 날엔 감옥 밖에서 그의 가족들과 친지 그리고 자기 양심에 빗대어 부끄러웠던 사람들이 기다리고 있다가, 만나 얼싸안고 좋아하며 당당하게 성명서까지 낭독한다.

"양심이 옳았다. 정의가 이겼다."

법을 집행했던 사람들은 우두커니 바라만 보고 있다.

그런데 양심수도 아닌 사람이 처벌을 받고 감옥을 나서면서 마치 자기들도 양심수나 된 것처럼 양심수들이 했던 흉내를 똑같이 내며 뻔뻔하게 손을 흔들며 등장할 때도 가끔 있다. 물론,

'훗날 역사가 우리 죄를 다시 심판 해 줄 겁니다.'

양심수가 했던 말까지 앵무새처럼 흉내 내면서. 한마디로 양심의 잣대가 잘못 조율된 사람들인데, 이런 사람이 인류 역사의 희망이라는 의미는 아니다. 이때 받은 느낌은 인생이 혼돈이고 희극 같다는 허탈감이다. 그리고 인생은 기회며, 우연이며, 사람은 아니 인생은 흐름을 잘 타야 그 가치를 충분히 발휘한다는 기회주의 사상의 탄생이다. 이 사이에서 숱한 젊은 인생이 「T. S. 엘리엇」이 언급한 지식과 균형과 아이러니와 마주서게 된다. 균형을 잃은 사람들이 당당하게 손을 흔들며 대중 앞에 나타나니,

'네가 아는 것은 파괴된 우상더미 뿐…….'

이때부터 세상은 또다시 혼돈 속으로 빠지게 된다. 우리가 사는 시대가 그리고 세상이 그랬다. 온통 가치관이 실종되어버린 불확정의 시대였다. 양심수가 많아지고 죄진 사람이 득세하는 주객이 전도된 세상이었다. 교육으로 배워왔고 지식으로 알고 있었던 사람의 잣대가 한참 틀어진 세상이었다.

경아와 만나고 얼마 후 그러니까 파일러트가 되고나서 일이다. 눈앞에 벌어지고 있는 현실에 고함이라도 지르고 싶었다.

'현실과 타협하며 이대로 의사가 되어야 되는가? 고뇌하고 양식 있는 젊은 지성인으로서 양심에 비추어 정의롭지 못한 현실에 저항해야 옳은가?'

의과대학 학생으로서 뒤늦게 지식과 균형 앞에 마주서게 되었다. 나와 똑같은 불만을 지닌 고등학교 동창이 이 시대 학생들이 데모를 해야하는 명분이 될 비밀 유인물을 나에게 건네줬다. 이른바 '민청학련' 주모 학생들 사이에 비밀리 유포된 비밀문건이었다.

며칠간 비밀 유인물을 내밀히 지니고 다니면서 지금까지 조용히 공부만 하며 지냈던 학생이, 어떻게 하면 다른 동료학생들 마음에 데모할 생각이 일어나도록 '확~' 불을 지필 수 있을까 궁리 중이었다. 나에게 유인물을 전달한 친구가 데모를 일으키기 전 먼저 발각되어 구속당해 버렸다.

비밀 유인물이 흘러들어 간 곳을 좇아 드디어 수사의 손길이 불과 며칠 안 되어 나한테까지 도달했는데 정보과 형사 두 사람이 학교에 찾아온 시간이 마침 실험실습 시간이었다. 심상찮은 분위기를 파악한 친구가 재빨리 나에게, 형사같이 수상쩍은 사람들이 나를 찾고 있다고 귀띔을 해줬다. 형사들에게 가기 전 몸에 지니고 있기에 불안한 비밀 유인물을 실험실 책상 밑바닥에 재빨리 떨구어 버리고 정보과 형사들에 이끌려 안가란 곳으로 붙들려갔다.

이와 관련된 사건으로 나에게 유인물을 전달한 동창 세 사람 중 현역 군인 양현을 제외한 두 사람은 이른바 '민청학련' 사건으로 얽혀 15년 형을 언도받았다. 그리고 이듬해 당당하니 양심수로 사면되었다. 안가는 도청 정문 앞에 위치한 대공분실(도경 공작실)이었으며 나를 담당한 대공실장은 평생 간첩만 다뤄온 간첩전문가라고 으쓱이며 자신을 소개했다. 그곳에 들어서자마자 갑자기 실장이 들고 있던 작대기를 도리깨 뚜드리듯 온몸에 내리 갈겼다.

이유는 없었다. 굳이 이유라면 사무실을 둘러보는 눈초리가 자신이 취급했던 간첩 같아서라고 투덜거렸다.

이곳에서 밤낮으로 고문당하며 비밀 유인물의 행방을 캐물었으나 나의 대답은, '내용을 읽어보니 너무 무시무시하고 엄청나 혼자만 본 후 불에 태워 없애버렸기 때문에 누구한테도 보여준 사실이 없다.'는 한결같은 거짓자백이었다. 물론 내가 유인물의 행방을 밝힘으로써 누가 되었든 실험실 바닥에 떨군 비밀 유인물을 발견하고, 나를 위해 감춘 사람이 있을 때, 그에게 화가 미치지 않게 하고 싶은 순수한 의도의 거짓자백이었다.

그런데 며칠 후 어떤 통로를 경유해선지 불에 태워 없애버렸다는 비밀 유인물이 반신반의 하면서 나의 말을 겨우 믿기 시작한 정보과 형사 손에 들어오고 말았다. 이때부터는 지금까지 내가 자백한 내용들은 모두 거짓자백으로 간주 되어버렸다. 물고문을 위시한 갖은 고문이 다시 시작되었다. 그리고 이 유인물을 보았던 주변인물을 대라는 닦달이 이어졌다.

'실험실에 떨구었기 때문에 사실대로 이야기하면 누구에겐가 해를 미치게 될까봐 거짓자백을 했을 뿐 실제로 누구에게 보여준 사람은 없다.'는 진짜 자백도 이제는 소용이 없고 내 친한 친구들까지 더불어 정보과 수사를 겪어야했다.

고문을 가하는 사람들이 죽이고 싶을 정도로 미웠다.

몇날 며칠을 여럿이 돌아가면서 잠도 안 재우며 갖은 고문을 가하는데, 어떻게 서로 이념이 다르다고 사람이 사람에게 이렇게 잔인한 짓을 할 수 있는지 뼈저리게 체험하게 되었다. 아무리 어제까지의 학생이더라도 오늘은 대한민국의 어떤 법의 보호도 받지 못할 처지로 바뀔 수 있었던 체험이었다.

아직 실행하기 전단계로서 그간 학교생활이 모범적이며 초범인 학생신분이라는 점과, 독립운동 건국훈장을 수여한 할아버지의 배경을 참작하고, 고개 숙이고 사정하는 판사이신 외삼촌의 장래를 책임지겠다는 신원보증을 접수하고 나서야 안가에서 겪었던 일은 누구한테도 폭로하지 않겠다는 서약을 하고 법적제재 없이 풀려나오니 천당과 지옥이 따로 없었다.

안가에서 풀려나오자 그간 뒤떨어진 수업진도는 뒤로 젖혀두고 우선 공부하고 싶은 의욕이 사라져버렸다. 공부고 세상일이고 어느 것 한 가지 손에 잡히지 않는다. 아니 공부를 해야 하는 이유, 사람이 살아야 하는 궁극목표가 없어지고 지금까지 형성된 가치관의 기준이 엉망진창 뭉개져버렸다. 눈에 보이는 사람들도 무서웠다. 모두 눈앞에 보이는 대로의 사람이 아니고 한겹 밑에 또 다른 사람이 기회를 노리고 숨어있는 듯싶었다. 그때 사람다운 사람이 그리웠으며 제일먼저 머릿속에 떠오른 사람이 쾌활한 해보 경아였다. 경아 옆방 여학생들이 파일러트 아저씨 소식이 궁금할 때 아저씨도 안가에 갇혀 지내면서 사람이 그리운 시간을 참고 보내야 했다.

도경 공작실에서 석방되어 다시 학교에 다니며 심신의 안정을 되찾고 겨우 건강이 회복되어 갈 때, 학교 근처에 살고 있는 두만이와 못 마시는 술을 마시고 밤늦게 제일 먼저 찾아간 곳이 경아네 자취방이었다. 그러나 이곳에 도착했을 때 이미 나는 모든 정신줄을 놓아버린 상태였다. 극도로 허약해진 몸은 사람의 방에 들어서면서 긴장이 스르르 풀어지면서 쓰러져버렸다.

"파일러트 아저씨다!"

희미하게 옆방 여학생들 소리가 들렸다. 그 다음부터 두만과 경아의 계속되는 이야기는 두런두런 밤새 귓전에 들려오는데 내가 하고자 하는 말은 머릿속에 생각만 나지 혀끝에서 빙빙 돌기만 할 뿐 말이 되지가 않는다.

"명수 씨 술 많이 취했어요. 무슨 일 있었어요?"

"내내 같이 마셨는데……."

말썽은 그 다음에 터졌다. 애타게 사람 냄새가 목말랐던 몸 안에서 술이 조화를 부리더니 갑자기 울음이 터져 나왔다. 나도 모르게 눈가가 촉촉해지더니 그다음 주르르 흐르기 시작한 눈물을 건잡을 수가 없었다. 그리고 울음이 흐느낌으로 변해버렸다. '진정 이 땅에서 우리가 바라는 민주주의는 실현되기가 힘든 일인가? 왜 공부만 하기에도 시간이 아까운 학생들이 공부는 뒷전에 두고 정치마당에 뛰어들어야 되는가? 도대체 우리 학생이 나서서 쉽게 바뀔 수 있는 세상인가?'

고문을 받으며 스스로 던져봤던 의문을 또다시 되뇌며, 이 나라 젊은이의 처한 신세가 분하고 슬퍼서 하염없이 울었다.

내 기억에 세상 태어나서 가장 많이 울었다. 그것도 다른 사람 앞에서. 무지한 고문을 받으면서도 눈물 한 방울 안 흘리니 수사관들이 '진짜 특수공작훈련을 받은 독한 요원이 아니냐?' 하면서 닦아세웠는데 뜬금없이 눈물이라니. 나중에 울음이 그칠 때 쯤 되니 날이 훤히 밝아왔다. 정신이 차츰 맑아지면서 학교 갈 채비를 하는 옆방 여학생들 이야기 소리가 더욱 또랑또랑하게 들린다.

"파일러트 아저씨 바보같애. 좋아하면 좋아한다고 말로 해야지. 남자가 울기만 하고."

나는 그날 좋아하는 사람 앞에서 좋아한다는 하고 싶은 말은 고백 못하고 술 취해 바보같이 울어버린 울보 파일러트 아저씨로 낙인되었다. 지난 한 달간 온몸이 저리도록 만나고 싶었던 사람다운 사람을 찾아갔다가 그만 울보로 추락되고 말았다.

그날 두만은 나와 경아를 위해 밤새 애써주었다. 좋아하는 사람 앞에서 좋아한다는 표현은 직접 못하고 술이나 마시고 눈물만 질질 짜는 울보 때문에 실망하는 경아를 위해 밤을 새워 곁에서 노력한 기사가 되었다.

회상

그녀를 생각하면 가슴 속 깊은 곳 기쁨의 한 구석에서 어느덧 저릿한 아픔이 피어오른다. 기쁨은 마치 그녀가 그린 수채화 그림같이 선명하게 다가오지만 이어지는 아픔은 헝클어진 실타래같이 여러 가닥이 서로 뒤엉켜 밀려오다가 마침내 가슴 한 곳에 납덩이같이 한 덩이 무게로 남겨져 버린다.

칠색 무지개 잡으러 언덕에 올라 재 넘어 사라져가는 무지개 흔적 바라다보며 어린 가슴 허허롭던 아쉬움같이 돌이켜보면 그녀와 공유했던 찬란함 사라지고 덩그러니 추억만 남아있다. 어떤 때는 기쁨 가득 그리고 어떤 때는 시린 아픔으로.

류 지 선

맨 처음 그녀를 만난 곳이 추계 전남도전 미술전람회장이었다. 정신없이 바빴던 의과대학 본과 2학년 중간고사 마지막 시험을 치르고 나서 허탈해하던 어느 날 그동안 축적된 심신의 피로를 한잔 술로 녹여버리자는 친구들의 유혹을 뿌리치고 부리나케 발걸음을 재촉하여 찾아간 곳이 바로 미술전람회장이었다.

의과대학 생활이 정서적인 면과는 너무 동떨어진 긴장의 연속일 뿐더러 내일이면 마감되는 도전을 꼭 관람하고 싶은 바람이 친구들 몰래 며칠 전부터 품어온 소박한 혼자만의 계획이었다. 좋은 그림을 감상하고 나면 마음의 평온을 되찾을 수 있을 뿐더러 다음 주부터 빠듯한 일정에 의하여 거의 혼을 빼버릴 듯 조여대며 다시 시작되는 임상과목들에 대비한 재충전을 내 나름대로 미술감상으로 회복시키겠다는 혼자만의 방편이었다. 모두들 한결같이 긴장으로 똘똘 뭉쳐진 친구들과 둘러앉아 언제나 하던 식으로 한잔 술에 밑도 끝도 없는 이야기나 하며, 모처럼 맞이한 금싸라기같이 아까운 시간을 흘려보내느니보다는, 종종 시도했던 미술 감상을 통한 휴식은 훨씬 현실성 있게 재충전에 필요한 넉넉한 활력소를 가져다주었다.

내가 즐기는 미술 감상 방식은 나름대로 체계가 잡혀있었다. 먼저 전시장에 들어서 빠른 속도로 입구에서 제일 가까운 벽면의 그림부터 휭 둘러보고 그중 마음에 드는 그림들을 눈여겨 두었다가 다음 두 번째 순서로 그 그림들 앞에 차례로 들러, 이제부터는 충분한 여유를 갖고 느긋하게 작품을 음미하는 딴엔 아까운 시간을 조금이라도 절약시켜 보겠다는 발상으로부터 연유된 시간에 쫓겨 지내는 의대생다운 감상법이었다.

1단계 둘러보기 식 빠른 감상 때에는 그림 밑에 붙어있는 금상이라든지 은상 등 이미 전문가에 의해 심사된 시상딱지는 일부러 눈여겨보지 않고 지나가며, 그 대신 자신이 심사위원인 양 스스로 마음에 드는 작품을 선택하여 그 작품에 나름대로 점수를 매겨보고, 다음 단계의 2단계 감상 때에 전문가가 평가한 작품과 내가 점찍어 본 작품 차이를 비교해 봄으로써 자신의 작품 감상능력을 알아볼 수도 있고 한편 능력을 평가받을 순간까지 조마조마한 스릴까지 즐길 수 있는 일거양득 의미가 있는 감상방법이었다.

시간이 지나고 이런 과정을 반복하면서 작품감상 안목도 점점 넓어지고, 더불어 실제 훌륭한 시상작품과 내가 선택한 작품 사이에 부합되는 횟수도 점차 빈번해진다. 아직도 좋은 작품을 처음 간과해 지나치는 경우가 허다하지만 지나쳐버린 작품이 심사위원들에 의해 훌륭하게 평가된 작품임을 알고 그제야 다시 한 번 그 작품 앞에 섰을 때 뒤늦게 느끼는 희열 또한 쏠쏠하다.

나의 미술감상에서 얻어지는 기쁨의 무게는 양쪽 어느 경우를 막론하고 엇비슷하다. 내가 점찍은 작품이 심사위원들에 의해서도 역시 훌륭하다고 인정을 받는 경우나, 부족한 식견으로 처음엔 그냥 모르고 지나쳐 버렸지만 나중에 시상표를 확인하고 나서 '역시 좋은 작품이구나' 하고 뒤늦게 공감된 경우, 어느 경우가 되었든 비슷한 비중으로 즐거움을 가져다준다.

오늘도 그랬다. 전시장 입구에서부터 우선 시야에 들어오는 한쪽 벽면의 그림들을 일목에 감상하며 홀 안쪽으로 들어서다가 그중 가장 마음에 와 닿은 그림 앞에 발길이 멈춰졌는데, 바로 그곳에 나보다 먼저 그림 앞을 지켜서서, 심지어 내가 다가가는 것도 아랑곳하지 않고 아예 그림 속에 파묻히듯 몰입해 있던 사람과 마주쳤다. 얼핏 그림을 지나쳐 버릴까 망설이던 순간 겨우 인기척을 느끼고 마지못해 자리를 비켜주는 사람이었다.

세월이 지난 지금 그때를 돌이켜보면 이 시점에서 갸우뚱해지고 모호함 때문에 판단이 흐려진다. 그때 그 그림이 인상적이어서 처음부터 발길이 그쪽으로 향해졌을까? 아니면 그림을 감상하고 있던 그녀로부터 풍겨나는 분위기에 이끌려 나도 모르게 은연중 발길이 그쪽으로 모아졌을까? 아니 이런 여러 복합된 요소들이 한꺼번에 작용해 나도 모르게 발길을 다른 곳으로 향하지 못하게 막아버렸는지도 모를 일이었다.

그 그림이 도전 특선작 수채화 작품이었다. 그림의 배경은 어느 항구의 평범한 오후, 그러니까 해질녘 풍광이었는데 바다에 무심하다 싶을 정도로 한가하게 떠있는 배들과 그 중 항해에서 돌아와 막 고깃짐을 풀고 있는 배 한척이 중심 소재였다. 배에서 세 사람의 어부가 분주하게 작업을 하고 있는 평범한 구도였지만 그림의 소재는 접어두고 소재보다 한층 마음을 사로잡은 건, 마술을 부리듯 현란하게 사용한 그림 속 색깔의 조화였다. 파랑과 빨강의 완벽한 어우러짐, 하늘과 바다의 파란빛 사이사이에 대담하게 사용한 노을빛의 조화가 그렇게 어울릴 수가 없었다. 거기에 보태어 은연중 그림을 압도하게 만드는 요소는 시시각각으로 변화하는 느낌을 풍겨주는 저녁놀의 묘사였다.

저녁놀 빛을 어쩌면 저렇게 금방 피어나듯 아름답고 생생하게 표현할 수 있을까? 그때 머릿속에 얼핏 스쳐간 단상은 어릴 적 어느 땐가 정신없이 놀다가 불현듯 발견하고 넋을 잃고 바라본 적이 있었던 감격의 저녁놀, 바로 그 저녁노을 빛이었다. 이 그림을 그린 작가는 정말이지 색채의 마술사 같구나! 입에서 감탄의 소리가 저절로 터져 나오며 그간 꼭 닫혀있던 상자 속의 마음은 빗장을 풀고 상상의 나래를 활짝 펼쳐, 어느덧 푸른 바다를 항해해 까마득히 먼 옛날 어린 시절, 석양 무렵에 깃을 접고 내려앉았다. 이렇게 한 폭의 그림으로 알 듯 모를 듯 짧은 시간에 까마득한 추억의 과거를 되돌이킬 수가 있었다.

전람회장을 다녀오고 나서, 그렇게 신선한 감동을 경험하고 나서, 며칠간은 강의를 들을 때나 책장을 넘기면서도 온통 눈앞에 빨간 저녁놀에 물든 바다가 출렁거렸다. 은빛 빗살같이 어느 순간에는 금빛

나비같이 아른거렸다. 그러면서도 수채화 그림과 함께 기억 한편을 넘나드는 아련한 잔상은 그 그림 속에 깊숙이 빠져있던 아름다운 여인의, 잡힐 듯한 잔잔한 모습이었다.

전시회 마지막 날 다시 한 번 그림이 보고 싶어 안달이 날 지경이었다. 아니 더욱 솔직한 내면으로부터 갈증은 그림보다도 여인에 대한 잔영 때문이었는지도 모르겠다.

기어코 마지막 시간 강의를 빠뜨려 먹고 누가 눈치챌세라 전람회장으로 허둥지둥 달려가게 만들고 말았다. 그래도 내가 너무 늦게 도착한 모양이었다. 전람회장은 벌써 파장을 맞이하여 어수선하고 장터같이 시끌벅적 하였으니. 한쪽에서는 벽면의 그림을 떼어내고 다른 한쪽에서는 떼어낸 그림 액자를 포장하느라 수선스러웠다. 혹시 보고 싶은 그림을 벌써 철거해 버렸으면 어쩌나 가슴조이며, 마음속 그림을 향하여 거의 뛰듯이 지난번 전시장 쪽으로 걸음을 재촉했다.

그때 얼마나 놀라운 일이 눈앞에서 벌어지고 있었는지! 수채화 그림을 막 벽에서 떼어내려고 의자 위에 서서 액자를 두 손으로 붙잡고 서있던 사람은 며칠 동안 그 그림과 함께 눈앞에서 잠시도 지워지지 않고 맴돌았던 주인공, 바로 그 사람이 아니던가!

"지선아, 잠깐만! 그림 움직이지 말고 조금만 기다려."

한 학생이 의자 밑에서 거들고 있다가 다급하게 부르던 이름이 '지선'이란 이름이었고 작품 밑에 붙여진 그림의 주인공이 바로…….

그랬다. 그녀였다.

미술학과 3학년 서양화 전공. 그녀에 관해 알 수 있는 유일한 정보였다. 이런 놀라운 사실을 확인했음에도 불구하고 그 다음 내가 해보인 실제 행동은 나중에 어떠한 이유를 붙여보더라도 싱겁기 짝이 없었다. 요 며칠을 두고 그렇게 밤낮으로 그림을 떠올릴 때마다 상상 속에서 대화도 나누어보고 또 다시 한번 만나보기를 갈망했던 당사자를 바로 눈앞에 세워두고, 말 한마디 못 건네고 심지어 그림에 대한 가벼운 언급 한마디 없이 전람회장을 돌아서 나와 버리다니! 그렇게 허망할 수가 없었으며 그렇게밖에 못한 내 자신이 한심하고 초라하게 느껴질 따름이었다.

그녀의 얼굴은 갸름하기보다는 둥근 편에 가까웠고 눈도 맑았지만 피부는 투명할 만큼 더 맑았다. 까맣고 곧은 긴 머리가 달무리가 달을 감싸듯 포근하고 자연스럽게 어깨를 덮고 있었으며 잠시 마주친 눈이 크고 시원스러웠다. 키는 크지 않았지만 잘 균형잡힌 몸의 선이 부드러웠으며 고집이 있어 보이고, 쉽게 근접하지 못하게 하는 기운이 얼굴 어느 구석엔지 서려있었다. 그뿐이었다. 이렇게 그녀를 앞에 두고 가늠해 볼 수 있는 헤아림의 한계는 그 정도뿐이었다. 그림을 감상하고 있는 짧은 동안 그녀가 의자에서 내려와 무슨 일인지 다른 일을 하면서 기다려주었다.

무엇에 홀린 듯 반은 정신이 나가버린 나는, 그림을 그린 주인공과 더불어 그림을 다시 한차례 눈과 가슴속에 다급히 채워넣고 다른 그림엔 눈길도 주지 않고 쫓기듯 그냥 전람회장을 빠져나왔다. 그곳을 떠나는 순간, 지금 시도하지 못하면 영영 얻지 못할 소중한 보물을 뒤에 남겨두고 떠나는 것 같은 아쉬움을 주체할 수가 없었다.

입구까지 나와서도 몇 번이나 되돌아들어가 그녀한테,

"그림이 인상적이다. 언제 한번 만날 수 있는 기회가……"

아무 말이라도 붙여볼까 망설여 봤지만 한 치의 틈도 없는 의과대학 2년생의 비상 경보기에서 '안 돼' 하고 경고 신호를 보내자 꿈틀하던 용기는 금세 시들어 버리고 말았다. 그런 이유 외에도 그녀한테 풍기는 서늘한 기운은 솟구치는 그런 용기마저 애당초 뿌리부터 잠재워 버리기에 충분하였다.

그렇게 어느 날 가벼운 마음으로 들렀던 전람회장에서 그녀의 수채화 그림은 그녀와 함께 창졸간에 나의 영혼 가장 깊숙한 곳에 자리 잡았다.

잠깐 스쳐간 마주침이었지만 나에게는 그 후 오랜 세월동안 겪게 될 파문의 씨앗이었다.

어느 때는 실바람같이, 어느 때는 폭풍우같이, 어느 때는 장미꽃같이, 바다같이 겪어야 할 파문의 씨앗이 따스한 봄날 느긋하게 피어나는 안개처럼 가슴속 깊은 골짜기에서 한들 그의 첫 싹을 틔었다.

재회

전람회장에서 그녀와 허망하게 헤어지고 얼마 지나지 않아 과에서 가까운 친구들 사이에 미팅 이야기가 오고갔는데 그 대상이 미술학과 3학년이었다.

그간 미팅에 관해서라면 아예 귀를 기울이지 않던, 아니 오히려 미팅 소리만 들어도 예민하게 거부반응을 보이던 미팅 무용론자가, 어찌된 영문인지 그녀를 떠올리며 이번 미팅에 망설임 없이, 오히려 기꺼이 동참해버렸다.

"웬일이냐, 명수가? 해가 서쪽에서 뜨겠다."

같이 참여하는 친구들이 반색하며 환영한다. 남녀 각 여섯 명씩 참가하는 미팅인데 막상 신청을 해놓고 보니 멋쩍기 그지없었다. 하긴 우린 본과 2학년, 그러니까 다른 일반 대학으로 따지자면 4학년 졸업반에 해당되는 셈이고 상대방도 3학년이니 피차가 대학생활 느지막이 벌이는 미팅으로 멋쩍은 생각이 들도 무리가 아니었다. 나는 아예 한 술 더 떠서 마치 손꼽아 소풍날을 기다리던 초등학교 시절의 심경으로 돌아가 하루하루 지루하게 모임 날짜를 헤아렸다.

그렇게 고대하던 대망의 당일, 서로들 늦지 않기로 약속한 우리 남학생들이 먼저 약속장소에 도착해서 기다리는 동안, 여학생들이 거의 동시에 미팅장소로 들어섰다. 들어오면서 몇 사람은 구면인 사람도 있는 듯 서로 아는 체를 하며 겸연쩍어 하면서 떠들썩 인사들을 나누었다. 남자 측에서 오늘 모임의 주선자 경곤이가 대표로 일어나 여학생들을 맞이하는 수고를 대신해 주었다.

바로 그때였는데, 천만 뜻밖에 경곤이 하고 구면인 사람같이 막 인사를 나누고 있는 여학생이 안면이 있어보였다.

아니 이 사람은 아직도 나의 기억 한편에 선명하게 남아있는 전람회장에서 마주친 류지선, 바로 그 사람이 아니던가. 처음엔 순간적으로 혹 잘못 보지는 않았나 하고 의심도 해보았지만 절대 착각 일 리가 만무했다. 더군다나 오늘 모임의 상대가 미술학과, 그것도 3학년이라고 하니 동일인물일 거란 확신이 강하게 일며 철렁 하고 가슴이 내려앉았다. 뒤따라 형언하기조차 어려운 놀라움과 기쁨의 감정이 교차되어 마음의 평온이 흔들리고 가슴이 두근거렸다. 그녀와는 어느 순간 잠시 눈길이 마주치기도 했지만 그녀가 내 쪽을 알아보는 것 같지는 않았다. 괜스레 혼자서 눈치 못 채게 태연하게 앉아있기가 힘들어 엉덩이를 들썩거리다가 끝내 진정치 못하고 그만 곁에 있는 물컵을 엎지르는 소동을 벌이고 말았다.

"아이쿠 죄송합니다."

"야, 명수야. 진정해."

순형이가 테이블 닦는 일을 거들고 의자를 정리하면서 의미 있게 한마디 던졌으나 끝내 마음을 진정시키기는 쉽지 않았다.

미리 만나서 함께 오지 않았나 싶을 정도로 일시에 들이닥친 여학생들은 좌석배치를 하는 과정에서도 몇 차례 변통을 부렸다. 그러나 나를 제외하고 남자 측 어느 누구도 여학생들 좌석배치까지 굳이 신경 쓰려고 하지 않았다. 단지 나만이 무심한 척 하면서도 류지선의 일거수일투족 움직임에 대하여 촉각을 곤두세우며 지켜보고 있었다. 실망스럽게도 그녀는 나의 다음다음 맞은편, 김두만의 맞은편에 자리를 정하고 앉았다.

먼 훗날 이야기를 듣고서야 여학생들이 미팅장소에 나타나 좌석을 배정하는 과정에서 이미 짜인 계획에 맞추어 순서를 결정했다는 사실을 알 수 있었는데 그 당시 파트너 결정 방법이 바로 그녀가 착안한 각본에 의해 진행되었다 하니, 그녀는 어떻게 인생이란 도도히 흐르는 악보에 감히 미래에 어떤 방향으로 전개될지 누구도 예측 못 할 불협화음 부를 도입시킬 궁리를 짜냈단 말인가!

여학생들이 모두 자리에 앉고 나자 경곤이가 사회를 봤다. 오늘 모임이 성사되기까지의 경과가 간략하게 보고되었으며, 그다음 과대표 순형에게 남자 측을 대표하여 예정에도 없는 인사말을 부탁하였다.

처음엔 못하겠다고 강력히 버티던 순형이 마지못해 일어나서 인사말을 시작하였는데,

"대학생활도 황혼기에 접어든 우리 의학도와 그 아름다운 기운이 천지사방에 뻗쳐 있는 미술학도들이 중간고사 시험도 다 끝나고 가을을 눈앞에 둔 결실의 계절에 모처럼 마음먹고 귀한 모임의 자리를 함께 갖게 되었습니다. 이번 모임이 짧게는 돌아올 가을을 풍요롭게 해주고, 더욱 바람직하다면 서로 오래도록 가깝게 지낼 수 있는 인연이 맺어질 계기가 된다면 얼마나 신나겠습니까? 다소 늦은 감이 있지만 저 개인적으로도 지난 4년간 오늘 같은 날이 도래하기를 학수고대 기다렸습니다."

갑자기 시켜서 얼떨결에 하게 된 인사말이 끝나자 장난치기 좋아하는 경환이가,

"오늘 스피치 하려고 미리 단단히 준비하고 왔소이다 그려."

"맨 뒷말 학수고대 기다렸다는 문자는 개인적인 발언인데, 점수 따려고 양념까지 잘 준비했구먼."

"저렇게 잘 준비했는데 인사말씀 안시켰더라면 섭섭해서 어쨌을까."

다들 한마디씩 던지며 주위에서 한바탕 웃고 놀려댔다.

그렇지만 누구도 지금 과대표 순형이 언급한 인사말에 대하여 굳이 반대하거나 토를 달고 싶지는 않는 눈치들이었다.

사회자 경곤이가,

"순형 씨 말씀에 대하여 박수로 환영합시다." 하고 부추기자,

모두 손바닥에 불이 날 정도로 큰 박수를 날렸으니까.

순형이 넉살좋게 다시 일어나서,

"감사합니다."

인사하고 앉으니,

"그냥 앉으실 겁니까? 기왕 섰으니까 노래나 한자리 하고 앉으시지."

경환이가 짓궂게 끝까지 농을 걸었다.

순형이 인사말에 분위기가 한결 부드러워지고, 남자 측에서는 경곤이 그리고 여자 측에서는 지선에 의해서 한 사람씩 돌아가며 상호간 간략한 자기소개가 있었고, 다음으로 모두가 기대하는 파트너 결정방법에 대한 의견이 어지럽게 교환되었다.

처음엔 파트너 결정을 비밀 뽑기로 하자느니, 혹은 요즘 한참 유행되는 사다리 타기로 하자느니, 의견들이 구구했다.

사다리 타기란 한쪽 끝에 여학생 이름을 기입하고 다른 한쪽 끝엔 남학생 이름을 기입하여 중간과정에서 선들을 꾸불꾸불 엉키게 하였다가, 남녀간 한사람씩 임의로 서로 양끝을 선택하게 하여, 상호 양끝이 연결된 사람들이 짝이 맺어지는 흥미있는 방법인데 경곤이 펜과 종이를 준비하여 막 사다리를 그리려고 하자 경환이가,

"새삼스럽게 파트너 선택이 필요하겠습니까? 우리는 당사자 간 파트너 결정이 끝나버렸으니 우리 두 사람을 제외하고 나머지 분들이나 사다리를 타던지 하십시오." 하니 정현이가,

"경환이 너, 미인 앞에 앉더니 혼이 빠져도 단단히 빠졌구나, 헛소리까지 하게."

이미 결혼 약속까지 하고 오랜 기간 사귀고 있는 애인을 둔 경환을 겨냥하고 내뱉는 뼈있는 말이었다.

모두들 경환에게 반칙을 했다고 화살을 날렸으나 경환은,

"나 혼자서 하는 결정이 아니고 내 앞에 앉아계신 분과 의견일치를 본 합의사항입니다. 게다가 한 팀을 빼고 나머지 다섯 팀이 하면 결정하기가 훨씬 수월할 텐데……."

능청스럽게 받아 넘긴다.

그날 결정적으로 파트너 선택을 현재 앉아있는 좌석배치 순서대로 하자는 의견으로 타결 보게 된 계기는 놀랍게도 지선이 때문이었다. 그녀가,

"나도 내 앞에 앉아있는 분과 파트너로서 마음이 딱 맞아가고 있는 중입니다."

뜻밖의 동의안을 듣고 모두들 어처구니없다는 듯 '와~' 하며 웃음바다로 변해버렸고 거기에 덩달아 내 앞에 앉아있던 경아가 갑자기 일어서더니, 여학생들을 향하여 무섭지도 않은 얼굴에 억지로 무서운 표정을 해보이며 반대의견이 있으면 시비라도 걸 것 같은 목소리로,

"싫은 사람 있으면 손들어봐!"

오른손을 치켜들고 주먹을 불끈 움켜쥐니 여학생들도 못 말리겠다는 듯,

"야, 경아야! 됐다 됐어." 한다.

그렇게 모두 웃어버리는 분위기에서 까다로우리라 예상되었던 파트

너 문제가 의외로 쉽게 타결을 보게 되었으니, 파트너는 지금 앉아 있는 좌석 그대로 바로 맞은편 상대와 정하기로 만장일치 합의가 되었다.

이상이 미팅에서 경아가 내 파트너로 맺어지기까지의 일련의 과정이었다. 그때서야 여자 측 모임 주선자가 류지선이라는 사실을 처음 알게 되었으며 나와 경아가, 그리고 지선이 김두만과 짝이 되기까지엔 그녀의 기막힌 트릭이 개입되었다는 이야기는 먼 훗날에 가서야 비로소 알게 될 일이었다.

로망스

내 파트너로 맺어진 경아와 경아친구 지선은 모두 학교 근처에서 살고 있었다. 경아는 방을 얻어 혼자 자취를 하고, 지선은 경아 자취집에서 걸어서 5분 거리도 안 되는 가까운 거리에서 하숙을 하고 있었다.

하숙집 분위기가 좋다고 소문이 자자한 지선네 하숙집에 들어가려면 순번이 밀려있어서 쉽지 않았다. 이곳 하숙집 특징은 하숙생이 많기 때문에 식사 시간이 엄격하게 정해져 있어 학생들 스스로 식사 시간을 잘 맞추어야 하고 때를 놓치면 본인이 식사문제를 따로 해결해야 하는 까다로움이 있었지만 그 대신 식사 메뉴가 다양하고 음식이 정갈했다. 식사 메뉴가 변화 있게 짜여 매주 게시판에 일주일 계획이 한꺼번에 게시되어 가령 수요일 오후엔 된장찌개, 저녁엔 미역국, 이런 식으로 미리 식단을 알 수 있었으며 주인집 아줌마 음식솜씨 또한 손맛이 좋다고 정평이 나 있었다.

주인아줌마가 인정이 많아 졸업하고 나서도 취직시험 때라든지 간혹 다른 기회가 생겨 다시 찾아오면 살갑게 맞아주었고, 어려운 학생들에게는 은밀하게 하숙비도 깎아주는 의리까지 있었으니, 자기 집을 떠난 졸업생과 재학생이 객지에서 애정을 가지고 돈독하게 의지할 수 있는 좋은 아지트였다.

하숙집은 규율이 엄하고 기강이 잘 잡혔으며 사사롭게 분위기를 깨뜨리는 일이 발생되지 않게 하기 위한 제도장치까지 잘 고안되어 있었다. 하숙생들 사이에 제일 위로 총재를 위시해 그 밑에 내무부, 외무부, 재무부, 보사부장관과 규율부장, 오락부장 등 다양한 직책이 정해져 있으며 각 부서별로 책임지고 있는 사람의 업무분담이 나뉘어져, 마치 분업과 협동이 빈틈없이 돌아가고 있는 회사와 흡사하였다. 가령 하숙집 내부 일에 관해서라면 법학과 학생인 내무부장관이 책임지고 해결한다느니, 지난봄에 치렀던 하숙생 야유회 건은 정외과 학생인 외무부장관이 주도해서 행사를 치른다느니, 매 학기 초에 진통을 겪어야 하는 하숙비 인상 건에 관해서라면 경영학과 학생인 재무부장관이 주체가 되어 하숙집 주인과 협의를 해 인상폭을 조정해 나간다는 식으로, 각자 전공에 걸맞은 분야를 체계적으로 책임지게 되어 있었다. 종종 하숙생끼리 벌이는 체육행사는 체육과 학생인 체육부장관의 주관 아래 행해지는데 특히 일요일 여학생까지 참가한, 전체 하숙생을 두 팀으로 나누어 펼치는 축구경기는 모두가 기대하고 있는 흥미진진한 행사 중 하나로서 보통 끝나고 나서 간단한 뒤풀이까지 이어지는 경우가 많았다. 이렇게 틈틈이 갈고 닦은 실력 때문에 인근 하숙집 학생들과 겨루는 축구경기에서는 대적할 상대가 없을 정도로 기량이 빼어났다.

우리 의학과 학생 두 명도 지선네 하숙생이며 그중 한 사람이 오늘 모임에서 사회자로 수고하고 있는 경곤이다. 결국 지선과 경곤이 때문에 이번 모임이 성사되었으며 남자 측 대표는 경곤이, 그리고 여자 측 대표는 지선이 된 배경이었다. 이곳 하숙집에서 경곤의 직함은 보사부장관인데 하숙집 식사메뉴, 특히 균형 잡힌 식단에 대하여 관심을 쏟아주어야 하고 더불어 하숙생들 건강관리 측면에서도 상담해주고 챙겨줘야 하는 업무가 그의 양어깨에 매달려있다.

이곳 하숙집의 이런 면모가 좋아서 들어오고 싶어 하는 후보자는 많이 밀려있는데 한번 들어오면 졸업 때까지 거의 이동이 없으니 당연히 입주하기가 어렵기 짝이 없다. 그래서 경곤네 하숙집에 들어가기란 하늘의 별따기같이 힘들다는 게 공공연하게 소문난 사실이다.

최고 학년이 되어야 비로소 자격이 주어지는 총재는 일 년에 한 차례 신학기 때 선출하기로 되어 있는데 전체 하숙생 이해에 관련된, 중요안건에 대한 결정은 전체회의를 거치고 최종적으로 총재의 재가가 떨어져야 효력이 발휘되게 규정되어 있다. 각 장관이 관장하는 해당분야의 사건이 시시때때로 발생되는데 지난 봄 총재의 재가가 떨어져 실행에 옮겨질 뻔한 사건은 다행히도 사전에 중단되어 버린 아슬아슬했던 위험한 모의였다.

사건의 발단은 이렇게 시작되었다. 방학이 끝나고 신학기 개강이 되면서 학교 앞에 방학 전에 못 보던 호프집이 새로 개업을 했고 그곳을 발이 넓은 체육부장관이 몇몇 친구들과 함께 방문했다. 그런데 새로 개업한 곳인데도 불구하고 특히 이 근처 터줏대감이라고 자처하는 체육부장관을 무시하고 바가지를 잔뜩 씌웠다는 것이다. 다음날 저녁식사 시간에 체육부장관이 몹시 흥분해서 폭로했다. 공교롭게도 며칠 전 정외과 학생인 외무부장관도 비슷한 경우를 당했다고 동조했다. 무심코 두 사람 이야기를 듣고 있던 모든 하숙생들이 덩달아 흥분했다. 그런 곳이 있다면 두말 할 필요도 없이 우리 하숙생들 손으로 쌈박하게 응징해주어야 마땅하다는 의견일치였다.

“총재님 생각은 어떠십니까?”

“그렇게 경우에 어긋난다면 당연히 우리가 손을 봐줘야지 않겠어?”

마침 자리를 함께한 총재까지 흔쾌히 찬성하고 나섰다.

“어떤 방법으로 손을 봐줄까.”

즉석에서 혼내주기 위한 방법이 거론되었는데 도중에 법무부장관은 슬그머니 일어서더니 내일 중요한 시험이 있다는 그럴싸한 핑계를 대고 사라져버렸다. 여학생들도 자리를 뜨고 최후로 일곱 명의 해결사가 남아 머리를 맞대고 버릇을 단단히 고쳐주기 위한 세부계획을 구체적으로 짜갔다. 더 미룰 것 없이 당장 오늘 저녁, 우리들이 그곳을 방문해서 제일 비싼 안주에 술을 잔뜩 시켜먹고 한 사람씩 감쪽같이 사라져 버리는 작전을 펼치기로 했다. 이름 하여 ‘그림자 작전’이었는데 쥐도 새도 모르게 해치우고 흔적 없이 끝장내 버린다는 의미였다.

그런데 작전을 실행에 옮기는 데 있어 당연히 큰 어려움이 한 가지 있기 마련인데 누가 고양이 목에 방울을 다는가 하는 최후의 실행자 문제였다. 요는 한사람은 필경 나중까지 자리를 지키고 남아있어야 한다는 피치 못할 과제였으며 그 사람이 마지막까지 남아있다 뒷마무리를 깔끔하게 마쳐야 했던 것이다. 체육부장관 설명에 의하면 화장실에 허술한 창문이 하나 있다고 한다. 그럼 마침 잘되었다 좋아하고, 일곱 명 중에서 다섯 명이 한 사람씩 사라지고, 나머지 두 사람 중 한 사람은 화장실 창문을 통해 사라지고, 마지막 한 사람이 최후까지 좌석을 지키고 앉아있다 화장실 가는 사람 뒤따라 일어나서 카운터로 가는 척 하면서 번개처럼 도망쳐 버린다는 최종안이 채택되었다. 주인이 혹 물어보면 화장실 간 사람한테 미루고, 만약 눈치를 챈 경우엔 그냥 뺑소니를 쳐버린다는 복안이었다. 마지막 위험이 따르는 역할은 옛날 고등학교 학창시절 육상선수 경력이 있는 내무부장관이 맡기로 했으며 미리 운동화를 착용하고 가벼운 복장 차림을 하기로 계획했다. 그리고 제각기 흩어졌다 일을 마치고 나서 바로 이 자리에서 다시 만나 축배의 잔을 들기로, 나름 빈틈없이 모의를 끝마치는 말미에,

"그런데 만약에 말이지, 예기치 못하게 일이 잘못되어 실패하는 경우는 어떻게 되는 거지?"

겁이 많은 외무부장관이 아무래도 뒤가 켕기는지 주저주저하다 어렵게 질문을 끄집어냈다.

"그냥 주머니에 돈이 없어서 도망갔다고 넘겨버려야지 뭐."

막 실행에 옮겨질 순간 역시 지성인답게 만약 실패할 경우를 대비해 대안을 세우기로 했다.

"그림자 작전이 법적으로 심각한 뒤탈은 없을까?"

우선 법학과 학생인 법무부장관을 불러 오늘 저녁 우리들 계획을 설명하고 만약 실패했을 경우 세세한 법적 연관에 대해 고견을 들어 만일을 대비하기로 했다.

"오늘 당장 실패한다면 말 할 것도 없고 설령 오늘 성공한다 하더라고 내일부터 주인이 맘먹고 학교 정문을 지키고 서있다 발각되는 사태가 발생 되면 역시 문제가 되는데 그때는 아무리 값을 배상한다 하더라도 형사적 책임을 면할 수는 없습니다.

형사적 책임이란 구속을 의미하는데 죄목은 사기죄에다 미리 음모까지 하였기 때문에 예비음모죄가 추가되어 죄 값이 더 가중되어 처벌되지요."

생전 처음으로 실행에 옮기지도 안한 죄에 대한 법무장관의 유권해석을 듣고, 잠시 전까지 기고만장하던 일곱 해결사들은 정신이 번쩍 들었다. 모의를 하면서 준비한 술판이 미처 끝나기도 전에 계획을 실

행에 옮기고 싶은 마음은 십리 밖으로 멀찍이 도망가 버렸다. 아까 법무부장관이 시험핑계를 대고 살짝 자리를 떴던 이유도 어쩌면 이런 무시무시한 뒤탈 때문이었던 모양이다.

'버릇한번 고쳐주고 공짜 술 먹기가 이렇게 무서울 줄 몰랐는데.'

속으로 투덜거렸지만 냉혹한 현실의 진면목을 간접으로 경험한, 자칫 잘못했더라면 실행까지 옮겨질 뻔한 위험한 모의였다.

우리 과 학생, 다른 한 분이 처음 이곳 하숙집을 개척했다. 그분은 이미 결혼도 했으며 의과대학에 입학하기 전에 사범대학을 졸업하고 잠시 교직에도 몸담고 있었던 결혼까지 한, 나이가 지긋한 아저씨인데 교직생활을 접고 다시 의과대학 입학을 해서 뒤늦게 만학을 하고 있는 분이다.

하숙집에서도 가장 나이가 많은 연장자로서 비록 의학과 2학년이지만 다른 학과 4학년에 해당되므로, 하숙생을 대표하는 총재직을 맡고 있으며, 과거 사회생활까지 했던 경험을 바탕으로 한참 어린 동생뻘 학생들의 애로사항까지 상담해주는 이곳에선 '진영이 아저씨'로 불리는 연륜 있는 고참이었다.

하숙집에서 지선이도 어떤 때는 오빠같이, 어떤 때는 선배로서, 진영 아저씨를 잘 따랐다. 간혹 학교에서 해부학시간에 학생들에게 직접 그리면서 익히게 할 의도로 근육이나 골격 등 인체기관을 그려오라는 과제물을 내주는 경우가 있었는데 그때 진영 아저씨가 요령껏 지선이 솜씨를 빌어 그려오는 인체모형도는 타의 추종을 불허하는 빼어난 작품이었으며, 그중 몇 작품은 지금도 해부학교실 복도에 걸려 학생들 학습교재로써 역할을 톡톡히 해내고 있다.

경곤은 다른 하숙집에 살다 최근에서야 가까스로 이곳으로 옮겨왔는데 나와는 평소 마음이 잘 통하여 어려운 일이 있을 때는 서로 도움을 청하고, 고민이 생기면 조언을 아끼지 않고 속마음까지 내보일 수 있는 막역한 사이였다. 그 당시 미팅이 이루어지기까지 과정은 우리 과 학생들이 경곤을 부추겨 해부학교실 복도그림 화가와 미팅을 주선하라고 압력을 넣었고, 경곤이 진영 아저씨에게 간청을 하고, 진영 아저씨가 지선을 움직이는 3단계 통로를 거쳐 어렵사리 성사되었다. 경곤은 이곳 하숙집에 옮겨온 지 별로 오래되지 않은 신참일 뿐더러 같은 하숙생이 된 후로도 아직 지선과는 사이가 서먹서먹해서 결국 마지막 단계에서 진영 아저씨 도움을 받고서야 수월하게 성사될 수 있었다.

미팅 전날 진영 아저씨는 지선과 경아에게 미팅에 참석하게 될 우리 측 여섯 명에 관한 낱낱의 정보를, 과대표는 순형, 키가 작고 머리털이 곱슬이고 고집깨나 있게 생긴 사람은 경환인데, 경환은 이미 결혼할 상대가 정해져 있는 별 볼일 없는 사람, 안경을 끼고 샌님 같은 사람은 명수, 군인같이 머리를 짧게 하여 바로 눈에 띄는 사람은 두만, 그런 식으로 소풍 때 찍었던 본인 앨범사진과 비교해가며 예비지식을 심어주었다.

다행히 나에 관해서는 비록 샌님 같지만 호감이 가는 파트너 감으로 평가해 주었으며, 제일 까다로운 상대라면 다른 사람들보다 나이도 어리며 머리스타일부터 엉뚱한 면이 팍 느껴지는 짧은 머리스타일 두만이라는 사실을 귀띔해 줌도 잊지 않았다.

그렇게 결정된 내 파트너가 경아였고 지선이 스스로 선택한 파트너가 두만이었다. 지선은 미팅 주선자로서 다른 여학생들이 맺어지기를 제일 꺼려할 까다로운 파트너를 스스로 선택해 희생타 역할을 자초했고 자신의 역할을 거기까지 마치려고 철저하게 사전준비를 세웠던 것이다.

지선의 진두지휘에 맞춰 남학생 과대표 순형과 여학생 과대표 금희, 그리고 사귀는 상대가 있는 경환은 역시 상대가 있는 선미, 나와 경아, 지선이 본인은 두만이, 이런 식으로 미팅장소에 들어서면서부터 남학생들이 눈치 차리지 못하게 서로 마주하도록 은연중 좌석배정을 끝내놓고 파트너 결정 따위 번거롭게 시간낭비 할 것 없이 자연스럽게 지금 앉아있는 맞은편 상대와 정하자고 밀어붙이니 남학생들은 영문도 모르고 여학생 의견에 따라가지 않을 도리가 없게 되었다.

여기에 쾌활한 내 파트너 경아까지 요란스럽게 분위기를 잡고 설치니 어려우리라 예상되었던 파트너 결정 문제는 의외로 재미나고도 가볍게 끝나버렸다. 결국 남학생들 관심의 대상인 해부학교실 복도그림 주인공 지선의 파트너로, 그것도 본인의 강한 의사에 따라 선택된 두만은 보물이나 취한 듯 기뻐하는 속마음을 감추지 못함이 역력하였고 반대로 꿈속의 상대를 바로 눈앞에서 놓쳐버렸다고 생각한 나는 어두운 심연에 잠겨 헤어날 수 없었다.

파트너 문제가 결정된 후 초반 장기자랑 시 마침 미팅장소의 벽에 비스듬히 세워진 기타를 보고 경곤이 신청한 지선의 기타 연주가 단연코 인기만점이었다. 수준급 지선이 기타 솜씨는 경곤네 하숙생이면 누구나 익히 알고 있는 사실인데 여럿이 함께 어울려 부를 수 있는 몇 곡의 포크송 다음으로 연주한 '로망스'란 곡을 들을 때 비록 예전에 자주 들어 귀에 익은 곡이었다고 하지만 기타선율이 그렇게 아름다운 줄 일찍이 상상도 못한 짜릿한 체험이었다. 우리 중에서는 순형이가 기타를 잘 쳤다. 평상시에도 기분이 내키면 즐겨 기타를 연주하였고 친구들 오락모임에서 노래 반주는 주로 순형이가 도맡아서 했다. 간혹 분위기가 갖춰질 때 순형이 즐겨 치던 곡이 '로망스'였다.

심사가 울적할 때 혹은 한잔 걸치고 기분이 고조될 때 기타가 가까이 있으면 서슴지 않고 로망스를 뜯었다. 그래서 우리들 모두 로망스곡이 귀에 익었고 대부분 기타로 로망스 전반부 정도는 칠 수도 있었다.

그러나 우리가 치는 로망스와 순형이 치는 로망스는 격이 달랐다. 우리는 순형이 어깨 너머로 오랜 시간에 걸쳐서 한 소절씩 귀에 익혀 더듬더듬 음만 짚는 주먹구구식 연주이나, 순형은 비록 약식이라고 하지만 코드를 짚어가며 음이 떨리는 트레모로 주법을 이용하여 더욱 매끈하게 연주하였다. 그 정도만으로도 우리들 귀를 놀랍게 해주는 데 부족함이 없었다.

언젠가 보름달이 심란하게 밝은 밤 여럿이 모여 시험공부를 하던 중 쉬는 시간에 순형이 로망스를 치면서 쏟아낸 한마디가 걸작이었다.

"내가 바로 충장로 로망스 아니겠어!"

혼자 내뱉는 엉뚱한 한마디를 처음엔 모두들 무슨 의미인지 알아듣지 못하고 어리벙벙했다가 나중에 가서야 웃음을 참을 수가 없었다.

"네가 바로 전설의 충장로 로망스란 말이지? 충장로 로망스! 죽여준다!"

오늘 지선이 바로 그 로망스를 쳤다. 물론 순형이 보통 때 치던 약식코드 주법이 아니었고 완벽한 정식코드를 짚어가며 빼어난 솜씨로 연주했다.

"충장로 로망스 넋 나갔다."

모두들 눈을 지그시 감고 심취해서 음악에 몰입되어 있는 순형이 얼굴과 지선의 연주하는 모습을 번갈아보며 눈들이 휘둥그레졌다. 비록 처음 만난 모임이었지만 로망스 한 곡으로 인해 서로 영혼을 공유하며 동질의 끈으로 금방 가깝게 맺어질 수 있는 희열의 시간이었다. 그간 삭막한 실험실 주변에서만 낑낑대던 의대생들에게 로망스 연주는 놀라움과 해방의 전주곡이었다.

마치 음악회에서 훌륭한 음악가의 연주를 듣고 한참 만에 정신이

제자리를 잡듯 환영에서 깨어나,

"지금 기타치신 분 미대생 맞습니까? 음대생 아닙니까?"

남학생들이 칭찬의 탄성을 날리니,

"음대생이요."

여학생들도 흥이 나서 받아넘긴다. 여학생들이 덩달아,

"이 정도는 약과예요. 진짜 십팔번 펼치면 놀랄까봐 슬쩍 변죽만 올린 거예요."

"야, 지선아 십팔번 한곡 더 뜯어."

"안 돼, 나 요즘 기타친지 오래돼서 안 되겠어."

"지선이, 너 빼는 거지? 딱 한 곡만 더 들려줘. 의대생들 귀를 순화시켜 주는 일 또한 우리 예술가들 임무 아니겠어. 예술로서 중생을 구제해야지."

경아가 시끄럽다. 지선이는 그림뿐만 아니라 음악에도 재능을 보였단다. 기타는 지선이 중학교 시절, 손위 오빠한테 처음 배우기 시작했다가 그 후 기타 교본을 사서 스스로 터득했으며 몇 개월 클래식 기타학원까지 다니며 기타에 몰입했던 적도 있었다 한다.

확실히 기계가 아닌 사람 손가락이 직접 뜯는 기타음은 의외의 인간적인 감동을 던져주었으며 가만히 눈을 감고 듣고 있으니 처음 미술 전람회장에서 보았던 수채화 그림의 강한 인상과 함께, 마치 파도에 실려 춤을 추는 것 같은 감미로운 기타선율이, 살아오면서 한번도 감홍해 본 적이 없는 마음속 깊은 어느 한 곳을 거푸 강하게 두드리며 공명하고 있었다.

놀라는 사람은 나뿐이 아니었다. 연주가 끝나자 모두 열광했다.

"앙코르!"

결국 '애수의 소야곡'인가? 지선이는 그 곡으로 화답했다.

해보

내 파트너로 결정된 경아는 성격이 밝았다. 지선과 마찬가지로 서양화 전공이었고 편안한 인상에 환한 웃음을 지녔다. 웃음이 많은 편이고 한번 웃음이 시작되면 끊임없이 웃음꽃이 이어지니 친구들 사이에 별명이 '해보'였다.

아버님이 교육계에 계셔서 그런지 가정교육이 잘된 것 같고 자주 웃어도 사람이 교양 없어 보인다거나 가벼워 보이지 않고 오히려 곁에 있는 사람을 편안하게 만들어준다. 결국 끝에 가서는 주변 사람들을 무장해제 시켜버리고 덩달아 웃게 만들어 버리는, 남이 못 갖춘 자신만의 특별한 재주를 지니고 있었다. 하지만 그 웃음 뒷면에 혼자서만 앓고 있는 마음고생이 있다는 이야기를 먼 훗날 가서야 뒤늦게 알고 얼마나 가슴이 철렁 내려앉았는지 모른다.

항상 쾌활한 면만 생각하고 무심결에 흘렸던 이야기가, 그리고 가벼운 농담이, 그녀의 마음을 아프게 뒤집었던 적이 한두 번이 아니었을 터이니 그때마다 스스로 얼마나 속상해 했을까? 생각이 여기에 미치면 마음이 아팠다. 지선이 목격한 사실인데 어느 날 학교에서 같은

과 남학생들이 경아를 난처하게 코너로 밀어 넣었던 사건이 몇 차례 있었다 한다.

지선네 미술학과는 여학생 수가 남학생 수보다 많았다. 그뿐 아니라 남학생들은 재학 중에 일부는 입대를 하고, 일부는 복학을 하다보니까 학생들 응집력도 1학년 때부터 연속적으로 쭉 올라온 여학생들에 비교하면 견고하지 못했다. 미술학과 여학생들은 저마다 개성이 강했다. 흔히 잘 쓰는 말로 '대가 세다'고 표현할 수 있다. 어떤 문제가 발생되어 남녀학생 사이에 성대결 상황까지 이르게 되면 남학생이 여학생보다 열세에 밀릴 수밖에 없음이 불을 보듯 자명한 이치였다.

사건의 발단은 작년, 경아가 2학년 때였는데 같은 학년에 군대도 마치고 복학한 학생 중 조각을 잘하는 한 남학생 때문에 계기가 되었다. 미술학과 선후배로 따지자면 입학년도가 같은 과 학생들보다 선배였으니, 경아 역시 다른 남학생들과 똑같이 그냥 편하게 '진배형'이라고 호칭하며 허물없이 지내던 김진배라는 선배이자 동급생이었다. 이 선배가 경아를 좋아했다. 경아도 처음에는 조각을 잘하는 미술학도 정도로 가볍게 여기며 호감을 갖고 부담 없이 따랐는데 얼핏 선배가 내비치는 속내는 가벼운 교제를 바라는 수준이 아니었다. 그 즈음 선배는 경아에 대한 감정이 꽤나 심각한 지경까지 이르렀는데 쾌활하고 느낌이 훈훈한 그녀에 대하여 일찌감치 자신의 장래 결혼상대로 점찍어 버렸다.

그 당시 대학미전에서 선배가 출품한 작품이 경아를 모델로 한 「소녀의 꿈」이라는 청동 조각상이었는데 머리와 옷자락이 바람에 펄럭이는 동적 순간묘사가 잘 포착된 청동으로 조각된 작품이었다. 소녀가 아득히 먼 곳을 응시하며 꿈꾸는 듯 서있는 모습이 마치 그리스 신화에서나 등장하는 미의 여신 같은 느낌을 풍기는 모습이었다. 경아는 순수한 마음으로 선배의 부탁을 받고 모델이 되어주었는데 이 작품이 작년도 전국 대학미전 조각부분에서 영예의 특상을 차지하게 되었다. 특상 수상은 명예가 본인에게만 국한되는 가벼운 사안이 아니었고 미술학과, 아니 학교 전체의 영광이었다.

모두들 잔치분위기에 들떠 즐거워하는 축제마당에 골치 아픈 사건이 꿈틀거렸다. 이참에 선배가 경아한테 정식으로 프러포즈를 하며 가깝게 사귀기를 원했다. 일이 돌아가는 정황을 뒤늦게 파악하고 경아가 당황했다.

선배가 마음에 들고 안 들고를 떠나서 경아 판단으로 2학년 학생 신분으로 벌써부터 같은 학과 동료와 사귀는 문제는 설령 나이 차이가 있다고는 하나 여러모로 불편하여 선뜻 마음이 내키지 않았다. 이런 과정에서 소탈한 경아 스타일대로 여과시키는 구석 없이 여러 친구들과 상의를 하다 보니 둘 사이 문제가 여러 사람에게 적나라하게 노출되어 버렸다. 나중에 가서는 이야기 진위가 가감되어 선배가 난처한 입장에 놓이게 되었다. 이때부터 두 사람 관계가 여간 서먹서먹해졌을 뿐 아니라 경아는 선배를 의식적으로 멀리하게 되고 더 나아가서, 미술학과 남녀 학생들이 두 편으로 나뉘게 되어 어색한 관계로 변해버렸으니, 과대표를 선출하는 문제에서부터 소풍이라든지 단체 과행사를 이행하는 여러 곳에서 사사건건 남녀 학생들이 대립하게 되었고, 대부분의 경우 남학생들이 기가 센 여학생들에게 끌려 다니는 형국이었다.

최근 들어서는 사태가 더욱 악화되어 남학생들 불만이 한계점에 다다랐는데,

"이거 원 우리 과는 여학생들이 좌지우지하면서 모든 일을 쥐었다 폈다 하니 자존심 상해서……."

공공연하게 자존심 문제를 들먹거렸다.

엄격히 따지자면 경아로서도 억울하기 짝이 없었다. 자신에게 조그만큼의 허물이 없다는 입장이었다. 남학생들이 이렇게까지 단체로 나서서 화낼 명분이 안 되는 사건이라 여겼으나 남학생들은 개인 간 일어난 사적인 문제를 여럿에게 공개해 결과적으로 선배를 공개망신 시켰다고 막무가내로 억지를 부리니 경아는 경아대로 속이 상해 죽을 지경이었다.

드디어 남학생들이 때와 장소를 가리지 않고 집단적으로 경아에게 무차별 공격을 개시하였다.

지난 소풍 때 일어났던 사건만 해도 그랬다. 돌다리를 딛고 개울물을 건너는데 남학생들이 경아를 사이에 놓고 장난삼아 툭툭 밀치지를 않나, 조약돌을 물에 던져 물장구치지를 않나, 종단에 가서는 경아를 여지없이 물속에 빠뜨리고 말았다. 그러고 나서 자기들끼리 킥킥거리며 좋아들 하는 모습이라니…….

경아로서는 대꾸하고 싶지도 않는 속이 훤히 들여다보이는 애들 수준의 유치한 짓거리들이었다. 그 외에도 그간 몇 차례 자잘한 마찰이 있었지만 그때마다 번번이 남학생들이 단결력 강한 여학생을 상대로 열세를 면치 못하였다.

남학생들이 벼르던 어느 날 서양미술사 시간이었다. 수업이 막 시작되었을 때 교수님으로부터 지난 대학미전에 대한 강평이 있으셨다. 우리 대학 학생들이 이룩한 성과에 대해 치하를 아끼지 않으셨고 앞으로 계속 분발하라는 당부도 해주셨는데 더불어 이번 특선작 「소녀의 꿈」에 대한 칭찬도 잊지 않고 언급해 주셨다.

"「소녀의 꿈」 그 아름다운 주인공이 이 자리에 있다면서, 어느 학생이더라? 얼굴 한번 보드라고."

'경아요.' 하는 여학생들의 대답에 불만이라도 표시하듯 남학생들이,

'우…….' 하고 시비를 걸었다. 교수님은 남녀학생들 사이 가벼운 질

투가 섞인 농담 표현 정도로 간주하고 강의를 시작하셨다.

교수님 강의는 멀리 그리스 로마 시대의 고대미술사로 거슬러 올라갔다.

「그리스 로마 시대의 신과 인간관계를 생각해 보면 신과 인간이 서로 거리를 두고 따로 존재하는 이분 사상이 아니고, 신이 인간과 한데 어우러지는 그러니까 인간도 신의 잠재력을 지니고 있었으며 신도 인간의 품성을 품고 있다는 신과 인간의 연속된 어울림 사상이었다. 인간이 원하는 소원을 신이 들어주기도 하였으며 심지어는 헤라클레스같이 인간으로서 나중에 신의 위치에 올라가는 경우도 있었다. 고대 그리스 로마 사람들은 이런 사상을 통하여 인간에게 삶을 살아가는 데 필요한 지혜를 남기고 싶어했다. 그리스 신들의 조각상 중 미술적 가치가 훌륭하면서 아직까지 기록으로만 전해 내려오는 가장 유명한 조각작품은 올림포스의 제우스상과 파르테논의 아테네상이 있고 실제 현존하는 조각품으로서는 아폴론상이 있는데 그중 아폴론 상은 대리석으로 된 입상으로서 균형이 우아하고 아폴론이 괴물 피톤을 향해 화살을 쏘는 순간을 잘 표현한 작품이다.」

그런데 사건은 교수님 강의가 프시케에 이르렀을 때 발생하였다.

「그리스인들의 사상은 인간을 비하하는 사상이 아니었다. 어느 경우에서는 인간을 신과 동등한 위치에 가져다 놓았으며 특히 미적 관점에서는 인간의 미를 높이 여겼다. 인간의 딸 프시케를 미의 여신 아프로디테와 동등한 자리에 올려놓았다.」

교수님은 그리스인의 인간 존중사상을 미술사적으로 조영하고 있었다.

「미의 여신 아프로디테는 신과 맞먹는 프시케에게 노하여 그의 아들인 날개 달린 사랑의 신 에로스를 불러 "아들아 나의 명예를 떨어뜨린 저 교만한 미녀를 혼 좀 내다오. 한 번 화살에 맞으면 사랑의 열병에 걸려버리고 마는 너의 사랑의 화살을 이용하여 제발 화살을 그녀의 가슴에 꽂아, 저 교만한 프시케가 두 눈 달린 인간이라면 아무도 거들떠보지 않는 어떤 미천한 자한테 빠지게 되는 그런 사랑의 열병을 불러 일으켜다오."」

교수님 강의가 이 대목에 이르렀을 때 한 남학생이 이때를 기다리고 있었다는 듯 낮지만 또렷한 소리로,

"교만하기가 꼭 누구 같기는……."

하고 교수님 강의 말씀 후렴을 동조하듯 반복하니 근래 들어 서로 사이가 좋지 않은 남녀 학생들 사이에 전운을 느끼게 하는 긴장감이 팽팽하게 감돌기 시작하였다.

영문을 모르시는 교수님 강의는 계속되고,

「에로스는 프시케로 하여금 미천한 자한테 사로잡히고 마는 사랑의 병을 일으켜 주기 위하여 자고 있는 프시케에게 다가갔다. 화살을 날리려는 순간 자고 있는 인간 프시케의 모습은 사랑의 신 에로스의 눈으로 직접 보아도 너무나 아름다웠다. 에로스도 그만 프시케를 사랑하게 되어 버렸다.

그 후 둘이서 결혼하여 함께 살게 되었는데 에로스는 항상 프시케가 잠든 밤을 틈타서 왔다 돌아가니 프시케는 에로스의 진짜 모습을 볼 수가 없었다. 주위 사람들이 충동질을 하고 자신의 호기심도 높아져 어느 날 등불과 예리한 칼 두 가지를 준비해서 '모습을 보는 순간,

관계가 끝'이라는 에로스의 경고를 무시하고 그의 모습을 훔쳐보기로 마음먹었다. 여러 사람들이 짐작하고 있듯이 만약 잠자는 신랑의 모습이 괴물이라면 준비해 간 예리한 칼로 깨어날 여유를 안주고 단칼에 베어 죽여버리기 위해서였다.

자고 있는 신랑의 모습은 이 세상 사람이 아닌 아름답고 매력있는 사랑의 신 에로스가 아니었던가!

이때 예기치 않게도 뜨거운 등잔 기름이 한 방울 에로스 날개에 떨어지니 잠을 자던 에로스가 깜짝 놀라 깨어나게 되었다.

"어리석은 프시케야 이것이 사랑에 대한 보답이란 말인가? 나의 참모습을 보게 되면 그 순간 우리 둘 사이 관계는 끝이란 말을 잊었단 말인가? 어머니 아프로디테의 명령에도 복종하지 않고 비밀리 너를 아내로 맞았는데 나의 머리를 베겠다는 끔찍한 생각을 품었단 말이냐?"」

교수님의 강의는 인간 프시케가 에로스를 배반했기 때문에 인간과 신 사이의 사랑이 깨어졌다는 내용이었다.

그런데 바로 그때였다. 경아 바로 뒷좌석 남학생이,

"그 이름 여자여, 참으로 어리석구나." 하고 다시 중얼거리니, 마치 경아를 빗대어 교만하고 어리석게도 사랑의 배반이나 한 것 같은 뉘앙스를 풍기게 만들었다. 묵묵히 예의주시하던 주변 여학생들은 말할 것도 없고 남학생들조차 노골적인 표현에 당황하여 '너무 정도가 지나치지 않았나?' 쭈뼛거리며 경아 눈치만 살펴가며 가슴 조이던 중에도 경아만은 아무렇지도 않은 듯 태연하게 지나쳤는데, 저녁 무렵 지선이가 경아 집을 찾아갔더니 경아 혼자서 얼마나 울었던지 눈이 퉁퉁 부어서 속상해하고 있더란다.

"우리 과 남학생들은 속이 너무 좁아 꼭 밴댕이 속 같아, 남자답지 못하고 짜잘해.”

경아다운 이야기였다.

그때 처음으로 털어놓은 경아 자신에 관한 비밀이었는데 자기는 언제나 잘 웃으니까 모두들 쾌활하고 걱정도 하나 없는 태평하고 무딘 사람이려니 하고 간주해 버리지만 그와 반대로 내면적으로는 상처받기 쉬운, 아니 오히려 다른 사람에 비해 여리디여린 성격의 소유자라는, 자기 성격의 또 다른 일면에 대한 고백이었다. 어려서부터 너무 쉽게 아파하고 상처받기 쉬운 성격 때문에 보상적으로 잘 웃는, 말하자면 일이 심각해지기 전에 분위기를 웃음바다로 만들어버리는 버릇이 습관화되었다는 것이다. 그렇지만 웃음 이면에 항상 그만한 질량만큼의 아픔을 속으로 감내했었다는 자신만의 비밀이었다.

지선이도 처음으로 경아의 감추어진 내면의 뒷결을 확인한 사건이었는데 실제로 겉으로 풍기는 쾌활하고 밝은 인상과는 또 다른 예술가 기질을 담뿍 머금은 경아를 떠올릴 수 있었다. 경아야말로 섬세한, 그러면서도 가녀린 섬유로 짜인 직조물과도 흡사한 내면의 결을 지니고 있었다. 하지만 경아는 다른 과 친구들 사이에서 여전히 완벽하게 호탕하고 쾌활한 인물의 대명사로 통했다.

이날 모임의 흥겨웠던 시간은 후반부 오락게임 사회를 진행한 경환에 의해 절정에 이르렀다. 각양각색의 단체 게임을 전개해가며 틀린 팀에게는 어김없이 벌칙이 떨어졌는데, 마지막까지 벌칙 없이 운 좋게 피해가던 우리 팀도 예외 없이 무대 앞으로 불려나가야 했다.

“지금까지 잘도 피해온 이 두 사람에게 어떤 벌칙을 내려야 공평하겠습니까, 여러분?”

“춤을 추게 합시다.”

“무슨 춤으로 할까요?”

"고고로 합시다."

"너무 시시해요. 음악에 맞추어 엉덩이로 파트너 이름 쓰게 합시다."

"아이고 제발 그것만은……. 사회자님 준비한 애창곡 한자리로 대신하면 안 되겠습니까?" 경아가 간청했다.

"안 돼요."

결국 여러 사람이 원하는 벌을 치러야했으며, 나와 경아에게는 음악에 맞추어 무대 위에서 춤을 추어야 하는 벌칙이 떨어졌고 음악은 바야흐로 트위스트곡이 흘러나왔다. 이때 경아가 유감없이 발휘한 트위스트춤 솜씨가 지선이 기타연주에 못지않은 또 하나 히트작품이 될 줄이야!

트위스트춤은 우리가 중학생시절 유행했던 한물간 춤이었는데 그 당시, 그러니까 중학교 학창시절 소풍 때면 으레 트위스트 곡에 맞추어 한바탕 춤을 추는 것이 유행인 때가 한동안 있었다. 어느덧 점심 도시락도 모두 까먹고 전체가 한자리에 빙 둘러앉아 반별 장기자랑이 무르익어갈 무렵 준비해 간 야외전축에서 흘러나오는 트위스트 곡에 맞추어 어느 반 재간꾼이 춤을 추며 발동을 걸기 시작하면 덩달아 모두 자리를 털고 일어나 춤을 추는 과정이 그날 소풍의 피날레가 되곤 했는데, 이날 경아가 발휘한 자기 웃음만큼이나 경쾌한 트위스트 춤 솜씨가 역시 오락게임의 흥을 한껏 돋웠다. 드디어는 사회자의 앙코르에 의해 모두 한꺼번에 일어나서 한데 뒤섞여 춤을 추는 대 단락을 만들고 말았다.

경아는 남학생들이 짓궂게 긴 줄을 만들어 앞에다 들이밀어도 유연하게 뒷머리가 거의 땅에 닿을 정도로 몸을 휘면서 줄 밑을 반복하여 잘도 통과하였다. 물론 춤이 서툴고 허리가 유연치 못한 나는 통과하는 도중 넘어져 무릎 꿇고 엉금 기어서 통과하는 도리밖에 없었지만.

이날 파트너로 경아와 맺어진 나의 모든 관심은 여전히 매 순간 지선에게 쏠려 있었으며, 지선과 파트너가 되지못한 섭섭함을 못내 떨구지 못하여 아쉬워했고 반면 지선의 파트너로 선택된 두만은 흡족함을 감추지 못한 모습이 역력했다.

이렇게 경아와는 자연스럽게 만남의 계기가 이루어졌는데 이후 나와 경아는, 친구들 사이에 서로 사귀는 사이라고 인정되어, 은연중에 모두에게 초유의 관심거리가 되어버렸다.

물론 그 이면에는 경아의 밝고 외향적인 성격 외에도 경곤과 진영 아저씨의 끊임없는 중간역할이 줄기차게 작용하였다. 처음 경아와 만날 시간이나 장소들이 경곤을 통하여 전해져왔으니, 경아와 만남은 친구들 사이에 거의 공개된 뉴스감이었다. 그뿐 아니라 나에 대한 평범한 정보도 멋진 색칠이 되어 지선을 통해 경아 귀에 들어가도록 끊임없는 지원사격이 이루어졌음은 두말할 나위도 없다.

미팅 후 주변친구들 최대 관심사는 전혀 예측하지 못했던 경아와 나의 만남과 그 다음 전개사항이었는데 반면 내 입장에서는 경과를 공개해야 한다는 불편한 부담을 번거롭게 감수할 수밖에 없었다. 경아 편에서도 지선이 적극적으로 경아를 코치하며 나의 내향적 성격을 십분 고려하여 활달한 경아 측에서 리드해 나가라고 성화를 부리니, 우리 두 사람 관계는 빠른 속도로 가깝게 진행된 것처럼 보였다. 새삼스럽게 지난 도전 전람회장에서 경아 또한 서양화 부문에서 은상이 수상되었고 마지막 날 지선과 같이 있었던 학생이 경아였다는 사실도 알게 되었다.

단합대회

지선이 임의로 지정해 파트너로 선택된 두만이였기 때문에 모두들 두만이 조금만 정성을 쏟으면 두만과 지선 두 사람 관계는 어려움 없이 유지되리라 예측하고 있었다.

여러 사람 관심의 대상이던 지선에 의해 짝으로 맺어진 두만은 처음부터 신이 났다. 틈만 나면 집근처 가까이 있는 경곤네 하숙집을 방문하여 지선에게 인사를 건네며 점수 따기 바빴다. 반면 지선은 두만의 접근이 느껴질 때마다 의식적으로 한 발씩 물러서곤 했다.

예상과 다른 반응에 초초해진 두만이 경곤에게 어떻게든 지선과 대화할 기회를 만들어 달라고 매달렸다. 두만의 성화에 못이긴 경곤이 진영 아저씨를 찾아가 미팅 후 지금까지 경과를 설명하고, 두만이 지선과 사귀길 원하고 있다는 사실을 귀띔해 줬다. 이 문제 때문에 두만이 경곤에게 도움을 요청했기에 부득이, 지선과 가까운 진영 아저씨의 힘을 빌릴 수밖에 없게 되었다고 전후사정을 설명했다. 내막을 자세히 들은 진영 아저씨는 평소 문제가 있는 두만이 미덥지 않아 처음엔 본인이 이 문제에 관여를 할까 말까 망설였으나 안달복달하는 두만과 끈질긴 경곤의 간청에 못 이겨 나 몰라라 방관할 수 없게 되었다.

경곤과 진영 아저씨의 숙고에서 나온 해결책이 발야구였다. 일요일 하숙생 단합대회에서 발야구를 하기로 하고 그때 두만을 합류시키는 방안을 세우면 어떨까? 잠정 합의를 보고 계획을 세워나가기로 했다. 두만이 지선과의 개인적 만남을 몇 차례 시도해 봤지만 지선은 매번 그럴듯한 핑계를 내세워 회피하곤 했다. 지선이 피할 수 없게 만들고 자연스럽게 두만과 만나게 해주려면 이 방법만한 확실한 묘안이 없겠다 싶었다.

첫째 조건이 지선이 체육대회에 반드시 참석되어야 하는데 그렇게 하려면 휴일 중에서도 지선이 하숙집에 남아있는 휴일로 날을 잡아야 했다. 일단 그렇게 하고나서 지선조차 두만의 참여 사실을 자연스럽게 받아들일 적당한 핑계거리를 찾아보기로 했다.

전체 하숙생을 두 팀으로 나누어 경기를 벌이기로 했다.

발야구는 야구와도 비슷한 운동인데 다른 점이 있다면 야구같이 피처가 던지는 볼을 타자가 배트로 치는 것이 아니고 배구공이나 축구공을 홈베이스에 고정시켜 놓고 고정시킨 공을 타자가 발로 차고, 그다음은 야구와 똑같이 1루, 2루, 3루 베이스를 돌아 홈베이스를 밟으면 1점을 얻는 경기로, 야구와는 다르게 베이스 간 달리는 선수를 공으로 맞혀 잡을 수가 있으며, 타자가 찬 볼을 수비가 그냥 잡아야 아웃되지만, 아마추어 시합이니까 땅에 한번 튀기고 난 후 잡아도 아웃되는 걸로 규칙을 정했다.

홈으로 들어오는 선수보다 공이 먼저 홈으로 들어오면 선수는 3루로 되돌아가야 했다. 되돌아가는 도중 혹은 베이스 간 달리던 선수가 공에 맞아 아웃되는 광경이 벌어질 때마다 운동장이 떠나가도록 웃음이 터져 나왔다.

시합 볼은 여자까지 선수로 참여하기 때문에 딱딱한 축구공보다 발로 차기도 수월하고 슬쩍만 차도 멀리 나가며, 아웃될 때 공에 맞아도 아프지 않을 배구공을 선택했다. 그날 선수로 참여 가능한 하숙생수가 두 팀을 이루기에 못 미치니 경곤의 하숙집을 자주 드나들어 모든 하숙생들과 낯이 익은 두만을 참가 시킨다는 계획이었다.

경곤이 그런 정보를 나에게도 알려주며 그날 특별한 일이 없으면 나도 같이 참여 할 수 있겠는가? 물어왔다. 참여만 되면, 나와 경아가 만날 수 있는 자리까지 만들어 보겠다는 뜻을 내비쳤다. 그렇게 되어 두만과 내가 경곤의 하숙생끼리 벌이는 단합대회에 각각 상대팀이 되어 선수로 뛰게 되었다. 경아는 사정이 있어 시합 전날 집에 다니러 갔다 일찍 일을 마치고 나중에라도 합류하기로 약속을 했다. 경기에 참가한 두 여학생은 양 팀에 한사람씩 나눠어 지선은 우리 쪽 편이 되었다. 양 팀 실력은 체육부장관이 소속된 두만네 쪽이 훨씬 우세했지만 그날 결과는 우리 쪽이 근소한 점수 차이로 이기는 승부로 끝이 났다. 이유는 지선이 타자로 나와서 발로 찬 볼을 1루수인 두만이 번번이 실수하는 척 일부러 빠트려 1루 진출을 허용시켜 줘버렸기 때문이었다. 첫 번 실수는 체육부장관도 눈치 채지 못할 만큼 감쪽같이 넘어갔지만 두 번 세 번 연거푸 같은 실수가 나오니 체육부장관이,

"정정당당한 시합에서 최선을 다하지 않고 고의로 실수를 저지르면 스포츠 정신에 어긋난다."고 거창하게 스포츠 정신까지 언급하며 목청을 높였다.

다행히 지선은 하숙집에서도 모두가 좋아하는 선망의 대상이었기 때문에 일일이 따지지 않고 웃음으로 유야무야 넘어갈 수 있었으나

어찌되었든 결과는, 상대팀 여자 선수는 매번 아웃을 당하고 지선은 두만의 실수로 살아나가니 지선이 소속된 우리 팀이 유리해 질 수 밖에 없었다. 본인 때문에 어색해진 분위기는 시합 후 여러 사람이 돌아가며 꼬리를 잇고 불러대는 노래에 군소리 없이 끝까지 반주를 넣어주고, 체육부장관 얼굴에 웃음꽃이 피어날 때까지 반복된 지선의 기타음악이 만회시켜 주었다.

발야구 시합 후 운동장 옆 잔디밭에 근사한 점심이 마련되었다. 하숙집 주인이 특별히 마련해 준 야외 식사였다. 시합이 끝나고 식사준비가 한참일 때 급하게 돌아온 경아가 모임에 함께 할 수 있었다. 해보 경아의 출현으로 자칫 딱딱해질 뻔한 모임이 순식간에 웃음이 많아지고 떠들썩한 잔치 분위기로 바뀌었다.

"야 경아야, 중요한 시합에 네가 빠졌으니 네가 응원한 두만 씨 편이 맥없이 져버렸다."

지선이, 체육부장관 눈치를 살피며 엉뚱하게 경아를 놀리니,

"지선아, 내가 체육부장관과 한팀만 되었더라면 너희팀 이기기는 식은 죽 먹기다."

경아가 지지 않고 받는다.

"두만 씨, 체육부장관 실력이 탁월한데, 지선이한테 일부러 져준 것 아니에요?"

자세한 사정을 모르며 정곡을 찌르는 경아 질문에, 체육부장관 입꼬리가 씰룩거렸다.

"학생들! 부족한 음식 있으면 주저 말고 얼마든지 말하고 오늘은 배부르게들 먹어."

"우리 아줌마 최고! 전체, 박수 한번 칩시다."

절묘한 시기에 경아가 아줌마를 위해 박수를 이끌어냈다.

하숙집 주인이 학생들을 대하는 마음은 소문과 같이 인정이 듬뿍 담겨 있었다. 그리고 학생들과 유대 관계도 보기 드물게 탄탄했다.

진영 아저씨가 극구 사양했지만 그날 음료수와 막걸리는 나와 두만이 부담하기로 했다. 이 때 느꼈던 지선이에 대한 인상은 지금까지 얼핏 겉으로 받았던 차가운 느낌과는 완전히 달랐다. 지선은 차갑고 도도한 여자가 아니라 한없이 다정하고 다감한 여자였다.

밤빛사랑

경아와 지선, 나와 경곤, 그리고 경곤과 가깝게 지내는 두만이, 이렇게 다섯 사람이 어울릴 기회가 자연스레 많아지게 되었다. 이런 만남은 주로 나와 경아 사이를 가깝게 맺어주고 싶어하는 경곤과 지선의 노력에서 비롯되었다. 그때마다 두만도 절호의 찬스라고 생각하며 지선에게 온갖 정성을 쏟아 부었지만 말을 꺼내볼 여지도 없이 문전에서 박대당하니 두 사람 사이는 더 이상 가까워질 기회가 안 생겼다. 지선과 두만의 개인적 만남은 모임 이후 바로 끝이 나 버렸다. 마치 연극에서 자기 배역을 두만과 파트너 역할을 맺음으로써 다 마쳤다는 듯 아무리 두만이 안달하여도 두 사람 관계는 진전이 안 되었다. 어디에선지 지선이 의과대학 일 년 후배와 사귀고 있다는 풍문을 들은 후에야 두만도 돌아가는 정황을 비로소 파악했다는 듯 지선에 대한 미련을 단념했다.

두만이 알아낸 지선과 목하 사귄다는 후배는 교내 보컬 멤버로서 활약하고 있는 송민이라는 후배였는데 보컬그룹에서 드럼 파트를 맡고 있었다. 안경도 색이 있는 선글라스 비슷한 안경을 쓰고 의학부

학생으로서 유일하게 본대 학생들과 보컬그룹을 조직해 활동하고 있는 예술적 기질이 돋보이는 재능아로서 이름만 들어도 누구인지 금방 떠오르는, 눈에 확 띄는 후배였다. 두만도 이런 소문을 최근에서야 확인한 것이다. 어떻든 지선은 두만과 단지 공적인 만남 외에는 허용치 않겠다는 원칙을 야무지게 잘 유지해 나가고 있었다.

겨울 방학을 앞에 둔 늦가을 어느 날이었다. 이때쯤엔 무등산의 억새도 한껏 아름다움을 뽐내는 시기였다.

지난해도 아마 이즈음이었으리라. 그때가 억새들이 유독 무성했던 가을이었으니까. 친구들 몇 사람과 무등산을 향해 등산을 떠난 적이 있었다. 그때 평소에 다녔던 등산로가 무성한 억새 때문에 길이 파묻혀 방향을 잘못 잡게되어 한참동안 산길을 헤맨 적이 있었는데 끝에 가서는 사람의 발길이 안 닿은 산속까지 들어서게 되었다. 그때였다, 근처에서 아름다운 새소리에 섞여 '졸졸…….' 물 흐르는 소리가 들렸던 때가. 길을 따라 조금 더 올라가보니 그곳에서 계곡을 만날 수 있었고 주위를 둘러보니 놀랍게도 밤나무들이 몇 그루 무리지어 있었다.

"야, 밤이다!"

깊은 산중에 누가 일부러 심어놓지도 않은 밤나무 같은데, 간혹 식목일에 행해진 나무심기 기념행사 때 심었다고 생각되기에는 너무 깊고 인적 드문 산중이었다. 어느 다람쥐라도 물어다 논 밤톨이 이렇게 나무로 자랐을까? 혹은 계곡물을 타고 떠내려 온 밤톨에서 싹이 터서 자랐을까? 연유는 모르겠지만 길을 잘못 들었다 오히려 뜻밖의 횡재를 만난 격이었다. 모두들 지금까지 뻘뻘 땀 흘리면서 산길을 헤매던 축 쳐진 어깨가 금세 펴지며 눈들이 휘둥그레졌다. 몇 사람이 가져간 배낭이며 주머니가 불룩 튀어나오도록 밤을 주워 담았다.

오늘 등산 코스의 목표가 바로 그곳이었다. 다음에 다시 한 번 오겠다고 유심히 눈여겨 기억해 두었던 곳이기는 하지만 딱 한차례 그것도 경황없는 중에 다녀온 산길이라 똑바로 찾아갈지 한자락 염려가 없지 않았지만, 설령 목적지를 못 찾는다 하더라도 그곳까지 가는 도중의 주변경관이 빼어나게 아름다웠기 때문에, 가는 길목 어느 곳에다 자리를 펼치고 시간을 보내도 괜찮을 성 싶었다. 또 금상첨하 격으로, 계곡물이 가는 길 따라서 내내 흐르고 있어 취사문제를 해결하기도 쉬웠기에 가을을 만끽하며 시간을 보내기에 적당한 장소로 이 시기에 그곳만큼 선뜻 머리에 떠오르는 곳이 없었다.

막상 산길로 접어드니 나무와 풀들이 작년보다 훨씬 무성하게 길을 덮어 길목이 무척 낯이 설어보였다. 억새가 장관을 이루고 있는 억새밭 무더기를 지나, 기억을 더듬어 발길이 묻혀버린 산길을 한참 헤집고 전진했다. 몇 번씩 길을 놓치고 미끄러지며 멋대로 뒤얽힌 가시덩굴에 찔리면서 애를 먹다 지친 경아가 은근히 걱정이 되는지 못 참겠다는 투로,

"그만 쉬었다 갑시다. 여기서 자리잡고 식사하면 안 돼요?"

투정을 부린다.

우여곡절 끝에 목적지라 생각되는 근처에 도달했다. 그때도 아마 그랬던 것 같다. 어느 곳에선지 가까이서 쟁반에 옥을 구르는 듯한 맑은 새소리를 먼저 들었다. '쪼로롱…….' 조용한 산중에서 청초한 녹음을 꿰뚫고 들려오는 소리여서 더욱 청아하게 울렸으리라. 오늘도 귀울림이 울릴 정도로 어지럽고 지친 상태에서 맑은 새소리가 고막을 울리면서 번쩍 정신이 돌아옴을 느꼈다. 그리고 주위를 둘러보니 과연 낯익은 풍경이 시야에 들어오고 나도 모르게 '후~'하고 한숨이 쉬어진다.

몇 시간 가슴조이며 안달하던 끝에 새어 나오는 안도의 한숨이었다.

"명수 씨 어떻게 이런 곳을 다 와보셨어요?"

지선이도 놀라는 기색을 감추지 못하고 목소리에 호기심이 잔뜩 배어있다. 역시 기대를 저버리지 않고 작년과 비슷할 정도로 여기저기 밤송이들이 떨어져 기다리고 있었다는 듯 널려있지를 않는가. 사람 왕래가 없었던 곳이니 지금껏 밤송이들이 떨어진 상태 그대로 보존되어 있었을 것이다. 몇 군데 밤까진 흔적이 있긴 하지만 사람이 손댄 자국은 아닌 듯싶었다.

"야~호~" 모두 함성을 지른다. '어쩜!' 좋아 어쩔 줄을 모른다. 시기적으로 차이가 있어서 그랬을까. 둘러보니 작년보다 오히려 훨씬 많은 밤송이들이 이미 밤나무 밑에 쫙 널려있다. 우선 작년 악몽이 불현듯 되살아나서 모두에게 주의를 심어주기 위해 한곳으로 모이게 했다. 작년에 한 친구가 벌집을 잘못 건드려 벌들의 집중공격을 받았던 곳이었기 때문이었다.

"잠시만 주목해 주십시오.

한 가지 주지사항이 있는데, 이 근처에 벌집이 많습니다. 혹시 벌집이 발견 되면 절대 건드려서는 안 됩니다. 물론 벌집 근처에 가까이 가는 것도 안 되지만 벌이 달려들더라도 손으로 쫓지 말고 가만히 있어야 됩니다. 그리고 조용히 민첩하게 그 근처를 벗어나 버리는 것이 상책입니다. 모자를 단단히 쓰고, 모자가 없으면 신문지를 모자같이 만들어 모자 대신 이용하시고, 벌이 가까이 날아오거든 벌은 높은 곳을 공격하는 습성이 있으니 머리를 땅 쪽으로 숙이고 엉덩이 부위를 높게 하여, 머리 가까운 부위를 보호하십시오. 그럼 혹여 공격을 당하더라도 얼굴과 머리 쪽은 피할 수 있으니까요. 그리고 벌은 향수나 화장품냄새, 술 냄새를 맡으면 공격을 합니다. 벌 성질 안 건드리도록 각별하게 주의를 기울이십시오."

"벌이 만약 나한테 쫓아오면 그냥 여럿이 있는 곳으로 도망쳐 올 거예요."

경아가 우스갯소리를 한다.

"옛날 우리 동네에서 실제 일어났던 일인데 동네 꼬마들이 산에 놀러갔다 한 아이가 잘못 벌집을 건드렸던 모양이에요. 갑자기 벌들이 달려드니 놀래서 도망간 곳이 여러 애들이 한데 모여 있는 곳이었대요. 동네 꼬마들 모두 벌한테 한방씩 쏘였는데 나중에 보니 벌집 건드린 애는 안 쏘였대요. 벌이 달려들면 나도……? 누구 곁으로 도망가야겠는데 누구한테 갈까? 야 지선이 너한테 갈까보다. 아니면 두만 씨?"

"야 경아야. 징그런 소리 그만 좀 해라."

지선이가 질겁하며 놀랜다.

이야기가 끝나기 무섭게 모두들 밤나무 밑으로 흩어졌다.

이날 생전 처음으로 밤에 대한 비밀을 알게 되었는데 예전에는 밤송이를 생각하면 그렇게 답답할 수가 없었다. 무엇이 그리 무서워서 밤송이들은 두꺼운 껍질도 부족하여 날카로운 가시로 중무장을 하고 있는지? 아무리 양보하여 생각해봐도 이해할 수가 없었다. 머루나 다래, 도토리까지 산에서 자라는 어떤 열매도 밤같이 그렇게 까다롭고 단호하게 무장한 과일은 없지 않은가?

그러나 오늘은 밤송이 신비의 베일이 벗겨지는 날이었다.

그렇게 야무지게 무장한 밤송이들이 익을 때가 되니까 모두들 쫙쫙 벌어져 있지를 않은가. 마치 잘 익어 벌어진 석류나 무화과와 마찬가지였다. 익을 대로 익은 밤송이들은 모두들 저절로 땅에 떨어져 여유를 부리며 편하게 넓혀져 있었다. 저 높은 곳의 밤송이를 따려고 애쓸 필요가 없었다. 이미 모두들 밤송이에서 빠져나와 낱알들이 찬란한 빛깔을 자랑하며 번쩍거리고 있었다. 우리들은 그저 떨어져 빠져

굴러 나온 밤톨을 가지고 온 배낭과 호주머니에 주워 담기만하면 그만이었다. 자연의 법칙은 밤나무에까지 훌륭하게 배려가 되어 있었다. 때가 되면 저절로 밤송이가 벌어지고, 봄부터 시작되어 여물을 대로 여문 열매들이 저절로 떨어져, 오늘을 기다리고 있는 것이다. 밤송이들은 단지 이때를 기다리며 그렇게 답답한 무장을 한 채 인고의 시간을 견디고 지냈던 것이다. 밤톨을 주워 담으면서 저절로 감탄의 소리가 터져 나왔다.

"아 아름다운 결실이여!"

큰 놈은 큰 놈대로 작은 놈은 작은 놈대로 아름다운 완성이 있을 뿐이었다. 어떤 송이에는 어쩜 달랑 커다란 밤알 하나만 들어앉아 있는지! 약간 거만스럽게, 그러면서도 내 할 몫을 충분히 다 마쳤다는 위엄을 잃지 않고. 어떤 송이에는 고물고물 세 개씩이나 촘촘히 들어앉아, 작지만 당돌하게 완벽한 모습으로 우리를 기다리고 있었다.

사랑의 신비는 어김없이 밤송이까지 손길이 닿아있었다. 정말이지 이날 느꼈던 밤톨의 비밀은 사랑의 신비였다. 구석구석 미치는 자연의 손길은 밤송이에까지 손이 미쳐 이런 위대한 사랑의 열매를 깊은 산중에 완성시켜 놓았던 것이다.

평소에는 무심코 스쳐 지나갔던 밤톨 색깔이 그렇게 어여쁠 수가 없었다. 오늘에야 찬란한 밤 색깔의 비밀을 풀 수 있었다. 그 겸손하면서도 세련된, 그리고 어두운 듯하면서도 윤기가 도는 밤빛의 비밀을 어렴풋이 알 듯 싶었다. 어떤 호화스런 색깔 곁에 두어도 뒤떨어지지 않고 어떤 무거운 색깔 곁에 두어도 가벼워 보이지 않는 밤빛 색깔. 밤을 구울 때 풍기는 구수한 맛이 어떤 역사를 간직하고 있는지 비로소 알 것 같았다.

사랑에 눈이 떠지면서 밤톨에서까지 사랑의 색깔을 감지할 수 있는 심안이 열리던 때였다.

얼마나 오랫동안 정신없이 밤톨을 주워 담았는지 모르겠다. 밤톨 줍기가 그렇게 재미있었던지 다리가 아프니 쉬어가자던 경아도 깜빡 정신을 뺏겨버렸다. 그러니까 밤 줍기가 끝나갈 무렵, 벌에 대한 예비 교육을 거의 망각할 때쯤이었다. 지선이 있는 방향에서 갑자기 외마디 비명소리가 들려 깜짝 놀라 소리나는 쪽을 돌아봤더니 지선이 고개를 숙이고 소리를 질렀다. 자세히 보니 벌 몇 마리가 고개를 숙이고 있는 지선이 주위를 어지럽게 날고 있었다. 재차 비명소리가 울려 모두들 지선이 있는 쪽으로 달려갔다.

벌떼라고 했던가? 어느 틈에 모여들었는지 갑자기 수많은 벌들이 떼 지어 '윙~윙' 거리며 지선이 주위로 어지럽게 날아들었다.

"지선 씨, 고개 숙이고 얼굴을 땅 쪽으로 돌려요. 고개 들지 말고 그대로 이쪽으로 움직여요."

그날 지선은 팔에 벌침 두 방을 쏘였으나, 그나마도 천만다행이었다. 덕택에 나와 경곤이도 한 방씩 쏘였지만.

"지선 씨, 벌침은 일부러 돈 주고 약으로 맞는답니다. 민간요법인데 관절이 아프다거나 근육통증이 심할 때 벌침에 쏘이게 하는 치료법도 있답니다."

"두 분께 미안해요. 저 때문에 쏘여가지고, 괜찮으세요?"

"지선이 너, 올 겨울 감기 안 걸리겠다. 벌에 쏘이면 그해 겨울에 감기 안 걸린대요."

"경아야, 그렇게 좋으면 너도 한번 쏘여보지 그래. 팔이 욱신거려요."

"어디 좀 봅시다. 벌침이 박혀 있으면 뽑아야 되니까요."

"경곤 씨 괜찮으세요?"

"끄떡없습니다."

경곤이는 얼결에 허벅지 부위에 한방 쏘이게 되어 그 부위가 아픈지 걷는데 절뚝거린다.

"지선아, 어떻게 된 거야?"

"처음 벌 한 마리가 가까이 오길래 명수 씨 교육이 생각나서 고개 숙이고 기다렸더니 어디에선지 또 몇 마리가 더 날아와 주위에서 '윙~윙' 거리드라고요. 그런데 갑자기 윙~윙 소리가 많아지면서 그중 한 마리가 얼굴 쪽을 탐색하는 거예요. 그때까지도 꾹 잘 참고 고개 숙이고 있었는데 갑자기 한 마리가 얼굴을 향해 달려들기에 무서워 손을 휘저었어요. 그때 손등에 한 방 쏘이면서 소리를 질렀을 거예요."

벌써 점심시간은 훨씬 지났다. 근처 계곡 물소리가 들리는 곳으로 자리를 옮겨 점심 준비를 시작했다. 갑자기 모두들 일시에 시장기가 느껴지기 시작했다.

"경아 너, 아까는 배고프다고 안달하더니 밤 줍느라고 밥 먹자는 소리가 쏙 들어갔구나."

"밤 줍다보니 밥 안 먹어도 배부르다."

"저쪽으로 옮겨서 벌에 쏘인 부위를 찬물에 마사지하면 훨씬 좋아질 겁니다."

"명수 씨, 팔은 괜찮아요?"

"약간 붓기만 했어요."

같이 점심식사를 끝마치고 나중에는 모닥불을 피우고 빙 둘러앉아 지선의 기타반주에 맞추어 손뼉쳐가며 돌아가면서 노래도 부르며 흥겨운 시간을 보냈다.

"지선이 너, 벌에 쏘이고도 기타 참 잘 친다."

"경아야, 약 그만 올려라. 더 욱신거린다."

익어가던 밤 냄새며 '톡~톡' 밤톨 터지는 소리들이 구수한 냄새에 화음을 맞추어주었다.

"지선아 밤에 칼질 잘해야 해. 칼질 잘 못하면 익을 때 밤 터진다. 잘못하면 껍질 터지면서 눈 다쳐."

남자들 셋은 번갈아가면서 주위에서 마른 솔나무 가지들을 긁어모아 꺼지지 않게 계속 불길을 살렸다.

여느 때처럼 깔깔거리며 장난치던 경아의 머리카락이 불에 타 약간 그슬렸기 때문에 경아 머리스타일은 이듬해 봄까지 발랄한 쇼트 스타일로 변화가 있었다.

"경아야, 그것 봐라. 나한테 약 많이 올렸다가 벌 받는 거야. 참 고소하다."

지선이가 이때가 찬스라고 경아에게 복수펀치를 날렸다.

사랑의 미로

사랑은 어떻게 시작되는 걸까.

맨 처음 보자마자 사랑이 움트게 되는 걸까. 사랑하는 사람 사이엔 감홍이 있어 언젠가는 서로 만나게 될 수밖에 없는 이치일까? 그것을 운명이라 하는 거고? 그 많은 사람 중에서 하필 어떤 사람에게 사랑을 느끼게 되는 걸까? 그 사람을 다시 만날 기회가 없다면 사랑도 더 이상 없는 걸까? 그럼 사랑은 우연일까? 처음엔 절실하게 사랑하지 않았던 사이도 세월이 흘러 지내다보면 정이 들고 사랑하게 되는 걸까? 왜 어떤 사람은 생각만 하여도 속에서 뜨거운 열기가 이글거려질까? 이를테면 나는 그 당시 사랑의 열병을 앓고 있었다. 그리고 그 대상은 지선이었다. 지선이 자신과 경곤이까지 나와 경아를 맺어주려고 온갖 애를 써도, 맨 처음 지선이 쪽으로 잡힌 애정의 방향은 좀처럼 그 진로를 바꿀 수가 없었다. 하지만 현실적으로 지선은 출입이 허용되지 않은 정원에 살고 있는 만남이 금기된 사람이었다.

이성에 대하여 처음 관심을 기울였던 때가 초등학교 3학년 때였다.

그 당시에는 4학년부터 남녀 학급이 따로 갈라졌으니 아직은 같은 교실에서 남녀가 함께 공부를 하던 때였다. 우리 반에 귀님이란 여학생이 있었는데 나는 우리 반에서 귀님이한테 제일 관심이 많았다. 쉬는 시간이나 혹은 자율학습 시간에도 주로 귀님이 노는 모습을 지켜보면 흥미로웠다. 지적을 당해 책을 낭독하거나 앞에 나가 칠판에 문제를 풀 때도, 일단 귀님이가 신경이 쓰였으며 남학생끼리 어울려 놀 때에도 귀님이 노는 곳이 자꾸 궁금했다. 그러니까 나의 관심은 온통 귀님이라는 여학생한테 쏠려 있었다.

귀님이는 노래도 잘 불렀다. 실은 우리 반에 귀님이 보다 훨씬 노래를 잘하는 호석이라는 여학생이 있었다. 호석이가 어느 정도 노래를 잘하는가 하면 호석이는 방송국 어린이 합창단원이었다. 라디오 방송에서 부르는 노래를 직접 들어본 적은 없으나, 들었다는 친구 말에 의하면 다른 합창단원 애들과는 비교도 안 되게 월등하게 노래를 잘 부른다고 칭찬을 아끼지 않았다. 목소리가 마치 꾀꼬리 같단다. 그래서 내 좁은 식견으로 전국에서 노래를 제일 잘하는 애일 거라고 짐작만 하고 있었다.

간혹 음악시간에 선생님이 노래를 시킨 적이 있었는데 작은 몸에서 어떻게나 꾀꼬리같이 맑고 고운 목소리가 터져 나오는지 모두 넋을 잃고 듣곤 했다. 귀님이와 호석이 두 사람 노래소리를 견주어보면 귀님이 실력이란 발성부터 정식으로 배운 호석이와 비교될 수 없을 정도로 차이가 많을는지 몰라도 내가 듣기엔 더 못 불러도 귀님이 노래가 듣기 더 좋았다. 그러니까 노래는 호석이가 훨씬 잘 불렀지만 귀님이 노래를 들으면 기분이 더 좋았다. 그래서 내가 좋아하는 가수는 귀님이었다. 선생님이 호석이를 노래시키고 그다음 누구 한 사람 더 시켜볼까? 물어보면 어디서 배짱이 생겼는지,

"귀님이 시켜요."

소리 질러 귀님이 눈총받기 일쑤였다.

같은 반에 귀님이와 사촌간인 병해란 친구가 있었는데 나이가 똑같은 귀님이와 병해 사이에, 누가 손위고 누가 손아래인지는 모르겠지만 둘이는 그냥 말도 트고 사이좋은 친구같이 지냈다. 나는 병해하고 가깝게 지내고 싶어 병해가 좋아하는 오색구슬도 주면서 부단하게 노력을 기울였다. 병해하고 친하면 방과 후 병해하고 가까운 애들과 함께 마당이 넓은 병해 집에 가서 소꿉놀이도 하고 술래잡기도 하면서 신나게 놀 수가 있었는데 이때 대개는 귀님이도 한데 어울렸다.

어느 날 술래잡기를 하며 귀님이가 도망을 가고 내가 쫓아가는 도중에 귀님이가 넘어졌다. 깨진 무릎에서 피가 흐르며 주저앉아 우는데 나는 그 곁에 서서 당황하여 어쩔 줄 모르고 쩔쩔맸다. 병해가 가져온 빨간약을 바르고 나서야 울음을 그쳤지만 여전히 아파하는 모습을 보니 속으로 굉장히 미안했으나 우물쭈물하다 미안하다는 표현도 못했다.

다음날 만나니 언제 그런 일이 있었던가 귀님이는 씻은 듯 잊어버렸지만 나로서는 무릎에 빨간 약이 남아있는 한동안 죄스런 심사를 못 지우고 내심 혼자 속병을 앓았다.

귀님이 우는 모습을 또 한 차례 봤다. 쉬는 시간에 여학생들이 운동장에서 고무줄놀이를 하고 있으면 개구쟁이 상급반 남학생 두 명이 감쪽같이 나타나서, 숨겨온 면도날로 고무줄 양끝을 잘라가지고 고무줄을 챙겨 번개같이 사라지는데, 어느 날 개구쟁이 남학생들이 가까이 오는 것을 모르고 있다가 고무줄을 미처 감출 틈도 없이 귀님이가 놀고 있던 고무줄이 잘려버렸다. 언제나 하던 습관대로 귀님이 놀고 있는 쪽을 멀찍이서 지켜보고 있다가 사태를 짐작하고 그 곳으로 달려갔을 때 낯익은 개구쟁이 둘은 벌써 저만치 도망가고 귀님이는 울고 있었다.

그 뒤부터 한동안 고무줄놀이를 하면 내가 가까이서 망을 봐줬다. 그렇게 해서라도 지난번 나 때문에 넘어져 다쳤던 빚진 마음을 조금이나마 갚고 싶었다. 4학년 때부터는 남녀학생반이 따로 갈라졌다. 이제 전체학생 조회시간이라든지 운동회, 학예회 등 전교생이 모이는 그런 특별한 날이나 귀님이를 볼 수 있었다. 반이 갈리고 나서 처음 얼마동안 귀님이 있는 반 쪽을 두리번거렸지만 차츰 관심이 줄어 들어갔다. 간혹 귀님이네 집 앞을 지날 때 불현 듯 옛날 우리들이 재미있게 뛰어놀았던 뒷마당 쪽으로 눈길이 가곤했다. 그러면서 자연스럽게 귀님이는 기억에서 사라졌다. 그 후 오랜 시간이 지나고 중학교 영어시간 때였다. 수업시간에 영어 격언을 배우다가 귀님이를 떠올릴 기회가 생겼는데 그때 배웠던 영어문장이,

「용기있는 자만이 미인을 얻을 수 있다.」 이런 내용이었다.

「용기있는 자만이 미인을 얻을 자격이 있다.」 이렇게도 해석될 수 있는 서양격언이었는데 실은 '미인'의 영어단어가 'Fair'였으니 엄격하게 따지자면 미인이 얼굴만 예쁜 미인만을 가르키는 단어가 아니라, 내적인 미도 갖춘 여인을 의미했을 거다. 그 영어문장을 읽던 순간 까마득히 잊고 있었던 귀님이가 불쑥 떠올랐다. 그날 방과 후 어려서 뛰놀았던 병해네 집 근처를 빙 둘러서 서성이다가 집에 돌아왔던 적이 한 차례 있었다.

그때 그런 일이 있고나서 또 얼마동안 귀님이는 기억 저편에 묻어두고 지내왔는데 지선이를 만나면서, 「용기있는 자만이 미인을 얻을 수 있다.」는 오래된 격언이 떠오르고 더불어, 그동안 까맣게 잊고 있었던 이름조차 희미한 귀님이가 새삼 떠올랐다.

'지금은 어떤 사람으로 변했을까?'

이즈음 평소에는 듣지 않던 대중가요를 자주 들었다. 예전에는 상

상도 못했는데 대중가요를 가만히 듣고 있노라면 가사가 꼭 내 마음같이 마음에 와 닿았다. 오히려 클래식 음악이나 고상한 가곡보다 대중가요가 훨씬 감동적이었다. 세상만사 돌아가는 이치가 유행가 가사 속에 모두 예견되어 있었다. 슬픈 음악은 슬픈 음악 나름대로 애잔한 음악은 그 자체로 의미 있게 부딪쳐 왔다.

'내생에 단 한번만이라도 그대를 사랑하게 하소서…♪♬'

그런 음악을 들을 때는 온 몸이 뿌리 째 전율되었으며,

'인생은 나그네길…♪♬'

옛날엔 건성으로 귓전에 흘려들었던 이런 노래도 듣고 있노라면 이젠 내 자신이 정말 빈손으로 돌아가는 나그네같이 허전하고 처량했다. 대중가요 속에 지금껏 미처 모르고 지나쳤던 만남이나 사랑, 그리움, 세상 돌아가는 모든 이치가 들어 있었다.

이때만큼 대중가요를 많이 들었던 때가 없었으니 원래 공부할 때는 라디오 소리뿐만 아니라 똑딱거리는 시계 소리조차 안 들리게 주위를 조용히 해놓고 나서야 책상 앞에 앉는 습관이 몸에 배어있었던 사람이 공부할 때도 틈만 생기면 대수롭지 않게 음악을, 그것도 대중가요를 틀어놓았다. 친구들이 사랑을 하니까 변화가 생겼다고 놀렸지만 공부하면서도 정신집중을 못하는 정확한 사연은 모두들 상상도 못했다.

「용기있는 자만이 미인을 얻는다.」

오래된 격언 속에서 용기가 나서겠다고 꿈틀거렸지만 현실은 용기로써 해결될 가벼운 문제가 아니었다. 용기와 현실 사이를 방황하며 귀님이가 생각났던 것이다. 어떻게 어린 시절에 귀님이란 여학생을 좋아하게 되었을까? 귀님이보다 더 예쁜 여학생도 있었고 더 노래를 잘한 호석이도 있었는데 모두 눈에 들어오지 않고 귀님이를 좋아하게 되었을까?

이런 경우를 운명이라고 하는 걸까?

처음 안경을 착용했던 때였다. 그러니까 그 때가 중학교 1학년 때였는데 시력이 나빠져 안과에 들렀더니 '근시가 시작되었으니 안경을 착용하라'고 했다. 안경집에서 안경을 맞추고 나서도 안경을 쓰면 '다른 사람이 나를 어떻게 여길까?' 쑥스러워 처음엔 그냥 가방 속에 넣어가지고만 다니다, 수업시간에 잠시 착용하고, 보통 때는 어색하여 감히 착용할 엄두를 못 냈었다. 그 후 얼마가 지나고 안경쓰기가 어느 정도 익숙해질 무렵 안경을 쓴 채 큰맘 먹고 거리를 나선 적이 있었다.

안경을 쓰고 바라보는 세상은 지금껏 안경 없이 보아왔던 세상하고 확연하게 달랐다. 거리도 어제까지 보아왔던 동일한 거리지만, 지금까지의 희미했던 거리와 안경을 쓰고 바라보는 뚜렷한 형태의 거리 모습은 완전히 달라 보였다. 저 멀리 보이는 무등산의 윤곽이라든지 선명한 간판글씨들이 온통 새로웠다. 세상이 얼마나 새롭던지 모든 사물을 처음 인식하며 시작부터 다시 알아가는 기분이었다. 평소엔 안 보이던 이마의 여드름 자국이 뚜렷한, 늘 보아왔던 친구들 얼굴 모습도, 새삼스럽게 달라 보였다. 안경을 쓰고 세상을 보니까 이렇구나! 하고 처음 느껴본 감흥이었다.

옛날 내가 안경을 안 쓰고 보았던 세상은 사실 그대로의 본모습이 아니었고, 오래된 책속의 빛바랜 그림같이 불투명하고 흐릿했었다. 안경을 쓰고서 비로소 세상의 참모습을 바라볼 수 있게 되었다. 그러고 나서도 얼마동안 여전히 안경을 썼다 벗었다 하는 과정을 반복해야 했다.

무등산으로 갔던 가을 소풍 때였다. 안경을 쓰고서 보는 가을 산 모습이 너무나 인상적이었다. 곱게 물든 단풍하며 천태만상의 바위 모습들, 그때 처음으로 무등산 등성이의 아름다운 억새와 만났었다. 안경을 안 썼더라면 못보고 놓쳐버렸을 귀진한 자태였다. 그때부터 억새의 멋에 푹 매료당해 버렸으니!

진짜 세상모습은 정말 아름다웠다. 아 저게 진짜 코스모스 모습이구나! 저 아름다운 목소리 새의 진짜 모습은 저렇게 가녀리게 생겼구나. 저놈 보라지! 앙증맞게도 생긴 부리를 움쭉거리며 재잘대고 노래하는 목소리가 기막히게 아름답기도 해라. 이것이 들국화의 진짜모습이구나! 정말이지 그날 소풍 때에는 세상 모든 것들의 진짜 모습들만 보았다. 내가 지금껏 알고 있었던 모습들은 진짜 모습들이 아니고 허상이었다. 끝없이 높고 넓게 펼쳐지는 파란 가을하늘, 그리고 이 나무에서 살짝 날아올라 잠깐 사이에 공중제비를 한바탕 부리고 저 나무가지에 옮겨앉는 들새의 모습하며, 풀잎에 태연하게 앉아 여가를 즐기는 무당벌레의 깜찍한 진짜 모습들!

아름다운 참모습을 못보고 흘려보낸 세월이 아까웠다.

가을 소풍을 다녀오고 난 이후 일상생활에서 잠잘 때와 세수할 때를 제외하고 안경을 벗은 적이 거의 없으니 이때부터 안경은 신체의 일부같이 되었다.

사랑을 알고 나서 바라보는 세상이 그랬다. 이제, 세상은 여태껏 내가 보아왔던 세상이 아니었다. 세상이 온통 사랑으로 충만되어 있었다. 꽃 중에서, 가을하늘 속에서, 억새 더미에서, 세상 구석구석 사랑을 느낄 수 있었다. 깜깜한 어둠속에서도 사랑의 숨결을 느낄 수 있었다. 사랑의 안경을 끼고 보는 꽃과 하늘과 억새는 더 이상 예전의 그냥저냥 모습들이 아니었다. 온통 세상은 사랑과 감사뿐이었으며 세상도 사랑 때문에 의미가 있고 음악도, 산도, 종교도, 심지어 낮과 밤도, 사랑 때문에 의미가 살아 있었다. 이미 나의 사랑의 열병은 심도가 꽤 깊어졌다.

그리고 사랑의 대상이 경아가 아닌, 만남이 금기되고 출입이 허락되지 않은 정원 속에 살고 있는 지선이었다. 그러나 여건은 지선이와 만남을 허용하지 않았다. 이런 현실을 어떤 때는 운명이라고 타이르면서, 어떤 때는 자신의 용기 없음을 탓하면서, 조금 더 기다려 보기로 했다.

사랑이 제 모습을 드러낼 때까지, 사랑이 스스로 길을 인도할 때까지 기다려보자고 혼자서 끊임없이 다독거렸다.

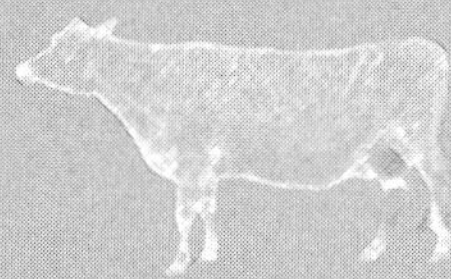

제2부
민청학련

민청학련 유감

한 달여 만에 등교하던 날 순형이가 강의실 옥상으로 불렀다.

"몸은 괜찮아? 고생 많이 했지? 너 없을 때 형사들한테 나도 몇 차례 심문을 받았고 너하고 가깝게 지낸 주변 사람들 모두 불려가 조사를 받았다고 들었어. 그런데 형사들이 집요하게 물어보던데 불순한 유인물이란 게 도대체 뭐야?"

"민청학련과 관련된 유인물인데 내용이 유신체제 폐지와, 민주주의 구현에 애쓰다 구속된 애국인사 석방과 부정부패 척결, 그리고 노동운동이라든지 그 외 몇 가지 항목들이 더 있는데 나도 지금 자세히는 기억이 안 나. 불과 2~3일 동안 지니고 있다 급하게 실험실 바닥에 떨구어 버렸으니……."

"그런데 어떻게 된 영문으로, 떨군 유인물이 형사들 손에 들어가게 되었다지?"

"잘 모르겠어. 오히려 내 몸에 지니고 있다 들켰더라면 모진 고생을 면했을지도 모르겠는데."

"형사들한테 끌려가기 얼마 전에…… 누구더라? 낯익은 고등학교 동창들이 몇 번 너를 찾아왔던 것 같던데 그 일과 관계있었던 거 맞지?"

"그래, 자세히는 묻지 마. 밖에 나와서 안 밝히기로 서약한 사항이니까."

사학과에 재학 중인 고등학교 시절 친하게 지냈던 친구 양현이와 고교 2년 선배 상윤형이 나를 찾아왔던 때가 내가 연행되기 얼마 전 일이었다. 그러니까 형사들이 나타나기 2~3주 전, 오전강의가 끝났을 때 양현이와 선배 동창이 기다리고 있었다.

"야, 양현이 아니냐, 얼마만이야?"

"우리 졸업 후 처음이니까 몇 년 되었겠다. 여기 같이 오신 동창 형을 소개할게." 그렇게 상윤형을 소개 받았다.

"명수야, 이 나라에 민주주의가 다 말살되어 가고 있는 절체절명의 순간에 우리라고 공부만 하며, 언제까지 현실을 내팽개칠 순 없지 않니?"

"양현아, 역사를 전공하는 너의 시각으론 지금 현실이 도저히 용납되지 않을지 모르겠지만 우리 의대생들은 한 순간도 다른 곳에 정신 팔 틈이 없는 게 또한 현실 아니니?"

"아무리 그렇다 하더라도 이번만은 의대생들도 같이 힘을 합쳐야 할 것 같아. 며칠 후 거국적인 학생들 궐기가 있을 예정이야. 이번에 같이 참여해 줘. 과격한 시위는 바라지 않을 테니, 같이 참여만 해줘. 저쪽 의과대학은 우리 동창 재석이한테 부탁했고 우리와 뜻을 함께 하기로 이미 약속되어있어."

"이런 일이 나 혼자만으로 어떻게 진행이 되겠어? 다른 학생들의 호응이 있어야지. 그리고 의대생들의 호응을 얻기란 게 여간 힘든 일이야?"

"명수야, 학창시절 학생운동 기념탑 비문 「우리는 피 끓는 학생이다. 오직 바른 길만이 우리의 생명이다.」 기억나? 우리 그 앞에서 함께 다짐했었지? 우리가 자라서 이 나라의 기둥이 되자고. 이번이 중요한 그리고 마지막이 될 지도 모를 궐기야, 꼭 같이 참여해 줘. 앞장서 달라는 이야기가 아니야. 그냥 의대생들도 포함된 전국 규모의 학생 궐기를 계획한 거야."

학생탑 앞에서 맹세라니?

양현이 아마 그때 이야기를 하는 모양이다. 고3 정규수업도 모두 끝난, 졸업을 불과 얼마 앞 둔 눈이 왔던 어느날이었다. 입학원서와 관계된 서류 작성할 일이 있어 학교에 들렀다가, 학생탑에 새겨진 조각과 비문에 군데군데 눈이 엉겨있어, 모자를 벗어 털고 있던 모습을 멀리서 양현이가 보고 가까이 오더니,

'야 명수, 제법인데 학생탑 관리까지 하고' 하며 말을 걸었다.

학생탑이 들어서 있는 곳은 담장으로 외부와 구분되었으며, 정원수들이 잘 손질되어 있고 평소에는 학생들 출입이 제한된 성역 같은 구역이었다. 높은 학생탑 기저부 전면에는 학생운동 상황을 재현한 동으로 조각된 부조가 있었는데 그날따라 이곳까지 눈이 엉겨붙어, 며칠 후면 교정을 떠날 졸업생으로서 새삼 학생탑 주위를 빙 둘러보며 뒷면에 새겨진 비문도 읽어보고 동조각도 유심히 보며, 그곳에 얼기설기 붙어있던 눈을 모자로 '탈탈' 털며 감회에 젖어서 학생운동 당시의 함성을 상상해 보던 중이었다.

나는 이과반이였고 친하게 지냈던 양현이는 문과반이라 수강하는 과목이 서로 틀리니까 근래 들어서는 일부러 맘먹기 전에는 여간해서 얼굴조차 마주하기가 힘들 때였다.

"양현이구나. 너 전공학과는 결정했어?"

"그래, 역사학 쪽으로 결정했다. 너는 옛날부터 의과 쪽으로 정해버렸지?"

양현이 고교 시절 농촌계몽활동 「향토반」이란 서클에 가입하여 농촌계몽 활동에 열중인 것은 알고 있었지만 역사학을 전공하겠다는 결정은 의외였다.

"아니 역사라니?" 놀란 내 대답을 듣고서,

"향토에 대한 공부를 하다보니까 우리 역사를 체계적으로 더 공부하고 싶은 욕심이 생겼어. 우리 민중이 살아왔던 역사, 그리고 나아갈 길, 내가 역사를 더 깊게 파고들어 공부해야 할 이유가 되더라고."

의외였다. 역사라고 하면 한국사라든지 세계사 정도만 머리에 떠오르는데 양현이는 앞으로 우리 국민이 나아갈 방향을 역사에서 찾겠다고 하며 자신의 미래도 역사 공부에 걸겠다는 결심이었다. 그러면서 하는 말이,

"명수야, 우리 사회에 나가더라도 기념탑 비문에 새겨있는 말 잊어버리지 말고, 어디에서나 꼭 필요로 하는 사람이 되자. 내 말이 너무 거창하냐? 그냥 이 나라의 기둥이 되어 보자고."

양현은 내 고향 함평군 월야면의 이웃인, 나산면 사람이라 나와는 유별나게 가깝게 지내던 처지였다.

"그런 경우라면 우선 가까운 주변 친구들하고 먼저 상의해 볼게."

어렵게 응낙하는 나의 대답을 듣고 나서야 곁에서 가만히 듣고 있던 상윤형이 거들었다.

"이렇게 응낙 해주니 다행이네. 양현이 이야기가 명수 후배라면 반드시 우리와 뜻을 함께 할 거라고 오기 전에 미리 이야기 들었네. 이번 우리들 학생 궐기가 민주주의 쟁취의 중요한 전환점이 될 거고, 아마 대한민국 역사를 바꿀 마지막 기회라고 판단하고 있네. 꼭 같이

힘을 합쳐보세.”

양현이와 선배형이 다녀가고 얼마 후 낯은 익지만 학창시절 한 번도 같은 반은 아니었던, 경영학과 재학생 정길이란 친구가 찾아왔다.

“양현이한테 이야기 들었다, 친구야. 비록 우리들이 학생이지만 이 시대에 우리 학생들 말고 누가 있어 이런 의견을 목청 높여 터트릴 수 있겠는가? 우리 고국의 미래와 후손들을 위해 같이 힘써보자고.

만약 이대로 민주주의가 무너지고 만다면 먼 훗날 후손들에게 그때 두 손 놓고 도대체 뭘 하고 있었는지 어떻게 변명할 수 있겠는가?”

두 친구와 상윤형은 같은 대학에서 서클 활동을 함께 하고 있는 회원들이라고 했다. 그때 정길이가 이런 제안을 냈다.

“명수야, 이런 방법이면 네가 직접 나서지 않고 은연중에 일을 추진해 나갈 수 있을 거야.”

“어떤 좋은 방법이 있는데?”

“먼저 주변에서 뜻을 모아 이야기가 될 수 있는 학생들 앞으로 네가 아니고 다른 사람이 보낸 것처럼 편지를 띄워봐. 그런 연후에 자연스럽게 그 친구들과 모임을 갖는다든지 기회가 되면 과에서 토론의 장을 마련한다든지 그런 진행 방식이 무난할 거야. 그렇게 되면 주모자가 드러나지 않고 일이 전개되어 갈 수가 있거든. 우리 서로 연락을 취해가며 전국적으로 봉기하는 날, 잘 성사되도록 마지막까지 온 힘을 다해보자.”

그날 방과 후 서울에서 재학 중인 친한 친구 여동생, 현영이에게 편지 문제를 부탁하기로 마음먹고 오랜만에 시내 중심가에 살고 있는 친구 집을 방문했다. 친구 어머님은 언제나처럼 아들 대하듯 반갑게 맞아주셨다.

"바쁜 명수가 웬일이야?"

"현영이 만날 일이 있어서요."

"왜, 지난 번 같이 또 해부학 숙제 부탁하려고?"

"이번엔 그런 문제 아니에요……."

"현영아, 어려운 부탁 한번 들어줘. 내가 직접 쓸 수도 있지만 나중을 위해 내 필체가 밝혀지면 곤란해. 이유는 묻지 말고 여기 수취인 이름대로 그냥 이 내용으로 써주기만 해."

편지는 나를 위시한 우리 과 주변 친구들 앞으로 보내는 데모선동 편지였다.

"오빠 수상한 시절에 이런 내용의 편지 얼마나 위험한지 잘 알지?"

"깊이는 관여하지 않으려고 해. 그렇지만 이 시대를 사는 젊은이로서 아무리 의대생이라고 하더라도 방관만하고 나 몰라라 지낼 수는 없을 것 같아. 그리고 너한테는 전혀 관련되지 않게 진행할게."

"우리 과 남학생들도 요즘 매일같이 데모하느라 난리야. 아무튼 조심해."

돌아오는 길에 현영이가 써준 위험스런 편지들을 시내 우체국 우체통에 직접 집어넣었고 이틀 후 편지를 받았던 사람들이 한자리에 머리를 맞대고 마주앉았다.

전국적인 학생 궐기가 시작되면 '우리 의대생들도 같이 참여함이 이 시대 우리들이 짊어진 사회적 소명이 아닌가?' 공감하고 우선 빠른 시일 안에 전체 과 모임을 소집하기로 뜻을 모았다.

그 후 몇 차례 고교시절 친구들과 선배형의 방문이 이어졌으며 문제의 유인물은 형사들한테 연행되기 불과 4~5일전 친구 양현이로부터 전달받았다. 그리고 친구의 연락을 받으면 즉시 유인물을 프린트해 퍼트리기로 계획을 맞추었다. 저쪽 의과대에서도 동창 재석이에 의해 계획이 똑같이 보조 맞추어 진행되고 있다고 전해 들었다.

그런데 전국 봉기예정 바로 직전에 유인물을 전달한 친구들이 구속되는 사단이 벌어지고 말았다.

대공분실(도경 공작실)에서 수사를 받을 때 수사관들의 초점은 두 가지였다. 누구누구와 만나 누구로부터 유인물을 전달받았으며 누구에게 노출시켰는지.

처음 며칠간은 유인물을 전달해준 사람과, 맨 처음 만난 날부터 오늘까지의 행적을 잠을 안 재우고, 쓰고 또 쓰는 똑같은 단순작업을 밤낮으로 반복시켰다. 1차 기록과 서로 상이한 내용에 대하여는 선명히 밝혀질 때까지 해명을 해야하는 도저히 빠져나가기 힘든 찰거머리 수법이었다. 유인물을 전해준 친구 양현이 외에 그 누구도 만난 사람이 없다는 나의 증언은 처음부터 내가 세 사람을 만난 사실을 알고 있는 그들에게 모두 허위 자백이 될 수밖에 없었고 그들이 고문의 강도를 점점 높일 수밖에 없는 이유가 되었다.

자그마한 체구에 깡마르고 눈이 매섭게 생긴 대공실장은 몸의 어느 한구석에서도 온기라고는 눈을 씻고 찾아보려야 발견할 수 없는 사람이었다. 그는 군대 지휘관들의 지휘봉같이 생긴 막대기를 손에 들고 있었다. 나를 연행해 온 수사관이 나를 데리고 그의 방으로 들어서자 잠시 째려보는 듯 매서운 눈초리로 쏘아보더니, 갑자기 돌변하며 손에 쥐고 있던 막대기로 머리, 팔, 어깻죽지를 두드려 패기 시작했다. 매질을 하며,

"왜 남의 사무실에 들어와 눈깔을 한 군데 두지 않고 돌려 봐 이 새끼야. 내가 잡아들인 빨갱이 새끼들은 모조리 남의 사무실을 둘러보고 지랄이야."

냉기가 돌고 차갑게 가라앉은 소리를 내뱉었다.

수사관들의 수사방향과 취조를 당하는 나의 걱정은 현격한 차이가 있었다. 수사관들의 첫 질문은,

“지금까지 한 번이라도 데모를 했던 적이 있느냐?”라고 던지는 단순한 물음부터 시작했다.

“대학 캠퍼스에 최루탄 가스가 멈출 날이 없는 작금에 어찌 대한민국 대학생으로 데모 한 번 안한 학생이 있겠습니까?”라고 던지는 나의 대답에, “이 건방진 새끼가” 다시 한차례 매가 쏟아졌다.

수사관들은 처음에 나를 상습 데모 주동학생으로 몰아세웠다. 그런데 아무리 조사를 하고 이력을 캐봐도 데모를 주도했던 경력이 없을 뿐더러, 밝혀진 내용이라고는 학교공부에 성실한 학생이었다는 사실 뿐 별다른 증거가 없었다. 취재 도중에 비밀 유인물을 찾아내기는 했지만, 이 유인물 또한 다른 친구 어느 누구에게도 보여줬다는 흔적이 없으니, 빨갱이 냄새를 감지했다는 실장은 이번엔 ‘사상범’ 쪽으로 방향을 살짝 돌렸다.

당장 수사관들을 보내 내방을 이 잡듯 뒤져 증거가 될 만한 책, 노트, 메모, 그리고 내가 쓴 원고 뭉치들을 들고 ‘이번에는 딱 걸렸지’라는 듯 회심의 미소를 띠고 나타났다. 그들이 찾아낸 증거물은 내가 지난 방학 때 서점에서 구입해 읽었던 ‘자본주의 비판’, ‘러시아 혁명사’, ‘나는 왜 크리스천이 아닌가’라는 책 3권이었다.

그들은 이 책을 증거로 들이대며 나를 자본주의를 부정하고 혁명을 꿈꾸는 불순분자라 몰아붙였다. 그런데 아무리 애를 써봐도, 누구나 제한 없이 일반서점에서 구할 수 있는 책의 존재만으론 무리가 되었던지 내가 읽고 독후감을 써서 남긴 ‘나는 왜 크리스천이 아닌가?’라는 독후감 내용을 핑계로 삼아 트집을 잡기 시작했다. 나를 아예 자본주의를 비판하고 종교를 부정한 빨갱이들과 똑같은 사상범 쪽으로 분류시켰다.

'단지 책을 읽고 받았던 감상을 적은 독후감에 불과하다'라는 변명은 아예 처음부터 깔아 뭉개버리고 들은 척도 안 했다. 우습게도 불순분자로 몰아가기 작전이 실패했다는 귀띔은 어느 수사관의 지나가는 언질 때문에 눈치채게 되었다.

나한테 밤낮으로 매달려 취조를 벌이는 수사관은 3명이었다. 그들 중 가장 인간미가 느껴지는 한 수사관이 어느 날 나에게 '젊은 지성인에게'라는 책에 대해 넌지시 물었다. 이 책 또한, 읽고 책장에 꽂아두었던 책이었다. 이 책의 내용은 기독교에 관하여 젊은이들과 대화를 나누는 형식을 빌어서 신의 존재를 비롯한 기독교 전반의 광범위한 문제를, 종교적인 냄새가 안 풍기도록 다룬 책이었는데, 책을 읽고 있으면 그 당시 나 같은 무신론자까지도 신의 존재를 생각할 수 있을 만큼 잘 짜여진 책으로, 신앙심이 두터운 기독교 작가가 쓴 책이었다.

이 책에서 한 젊은이의,

'당신은 어떻게 신의 존재를 증명할 수 있겠는가?'라는 질문에 작가는, '어떤 아름다운 교향곡을 듣고 있으면 당신은 당연히 음악을 만든 훌륭한 작곡가가 있지 않을까 생각하지 않는가? 마치 교향곡 같이, 아름답고 정교한 이 세상에 대하여, 세상을 만든 위대한 작곡가 같은 창조자가 있으리라는 생각은 너무나 당연하지 않은가? 신을 바탕으로 세상을 창조했다는 믿음이 세상을 살아가는 젊은이에게 도움이 될지언정 절대 해가 될 일은 없지 않겠는가?' 오히려 젊은이에게 이렇게 반문한다.

이 책을 읽고 감명이 깊었기 때문에 책에 대한 독후감을 글로 남겨뒀는데 수사관이 독후감을 읽고 그 역시 감동을 받았다면서 밤을 새워, 그 책을 독파했다고 지나가는 말을 했다. 그 이야기를 듣는 순간 나를 무신론자로 몰아붙였던 수사관들이 며칠 전부터 곤혹스러워하던 모습이 눈에 떠올랐다. 결국 나를 혁명을 기도하고 자본주의와 종교를 부정하는 불순분자로 만들려는 작전은 실패로 돌아가고 말았다.

그들의 물고문은 밤에 이루어졌다. 차갑고 음습한 고문실에 들어서자 옷을 홀랑 벗기고 눈을 가렸다. 몇 사람이 그리고 누가 고문을 했는지 알 수도 없었다. 수건으로 눈을 가리고 통 속에 머리를 쑤셔 박았는지, 아니면 주전자로 물을 계속 들이부었는지도 모르겠다. 오로지 조금이라도 기도로 물이 안 들어가게 하려고, 숨 들이킬 때 조각조각 나눠 숨을 들이쉬며, 내뱉을 때는 정신없이 '캑캑'거리며 가쁜 숨을 내뱉는, 사이사이 귀에 들리는 얼굴 없는 목소리는 분명 인간의 탈을 쓴 마귀들의 대화였다.

'이 새끼 봐라, 제법 참는데, 너 특수훈련 받은 놈 진짜 맞지?'

그 시간 그 자리에서 우리는 사람이 아니었다. 물고문은 까무러질 때까지 계속되었고 정신이 드니 옷이 입혀 있었다. 오늘날까지 물고문 후유증은 그대로 남아있어 언제든 샤워실에서 샤워물이 머리에 쏟아 내릴 때는 어김없이 물고문 기억이 덥쳐 오곤 한다.

취조가 나를 불순한 빨갱이 쪽으로 몰고 있을 때 나의 고민은 그들과는 다른 곳에 있었다. 첫 번째 고민은 내가 실험실 바닥에 떨군 유인물 때문이었다. 무엇보다 그 유인물은 실험실 조교선생님이 주었을 가능성이 제일 큰데 밤늦게까지 실험을 하며, 교수를 꿈꾸는 그가 제자를 위해 숨겨둔 선의의 행동으로 인해 불이익을 당할 텐데, 꿈이 무참히 깨져버릴 경우를 생각하면, 낮에 매를 맞고 밤에 물고문을 당하더라도 도저히 내 입으로 사실을 밝힐 수가 없었다. 두 번째 고민은 며칠 전 친구 동생, 현영이 손을 빌어 과 친구들 앞으로 띄운 편지였다. 잘못되어 어떤 친구로부터, 데모를 선동하는 편지의 전모가 밝혀지고 현영이가 연루된 사실이 드러나기라도 한다면? 그 뒤 벌어질 상황은 상상하기조차 끔찍했다. 현영이 생각을 할 때마다, 오히려 '제발 제적만 면할 수 있기를' 하고 내 자신을 위해 바라는 실낱같은 희망조차 사치스러운 꿈이었다.

한 달여 취조를 받는 동안 외부소식은 완전히 차단되었다. 하루 이틀 시간이 지나면서 '내일만 석방되더라도 그동안 뒤떨어진 학과진도를 어떻게든 따라갈 수 있겠는데……' 남아있던 한가닥 희망마저 차츰 '이제 의대공부도 끝이 났구나' 자포자기 해 지며 부모님께, 나로 인한 상심에 대한 속죄는 살아가면서 평생 사죄하며 갚아 나가기로 냉정하게 마음을 정했다.

그러던 어느 날 뜻하지 않게, 수감되어 있던 대공분실 맞은편, 도청으로 끌려간 것이다. 도지사실이 아닌 어느 방에서 판사이신 외삼촌과, 큰 선심이라도 베푸는 모습의 대공실장, 그리고 다른 관계인물이 동석한 자리에서 외삼촌이, '내가 너의 신원을 책임지기로 하고 석방하기로 했으니 앞으로 데모라든지 학생운동은 절대 하지 말고 공부만 열심히 하거라' 당부 하시며 신원보증 도장을 찍으셨고, '그동안 수사를 받으며 겪었던 사실은 밖에 나가 일절 밝히지 않겠다'는 서약을 하고, 그날로 자유의 몸이 되었다.

등교하던 날, 옥상에서 순형이는 나의 수업 진도를 염려해줬다.

"그동안 뒤쳐진 한 달 진도 따라오려면 분량이 엄청날 텐데, 우선 우리들이 분담해서 한 과목씩 맡아 요약해 놨으니 그걸 가지고 시작해봐. 모르면 언제든 도움 청하고."

양현이와 정길이 그리고 선배 형은 나에게 유인물을 전하고 바로 체포되었으며 그 다음날 대문짝만한 신문기사가 났다. 「폭력으로 정부를 전복하려 한 조직이며 배후에 공산주의자들의 조정을 받은 인민혁명시도」라는 발표였으며, 그것은 민청학련과 인혁당을 엮으려고 조작한 시도였다. 결국 현역인 양현이를 제외한 모두 15년형을 선고 받았다가 그 이듬해 형 집행정지로 석방되었다.

내 인사, 니 인사

나의 외조부님은 매우 엄하셨다. 반면 외조모님은 항상 얼굴에 온화한 미소를 잃지 않고, 자애로움이 넘치시는 분이셨다. 외조부님은 22세 때 전남에서 세 번째로 창설된 장성사창의 보통학교, 그러니까 초등학교 교사로 21년간 근무하셨고 삼서면장으로 봉직하시던 중, 48세 때 8.15해방을 맞이하셨다. 해방 후론 일절 공직생활에 관여하지 않으시고 자녀교육에 온 힘을 쏟으셨다.

슬하의 아들 네 명 중 일본 명치대학을 졸업한 장남은 지점장을, 그 밑으로 2명의 판사와 대학총장인 아들까지 네 아들을 모두 훌륭하게 길러내신 외조부님은 교육에 지대한 관심이 있으셨다. 기회가 있을 때마다 우리나라가 가장 빠른 시간 안에 힘있는 나라로 들어설 수 있는 길 또한 교육에 있다고 피력하시며 특히, 초등교육과 중등교육, 그리고 교육 중에서도 예절과 질서, 인성교육의 중요성을 강조하셨다. 초등, 중등교육에 아쉬운 대로 10년만 제대로 투자한다면 나라의 기틀을 잡을 수 있을 텐데, 그렇지 못하는 현실을 늘 아쉬워 하셨다.

자라면서 외가는 항상 우리 집에서 도보로 10분 거리 이내에 있었다. 해마다 연례행사로 하는 세배도 반드시 꼭두새벽에 맨 처음 외가 세배부터 하고나서 다른 친척 집으로 이동하는, 차례가 정해진, 세배 다니기 순서였다. 어느 해 초등학교 새 교과서가 나오는 신학기였다. 외가에 들렀더니 외조부님께서 기분이 몹시 언짢으셨다. 잠시 후 이유를 말씀하시길 "금년 초등학교 교과서를 펼쳐봤더니 앞에 나온 과목에서는 아버지가 자식들을 데리고 산소에 가서 이 묘는 네 할아버지 묘고, 이 묘는 네 할머니 묘라고 설명하는 구절이 나오는데, 그 다음 장의 세배라는 과목에 가서는, 이미 죽었다던 할아버지 할머니가 모두 살아서 세배를 받고 있는 장면이 나오지 않느냐? 이렇게 체계가 없는 엉터리 교육으로 어떻게 이 나라 교육이 제대로 이루어질 수 있겠는가?"라고 안타까워 하셨다.

방학이 막 시작되면 그 날도 어김없이 외가에 들러 '이제 방학을 맞았습니다' 라고 '방학 맞이' 인사를 드리러 가는데 내가 대학생이 되고나서 일어난 일이었다. 방학 맞이 인사를 갔다가 방에 들어서 인사부터 하고 앉으려 하는데 외조모님께서 그날따라 '그냥 앉아라' 하고 한 번도 아니고 두 번씩이나 거듭 권하시길래, 그냥 서서 고개만 꾸벅하는 목례만 드리고 앉아버렸다.

그날 인사를 마치고 돌아서 나오려는데 외조부님이 부르시며,

"명수야, 잠깐 앉아라" 하시고 조용히 타이르셨다.

"조금 전 할머니가 너한테 그냥 앉아라 하였지만 할머니가 너한테 그렇게 말한 것은 너에 대한 할머니 인사니라. 그렇지만 앉으라고 해서 그냥 앉아서도 안 되느니라. 네가 인사를 하는 건 따로, 니 인사니라. 그러니까 할머니 인사 말고 니 인사가 따로 있느니라. 실은 오늘 내가 감기 기가 조금 있어서 할머니가 너에게 그냥 앉으라고 한 거다만 네가 판단을 해서 인사를 해야 할 경우 같으면, 인사를 드리는 것

이 바로 니 인사니라. 앞으로 살아가면서 부모와 자식 간은 말할 것도 없고, 상대가 누가 되었든 항상 니 인사를 잊지 말고 살아가거라. 그러면 실수가 없느니라."

외조부님은 허튼짓 한 가지 그냥 넘어가지 않으시는 엄한 분이셨다.

자유의 몸이 되어 도청 앞으로 나오니 유난히 밝은 봄 햇살 때문에 눈이 부셨다. 아직 추위가 완전히 가시지 않았을 때 수감되었는데 벌써 완연한 봄기운이 느껴졌다.

밖에는 얼굴에 수심이 가득찬 어머님이 기다리고 계셨고, 곁에 칠순의 외조부님과 외조모님이 함께 서 계셨다. 무릎 관절이 불편해, 걷는데 지장이 있는 외조부님은 외출 시 항상 단장을 짚고 걸으셨다. 외조부님의 단장을 보는 순간, 부모님께 걱정을 끼친 죄책감에서, 외조부님이 '이놈'하고 단장으로 한 대 내리치지나 않으실까? 하는 얼토당토않은 생각이 머리에 스쳤다. 그러나 그날 외조부님께서는 내 기억의 어느 때 보다도 더 온화한 표정을 지으며 '어디 몸 상한 데는 없냐?' 건강부터 물으셨다.

도청 앞에서 외가까지의 걸어서 한 시간 가까이 되는 거리를, 평소와 달리 차도 타지 않고 느릿느릿 불편한 걸음으로 함께 걸으시며 하시는 말씀이,

"명수야, 네가 갇혀 있으면서 무슨 생각을 했는지 모르겠으나 네가 했던 생각과 내 생각이 서로 일치했으면 좋겠다. 나라를 위한 길도 여러 가지가 있느니라. 네 목적이 아무리 좋았다 할지언정 공부까지 포기하고 데모를 했다는 점을 나는 잘했다고 칭찬할 수가 없구나. 각자 분야에서 해야 할 일이 따로 있느니라. 지금 시점에서 무엇을 함이 나라를 위해서도 바람직한 일인지 잘 생각했어야 하느니라."

외가가 가까워지자 외조부님이 잠시 멈춰 서서 외조모님을 향해 눈짓을 보내자 외조모님이 손가방에서 흰 봉투를 끄집어내 외조부님께 건넸다. 외조부님께서는 건네받은 봉투를 어머니 손에 쥐어 주시며,

"이번에 명수, 고생했다. 몸보신이나 시켜줘라." 그리고 뒤돌아가셨다.

내가 잘못 듣지 않았나? 의심이 들 정도였지만 방금 하셨던 말씀은 '명수, 고생했다'였다. 그 소리를 듣는 순간 취조 받는 동안 수백 번 들어 지금도 뇌 속을 빙빙 돌고 있는 '이 빨갱이 새끼가'라는 단어는 흔적도 없이 꼬리를 감추고 사라져버렸다.

먼 훗날 내과 수련을 마치고 청주에 자리를 잡고 처음 내과 개업을 할 때 가서야, 옛날 민청학련 때 나와 관련된 동창들 소식을 확인할 마음의 여유가 생겼다. 희미한 소문에 의하면, 그 당시 나를 찾아왔던 선배 상윤형은 형을 받고 출소 후, 광주에서 의료기 사업을 시작했는데 사업은 신통치 않고 겨우 명맥만 유지하고 있다는 소문이었다.

'의료기 설치 후 A.S.가 중요하다' 느니 '이 지역에서 사업을 하려면 지역 사업체에 발주를 내야 나중에 도움이 된다.' 등 주변의 여러 충고에도 귀를 막고, 상윤형에게 실험실 장비를 포함한 일체의, 개업에 필요한 장비준비를 맡기기로 결심했다. 선배를 만나던 날,

"명수야, 그 때 내 원망 많이 했지? 나 때문에 고생 많았지? 제대로 의대공부 마쳤는지, 항상 미안했는데 이렇게 네 일을 제대로 해주어 고맙다."

거듭 고맙다고만 했다. 개업 전에 착오 없이 장비 준비를 모두 끝마친 그는 개업식날 동양화 액자를 한 폭 들고 일부러 다시 찾아왔다. 자기 아버님께 내 이야기를 들려 드렸더니 그날부터 아버지가 손수 며칠에 걸려 완성했다는 그림이었다. 소나무, 매화, 난, 향로, 붓,

책 등이 그려진 그림으로 靑隱(청은)이라는 호를 지닌 그의 부친은 선배에게, 아버지로서 나에게 '고맙다'는 말을 꼭 전하고 싶다고 했다.

주문한 장비 견적은 청구 액수대로 한 푼도 안 깎고 그대로 치러줬다. 그 당시 내가 해 줄 수 있는 능력은 그 정도였으며, 외조부님이 나에게 가르쳐준 '내 인사'였다. 나는 외조부님이 나에게 해주셨던 말씀까지 해주고 싶었다.

"선배 그동안 사느라고 고생 많이 했소."

선배는 떠나면서 외조부님의 말씀을 전해주고 떠났다.

"명수야, 우리 이제는 각자 분야에서 다시 한 번 일 해 보자."

진배형

파일러트 사건을 치룬 후였다.

상상 속에서나 있을 법한 끔찍한 안가 사건을 직접 경험하고 났더니 세상을 바라보는 기준에 변화가 생겼다. 세상물정 돌아가는 것도 모르고 공부에만 전념하는 친구들을 둘러보아도 한심스러워 보이고, 음악이다 서예다 하며 서클 활동에 열을 올리며 취미생활에 목을 매는 친구들 또한 철없어 보였다.

이유 없이 초조해지며 매사에 비판적으로 변해버렸다. 그리고 끝을 짐작할 수 없는 우리 세대의 앞날을 예견해 보며 한없이 서글퍼졌다. 세상 근심을 혼자 다 짊어진 것 같이 우울해지고 교정에서 금방 곁을 스치고 지나가는 누구한테나 불러 세워, 물어보고 싶은 질문만 넘쳐났다.

"어려운 시대를 살고 있는 젊은 지성인으로서 후회 없이 보내려면 과연 지금부터는 어떻게 살아가야 잘 사는 삶인지? 걱정하는 부모님 말씀대로 그냥 눈 딱 감고 의사만 되면 괜찮은가? 내가 겪었던 끔직한 사건은 다행히 운 좋게 빗겨간 한바탕 거센 폭풍이라 생각하고 그냥 가슴에 묻어버리고 살아가야 옳은지?”

속으로 던져보는 시련의 나날이었다. 아직은 상세한 내용을 모르는 친구들은 나름대로 짐작만 할 뿐, 내가 하는 모양을 조용히 지켜보고 있었다.

한편 안가 억류 때문에 한 달 가량 뒤처진 학과공부의 공백을 메꾸자니 의과대학에서 다반사로 벌어지는 낙제를 면하려면 동료들보다 몇 곱절의 노력을 기울여야 했다. 그러나 마음을 추스르고 책상 앞에 앉아도 여간해서 책속 활자가 눈에 들어오지 않는다.

안절부절 마음을 정돈하지 못하면서도 불안한 마음에 아예 아침에 집을 나설 때 도시락을 두 개 준비해 강의를 마친 후에도 늦도록 도서관에서 시간만 축냈다. 물론, 도서관에 자리를 차지하고 앉아있지만 빈껍데기만 앉아있을 뿐 생각은 허공을 날아다녔다. 그러는 동안 지금껏 당신 손으로 길러 너무도 훤히 알고 있다 여겼던 아들의 마음이, 정보과 형사 말 맞다나, 벌겋게 빨갱이 색깔로 변해버렸을까? 반신반의 하면서 이제나 저제나, 언제 제자리로 돌아올까 지켜보는 부모님의 가슴은 타들어 갔다.

‘우습게 되어버렸지. 실은 그게 아닌데 주책없이 눈물이 나와서, 덕분에 울보로 찍혀버렸으니. 지금 와서 변명할 수도 없고……’

경아네 집에서 벌였던 눈물바람을 생각할 때마다 겸연쩍어진다. 그렇긴 해도 변명하고 싶은 생각 또한 추호도 없다. 정신과에서 강조하는 무의식 속에 존재하는 울고 싶은 욕구를 술의 힘을 빌려서지만 충분히 이루었으니. 사실이지, 안가에서 고문을 당하던 때, 죽을 경을 치루면서 소리 질러 울고 싶었던 순간들이 얼마나 많았던지! 짐승같이 오직 죽고 사는 문제만이 최대의 관건인 상황에서 기성세대들이 이루어놓은 정치를 포함한 모든 것, 심지어 문화까지도 부정하고 싶었다. 아무튼 이제는 겉으로 보기에는 누가 보아도 옛날의 평정을 되찾은 안정된 모습으로 되돌아왔다.

그날도 늦게까지 내력 없이 도서관에서 자리를 지키고 앉아있던 중이었다. 그때 전혀 안면이 없는 한 학생이 다가와 머뭇거리더니,

"혹시 의과대학 오명수 씨 아니신가요?"

말을 건넨다.

"네 그런데 왜 그러시지요?"

최근 겪었던 끔직한 기억이 한꺼번에 눈앞에 떠올려지며 사람에 대한 의심부터 물컹 일어난다.

"나누고 싶은 말씀이 있어 그러는데 잠시면 되니까 시간 좀 내주시겠습니까?"

조용한 도서관에서 갑자기 벌어지는 이상한 대화에 놀란 주변 학생들이 주목을 하게 되자, 우선 공부하는데 방해되지 않게 '여기서 이야기하면 안 됩니까?' 이야기하면서 그 사람 뒤를 따라나섰다.

내 나름대로는 나쁜 쪽으로 상상을 하며 다급한 경우 재빨리 가까이 있는 학생들에게 도움을 청할 요량으로 멀리 따라 나서기가 내키지 않아 도서관 문밖에서도 한사코 이곳에서 용건을 말하라고 머뭇거렸다.

"저는 수상한 사람이 아니고 미술과 학생 4학년 조민수라고 합니다. 죄송하지만 잠깐이면 됩니다. 잠시만 저하고 동행해 주시겠어요?"

정중하게 부탁해 왔다.

"무슨 일 때문에 그러시는지 미리 말해 주실 수 없겠습니까?"

"금방 가보시면 압니다."

그렇게 해서 조민수라고 하는 생면부지의 미술과 학생한테 이끌려

도서관을 나섰다. 궁금증을 눌러가며 불안한 심사를 못 떨구고 뒤따라간 곳은 학교 후문근처에 있는 학생들이 즐겨 찾는 대폿집이었다.

"이쪽으로 따라오시지요."

여럿이 떠들썩하게 모여 있는 한 패거리를 지나 다음 테이블에 도착하니 이미 술기운이 얼굴에 발그레 오른 학생이 혼자 앉아 막 술잔을 비우려는 참이었다.

얼굴에는 다듬지 않은 수염이 아무렇게나 길러졌지만 곱상하게 생긴 그러나 꽤 나이는 들어 보임 직한 학생이 나와 같이 들어서는 조민수를 발견하자 들이키려던 술잔을 다시 탁자에 올려놓으며 우리 두 사람을 번갈아 쳐다보더니 시선을 모은다.

"진배형, 명수 씨 데려왔어."

조민수의 말을 듣자 진배형이라는 사람은 어처구니없다는 표정을 지으며,

"야 민수야, 그러지 말라고 했잖아."

일어서서 우리 쪽으로 오더니,

"저 김진배입니다. 오형에 대해 말씀은 들었습니다. 초면에 실례된 것 같은데 일이 이렇게 꼬여버렸군요."

"오명수라고 합니다. 그런데 저를 어떻게 아시는지요? 혹시 무슨 일로……?"

"우선 이리 앉으시지요. 저희는 미술학과 4학년 학생들입니다. 제 이름은 아까 말씀드렸듯이 조민수라 하고 이분은 김진배라고 합니다. 진배형은 저하고 같은 4학년이지만 군대 복무를 마치고 복학하셨으니 저희 학과 친구들 보다는 선배 되십니다. 꼭 만나뵈어야 할 일이 있어서 실례를 무릅쓰고 이런 자리까지 모시게 되었습니다."

나와 같이 온 조민수라는 학생은 김진배를 형이라고 호칭하며 깍듯이 선배로 받들어 모셨다.

"전혀 짐작 가는 데가 없는데 무슨 이유시지요?"

"이렇게 된 마당이니 이미 실례는 저질러버렸고 이곳에서 함께 자리를 하시지요. 오히려 다방에서 만나는 것보다 더 편할지도 모르겠습니다."

진배형이란 학생이 술기운은 있지만 예의를 잃지 않고 조리 있게 이야기를 이어갔다.

"민수가 오형을 모셔오겠다고 하길래 그러지 말라고 한사코 말렸었는데 괜한 짓을 저질렀군요."

"형, 속으로 고민하는 것보다 이렇게 직접 만나면 훨씬 속편해."

조민수가 또박또박 대꾸했다.

"오형, 다름이 아니라 저희 과 여학생 경아 잘 아시지요?"

"아니 경아라니요?"

경아 이름이 나올 때 까지도 나는 여전히 처음 만난 학생들이 무슨 이유로 이런 자리로 불러냈는지 궁금해 하며 경계를 풀 수가 없었다. 속으로는 끊임없이 최근 경험한 정보과 사람들과 연관된 학생들이려니 나름대로 지레 짐작하고 있다가 의외로 미술과 4학년이라는 소리를 듣고, 다시 경아 때문인 것을 알자 일단 걷히지 않던 의혹은 사라졌다. 하지만 '경아를 잘 아시지요?'라는 질문을 받고 보니 갑자기 말문이 막혔다.

"경아를 잘 안다고 해야 할는지 모르겠지만 최근에 만난 사이입니다."

사실이지 경아와 만나고 나서 주위에선 사귀는 사이라고 인정하지만 그렇다고 경아를 잘 안다고 할 수는 없다. 아직까지 서로가 조심스럽게 상대를 관찰하는 단계였고 만남도 단둘이 만났던 경우보다 여럿이 어울려 만났던 경우가 더 많으니 경아에 대해서라면 모르는 면이 훨씬 많아 잘 안다는 대답이 선뜻 나오지 않았다.

우선 염려했던 안가 사람들이 아닌 것만으로도 다행스럽게 생각하며 마음을 편하게 가다듬고,

"그런데 무슨 연유로 이렇게 만나자고 하신 겁니까?"

"저희는 경아와 같은 과 학생입니다."

이때 진배형이라는 학생은 취할 정도는 아니었지만 얼굴색이 상기되어 약간 술기운이 오른 상태였다.

목소리가 커지고 혀 꼬부라진 소리를 섞어 '경아 좋은 애입니다.' 참견을 한다. 이들이 찾아왔을 만한 이유가 어렴풋하게나마 떠올랐다.

"요즘 경아가 오형과 교제중이라는 소문을 들어 만나자고 한 것 입니다. 실은 진배형이 경아를 좋아합니다. 그런데 막상 경아 당사자는 시큰둥하게 생각하며 반응이 없던 차에 주변에서 경아가 오형과 교제중이라는 소문이 파다하여 진배형이 너무 고민스러워 하길래, 곁에서 보고만 있자니 너무 안쓰러워 제가 오형을 직접 만나자고 한 것이니 너그럽게 용서해 주십시오. 물론 방금 보셨듯이 진배형은 절대 하지 말라고 말렸습니다만, 속 좁은 제 소견으로 직접 당사자를 만나 이야기를 듣고 포기할 일이라면 빨리 포기해버리는 게 훨씬 낫지요."

벌써 상호간에 술잔도 몇 차례 오고갔다. 새삼스레 요모조모 살펴보니 진배형이라는 학생은 비록 수염은 깔끔하게 다듬진 않았지만 인상이 부드럽고 예술인다운 풍모가 깃들어 있었다.

"저하고 가까운 친구들과 경아 친구들 몇 사람이 얼마 전 때늦은 미팅을 했던 적이 있습니다. 그때 우연히 경아가 제 파트너로 맺어져 처음 만나게 되었습니다.

모임 후 몇 번 더 만나기는 했지만 서로 깊이 사귄다거나 그렇다고 미래를 약속한 그런 사이도 아닙니다. 김형이 그렇게 좋아하신다면 경아한테 다시 한 번 진솔하게 고백하시지요."

"오형, 진배형이 한 번 이야기했다가 오히려 낭패를 당했습니다. 그

런데 오형, 무례하게 만나자고 한 건 용서해 주시는 거지요? 속 시원하게 이야기를 듣고 싶어 좀은 소견머리에 일을 저지른 겁니다."

"용서고 뭐고 할 것이 있겠습니까. 김형이 순수한 마음으로 그렇게 좋아하신다 하니 오히려 도움이 된다면 두 분 사귀는데 힘이 되어드리고 싶은 게 저의 솔직한 심경입니다. 어떻든 지금까지 저와 경아는 단지 미팅 파트너로서 부담감 없이 만났던 관계였습니다."

이들에 대한 경계심도 말끔히 걷혔고 주거니 받거니 몇 차례 술잔이 오고간 사이에 아직도 몸의 회복이 덜 된 나도 취기가 느껴졌다.

"진배형, 이렇게 직접 듣고 나니까 어때 속 시원하지?"

"그래, 시원하다. 그리고 눈물 나게 고맙다. 자, 한 잔 받거라."

조민수가 술잔을 건네받으며,

"오형도 진배형처럼 누군가를 죽도록 좋아해 보신 적 있으십니까?"

자못, 진지한 표정을 지으며 묻는다.

"저도 누구를 좋아한 적이 있습니다. 아니 지금도 역시 좋아하는 사람이 있습니다. 그러니 김형 마음 충분히 헤아려지는군요.

그렇지만 저는 김형 같이 좋아한다는 마음을 전달하지도 못하고 혼자서만 속에 담아두고 끙끙대면서 지내야하니 오히려 제가 더 답답하지요. 아니 제가 바보지요."

"그런 일이 있으시군요. 그렇다면야 진배형을 조금은 이해해 주실 수 있겠군요."

조민수도 이제야 겨우 미안했던 마음이 가시는지 조심스럽게 말을 꺼낸다.

"김형은 미술의 어느 분야가 전공이십니까?"

"저는 회화 쪽이 아니고 조각분야입니다."

"진배형 조각실력 훌륭하답니다. 대학미전 조각부분에서 특상을 차지한 실력입니다. 그때 특상 조각의 모델이 되었던 주인공이 경아였지요."

"민수도 조각전공인데 민수야말로 목조각의 천재지요."

"다들 대단들 하시군요."

시작은 서먹서먹했지만 마치 처음부터 일부러 셋이 어울러 한담이라도 나누고 있는 것 같이 분위기가 고조되었다.

"내가 관여할 바는 아니지만 그렇게 좋아하면 경아한테 좋아한다고 다시 한 번 토로해 보시지요. 진심으로 다가서면 결국에 가서 통하지 않겠습니까."

"한 번이 아니고 몇 번인들 왜 못하겠습니까? 우선은 때가 아닌 것 같아 기다려 볼 도리밖에 없어 기다리는 중입니다."

예술을 전공하는 학생들이어서 그런지 두 사람 모두 나무랄 곳 없이 아니 부러울 정도로 순수했다. 경아를 좋아하는 진심을 감춤 없이 고백하며 괴로워하는 진배형이란 사람이나 곁에서 함께 고민해주는 조민수의 아름다운 인간의 향기가 찡하도록 몸으로 전달되어 왔다.

모처럼 사람다운 사람을 만나니 또 속에서 무엇이 뭉클하고 솟구친다.

"민수야, 나 경아 정말 좋아한다."

"형 맘 잘 알아."

진배형이란 학생은 많이 취했다.

"알기는 네가 어떻게 내 마음을 다 알겠어? 내 속에 들어와 봤기라도 해?"

"형, 이젠 걱정 마. 옆에서 제대로 도와줄게."

"나 그동안 경아 그 애 많이 생각하고, 많이 그렸고, 조각으로도 많이 만들었다. 손, 발, 얼굴, 안 만들어 본 곳이 없어. 그런데 마음만은, 진정 마음만은 못 만들겠더라."

그의 넋두리를 듣고 있자니 누구의 노랜지 비슷한 가사가 떠올랐다. 곡목이 무엇이더라? 이렇게 시작되었는데.

'동그라미 그리려다 무심코 그린 얼굴…♪♬'

그 다음은 그녀의 눈 코 입 얼굴모습은 그릴 수 있었지만 그릴 수 없는 것은 그녀의 마음이라는 그런 유행가 가사였는데 뒤죽박죽된 가사가 잘 떠오르지 않는다.

"형, 됐어. 이제 조금만 더 기다려봐. 결국 안 돌아서고 견디나 두고 봐."

"매정하게도 내 마음을 그렇게 몰라 주냐? 세상사는 재미가 없다."

서로 좋아하고 그리워하는 사람다운 사람을 만나니 사람 사는 동네에 돌아온 것 같아 모처럼 나도 다시 느슨해졌다. 지난번 경아 집에서 실컷 울고도 부족해서 또 울음이 나오려고 눈앞이 흐려지며 가슴이 울먹여졌다.

"나 진짜 울보가 된 모양이야. 시도 때도 안 가리고 울고 싶어지니."

"오형, 오늘 실례되었다면 용서바랍니다."

"아닙니다. 오늘 좋은 시간 되었습니다. 오히려 제가 두 분을 만나 배우고 느낀 점이 많았습니다."

두 사람과 헤어지고 돌아오는 발걸음이 그렇게 가뿐할 수가 없었다. 그리고 눈앞에 출입이 금지된 정원 속의 지선이가 보이며 등줄기에 시원한 바람이 한줄기 불어와 닿았다.

청춘

고등학교 때 어느 작가의 청춘이란 글을 읽었다.

「청춘이란 신비한 것이다. 이때에는 번민과 마술로 가득 쌓여 이 시기가 다 지나가버릴 때까지 그 정체를 정확히 파악할 수가 없으며 모든 것을 소유한 것 같으면서도 지내놓고 보면 아무것 하나 제대로 이루어 놓은 것이 없다.

모든 사람은 청춘이 지나가 버렸음을 슬퍼해야 하지만 설령 청춘을 되돌이킬 수 있는 어떤 힘이 있어, 그에게 다시 한 번 청춘을 치를 의사가 있겠는가? 물었을 때 기꺼이 그러겠노라고 대답할 사람은 아무도 없을 것이다.」

이러한 내용의 글이었는데 나의 청춘기를 통틀어 의학과 3학년 시절만큼 상상치도 못한 일들이 훑고 지나갔던 시기는 없었던 것 같다. 주변에서도 그랬고 나 자신에게도 엄청나게 많은 사건과 변모들이 휘몰아쳤다.

우선 정치적으로는 군사정권 휘하에서 대학 내에 데모가 끊임없이 계속되었으니 부지불식간, 뇌리에 군사문화가 서서히 스며들어 뿌리를 내리고 꽃을 피기 시작했으며, 드디어 그 꽃의 어두운 열매가 잉태되었다. 젊은이들 인생관에도 알게 모르게 영향을 끼쳐 무조건 밀어붙이면 된다는 저돌적인 힘의 논리로 변질되었고, 시간이 경과되면서 많은 젊은이들에게도 매력을 느끼게 하기 충분하였으며, 결과를 위해서라면 과정은 무시해도 괜찮다는 시각으로 굴곡 되었다.

이런 변화는 한참 자라나는 그들의 가치관 형성에도 영향을 가져왔으니 노력하며 사는 것보다 무슨 수를 써서라도 목적만 달성하면 된다는 위험한 발상에 젖어들게 만들었다. 이는 군사문화 태생부터 그 밑바닥에 도도히 흐르고 있는 기본 바탕이었다. 그것은 또한 군사정권을 창출시킨 사상적 무기 자체이기도 했다. 이렇게 편의주의적 사고가 난무하다보니 계승되어온 도덕적 윤리적 전통보다 성취를 위해서라면 수단과 방법을 가리지 않는 한탕주의가 만연했다. 배반과 암투를 부리고 싶은 심리들이 쉬지 않고 꿈틀거렸다.

자기완성을 위해 끊임없이 노력하고 애쓰는 자는 나중에 가서 허탈해 하고 쓴맛을 맛보아야 했다. 자신이 설정한 높은 목적을 달성하기 위해서라면 스승이고 친구고 심지어 형제까지도 희생양이 되어야 했다. 지금까지 유지되어온 가치관은 박물관에나 보관되어야 할 철지난 구닥다리 유물이었다. 군사문화가 뒤늦게 개인의 사고방식에 파급한 심각한 후유증이었다.

우리가 그러한 시대에 살고 있었으며 개인적으로 나 역시 이런 시대적 사슬에 맞물려 사람으로서 감히 상상도 못할 안가를 체험하고 돌아온 것이다. 안가에서 간신히 하루 세끼 밥을 얻어먹으며 갖은 고초를 당하면서 이런 기도만 올렸었다. '어떻게든 다시 의학공부를 지속할 수 있게 된다면 다음부터는 정치적 바람에는 흔들리지 않고 오로지 훌륭한 의사의 길로 매진하겠다'라고.

천만다행으로 한 달여 만에 아무 일도 없었다는 듯 교정에 다시 돌아왔으나 지금의 나는 예전의 내가 아니었다. 벌써 애늙은이로 변해 버렸으며 옛날 젊은 열정과 순수성을 되찾을 수 있을지? 그때 모습이 아스라했다.

겨우 상대방을 알기 시작했던 단계에서 이렇게 변화된 모습으로 경아 앞에 다시 나타나니 자연히 두 사람 사이에는 보이지 않은 깊은 고랑이 가로막아 관계는 점점 소원해 질 수밖에 없었다. 게다가 진정 마음에 담고 있는 지선에겐 한 치도 다가설 수 없는 고착된 상황과 현실은 내 의지와 노력에 의해 선택되거나 변경될 수가 없었다.

진배형을 만나고 오히려 가느다란 희미한 빛줄기가 보였다. 경아가 나보다도 자신을 더 잘 이해하는 순수한 김진배 같은 사람과 만나게 되면 훨씬 바람직하고 좋겠다는 안도감이 들었다. 그리고 기회주의적인 마음 한구석에 지선과 만날 수 있겠다는 실낱같은 희망을 보았다.

'경아가 김진배와 맺어질 수 있다면 그리고 지선이한테 다가설 수 있다면…….'

아직껏 나에게 남아있는 한 가닥 식지 않은 젊은 열정이었다. 지금까지 겪었던 모든 어려움과 동서고금의 역사가 모두 앞날의 나와 지선 두 사람 만남을 위해 존재해 왔다고 자위하였다. 다른 친구들보다 외골수로 공부에만 파묻혀 의사의 길을 걷겠다고 꿈을 다져온 의학도가 하루아침에 친구들보다 더욱 복잡하고 골치 아픈 인생의 수레바퀴에 휘말려 고민의 나락에 빠져들었다.

가을비가 내리고 있었다. 여름내 무성했다 단풍으로 변해가는 캠퍼스 뒷산 나뭇잎들이 오래된 학교 본관 건물과, 흐린 가을하늘에 대비를 이루면서 더욱 선명하게 자기 색깔의 단풍을 만들고 있었다.

우산을 받쳐 들고 교정을 거니는 학생들 가방이 앞으로 그들 앞에 펼쳐질 현실의 무게만큼이나 무거워 보인다.

잃어버린 민주주의는 어디 가서 찾아야 하며, 어떤 희망을 가슴에 품고 사회에 발을 내디뎌야 할지?

지선네 미술학과에서도 졸업여행을 떠났다. 이번 여행이 학창시절 마지막 치루는 여행이다 보니 산과 바다를 동시에 둘러보기로 계획을 세워 설악산을 경유해 오는 길에 동해안까지 들러 돌아오기로 했단다. 여행기간 내내 가을 날씨 답지 않게 이곳 날씨가 흐려 여행지 일기가 어쩔지 걱정되었으나 다행히 그곳은 맑은 날씨가 계속되었다.

오늘쯤 여행이 끝났으려니 생각하고 있었는데 그날 저녁 뜻밖에 지선으로부터 전화를 받았다. 지선과는 지금까지 한 번도 둘이서 따로 만난 적도 없었으며 더군다나 직접 전화를 걸어오리라고는 상상도 못 하던 때였다.

"명수 씨, 잘 지내셨어요?"

"아니 지선 씨 아니십니까? 벌써 수학여행 다녀오신 겁니까?"

"여행 끝마치고 어제 돌아왔어요. 혹시 내일 시간 좀 내주시겠어요?"

"지선 씨가 만나자고 하는데 여부가 있겠습니까?"

그렇게 해서 처음으로 지선과 둘이서 만나게 되었다.

"여행은 어땠습니까?"

"나는 바닷가에서 자랐기 때문에 모처럼 산에 가니 너무 좋았어요. 온 산이 단풍으로 물들어 마치 불타는 듯한데 단풍색이 그렇게 아름다운지 옛날에 미처 몰랐어요. 올해는 단풍이 유난히 곱게 물들었대요. 말로 모두 표현할 수가 없어 답답하군요. 아무래도 우리 민족은 아름다운 천혜의 자연요소를 물려받은 선택된 민족 같아요. 그러니까 우리 민족은 모두가 예술적 소양이 풍부하지요."

"한민족으로서 자부심이 크군요. 대단한 애국자세요."

"정말이지 산에도 폭포에도 그리고 하늘 속도 단풍이니 마음도 단풍색으로 물들었어요."

"지선 씨는 감동이 너무 빨라서 지선 씨 말은 그대로 못 믿겠어요."

"정말이에요. 실험실에만 있지 말고 한번 봤어야 말이 통할 건데. 저도 가을 산을 그려올 계획으로 나름대로 스케치 준비를 해갔어요. 경아나 다른 과 친구들도 대부분 그랬는데 단풍이 기막히게 좋다보니 넋 잃고 구경하느라 스케치는 한 장도 못하고 그냥 빈손으로 돌아왔어요. 나는 사진만 몇 장 찍었어요."

"이곳 날씨가 흐려서 여행기간 좋은 날씨가 되길 빌었는데."

"아 그렇게 빌어줘서 날씨가 기막히게 좋았군요."

"그런데 지선 씨 단풍이야기 때문에 만나자고 한 건 아니지요?"

어제 전화를 받고 아무리 추측해 봐도 만나자는 이유가 또렷하게 짚이질 않는다. 나름대로는 지난 파일러트 사건과 관련 있는 일 이려니 정도로만 짐작하고 있었다.

'이제 그만 만나고 싶다.' 이런 이야기겠지, 혼자서 상상해보니 경아 입장에서는 나한테 직접 말하기도 그렇고 경곤이를 통하기도 어색했으리라.

"명수 씨, 경아와 무슨 일 있었어요? 혹시 다투셨어요? 실은 요즘 경아가 예전과 달라졌어요. 그렇게 잘 웃던 애가 웃지도 않고 말수도 적어지고 그래서 두 사람 사이에 무슨 일이 있었나 걱정되어 만나자고 했어요. 경아의 그런 모습 지금까지 한 번도 본 적이 없었거든요.

두 분 사이 잘 진행되고 있는 줄 알았는데…… 명수 씨, 경아 좋은 친구예요."

"지선 씨, 그 점에 관해서라면 나도 잘 알고 있답니다."

"이번 여행 끝나고 오기 바로 전날 경아와 단둘이 마주할 기회가 있었어요. 무엇인지 괴로워하는 일이 있는 것 같은데 경아답지 않게 머뭇거리며 피하는 것 같았어요. 미리 귀띔해주면 명수 씨가 잘 해결해 나갈 수 있을 것 같아 주제넘게 뵙자고 했어요."

내가 간절히 바라는 사람은 바로 '지선 씨 당신'이라는 심중의 말은 끝내 한마디도 비춰보지 못하고 대신 엉뚱한 말을 끄집어냈다.

"얼마 전 일이에요. 경아를 좋아한다는 김진배라는 사람을 만났어요."

"아니 김진배라면 저희 과 진배형 말인가요?"

"맞아요. 지선 씨와 같은 과라고 하더군요."

"같은 과지만 입학년도로 따지면 선배예요. 그래서 과에서도 모두 진배형이라고 불러요. 진배형을 명수 씨가 어떻게 알아요?"

"모르는 사이였는데 진배형하고 또 같은 과 조민수라는 학생이 찾아왔더군요. 그날 같이 어울려 술도 한 잔 하면서 자리를 함께 했는데, 진배형이란 분이 경아를 많이 좋아한답니다."

"본인이 직접 그렇게 말하던가요?"

"좋아하는 정도가 아니에요. 경아가 아니면 다른 누구도 안 된대요. 결혼 상대자로서요. 내가 만나본 바로는 괜찮은 사람 같던데."

"진배형하고 경아 때문에 복잡한 사건 많았어요. 그런데 진배형 혼자서 너무 일방적으로 좋아하다 보니까 경아가 피했어요."

"지선 씨 나와 경아 문제라면 시간이 해결해 줄 겁니다."

'청춘, 지나고 나서 생각해보면 어느 것 하나 마음에 쏙 들게 이루어놓은 업적은 없지만 다시 옛날로 되돌이킬 수 있는 마술이 있다 해도 겪었던 일들과 또 한 번 마주하고 싶은 생각은 추호도 없다.'

그 작가의 말이 그 당시에는 절실하게 마음에 와 닿지 않았지만 지금 곱씹어 생각해보니 내 자신을 적나라하게 표현한 글이었다.

안가에서의 일은 두 번 다시 떠올리기조차 끔찍한 경험이었으며 지선과 만남 또한 매일매일 아픔의 연속이었다.

모든 것을 다 버리고서라도 지선을 얻고 싶은 간절한 바람이지만 경아와 함께가 아니면 지선과 만날 수조차 없는 안타까운 현실에 놓여있으니 어느 곳에 하소연 할 데도 없는 허탈한 나날이었다. 그러나 모두들 내 생각은 아랑곳 하지 않고 여럿이 만날 때도 표면적으로는 경아와 나의 만남이 중심이 되었고 이유가 되었으며, 한결같이 우리 두 사람을 위해 자신들 주장은 숨죽여주었다. 그러던 중 파일러트 사건이 일어났고 그 후 나와 경아 사이엔 줄곧 무언지, 말 못할 서먹서먹한 기류가 흐르고 있었는데, 새 중간에 두만이 중재자 역할을 해주었다. 그는 그 역할을 즐기고 있었다.

두만은 지선에게 사랑의 고백을 해도 반응이 없고 빈 메아리만 되어 돌아오자 방향을 경아에게 돌리기로 마음을 바꿨다. 아직까지 여럿이 어울려 함께 만나는 모임이 나중에 가서 경아와 헤어짐의 불씨가 되리라고는 아직 누구도 예측하지 못할 때였다.

바탕이 숨김없고 쾌활한 성격의 경아가 요새 나와의 관계가 소원하다는 이야기를 꾸밈없이 두만에게 털어놓고 자문을 구했는데 두만이 이 기회를 이용했다. 처음엔 나와 경아 사이를 같이 고민하는 척 하다가 어느 순간 경아에게 접근하기로 마음을 결정했으니 그때가 내가 두만과 함께 경아의 집을 찾아갔다 밤새 눈물바람을 한 그날 저녁이었다.

나는 아직 마음을 활짝 열고 경아를 받아들일 준비가 안 되어 있었다. 물론 그 첫 번째 이유는 애초부터 지선이 쪽으로 향했던 멈출 수 없었던 마음의 방향이었고, 두 번째 이유는 내 자신의 고정된 틀 때문이었다. 오랫동안 정형화된 성격의 틀은 변경하기가 쉽지 않아 외향적이고 쾌활한 경아와 평생 발맞추어 나갈 자신이 없었다. 때문에 매번 경아와의 만남을 선택해야 하는 기로에 이르면 자신이 없어져 뒤로 물러서곤 했다.

"우리 만남을 어떻게 하지요? 이대로 끝내야 하나요?"

경아도 이 문제로 고민했다. 이때는 앞날의 만남에 대하여 아니, 최소한 만남의 성격에 대한 결정을 확실하게 했어야 할 시점이었다. 그렇게만 했더라면 설령 나중에 헤어지는 막바지에 이르렀다 할지라도 두 사람 끝맺음이 훨씬 자연스럽고 또한 향기로운 추억의 갈피 속에 남아있었을 텐데 우유부단한 내가 잠시 멈칫한 사이 후회의 꼬투리를 만들고 말았다. 결국 파일러트 사건 후 우리 두 사람 진행사항을 훤히 꿰뚫고 있는 두만이 경아에게 접근할 빌미를 주었다.

처음 시작은 무등산 산행을 했던 기회가 계기가 되었고 두만이 경아에게 내보이는 호의는 점점 적극적으로 바뀌었다. 나중엔 더욱 대담해져 경아가 산길에서 조금 미끄러지기라도 할라치면 기다렸다는 듯 받들어 모시는 모습이 중세기 성주를 모시는 격식 바른 기사 같았다. 이런 어색한 호의는 지선에게는 어김없이 문전에서 거절을 당하여 헛똑똑이였으나 경아로부터는 서서히 실효를 거두기 시작했다.

"두만 씨 오늘따라 왜 저런다냐?"

보기 민망스런 지선이 두만의 요란함을 꼬집었으나 두만은 지금 시점에 이르러 본인 목적을 달성하기 위해선 주위 여하한 시선도 개의치 않았다. 그러나 그때는 흰 눈이라든지, 새소리, 솔바람소리, 그리고 무등산의 성스러움과 대자연의 넉넉함이 눈밖에 벗어난 부자연스러움까지도 잘 덮어주었다. 그리고 경아 마음은 자신도 모르는 사이 자기하고 벽을 느끼게 하는 불편한 상대보다 자기를 더 잘 받들기 위해 애쓰며 자기한테 관심을 쏟아주는 두만을 향해 서서히 기울기 시작했다.

알게 모르게 그 기미가 보이더니 처음엔 경곤을 통해 전해오던 연락의 간격이 멀어지다 나중엔 한동안 소식이 끊겨버렸다. 나 역시 경아에게 흡족하게 하지 못함을 스스로 알고 있으니 마치 줄다리기 시합을 하는 두 사람이 줄의 팽팽함을 통해 상대방 힘의 세기와 방향을 짐작하듯 경아의 마음이 보이지 않는 줄을 통해 그대로 전달되어 왔다.

학창시절의 끝이 가까워지면서 경아 마음도 조급해졌다. 그녀는 가부간 선택을 해야 했다.

봄 나들이

새싹이 나뭇가지에서 움트기 시작하는 무등산은 연두색으로 색칠한 것 같이 생기를 가득 머금은 한 폭의 풍경화였다. 겨울을 넘긴 묵은 잎 사이에서 새잎이 수줍게 얼굴을 내밀고, 하늘을 날던 새들도 무엇이 그리 즐거운지 지지배배 홍겹게 하늘로 치솟는다. 겨울방학 동안 내내 무등산에 눈이 쌓이면 대부분 다섯 명이 움직였으며 그때마다 우리들의 발길은 자연스럽게 무등산으로 향했다. 내 자신으로 봐서도 오히려 경아와 단둘이 만나는 것보다 여럿이 어울릴 때가 더 편했다.

언제부터였는지 경아와 둘이서만 있을 때는 어딘지 모르게 불편했다. 마치 보이지 않는 투명 벽이라도 가로막혀 있는 듯싶었다. 그러다 보니 서로 마음을 활짝 열지 않고 지내는 사이가 되었다. 만약 진실한 만남을 위해서라면 지금이라도 늦지 않았으니 이 벽을 허물어 없애야만 했다. 어물쩍 이대로 지나가버리기엔 우리한테 남아있는 시간이 너무 촉박했다. 경아가 캠퍼스를 떠나게 되면서 우리들의 만남도 새로운 시작이 되든지 아니면 끝을 보든지 양단간 결정을 내야했다.

‘경아도 나와 비슷한 생각을 하고 있겠지?’

모처럼 경아와 단 둘이 증심사 저수지를 찾았다. 소들이 몇 마리 한가롭게 풀을 뜯고 있었고 송아지 한 마리가 어미 소 근처를 천방지축 뛰놀고 있었다. 경아는 가만히 앉아서 어미 소와 송아지가 노는 모습을 스케치하고 나는 다른 한쪽에서 그런 모습들을 준비해 간 사진기 앵글에 열심히 담았다. 내 사진기는 찍고자 원하는 피사체 상을 사진기 위에서 들여다 볼 수 있게 되어 있었고, 그때그때 주변 밝기 상태에 따라 빛 조리개와 시간셔터를 조절하여 수동으로 찍을 수가 있었다. 골동품같이 생긴 모습하고는 전혀 어울리지 않게, 경우에 따라서는 자동에 고정시켜 자동셔터가 작동되게 할 수도 있는, 고물이기는 해도 아버님이 사용하신 후 누나가 애지중지 아끼다 내가 중학생이 되고 나서야 나에게 인계된 연조가 깊은 사진기로서 사진만은 손색없이 잘 찍혔다.

그날 자동셔터에 고정시키고 경아와 나란히 앉아서 찍은 사진이라든지 경아와 소들의 사진들이 모두 나무랄 데 없는 한 폭의 그림같이 생기 넘치는 봄기운에 손색없는 작품 소재가 되어주었다.

오늘따라 하늘은 어찌 그리 높고 파랗던지 파란 바탕에 지상의 모든 기운이 빨려 들어갈 것 같았다. 겨울동안 움츠렸던 차가운 대지가 봄의 정기를 쏘이더니 사방에서 아지랑이가 아른아른 피워 오르고 나뭇잎에서는 모르는 사이 새싹들이 파릇 돋아나며 온갖 주변에서 새 생명의 기운을 마음껏 발산하고 있었다. 우리들 만남이 언제나 지선을 포함하여 다섯이서 만났던 이유도 있었지만 미안스럽게 경아와 만난 이후 처음으로 만끽하는 평화로움이었다. 그동안 언제나 서로 밀고 당기는 과정을 반복하면서 겨우 상대방을 조심스럽게 알아가는 중이었다. 까다롭게도 주로 내 쪽에서 두 사람 가까움의 심도를 견제하는 편이었다.

'이렇게 밝고 쾌활하며 좋은 면을 많이 갖고 있는 사람한테 너무 따지고 재고하는 게 아닌지?'

자신의 속물근성이 부끄러웠다.

그런데 나의 갈등은 바로 이곳에 있었다. 항상 경아를 향해 걸음을 내딛으려고 내밀 때 커다란 벽이 가로막고 나섬을 내 자신도 어찌해 볼 도리가 없었다. 이 벽은 허물어 버리기가 아주 힘들다는 사실도 시간이 지날수록 깨닫게 되었으며 벽의 실체가 지선이라는 사실도 이제는 부인하지 않는다. 맨 처음 영혼 깊은 곳에 각인된 지선은 그 후 어느 순간이나 경아에게 향하는 내 걸음을 가로막고 나서는 투명한 벽으로 변해있었다.

이런 나의 상태에 딱 들어맞는 실례가 생각났다. 본과 1학년 때 인상 깊게 배웠던 생태학 강의였는데, Hess라는 학자에 의해 관찰된 각인(刻印) 현상에 관한 내용이었다.

이 각인 현상은 처음 여러 조류에서 관찰되었다고 하는데, 이 현상이 나와 지선의 관계에 대하여 설명해 줄 수 있는 여지없이 부합되는 「정신역동 기전」이었다. 관찰된 현상이란 새끼 새들이 부화되어 처음 세상에 나오고 나서 어떤 결정적 시기에, 그의 '어미 새' 대신 사람이라든지 혹은 다른 동물들, 즉 움직이는 대상을 새끼 새 가까이 두었더니 새끼 새가 그 이후로는 진짜 '어미 새' 대신 가짜로 대치된 대상을 자기 '어미 새'로 잘못 인식하고 그 뒤를 졸졸 따라다니는 현상이 관찰되었는데, 새끼 새가 세상에 태어나 처음 눈을 뜨면서 받아들이는 환경의 영향을 정신역동적으로 설명해주는 관찰이었다.

처음 각인현상에 대한 강의를 들었을 때 Hess가 어미 새를 숨겨버리고 대신 자신이 '어미 새' 역할을 하는 실험을 하였더니 새끼오리가 어미오리가 아닌 Hess 뒤를 '꽥~꽥~' 거리고 쫓아다녔다고 한다. 뒤뚱

거리며 따라다니는 뽀얀 새끼오리의 모습을 상상해보며 어찌나 우습던지 강의시간에 웃음을 참았던 기억이 난다.

얼마 전 '아름다운 비행'이라는 영화를 관람할 기회가 있었는데 이 영화는 Hess의 '어미 새'를 훌륭하게 보여주었다.

영화 줄거리는 대충 이랬다. 근래에 우리나라에서도 문제로 대두되고 있듯이 캐나다에서도 한때 철새들의 보금자리인 습지대를 개발할 것인지, 보존해야 할 것인지? 심각한 기로에 당면한 적이 있었다.

생태학자들은 철새들의 요람인 습지대를 보존하자는 주장이었으나 반면 개발하자는 다수의 주장에 비교하자면 역부족이었다. 그간 개발쪽으로 방향이 잡혀 불도저가 습지대를 막 밀어붙이는 중이었다. 어느 날 엄마를 잃은 열세 살 난 주인공 에이미가 불도저에 의해 역시 그 '어미 새'를 잃은 야생거위 알을 발견하는 데에서부터 시작된 이 영화는, 에이미가 손수 이 알을 부화시키고 나중에 새끼거위가 탄생되어 가는 과정을 생생하게 보여주었다. 새끼거위들은 생태학자 Hess가 실험했던 것처럼 세상에서 맨 처음 보게 되는 움직이는 생명체, 에이미를 자기 '어미 새'라고 생각하고 에이미 뒤를 따라다니게 된다. 에이미가 걸으면 뒤좇아 걸어오고 팔을 벌리면 똑같이 날개를 벌리고 하는 모습이 그렇게 실감날 수가 없었다. 다만 새끼거위들은 불행히도 에이미로부터는 날아오르는 법을 배울 기회를 못 가졌다.

겨울이 닥쳐오면서 바로 그 문제 때문에 예기치 못한 심각한 난관에 봉착하였으니, 겨울이 되면 철새들은 따뜻한 남쪽 지방으로 이동했다가 추운 겨울을 그곳에서 보내고 봄이 되면 다시 이곳 습지대로 되돌아오는데, 문제는 에이미로부터 한 번도 날아오르는 법을 배운 적이 없는 야생거위들은 공중으로 날아오르는 방법을 몰랐다. 때문에 따뜻한 철새 도래지 남쪽 지방으로 돌아갈 수가 없었으니 날씨가 점점 추워져 오면서 커다란 고민거리였다.

경비행기 조정사인 에이미 아버지에게 기발한 생각이 떠올랐다. 아버지가 에이미에게 경비행기 조정기술을 가르쳐주면 에이미가 야행거위들에게 공중으로 날아오르는 기술을 학습시킬 수 있겠다는 발상이었다. 드디어 에이미가 조정한 경비행기가 지상으로부터 떠오르는 순간 거위들이 세상에 태어나 처음으로 대리 '어미 새' 에이미로부터 나는 법을 배우게 되는데, 에이미와 아버지가 경비행기를 조정하여 남쪽으로 출발하자 그 뒤를 야생거위들이 무리지어 따르는 '아름다운 비행'이 남으로 이어진다는 내용의 영화였다.

모든 뉴스의 초점이 에이미와 철새들에게 집중되고 더불어 많은 사람들이 습지대의 중요성을 깨닫게 되었으며 습지대를 보존해야 한다는 소수의 주장이 드디어 승리를 얻게 되는 영화였다.

나는 이 영화가 이야기하고자 의도한 자연환경 보존의 중요성보다 세상에서 맨 처음 인상지어진 각인현상을 잘 다루었다는데 더 흥미를 가졌다. 지선이는 결정적 시기에 나의 영혼 깊은 곳에 뚜렷한 각인을 남긴 지워버릴 수 없는 '어미 새'였다.

정신과에서는 사람의 성장과정에서 결정적 시기의 각인현상에 중요한 의미를 두는데 결정적 시기라고 하면 초기 어머니와 유아 사이의 상호접촉이라든지, 조금 자라서는 최초의 사회와 만나는 시기를 들 수 있으며, 이 시기의 체험들이 각인현상을 일으키는 중요한 요소가 되는 것이다. 이런 시각에서 첫사랑의 체험은 그중에서도 가장 중요한 사회적 각인 요소 중 한 항목에 해당될 것이다. 이성을 의식하고 나서 맺어지는 최초의 '이성간 사랑'이란 각인으로서.

나는 세상에서 두 사람이 만나 결혼에 이르기까지는 그냥 우연히 아무렇게나 이루어지는 일이 아닐 거라는 막연한 선입견을 갖고 있었다. 물론 이런 의식의 바탕 속에는 짝 지어질 두 사람은 한 번만 만나도 마치 전기가 흐르듯 영혼의 교감이 생기고 결국 두 사람은 맺어질 수밖에 없다는 믿음이었다. 뿐만 아니라 처음부터 이미 운명 지어진 두 사람은 시기적으로 빠르고 늦어지는 경우가 있을는지 몰라도, 설령 지금은 떨어져 있다 할지라도, 언젠가는 만나게 되는 것이 당연한 귀결이라는 우직한 믿음이 의식의 저변에 깔려있었다. 지선을 만나고 나서 나의 정해진 운명의 대상은 경아가 아니고 지선일 거라는 생각이 마음 깊숙이 아직은 해독되지 않은 보물지도의 암호문같이 각인되어 잠들어 있었다.

이 점이 아무리 가까이 가려고 애써도 마지막 순간 경아에게 다가갈 수 없는 나의 밑바닥에 숨어있는 「무의식의 정신역동」이었다.

맨 처음 '대리 새' 지선에 의해 각인된 감정의 파고는 경아를 만나는 동안 조금도 경감되지가 않았다. 잡다한 이유를 만들어 경아에게 가까이 가려해도 오히려 시간이 경과될수록 지선을 향하여 더욱 확실한 자리매김을 하게 되었다. 이것을 한편으로는 각인현상으로 다른 한편으로 운명이라는 핑계로 수긍해 버렸다. 지선과의 만남을 운명이라 여기고 싶었다.

그러나 현실적으로 주변에서 돌아가고 있는 상황은 아직껏 내 바람과 정반대 방향으로 전개되었고 애써 혼자 흐름의 줄기를 바꾸기엔 역부족이었다. 내가 갈구했던 그리고 운명이라고 믿고 싶은 대상은 지선이어야 된다는 사고가 한순간도 떨구어 버릴 수 없는 깊은 곳에 각인된 암호인 반면, 그 사람에게 한 발짝도 다가설 수 없는 상황이 부정할 수 없는 현실이었다. 때문에 어느 한 곳이 빈 것 같고 부족하여 허공에 매달린 기분이었다.

마치 헛돌고 있는 바퀴 같아서 갈증의 골이 깊어만 갔다. 때문에 경아와의 사이엔 건널 수 없는 강이 있었으나 주위에서는 여전히 어울리는 짝으로 간주하고 심지어 지선이 조차 경아와 가깝게 맺어주려고 갖은 궁리를 짜냈다. 내 맘속에서 엮어지고 있는 감정의 세세함은 누구보다 먼저 상대방 경아에게 예민하게 감지되었다. 어쩌면 경아는 지금까지 나의 결정을 묵묵히 기다리고 있었던 건지도 몰랐다.

그리고 드디어 결정의 순간에 이르렀다.

그런 과정을 겪으면서 내가 두만과 함께 경아의 집을 찾아간 그날 모처럼 좋은 기회를 잡은 두만이 비상한 마음을 품고 경아와 나 사이 벌어진 틈새를 비집고 들어왔다.

두만이로 말할 것 같으면 시초에는 아니 겉으로는, 경아와 나의 관계가 원만한 방향으로 흘러갈 수 있도록 도와주겠다는 갸륵한 마음으로 가장된 모습으로 출발했다. 그리고 본인도 그렇게 보이도록 노력했다.

이별

경아와 마지막 만나던 날 약속장소는 경아와 지선의 집이 있는 학교 후문 근처 제과점이었다. 나는 지난번 경아와 함께 찍었던 사진을 찾아들고 먼저 도착해서 경아를 기다리고 있었다. 기다리는 동안 조금 전 사진관에서 막 현상해 찾은 사진들을 앞으로 그리고 다시 뒤로 몇 번이나 바꾸어가며 뒤적이고 있었다.

사진을 찾기 전까진 어떻게 찍혔을까 염려가 되었지만 막상 찾아 확인해보니 어느 모로 보나 잘 찍힌 사진들이었다. 어미 소 곁에서 부산 나게 갖은 재롱을 떠는 송아지의 귀여운 모습이라든지, 나와 경아가 나란히 앉아 자동셔터로 고정하고 찍었던 모습들이 잘 어울렸다. 자칭 아마추어 작가가 판단하기에 흡족하게 마음에 들어, 일단 합격점이라고 자위했다. 미대생이 제일 중요하게 생각하며 받들어 모시는 사진 배경에 대한 구도 또한 괜찮았다. 한번 미대생 앞에서 슬쩍 뽐내보아도 통할 성 싶었다.

약속시간 보다 조금 늦게 평소와는 달리 어딘지 긴장된 모습으로 경아가 나타났다. 그런데 바로 뒤따라 제과점 문을 열고 들어서며 인사도 없이 당연하다는 듯, 경아 곁을 차지하고 앉는 사람은 천만 뜻밖에 두만이었다. 집이 이 근처이니 '오는 길에 어쩌다가 우연히 만나 같이 왔겠지' 정도로 가볍게 생각하며, 그때까지도 내 손안에는 두 사람이 갑자기 들어서는 바람에 미처 정리하지 못하고 여태껏 앞으로 그리고 다시 뒤로 번갈아가며 몇 번이나 뒤적여 보았던 사진들이 아무렇게나 들려 있었다. 실은 경아가 오기만 기다리며 제일먼저 어떤 사진부터 보여줄까 궁리하던 중이었다.

원래 두만은 무슨 이유인지 몰라도 고등학교 과정을 검정고시 시험을 치러 의과대학에 진학하였기 때문에 다른 동급생들과 비교해 나이가 한두 살 아래였다. 때문에 나에게도 평소에는 형이라고 부르며 따르는 사이였다. 너무 깍듯이 예절을 지키니 오히려 민망할 정도였지만 지금까지 그런 자세를 변함없이 고수해왔다. 그런데 오늘 갑자기 나타난 두만이 나에게 보여준 태도는 깍듯이 모시던 지금까지와는 백팔십도 다른, 아니 전혀 상상도 못할 정도의 거드름을 피우는 모습이었다.

"아니 두만이가 여기 웬일인가? 어떻게 오게 되었어?"

"형님 본론만 말씀 드리겠습니다. 경아를 사랑하십니까?"

아직까지도 나는 두만이가 경아와 나 둘 사이를 가깝게 맺어주기 위해 애쓰고 있는 사람으로 착각하고 있었다.

"이 사람아, 앉자마자 밑도 끝도 없이 경아를 사랑하느냐니, 무슨 뚱딴지 같은 이야긴가?"

전혀 예측하지 못한 질문을 갑자기 받자 당황스러웠다. 그러나 두만은 하고자 하는 질문을 확실하게 준비하고 나타났다.

"형님, 다른 말은 말고 대답만 해 주십시오. 경아를 사랑하십니까, 아닙니까?"

그가 간략하게 다시 질문을 던졌다. 그것도 생각하고 말 것도 없이 둘 중 하나만 선택해서 말하면 된다는 식이었다. 얼굴이 벌겋고 안정되지 못한 모습이 술기운이 있는 것 같기도 하나, 정색을 하고 턱 끝을 앞으로 내밀며 묻는 평상시와 다른 어투가, 예사롭게 던지는 질문은 아니었다. 그때도 나는 미처 처리하지 못하고 들고 있던 사진을 어떻게 할지 몰라 만지작거리다가 우선 주섬주섬 윗 옷 호주머니에 집어넣었다.

"내가 두만이 자네에게 왜 그런 대답을 해야 하지?"

"아니 분명히 해줘야 합니다."

눈에 힘을 주고 빤히 쳐다보며 단호하게 대답한다.

"자네에게 거기에 대한 대답을 할 필요는 없지만 이렇게 경아를 좋아하는 마음이 사랑 아니겠는가."

물론 지금까지 한 번도 경아를 좋아하는지 사랑하는지 따져볼 기회도 없었고 그럴 필요도 없어, 어떤 쪽일까 미처 정리도 안됐지만 두리뭉실한 대답으로 우선 그의 질문을 피하고 싶었다. 두만은 이런 대답이 나올 것이라 예상하기라도 했다는 듯 다음 2단계 질문을 막바로 쏟아냈다.

"경아를 사랑한다면 단도직입적으로 한 가지만 더 묻겠습니다. 경아와 결혼을 하실 겁니까, 안 하실 겁니까?"

아직껏 경아는 고개를 숙이고 마치 방관자같이, 우리 두 사람 대화를 듣고만 있었다. 이때에는 무언가 잘못 되어가고 있구나 하는 직감이 들며, 가슴 깊은 곳에서 울컥 분노 같은 기운이 치밀어 올라왔다. 그렇지만 판단하건데 지금 눈앞에서 일어나고 있는 드라마 같은 현실은 두만이 혼자 단독으로 만들고 있는 일인극이 아니었다. 경아 태도로 미루어보건대 무언의 경아가 두만의 입을 빌어서 나에게 던지고 싶은 경아 자신의 물음이기도 했다.

이런 상황에서 경솔하게 미리 화를 내고 속마음을 들어낼 수는 없었다. 심증은 있으나 아직 자세한 전후 사정을 모르니 먼저 화를 내 버리면 여지없이 두만의 계책에 말려들어가는 결과가 초래될 수밖에 없다. 갑자기 냉정해져야겠다는 생각이 들고 바짝 긴장되었다.

지금껏 한 번도 경험해 본 적이 없었던 나의 인내심의 한계를 시험해 볼 절호의 기회다. 그런데 혹시 모를 일이다. 경아가 내 입을 통해 진심으로 바라는 대답이 세상 끝까지 자기를 사랑하고 결혼은 두말할 나위도 없고 모든 미래를 자기와 함께 하겠다는 명쾌한 대답인지는? 그런 나의 대답을 끌어내기 위하여 두만이 이 시간 이 자리에 나타나 불편한 역할을 수행하고 있는 지도 모르겠다는 생각이 잠깐 머리에 스쳤다. 그렇다고 한 자락 접어 보더라도 두만이 지금 나에게 묻는 물음의 내용이나 태도가 너무나 안하무인격이지 않는가? 마치 한 여인을 사이에 두고 싸움이라도 불사하겠다는 오만방자한 태도로 비치니 우리 두 사람 사이를 가깝게 만들어주고 싶어 하는 그런 의도가 아닐 거라는 느낌이 직감적으로 감지되었다.

어떻든 치밀어 오르는 감정을 억누르며 냉정을 유지하기 위해 속으로 '참자, 참자, 참자' 주술을 반복하며, 차분하게 '경아는 내게서 어떤 답변이 나오길 원하고 있을까?' 잠시 생각을 돌려도 보았지만 아무래도 즉석에서 대답할 그런 간단한 성격의 질문이 아니었다. 곰곰이 따져보면 이 물음에 대한 대답만큼 어려운 답이 어디 있겠는가?

"이 사람아, 평생을 같이 살아야 할 배우자에 대해 결정하는 결혼과, 사랑은 별개의 문제가 아니질 않는가?

사랑하기 때문에 결혼하겠다는 결정을 내려야하고 결혼하지 않는다면 사랑해서는 안 된다는 그런 이분법은 얼마나 어처구니없는 논리인가? 그것도 생각할 여지도 없이 지금 이 자리에서 당장 결정해야 하다니 그런 억지가 세상천지 또 어디 있다는 말인가?"

나는 잠시 말문을 닫고 화를 삭였다.

"이런 질문은 나한테 뿐만 아니라 경아에게도 예의가 아니질 않는가? 결혼이란 나 혼자만의 문제가 아니고 두 사람 모두의 문제가 아니겠는가? 또한 이런 문제는 당사자 간에도 신중히 생각해야겠지만 양측 부모를 포함한 가족들 사이에서도 충분한 여유를 갖고 이야기하고 검토되어야 할 그런 중대한 사안이 아니겠는가?"

잠시 말을 쉬고 두 사람의 동태를 살피다 다시 입을 열었다.

"무엇보다 두만이 자네가 이 시간 이 자리에 나타나, 주제넘게 그런 개인적인 질문을 던져도 괜찮은가? 자네가 관여할 문제가 아니질 않는가?"

다시 호흡을 가다듬고 이성을 유지하여 나름대로 냉정하게 이야기를 끌어가던 차였다. 두만이 경아와 나 사이에서 도움이 되는 중재자 역할을 하겠다는 너스레를 포기하고 드디어 숨겨온 본심을 들어내기 시작했다.

"형님, 경아가 관련된 이야기는 더 이상 하실 필요 없고 형님과 관련되는 부분, 결혼을 하실 건지 안 하실 건지 그것만 말씀해 주십시오."

자기 자신을 위한 시비란, 속마음을 여실히 드러내며 양자택일의 대답만을 강요했다. 참 어처구니없는 경우였다.

나와 경아 사이의 관계를 생각지도 않은 제3자에게서 간섭을 당한다는 자체가 기분이 거슬렸으며 자존심을 상하게 만들었다. 그리고 지금까지 입에 담기까지 신비로운, 결혼 그리고 배우자 문제를, 이런 자리에서 두만의 입을 통해 언급된다는 자체가 말할 수 없이 불결했다.

"두만이 자네 어제까지 나한테 형님이라고 불렀던 사람 맞아?"

나도 서서히 냉정을 잃어갔다.

"다른 이야기는 하지 마십시오. 결혼을 안 하실 거라면 이 시간부터 경아한테서 물러나십시오. 지금부터는 내가 경아를 책임지겠습니다."

완전히 도깨비장난에 홀린 것 같았다. 두만과 입씨름 하느라 잠시 망각했던 경아를 다시 보며 그녀의 마음을 읽으려고 애써 봤지만 이 정도 대화가 진행되는 동안에도 경아는 여전히 말 한마디 없이 고개를 숙이고 묵묵히 침묵을 지키고 앉아있었다.

이제는 경아가 원망스러워지기 시작했다. 이런 경우라면 두 사람은 한통속이었다. 이 문제에 관하여 두 사람 사이에 이미 사전조율이 있었을 거란 나름대로의 판단이 섰다. 이제야 내 머릿속이 제대로 작동해, 자초지종 돌아가는 내막을 알 것 같았다. 설령 경아가 나에게서 듣고 싶고 확인하고 싶은 대답이 있었을 거라고 한 발 뒤로 양보해 봐도 지금까지 과정이 순수하지 못하고 이미 나의 인내심의 한계도 넘어버렸다. 오늘에 이르기까지 얼마나 오래 전부터 한패가 되어 두 사람이 공모를 하기 시작했을까? 그런 생각이 드니 배신감까지 느껴지며 더 이상 대꾸할 필요도 없이 그대로 일어나 자리를 박차고 떠나버리고 싶은 착잡한 심정뿐이었다. 이제 같이 상대하고 대화하고 싶은 마음이 털끝만치도 남아있지 않았다. 그러나 두만을 이대로 놔둔 채 가버리기엔 그의 하는 짓이 괘씸했다.

"두만이, 잠깐 밖에서 둘이 따로 할 얘기가 있는데 이리 좀 나와봐."

두만이 순순히 뒤따라 나왔다. 이때 나의 모든 신경은 극도로 긴장되어 폭발 일보직전의 상태로 간신히 냉정을 가장하고 있을 따름이었다. 두만이 문밖으로 나오자마자,

"야 이 싸가지 없는 자식아, 경아가 넘겨주고 넘겨받는 물건으로 생각되느냐?"

말이 떨어짐과 동시에 주먹을 날려 턱을 갈기니, 두만은 갑자기 당하는 일이라 말 한마디 못하고 '어~' 하며 저만치 나가 떨어져버렸다. 세상에 태어나 철들고 처음으로 날린 주먹이었다.

그동안 내내 갈겨주고 싶던 마음을 계속 달래다가 마음먹고 터트린

주먹세례를 받고 넘어진 그는 잠시 정신을 못 차리고 길가에 쓰러져 있었다. 거기다 대고,

"네가 어떻게 감히 나한테 경아를 포기하라, 넘기라, 말을 해? 이 버릇없는 새끼야."

한바탕 욕을 해댔다.

확실히 두만은 대낮부터 술도 한잔 한 모양이었다. 맥없이 나가 떨어져 꼼짝을 안하니 혹시 뭐가 잘못되지 않았나 은근히 겁이 났다. 그사이 근처로 하나 둘 사람들이 모여들기 시작했다. 그 순간 나는 이미 두 사람에 대한 모든 감정이 말끔히 걷혀지는 후련함을 느꼈다. 두만에 대한 배신감 뿐 아니라 경아에 대한 원망까지도 훨훨 달아나 버리는 시원함이었다. 마치 체중계에 올라섰다 내려오면서 바늘이 영점으로 되돌아오듯, 경아에 대한 모든 애증의 감정이 사라지는 시원함을 느꼈다. 처음에는 두만에 대한 노여움과 함께 경아에 대해서도 원망이 들었으나 이젠 모두 부질없다는 허탈감이 들다가 나중엔 편안함으로 변했다.

무심히 하늘을 보니 파란 하늘에 구름 한 점이 보였다. 그리고 지구상에서 이 시간 내가 겪고 있는 심각한 사연과는 전혀 무관하다는 듯, 새 한 마리가 넓은 원을 그리며 한가롭게 날고 있었다. 아주 귀중한 것들이 구름 따라 저편 멀리 흘러가 버린 것과도 같은 공허함이 밀려왔다. 쓰러진 두만을 어떻게 할까 잠시 망설이다가 그대로 놔두고 몸을 툭툭 털며 등을 돌리고 돌아섰다.

그때서야 두만이 정신이 돌아왔다.

"거기 안 서!"

그렇게 외쳤는지? 비슷한 소리를 지르면서 나를 향해 저돌적으로 돌진해왔다. 그리고 정식으로 나와 두만이가 얽히는 상황이 벌어졌다.

주위에 모여든 사람들이 우리 둘 사이를 갈라놓으며,

"여보시오, 학생들 같은데 배웠다는 사람들이 길에서 무슨 짓들이요? 좋은 말로 할 일이지 왜들 이리 싸우고 그러십니까?"

말리고 나섰다.

생전 처음 싸움을 했다. 여자를 가운데 두고서 연적의 사내와 결투를. 그것도, 환한 대낮 대로에서.

경아와 만남은 이날 그런 식으로 끝이 났다. 한동안 정신이 멍한 가운데 그냥 발길이 내키는 대로 경아네 집 가까이 캠퍼스 운동장을 걸었다. 그날 경아에게 주기 위해, 좋아라 하며 앞 뒤 돌려가면서 번갈아 보았던 사진들은 모두 갈기갈기 찢기는 수모를 당해야 했다.

저만치 걸어나와 벤치에 앉아 사진을 한 장씩 찢어갈 때 경아와 보냈던 시간들이 주마등같이 스쳐 지나가며 기분이 그렇게 착잡할 수가 없었다. 아무리 양보해 생각해봐도 내 기준으로 두만을 용서할 수가 없었다.

'그렇더라도 경아를 원망하지는 말아야지'

머릿속 한 곳에서 금방 터져 나오려고 하는 경아에 대한 불만을 달래기나 하려는 듯 이 말을 되뇌었다.

경아에 대한 나의 솔직한 견해를 제때 못 밝힌 허물이 컸다는 자책이 앞섰고, 이런 결과가 빚어질 때까지 결단을 빨리 못 내린 자신에 대하여 때늦은 후회가 말할 수 없이 컸다.

앉아있는 동안 마음이 조금씩 평정을 되찾아갔다. 풀밭에 누워 하늘을 보면서 경아와 함께 지냈던 시간들을 되돌아보니 경아에게 잘못했던 일들이 꼬리를 물고 생각나며 마음을 아프게 했다. 그리고 그 연상의 고리는 어느 날 경아 집에서 경아와 두만을 앞에 두고 밤새 울었던 시간으로 거슬러 올라가 참담하고 부끄러운 심정에 젖어들게 만들었다. 그러나 내 속물근성은 어느 사이 뻔뻔하게 오히려 다른 핑계를 만들며, 이런 식으로 끝을 맺을 수밖에 없는 상태라면 오히려 빨리 끝나버려서 잘했다고 홀가분해 했다.

'이런 수준 밖에 안 된다는 거지' 하면서, 더 오랜 기간 사귀지 않게 되어 천만다행이라고, 마치 내가 상대보다 고결한 인격이나 갖춘 것 마냥 번드르르한 위안까지 해보는 거였다.

얼마동안을 그런 생각에 잠겨 풀밭에 누워 있었는지 모르겠다. 그 때였다, 아주 멀리서 들려오는 귀에 익은 음악소리가 마치 긴 동굴 속 벽 틈 사이로 흘러들어온 빛줄기같이 텅 빈 머릿속으로 스며들어 왔다. 처음에는 꿈결인가 싶었으나 주의를 기울여 들어보니 아름다운 기타 선율, 그것도 귀에 익은 기타음이 이어졌다 끊겼다 귓전을 스쳤다. 당연히 학생들이 부르는 노래의 반주려니 생각하고 가볍게 흘려들었으나 나중에 귀에 익은 「로망스」 곡을 들었을 때 가서야 불현듯 지선이 생각이 났다. 무심결에 벌떡 일어나 음악소리를 따라 가보니 놀랍게도 정말 지선이었다.

"아니, 이 시간에 혼자서 웬일이세요?"

나보다도 놀라며 반가워하는 지선에게 도서관에 들렀다 그냥 머리 식히러 나온 길이었다고 둘러대고,

"그것보다 지선 씨는 어쩐 일로 이곳에서 혼자 기타를 치고 있으세요?"

물으니,

"갑자기 기타가 치고 싶어졌어요. 오랜만인데, 집에서는 여러 사람에게 방해되어 안 되겠고 그래서 할 수 없어 아예 기타를 들고 밖으로 나왔어요. 참, 경아 지금 집에 있을 텐데, 불러낼까요? 그 앤 요즘 뭐가 그리 바쁜지 통 연락도 없어요."

나는 멋쩍게 웃으며,

"금방 들어가 봐야 합니다. 조금 전 쳤던 곡이나 한 번 더 부탁할 게요."

다시 로망스를 청해 듣고 부랴부랴 그녀와 헤어졌다.

그 후 두만과는 같은 강의실에서 학교생활을 계속했지만 졸업할 때까지 말은 고사하고 눈길도 마주친 적이 없었다. 두만은 내 앞에 어른거리지도 않을 뿐 아니라 눈에 띄었던가 싶으면 어느 틈에 사라져 버리곤 하며 다른 과 친구들과도 떨어져 외톨이로 지내는 것 같았다. 경아와도 그렇게 헤어지고 나서 다시 만날 기회가 없었다.

몇 년 후 충장로 한복판에서 경아를 보았다. 서로 엇갈려 지나쳤는데 얼핏 본 모습이 경아였다. 깜짝 놀라 뒤돌아 보았더니 이제 갓 아장아장 걷는 애 손을 잡고 나를 미처 못 알아보고, 애와 발걸음을 맞추며 지나가고 있었다. 그런데 그때 같이 곁에 서서 걸어가던 남자는 두만이 아니었다. 이상하다 싶어서 다시 확인해 보았지만 애를 가운데 두고 즐겁게 말을 주고받으며 걷던 사람은 분명 두만은 아니었다. 그렇지만 완전히 생소한 얼굴 또한 아니었다.

'누구더라?'

낯이 익은 인상인데 금방 떠오르진 않았다.

'어디서 봤더라?'

가물거리며 생각이 날듯 말듯 쉽게 잡히지 않지만 분명 기억 속에 남아있는 사람이었다. 가던 길을 멈추고 뒤돌아서서 한참동안 생각을 한 후에야 간신히 떠올린 사람은 김진배였다. 조민수와 함께 만났던, 경아를 사랑한다는 조민수가 진배형이라고 불렀던 바로 그 사람이었다.

'지금은 적절한 시기가 아니지만 기회가 되면 몇 번이라도 좋으니 경아에게, 좋아한다는 진심을 고백하겠다'고 말한 조각을 전공했던 김진배였다. 그 당시 덥수룩하게 길렀던 수염을 산뜻하게 면도한 모습이어서 보자마자 바로 떠오르지 않았지만 틀림없는 그의 얼굴 윤곽이었다. 애를 사이에 두고 걷고 있는 모습들이 더없이 행복해 보였다.

그 후 경아에 대한 소식은 간간히 전해만 들었다. 두만과 헤어지게 되었고 김진배와 결혼했다는 사실도 전해만 들었다. 두만에 대해서는 처음엔 역겨울 정도로 심한 배신감을 느꼈지만 시간이 지나면서 그런 감정도 차츰 엷어지고 나중엔, '경아와 결혼해서 행복하게만 살게 된다면 맺혔던 모든 유감을 풀어버리겠다. 그리고 진심으로 두 사람을 축복해주자'고 마음먹었다.

두만이 경아를 배신했다는 소문을 들었다. 그것도 경아 집안이 사업 때문에 기우뚱했던 시기에 그랬다는 거였다. 결혼까지 약속해놓고, 하필 경아네 집안 사정이 어려웠던 때 등을 돌렸다는 소문을 듣고, 나의 수첩에서 두만이라는 인간은 영원히 용서해 줄 수 없는 인간으로 점찍어 버렸다. 그를 향해 갖은 저주의 주문을 날려보냈다.

반면 경아 생각이 떠오를 때마다 마지막 보았던 김진배와의 다정한 모습이 떠오르며 무심결에 두 손이 모아지고 기도하는 마음으로 그들의 행복을 빌곤 하였다.

'진배형 축하합니다. 사랑을 성취해서 축하합니다. 어려운 길을 돌아왔지만 예정된 순서지요. 처음 가졌던 그 마음이 변함없이 영원으로 이어지기 빌며 항상 행복이 계속되길 기도하겠습니다.'

단 한 번 만났지만 평생 잊을 수 없는 인연이었다.

장미 예찬

시간이 약이었다.

경아와 겪었던 아픔도 시나브로 잊혀 갔다. 차츰 정신이 들며 경아와 지냈던 시간들을 돌아볼 수 있는 여유도 생겼다. 처음엔 두만을 생각할 때마다 덩달아 경아에 대해서도 원망의 마음이 솟구쳤으나 냉정히 판단해보며 내가 잘못한 경우였음을 수긍하게 되었다.

첫 만남부터 경아는 진심을 다하여 그리고 솔직하게 자신의 모든 걸 내비추었지만 나는 이리저리 따져보는 저울질을 해가며 속물스럽게 굴었던 사실은 누구에게 물어볼 필요도 없이 내 자신이 잘 알고 있지 않는가? 또 한편 홀가분한 마음으로 지선에게 향할 수 있기를 얼마나 갈망했으며 심지어 경아를 좋아한다는 김진배를 만나고 뒤돌아 오던 길, 지선을 떠올리며 속으로 기쁨의 탄성을 지르지 않았던가? 그런 모든 경아와 관련되는 추억들이 아픔이 되어 돌아왔다. 그러나 정신없이 의사 국가고시 시험 준비에 매달려 책과 씨름하면서 이런 아픈 기억도 차츰 잊혀져갔다.

그간 지선은 졸업을 하고 자기 집 근처 뱃길로 한 시간 남짓 떨어진 섬마을에서 교편을 잡고 미술 선생님으로 재직하고 있다는 엽서를 받았다.

그러고 보니 벌써 5월이다. 작년 이맘 때 기억이 살아난다. 지선이 가장 좋아하는 계절이 5월이라고 했다. 5월이 살짝 눈길만 보내도 어느새 자연 속에서 장미가 피어나는데 그래서 그랬을까? 지선은 꽃 중에서도 5월의 여왕인 장미를 제일 좋아했다. 자기 집 뜰에 온통 장미를 심어 장미 화원을 만들었단다. 그때 지선이 했던 이야기를 기억해 보면 그녀가 장미를 어느 정도 좋아했는지 짐작하고도 남았다.

시골 지선네 집은 정원이 꽤 넓었는데 그 넓은 뜨락에 온통 장미를 심었다하니 꽃이 만발하면 얼마나 장관이었을까? 지선의 방은 정원을 향해 커다란 통유리 창문이 나있다고 했다. 장미가 활짝 피었을 때 방에서 통유리 창을 통해 바라다보이는 화단은 정말 눈부시단다. 지선의 표현대로라면, '가히 모습이 장미꽃 바다'라며 각양각색의 장미가 보여주는 장미꽃의 빼어난 미모는 다른 어떤 꽃을 곁에 두어도 손색없는 미의 극치라고 열변을 토하면서 장미의 아름다움을 칭송하곤 했다.

지선이 가장 좋아하는 시인도 장미꽃을 사랑했던 릴케였는데,

"명수 씨, 릴케가 손님을 위해 장미꽃을 꺾다 장미가시에 찔려 죽었다고 하는데, 장미가시에 찔렸다고 어떻게 죽기까지 했을까요? 장미가시에 무슨 독이 있어서 그런 건가요?"

"뭐가 그렇게 궁금해서 그럽니까?"

"릴케가 무슨 이유 때문에 죽었는지 혹시 아세요?"

그때 지선은 예비의사한테 릴케에 관하여 평소 궁금했던 의문사항, 릴케의 사인에 관해 질문했다.

"지선 씨, 가시에 찔려 죽었다면 원인은 찔린 가시 때문에 그곳에

염증이 생겨 균이 전신에 퍼짐으로써 패혈증이 발생되어 그 후유증 때문에 죽었던지, 아니면 장미가시에 붙어있던 파상풍균 때문에 죽었던지 그랬을 겁니다."

우선 그렇게 대답하고 나도 궁금하여 릴케의 죽음에 대한 자료를 찾아보았더니 확실한 원인은 밝혀지지 않았지만, 어떤 자료에서는 가시에 찔려 그 자리에 화농이 발생되어 그것이 원인이 되어 죽었다는 자료도 있었고, 어떤 곳에서는 백혈병 때문에 죽었다는 자료도 있었다. 물론 백혈병이 있었기 때문에 균에 대한 저항력이 떨어져 가시에 찔린 부위가 쉽게 화농이 되었고 결과적으로 그 균이 피 속으로 침범해 패혈증을 일으켰다고 상상할 수도 있겠으나 정확한 사인은 알 수 없었다. 릴케는 죽기 전에 직접 자신의 묘비명까지 준비해 두었다니 오래전부터 장미꽃을 바라보며 이미 자신의 죽음을 마음에 담고 있었던 모양이다.

「장미여
아 순수한 모순이여
겹겹이 쌓인 그 많은 눈꺼풀 아래서
잠을 자는 기쁨이여.」

얼마나 커다란 비약인가! 어찌 장미꽃을 보며 자신의 죽음을 떠 올릴 수 있었을까? 릴케의 죽음에 관한 다른 시 하나가 생각난다.

「우리가 삶의 한 가운데에 있다고 생각할 때
그는 갑자기 우리들의 속에서
울기 시작한다.」

릴케에게 있어서 인간은 그의 생애에서 가장 찬란하게 완성되었을 때 다른 한 쪽에서 서서히 스러짐을 준비하는 한 떨기 장미꽃과 흡사할 뿐이었다. 내일이면 시들어 사라질 줄 알면서 아름답게 피어나는 장미는 모순이었을까? 릴케에게 장미꽃, 아니 생 자체가 모순이었다.

「오늘 눈물인 것도
 어제 이슬인 것을」

그의 눈에는 지금 아름다운 이슬맺음이 내일 아픈 열매를 맺기 위한 씨 뿌림이었다. 어느 날 문득 아름다운 세상의 한 가운데 서 있는 자신을 발견하고 어느 때는 세상에서 가장 외로운 존재로 남아 혼자인 것을 느끼는 인간은 내일이면 스러질지 알면서 세상에서 가장 아름답게 피어나는 한낱 모순 덩어리 장미인 것이다. 그러면서도 지금 어느 꽃보다도 더 사랑스러운 연인을 만나서 사랑을 나누며 살아가는 인간은 릴케의 눈에 한 떨기 모순된 장미일 뿐이다.

지선이로 인하여 장미꽃을 마주할 때 삶과 죽음을 한꺼번에 떠올리게 되었고 장미꽃과 더불어 살다 어느 날 장미꽃같이 시든, 시인 릴케를 만날 수 있었다.

릴케는 5월 화들짝 핀 장미꽃 속에서 죽음의 그림자와 눈 맞춤을 시작했고 찬란한 장미꽃 속에서 이미 꽃의 조락을 슬퍼하고 있었으니 묘비명으로 잠을 자고 있는 장미를 미리 새길 수 있었으리라.

장미를 좋아하는 지선이는 그 당시 릴케에게 온통 빠져있었다.

갑자기 지선이집 뜨락 장미꽃이 보고 싶었다. 지선이 장미꽃 예찬을 늘어놓을 때도 얼핏 품었던 생각이었다.

'지선이집 장미가 보고 싶다.'

한번 생각이 이렇게 잡히기 시작하니 갑자기 지선을 만나고 싶은 마음이 물밀듯이 밀려온다. 그녀를 만나서 그간 마음 밑바닥에 화석같이 침전되어 언젠가 해독될 순간만을 기다리고 있는 마치 퍼즐같은 비밀지도의 암호들을 찾아 짜 맞추고 싶어진다.

일요일이었다. 지선의 집을 찾아 나서기로 했다. 사는 동네가 그리 크지 않은 항구 도시이니 조금만 노력하면 어렵지 않게 집을 찾을 수 있으리라는 자신감이 들었다. 한번 보고 싶다는 생각이 머릿속에 자리를 잡으니 잠시도 지체할 수가 없었다.

'그래 일단 부딪혀 보자.' 그렇게 발단이 되어 일요일 아침 주소만 달랑 들고 지선네 집을 찾아 나선 것이다. 지선을 생각할 때마다 맨 처음 전시장에서 그녀를 만났을 때 용기 있게 다가가지 못했음을 후회하면서, 앞으로는 두 번 다시 그런 실수는 않겠다는 다짐을 떠올리며 한번 부딪쳐 보겠다고 길을 나선 것이다.

그녀의 집을 쉽게 찾을 수 있으리라는 생각이 얼마나 어리석은 착각이었는지 알기까진 그리 오랜 시간이 걸리지도 않았다. 주소 하나만 가지고 집을 찾는 일이 그렇게나 어려운 줄 예전엔 미처 짐작도 못했다. 마치 종로에서 김서방 찾기와 똑같았다.

우선은 일차적으로 밖에서 문패를 보고 가능성이 있을 것 같은 집들을 찾아 문을 두드렸으나 모두 허사였다.

그때 불현듯 머릿속에 떠오른 생각이 장미꽃이었다. 지선네 집은 장미꽃이 많고, 방은 장미꽃을 앞에 두고 큰 창이 나있다고 했다. 그때부터 다시 문패가 아니고 장미꽃만 찾아 나섰다. 장미꽃이 많이 핀 집, 그 집이 지선네 집 일거라는 엉뚱한 생각이 떠올랐다. 요행이었을까? 멀리 얼핏 장미꽃이 눈에 들어왔다. 그것도 담장너머로 살짝 삐져나온 넝쿨 장미의 빨간 꽃 몇 송이었다. 막연하게나마 지선네 집 일거라는 예감이 들어 단숨에 달려가 문 앞에서 벨을 눌렀고 극적으로 지선의 어머님을 만나게 되었으며 어렵게 그녀와 조우할 수 있었다.

"아니 명수 씨가 어떻게……."

예기지 못한 손님을 맞이한 지선은 놀래서 미처 반갑다는 표현도 못하고, 불시에 멀리에서 찾아온 딸의 남자친구를 대하는 부모님들도 당황했다. 우선 그녀를 따라 들어가니 방 앞에서,

"명수 씨, 조금이면 되요. 방 정리 좀 할게요. 방이 너무 어지럽혀졌어요."

작업을 하고 있었다는 그녀는 급하게 어질러진 방을 치운다.

"지난주에 왔을 때는 봉우리만 맺혔는데 일주일 사이에 꽃이 너무 아름답게 펴서 지금 스케치 하는 중이었어요. 명수 씨 저기 중앙 약간 엇비슷한 가지에 핀 꽃, 연분홍 색깔 장미 너무 예쁘지 않아요? 그 꽃 스케치하는 중이었어요."

처음 와보는 방이었지만 이미 방에 대한 이야기를 들었고 그 뒤 가끔 머릿속에 상상도 해봤던 방이었기에 예전에 한번 와봤던 곳 같이 완전히 눈에 설지는 않았다. 과연 지선의 장미 예찬은 과장이 아니었다. 그날 그녀의 방에서 내다 본 창밖 장미 꽃송이들은, 방 넓은 통유리 창문에, 마치 천상의 붓으로 그린 꽃판같이 황홀하게 피어있었다. 방 한쪽 벽면에는 유화 그림이 한 폭 걸려있었다. 유화도 장미가 함께한 정물화였다. 그리고 방 다른 한쪽 벽에는 가는 나무액자를 두른 시가 한 편 걸려 있었는데, 시는 지선이 직접 쓰고 주위에 파란 바다가 배경된 수채화 그림이었다.

그때 나의 눈길은 또 얼마나 환희에 떨었던가! 마치 먼 여정의 끝, 고향에 돌아온 방랑자같이 포근함을 느꼈다.

「사랑은 어떻게 너에게로 왔는가
　빛나는 태양처럼

꽃보라처럼
아니면 기도처럼 왔는가?
얘기해다오.

행복이 반짝거리며 하늘에서 풀려나와 날개를 거두고
꽃피는 나의 영혼에
크게 걸려온 것을……」

벽에 걸린 시를 읽던 나의 심장은 얼마나 터질듯 뛰고 머릿속은 어떻게나 어지럽던지. 텅 빈 흰 종이같이 변하며, 모임에서 처음 지선을 만나던 날 놀라움과는 다른 아찔함이 엄습해 왔다. 오직 속으로, '이 사람과 사랑에 이르게 하소서.' 기도할 뿐이었다.

"릴케의 시예요. 마음에 드세요?"

"너무나 멋지군요." 그리고,

'아름다운 사랑을 해본 사람의 시예요. 사랑을 운명처럼 해본 사람의 시예요.' 머릿속 생각은 미처 말이 되지 못하였다.

지선을 알고 오랜 세월동안 저 깊은 곳에 잠들어 있던 사랑의 씨앗은 처음으로 생명의 숨결을 부여받아 발아되기 시작했으며 오랜 방황의 여정을 거쳐 드디어 제자리에 돌아온 행복감으로 충만하였다.

이때 보았던 장미꽃 아름다운 꽃판은 그 후 얼마동안은 눈을 감으나 눈을 뜨나 심지어 잠들어서도 꿈의 소재였으며 언제나 눈앞이 장미꽃 천지였다.

"그런데 우리 집을 어떻게 아셨어요? 누가 가리켜 줬어요?"

"누가 알려준 게 아니고 지선 씨 엽서 주소만 들고 찾아온 겁니다."

"쉽게 찾으셨어요? 찾기 힘드셨을 건데?"

"말도 마세요. 처음엔 쉽사리 찾을 줄 알고 만만하게 생각했는데 막상 나서 보니 여간 힘든 일이 아니군요.

그런데 부모님께서 놀라셨겠지요? 갑자기 쳐들어왔으니?"

"저희 집에 남자 친구가 찾아오기는 처음 있는 일이에요. 아까 아버지께서 막 외출하시려던 중이었는데 나가시다 말고 다시 들어오셔서 지금까지 계시다 방금 나가시는 소리 들려요. 저 오후에는 섬에 들어가야 해요. 오후에 섬으로 가는 배편이 한 번 밖에 없거든요. 우리 밖에 나갈까요? 배를 타는 부둣가 근처 괜찮거든요."

"그럽시다. 나도 항구가 어떻게 생겼나 항상 궁금했어요."

그렇게 지선이 뒤를 따라 나섰다.

청혼

다음 지선을 다시 방문할 때는 미리 연락이 닿아 일전에 들렀던 바닷가 찻집에서 만나기로 약속을 잡았다. 내가 먼저 도착하여 여유 있게 바닷가를 둘러보며 지난번에 미처 못 본 이곳 사람들의 생활을 가까이서 관찰할 수 있었다. 바다에는 배들이 띄엄띄엄 눈에 띄었고 그 사이에 뱃사람들이 배에서 선창가로 오르락내리락하며 생선상자를 건네면서 분주하게 움직였다. 그때 해변에서 받았던 인상이 처음 전시장에서 그녀의 그림을 보면서 들었던 느낌과 많이 흡사했다. 바삐 움직이는 뱃사람들의 손놀림에서도 고향 항구에 닻을 내리고 마지막 작업을 마무리하는 평화로움이 배어 나왔으며 들리지는 않지만 귀향의 기쁨을 만끽하는 콧노래라도 흥얼거리고 있는 듯 가벼웠다.

'빨리 일을 마치고 가족들이 기다리는 집으로 돌아가야지.'

바쁜 손놀림은 그런 말을 대변하고 있었다.

"뭘 그렇게 넋을 잃고 보고 계세요? 토요일도 바쁘다고 하셨는데 어떻게 시간을 내셨어요?"

"뱃사람들을 보고 있었어요. 가만히 보고 있노라니 지난번 지선 씨 그림이 생각나는군요. 눈앞에 펼쳐진 광경이 그때 그림과 너무 흡사해요."

"실은 그 그림 소재는 이곳 여객선 부두 쪽이 아니고 저쪽 고깃배들이 정박하는 선착장이에요."

"혹시 경아한테 이야기 들으셨어요?"

"무슨 이야기요? 졸업하고 나서 한 번도 못 봤는데요. 전화통화도 못했는걸요."

내가 지난번 두만이와 길가에서 소동을 벌였던 날, 그러니까 지선이 기타연주를 들었던 그날 벌어졌던 드라마 같은 사연을 간략하게 이야기 해줬더니,

"경아 그럴 애가 아닌데. 두만 씨 못됐군요. 경우 없는 사람이에요. 배웠다는 사람이 가까운 사이에 어찌 그럴 수가 있대요? 경아 어쩐다지요? 어쨌든 두만 씨 나빠요."

단호하게 내 뱉는다.

그날 그녀가 먼 바다를 응시하며 조용히 그러나 또렷이 말한 한 마디는 그 후에도 그때를 회상할 때마다 언제나 귓가에 메아리 되어 울린다.

"저의 좁은 소견으로 그리고 짧았던 경험으로 비추어보건대, 사람은 추억과 희망으로 살아간다고 생각해요. 지낸 세월에 대한 아름다운 추억을 간직하고 앞으로 다가올 미래에 대한 희망을 잃지 않고 살아간다면 이보다 더 소중한 일이 세상에 어느 곳에 있겠어요?

저는 행복이 먼 곳에 있다고 생각지 않아요. 아름다운 추억과 아름다운 희망 그런 아름다움을 느낄 수 있는 사람 곁에 이미 머물고 있다고 생각해요. 희망이 없는 사람도 불행하지만 아름다운 추억이 없는 사람 역시 불행해요. 그러니까 나이 드신 어른들은 아름다운 추억을 반추하며 사는 거고 젊은이들은 희망을 품고 사는 거지요. 아름다

움을 느끼지 못하는 사람에게는 아무리 행복이 가까이 있어도 실체를 알아차리지 못해요.

명수 씨를 알고 비록 우리가 뜨거운 연인 사이가 아니었다 할지라도 함께 지냈던 시간들은 좋은 추억으로 엮어졌어요. 저의 순수함이 사라지지 않는 한 그 추억을 언제까지나 아름답게 간직하겠어요. 지금까지 새삼스럽게 이야기했던 적은 없지만, 우리 둘만의 추억이 아니었다 하더라도 처음 무등산에서 보았던 억새와 하얀 눈을 잊을 수가 없어요. 그때부터 함께한 시간들도 모두 귀중한 추억으로 간직되었어요. 경아 일만은 정말이지 안 됐군요. 유감이지만 그건 아름다운 추억으로 남을 수 없는 비뚤어진 악몽이에요. 유감이군요."

지선의 이야기를 듣고 나도 그동안 마음속에만 묻어둔 채 경아 때문에 한 번도 입 밖으로 나와 말이 되지 못한 금기된 언어들을 조심스럽게 끄집어냈다.

"이제 졸업하면 전문의 수련과정을 밟아야 할지, 아니면 모든 졸업생들이 거쳐야 하는 군대에 입대해야 할지, 아직까진 미정이나 오늘 지선 씨를 만나고 싶었던 가장 중요한 이유는 지선 씨에게 꼭 말해야 할 용건이 있기 때문입니다."

"명수 씨, 무슨 말인데 끄집어내기가 그렇게 힘들어요?"

답답함을 못 이기고 지선이 재촉한다.

"지선 씨, 앞으로 일생을 나와 함께 해주실 수 있겠습니까?"

너무나 오랜 기간 담아둔 마음속 생각을 말로 표현하자니 말투가 회화체가 아니고 딱딱한 문장체로 되어버렸다.

마치 책을 읽듯이 어색하게, 심지어 심각하게 떨리기까지 한 나의 목소리를 듣고 잠시 어리둥절하다가,

"명수 씨, 지금 무슨 말씀을 하시는 거예요? 일생을 함께 하자는 이

야기는 혹시 결혼하자고 프러포즈 하신 거예요?"

오히려 지선의 말을 듣고서야 가닥을 잡기 시작했다.

"그렇습니다. 즉흥적으로 하는 구혼이 아니고 오래전부터 하고 싶었던 심중의 고백입니다."

그리고 경아와 관계가 멀어졌기 때문에 지선에게 다가온 것이 아니라는 오랜 세월 담아둔 속뜻을 전달하기 위하여 한 꺼풀씩 속마음을 풀어헤쳐 끄집어냈다.

"실은 맨 처음 경아와 만나게 된 인연도 지선 씨 때문이었습니다."

"그런 일이 있었군요. 명수 씨, 나도 처음 미팅에 나가기 전날 진영 아저씨한테 명수 씨에 관한 정보를 들었습니다. 진영 아저씨가 명수 씨라면 추천해 주고 싶은 상대라고 귀띔해 줬어요.

그러나 그 당시에는 나보다 경아에게 명수 씨 같은 친구가 필요했어요. 그래서 모임 전날 경아와 머리를 맞대고 계획을 짰던 거예요. 먼저 우리가 앉는 과정에서 자리배정을 마치고 나중에 가서 앉아있는 좌석대로 밀어붙이기로 묘안을 짜냈던 거예요.

나는 그날 명수 씨와 경아를 맺어주기 위해 처음부터 끝까지 들러리 역할을 자청했어요. 다행히도 그날 명수 씨를 직접 만나보니 인상이 좋게 와 닿았어요. 무엇보다 순수한 면이 좋았고 더불어 미술에 대한 편견 없는 올바른 인식에 안심되었습니다."

"내가 미술에 대해 알은 체를 했습니까?"

"그날 명수 씨가 그림에 관하여 했던 말, 혹시 기억하세요?"

"전혀 기억에 없는데요."

"한마디로 그림은 인간에게 꿈의 표현이라고 하셨어요.

인간의 깊은 곳에 간직한 꿈을 표현한 것이 그림이라고 하셨는데, 기억 안 나세요? 명수 씨가 그날 이렇게 말씀하셨을 거예요. 아마 시에 대한 이야기 끝에 했던 말 일건데, 인간의 마음을 표현한 가장 짧은 글이 시라면 좋은 그림이란 인간의 마음속에 간직한 꿈을 가장 잘 표현한 작품이어야 한다고 하셨어요.

그리고 인간은 글을 쓰기 훨씬 전에 그림부터 그리기 시작했는데 선사시대의 동굴 속에 그려진 그림들도 그 시대 사람들이 간직한 꿈의 표현이라고 했어요. 정신과 영역에서는 이런 표현을 빌어서 환자의 무의식 세계를 들여다보고 그림을 치료 목적으로도 이용한다고 했고요. 그리고 동양화에 대한 이야기였는데 동양화가 서양화와 다른 점은 그림을 그리는데 사용되는 재료를 떠나서 조화와 여백이라고 하셨는데, 이는 꽤 전문적인 수준이셨어요.

동양화는 서양화와 근본적으로 차이점이 있어요. 동양화 속에는 하늘과 땅, 동물과 식물, 동적인 것과 정적인 것, 인간과 자연 등 세상의 모든 것들의 대립이 아닌 조화로움이 들어있어요. 이 조화로움을 표현하는데 여백의 기법을 기막히게 잘 이용한답니다.

한마디로 여백은 여유이며, 우주의 맨 모습이지요.

그때 그런 비슷한 이야기를 명수 씨가 했어요. 그 당시, 명수 씨라면 그림 그리는 사람에게 평생 더할 나위 없이 좋은 반려자가 되겠구나, 그런 느낌을 받았어요."

눈을 반짝이면서, 오래전 있었던 이야기를 이어갔다.

"명수 씨, 그 당시 그림은 제 생활의 전부였을 뿐만 아니라 저의 꿈 자체였어요. 그날 명수 씨가 꿈이 담겨있지 않은 그림은 의미가 없는 죽은 그림이라 하셨는데, 그 시기 저는 그림 이외에는 다른 아무것도 중요한 일이 없는 절박한 상황에 놓여 있었어요. 반면 경아에게는 친구가 필요했고요. 바로 밑에 여동생이 있는 경아로선 친구도 그냥 사귀는 친구가 아닌, 결혼 대상자로서 친구여야 했어요. 미팅 이후로도 내 나름 두 사람이 좋은 결실이 맺어지도록 알게 모르게 얼마나 노력했는지 몰라요."

"그 당시 지선 씨는 사귀고 있는 사람이 있었다고 알고 있었는데?"

"깊게 사귀던 사람은 없었어요. 주변에서 나와 송민 씨를 두고 사귀는 사이라고 소문이 무성했지만 실제는 그렇지 않았어요. 모두 헛소문이었어요. 송민 씨와는, 그 당시 송민 씨가 몸담고 활동하고 있던 보컬 팀에 기타반주로 몇 차례 참여했던 적이 있었어요. 보컬 팀에 일시적으로 기타 담당이 공백이 된 적이 있었는데 대신할 멤버가 없다보니 나에게 도움을 요청했어요.

송민 씨와는 음악으로 인하여 만났던 한 때의 음악동료라고 생각하면 옳을 거예요. 졸업 후 송민 씨를 한 번도 안 만났어요. 더 이상 만나지 않기로 작정했으니까요. 그렇지만 명수 씨는 달라요 경아와 사귀고 있다 해서뿐만 아니고 언제나 호감을 갖고 있었어요.

애인 관계가 아니라 하더라도 만나고 싶고 만나면 즐거운 사람이 있잖아요? 구태여 말하자면 그런 이유였을 거예요. 그간 지내면서 받았던 명수 씨에 대한 인상은 처음부터 지금 이 시간까지 변함없어요."

"지선 씨, 그럼 지금부터 우리 결혼을 염두에 두고 서로 사귀면 어떻겠어요?"

"명수 씨, 나에게는 말 못할 사연이 있어요. 그래서 누구와도 결혼을 생각하며 사귈 수가 없어요. 나라고 해서 왜 결혼하고 싶은 마음이 없겠어요? 집에서도 기회만 있으면 부모님께서 결혼하라고 성화가 대단해요."

"그런 생각이 있으시다면 지선 씨가 준비될 때까지 내가 기다릴게요."

"안 돼요. 나에게는 결혼 할 수 없는 말 못할 사연이 있어요. 그 때문에 어쩌면 평생 혼자 살아야 할지도 몰라요. 나름대로는 결혼 않고 혼자 살기로 진즉 마음을 결정했어요. 그렇다고 해서 제가 독신주의자는 아니에요."

불발탄

전공을 선택하는 과정에서 음악과 미술 중 어느 쪽으로 방향을 정할까 망설이다가 많은 고민 끝에 미술 쪽으로 들어선 지선은 그 당시 혼자 자취 생활을 하고 있었다.

"대학 2학년 때였어요."

지선은 시간 여유만 생기면 스케치하러 돌아다니고 그림을 그렸다가도 마음먹은 대로 그려지지 않으면 다시 반복하고 같은 그림도 시각을 달리해가며 어떤 때는 해가 떠오를 때 그렸던 그림을 해가 질 무렵 다시 그려보고, 그래도 흡족하지 않으면 아예 집에 싸가지고 돌아와서 마무리 하는 작업을 반복했다.

그녀는 기타를 배웠던 손위 오빠로부터 대학 입학선물로 손바닥 안에 쏙 들어가는 조그마한 사진기를 선물 받았는데 그림 작업을 하는 과정에서 이 사진기를 유효적절하게 잘 활용했다.

작업이 뜻하지 않게 오래 소요될 경우도 종종 생기는데 인물화도 그렇지만 특히 풍경화라든지 아니면 여행스케치 같은 작업에선 처음 가졌던 느낌을 끝까지 유지해가며 작업을 마쳐가는 과정이 무엇보다 중요하다. 이럴 때 사진기를 이용하여 그리고자 하는 대상이나 풍경의 영상을 미리 저장해두면 나중에 기대이상의 도움을 주었다.

목표를 한번 결정하면 주저하지 않는 성격의 그녀는 세상에 그림 그리기 위해 태어난 사람같이 점점 그림 세계로 빠져들게 되었다.

그림 외에는 취미생활이라든지 연애 등 같은 또래 친구들이 으레 흥미를 느끼는 분야에도 관심을 기울이지 않았다. 이렇게 미친 듯이 그림작업에 빠지다보니 자취생으로서 식사를 거르는 경우가 다반사였고 실력이 향상되어가면서 뒤따라 건강 쪽에서 허점이 들어나기 시작한 것이다.

1차적으로 자각증상이 시력에서 나타났다. 날이 갈수록 시력이 눈에 띄게 떨어졌지만 처음엔 과로 때문에 그러려니 하고 대수롭지 않게 넘겼었다. 밤낮을 안 가리고 무리하게 캔버스에 매달렸으니 당연한 결과겠지 하고 지레 자가진단 내리고 휴식을 취해봤지만 차도가 없었고 차츰 칠판 글씨가 희미해지더니, 나중에는 시력저하가 놀랄 정도로 심해져 거의 작업을 할 수 없을 지경에 이르렀다.

마지막에는 어쩔 수 없이 안과를 방문하였고 결과는 '망막에 이상이 생긴 시각장애'라는 진단이 떨어졌다. 특별한 원인은 꼬집어 밝혀낼 수 없지만 역시 과로한 눈의 사용과 영양결핍 등이 관련이 있다는 지적이었다. 안정이 필수적이었다. 시력저하가 너무 심하여 우선 안경착용으로 시력을 교정시켜 봤지만 시간이 경과되어도 시력이 좀처럼 회복되지 않았다.

예상외로 병이 호전을 안 보이자 결국 입원까지 해서 병상생활을 해야 하는 상태까지 이르게 되었다. 이런 과정에서 지선이가 겪게 된 더 힘든 고통은 더딘 치료 경과는 젖혀두고 불면증이었다. 한번 시작된 불면증은 퇴원할 때까지 그녀를 괴롭혔으며 퇴원 후에도 그녀를 자유롭게 놔주질 않았다.

지선은 미술을 계속해야 하나 아니면 여기서 길을 접어야 하나 일생일대의 갈림길에 놓이게 되었으나, 설령 죽는 한이 있더라도 그림을 포기할 수는 없었다. 재능이 뛰어난 학생에 대해 여러 교수님들의 배려와 재능을 포기하지 말라는 격려, 그리고 경아를 비롯한 친구들의 진정어린 도움으로 어려운 역경을 헤쳐나갈 수 있었고 다행히 휴학을 면할 수는 있었으나 부족한 몇 과목 학점은 다음 학기에 재수강을 해야 했지만 그렇게 끝낼 수 있었던 결과만으로도 무한히 감사했다. 시련은 거기서 멈추지 않았다. 근근이 학교를 다니며 맞이한 그해 겨울 방학은 시력 외에도 류마티스 관절염에 의한 관절의 통증 때문에 내내 병고에 시달려야 했다. 이 모두가 좋지 않은 환경에서 몸을 혹사시켜 얻은 후유증이었다. 대학 2학년, 황금 같은 시절이 병마와 싸우는 어두운 터널이었다.

"명수 씨, 지금까지도 후유증이 남아있어요 아니 평생 치료되는 병도 아니고 좋은 상태가 언제까지 지속될 지도 몰라요. 다행히 섬 생활 후 눈에 띄게 회복되어 가는 걸 느껴요. 그전에는 항상 몸에 무거운 족쇄를 달고 다니는 심정이었어요."

"전혀 걱정 없이 자란 사람 같았는데 놀랄 만큼 어려운 시련을 많이 겪으셨군요. 그렇지만 결혼까지 포기할 병이라고는……."

"그때 결혼은 포기했어요. 저로 인하여 다른 사람까지 희생시키지 않겠다고 맹세를 했어요. 그림만 그릴 수 있다면 결혼쯤이야 얼마든지 포기할 수 있겠더군요. 한때는 이런 기도까지 올렸답니다. 눈만 회복시켜 준다면 그리고 다시 그림을 그릴 수 있게 된다면 결혼이 아니라 더 큰 희생까지도 감수하겠다고."

의학이 점점 발달하고 있으니 앞으론 그런 정도의 병쯤은 쉽사리 정복될 수 있다고 설득하였지만 지선의 신념은 확고했다.

그리고 그녀가 여태껏 누구에게도 밝히지 않았던 비밀을 털어놨다.

"명수 씨, 나에겐 지금껏 살아오면서 누구에게도 안 밝힌 비밀이 있어요. 내 젊은 날의 희망은 그때 그 비밀과 함께 깊이 묻어 버렸어요. 이제 와서 처음으로 명수 씨에게 털어놓게 되는군요.

저, 한때 너무 고통스러워 죽어버리겠다고 작정한 적이 있었어요. 거의 죽음의 문턱까지 갔었고요."

그녀의 고백이 계속되었다.

어느 곳을 걷고 있었다. 가도 가도 끝이 안 보이는 넓은 들판이다. 끝이구나 싶으면 앞에 들판이 다시 펼쳐지는 광활한 들판이다. 지나가고 난 후에야 등 뒤로 길이 나타났다. 망망대해에서 배가 지나간 후미를 따라 길이 열리는 그런 길이었다. 그냥 길이 아니었고 끝없는 풀밭이었다. 하늘거리는 주위 풀들의 움직임으로 보아 잔디도 아니겠고, 끝없이 이어지는 보리밭 같기도 하고, 사이사이 흰 꽃이 피어있는 것 같기도 한데 그러나 길도 꽃도 윤곽이 선명하지는 않았다. 뒤를 돌아보지 않고 앞만 보고 걷고 있지만 뒤에 길이 보이고 뒤쪽 그길 먼 곳에서 슬프게 부르는 소리가 들렸다.

"지선아……"

어머니 목소리였다.

돌아서서 손이라도 흔들어야지 생각하지만 마음먹은 대로 몸을 움직일 수가 없다. 차를 타고 여행할 때 주변 경관이 뒤로 사라지는 풍경으로 앞으로 나가고 있음을 실감하듯 풀들이 뒷걸음치는 모습으로 자신이 앞으로 나아가고 있다는 사실을 느낄 수 있었다.

넓은 초원에 듬성듬성 피어있는 꽃이 장미꽃 같기도 하다. '장미꽃이 만발한 꽃길을 걷고 싶었는데' 슬픔 중에도 그런 사소한 것까지 생각되었다. 돌아보지 않고 목소리만 듣고도 눈물로 얼룩진 어머니 얼굴 모습이 상상된다. 그러나 앞으로만 갈 수 있게 장치된 인형같이 마냥 앞만 보고 걸어갈 뿐이다. 이렇게 되기까지 많이 고민하고 마지막에 스스로 결정한 선택이었다. 잠재된 지선이 사고의 밑바탕은 항상 불교적이었다. 절을 자주 찾고 가까이 하는 어머니 영향을 받아서인지 그녀 역시 세상을 살아가는 자세가 불교적 성향이 강했다.

"우리 형제 다섯 중에서 나를 포함한 셋은 태어날 때 보를 쓰고 태어났다고 해요."

그러니까 요사이 과학적인 해석을 빌리자면 양막이 몸에서 완전히 걷혀지지 않은 채 출산이 되었던 모양이다. 어머니 형제 중에도 그런 분이 계셨다고 하니 아마 어머니 집안 내력인 모양이지만 어머니는 보를 쓰고 태어난 자체를 의미 있게 받아들였다. 어머니는 부처님이 특별하게 높은 곳에서 점지해 준 아이라고 이해하셨고 그때부터 절을 가까이 하기 시작했다. 어머니는 기회가 있을 때마다 그녀에게 다음과 같이 말했다고 한다.

"너는 높은 곳에서 세상에 내려보낸 특별한 사람이니 반드시 높게 되어야 한단다. 그렇게 하지 못하고 자기 업을 달성하지 못하면 반대로 그 이상으로 불행을 겪게 된단다. 그게 네가 짊어지고 태어난 운명이란다."

반복해 심어주신 보 쓰고 태어남에 대한 어머님의 해석이셨다.

그런 분위기에서 자랐기 때문인지 점차 철이 들어가면서 만남과 헤어짐의 인연을 중요시 하였으며 삶과 죽음을 한 고리로 생각하는 경향까지 그녀는 다분히 불교적이었다. 살다 부딪치는 우연적 사건에도 뜻을 부여하기 위해 노력했으며 슬픔까지도 큰 어려움 없이 자연스럽게 극복해내는 편이었다. 그러나 지난 번 눈을 앓고 시력이 떨어지고 거푸 병치레까지 겪으며 거의 자포자기한 상태에 빠져버렸다. 이때 가장 결정적으로 영향을 끼친 어려움이 불면증이었다. 입원 때부터 시작된 불면증은 퇴원 후에도 그녀의 발목을 붙잡았다. 간신히 지탱해 온 그녀가 불면증 때문에 치명적인 시달림을 받게 되면서 세상과의 인연을 끊겠다는 최후의 방도를 선택하게 된 것이다.

안과 치료를 하는 내내 눈에는 빛 보호대를 하고 눈은 감고 있었지만 눈알은 총총했다. 오히려 두 눈을 뻔히 뜨고 생활하면서 잠을 못 이룬 경우보다 심한 고통이었다. 밤마다 수면제 도움 없이는 짧게도 잠들 엄두를 못 냈다. 그러니 밤이 돌아오면 두려웠다.

세상이 모두 쥐죽은 듯 조용한 밤에 혼자서 깨어있는 괴로움을 처음엔 그냥 슬픈 업보라고 감수했다. 결국에 가서 밤마다 미리 수면제를 복용하게 되었으며 그러다보니 약에 내성이 생기면서 점차 용량을 늘려가도 잠을 못 이루기는 마찬가지였다.

나중에 눈이 회복되어 퇴원해서도 수면제만은 완전히 끊질 못하였다. 약이 없이 잠든 날도 있지만 약이 준비 되어있지 않으면 밤을 맞기가 미리부터 겁이 났다. 특히 울적하거나 관절염의 통증이 도질 때 불면증은 약으로 조절이 어려웠다. 그러면서 자포자기 상태에서 위험한 쪽으로 변해갔다.

'이럴 바에야 한꺼번에 약을 많이 먹어버리고 잠들어 버리면 통증도 번민의 고리도 일시에 끝나버리겠지.' 약을 복용할 때마다 무의식중에 살포시 고개를 쳐들던 악마의 유혹이었다.

처음엔 유혹을 강력히 뿌리쳤지만 어느 틈에 약병을 따로 장만해서 은밀한 곳에 숨겨두고 한 알 두 알 약을 모아갔다. 약병에 약을 집어넣을 때마다 무서운 짓을 하다 들킨 사람같이 손끝이 떨렸다. 약이 쌓이면서 무슨 일을 저지를지 모르는 자신에 대하여 두려움이 생겼다. 그리고 드디어 망설였던 사고를 저질러 버렸던 것이다.

그날도 새벽녘까지 잠을 못 이룬 힘든 밤이었다. 그간 모아둔 몇 알인지도 모를 약을 한 움큼 삼켜버렸다. 유서도 안 남겼다. 그냥 어느 곳인지도 모를 왔었던 곳으로 돌아가길 바랐다. 반신반의 했지만 내세를 믿고 싶었다. 다음 생에는 건강한 딸로 태어나 다시 부모님과 만나길 간절히 원했으며 그때 정말 건강하고 착한 딸이 되기를 한없이 빌었다. 반나절 기척 없이 자고 있던 딸애를 처음엔 자고 있는 줄만 알았지만 사태의 심각함을 뒤늦게 발견하고 부모님이 병원으로 옮겼다.

병원에서도 처음엔 원인을 알아내질 못했고 평소에 수면제를 복용한 사실을 뒤늦게 알게 되어 약물 과다복용이라고 추정했지만, 이 사실을 확인했을 땐 이미 위를 세척할 시간이 경과해 버렸기 때문에 모두 속으로 애만 태우고 깨어나기만 기다려야 했다. 그사이 환자는 마치 깊은 수면을 취하고 있는 사람같이 숨소리 심장소리 혈압이라든지 기타 모든 상태가 정상으로 유지되어 그나마 안심이었다.

"지선아……."

어렴풋이 정신이 들 때 어머니가 부르는 소리를 들었다.

"엄마……."

대답을 하고 싶었지만 제대로 말을 할 수가 없었다. 눈을 떠보니 제일먼저 슬픔 가득한 어머니 얼굴이 눈에 들어왔다.

"얘야, 정신이 드느냐? 이것아, 말 좀 해봐!"

"엄마, 이곳이 어디야?"

"얘야, 걱정마라 병원이다. 어떻게 된 일이냐?"

다시 깨어나다니 무엇이 잘못되었구나. 그리고 다시 잠들었다.

부모님들의 깊은 추궁은 없었고 딸이 사고를 쳤다고 어렴풋하게 짐작은 되었지만 더 이상 캐묻지 않았다. 평소에 먹던 약을 실수로 조금 과하게 복용했던 것으로 묵인해 주었다. 지선이 깨어났다는 소식을 듣고 병실로 들어선 아버지의 충격은 이루 말할 수 없이 컸으며,

상심이 너무 심해 아직도 넋이 반은 나가버린 듯 할 말을 잃고, 눈에는 슬픔이 가득했다. 지선은 아버지의 젖은 눈동자와 마주치고 차마 쳐다보지 못하고 눈을 감아버렸다.

약물사건은 불발탄이었고 실은 지선이 자신도 몰랐다. 몇 알을 더 복용했어야 깨어나지 않았을지? 그때는 못 견디게 힘들었을 뿐이었다. 악마의 유혹에 넘어간 그 일은 지금껏 혼자만의 비밀이었다.

바다고동 팔찌

그녀를 알고부터 품었던 꿈이 어이없는 이유 때문에 좌절당하니 안타까웠다. 무거운 마음으로 찻집을 나와 해변을 따라 걸었다.

"명수 씨, 이젠 결혼 이야기는 그만두기로 해요. 그리고 우리 좋은 친구가 되요. 믿음과 신뢰를 줄 수 있는 친구가 되요. 명수 씨에게는 다른 이상적인 반려자가 나타나기를 바라겠어요." 멈춰 서서 먼 곳 바다를 보며, 잠시 말을 끊었다 다시 숨을 가다듬고 계속하였다.

"사람은 추억과 희망으로 살아간다고 했는데 이러한 일들이 모두 믿고 신뢰할 수 있는 사람 사이에 벌어지는 일들이 아니겠어요? 믿음으로 서로를 생각하며 살아간다면 이거야말로 결혼이라는 차원을 떠나서 훨씬 행복하지 않을까요? 물론 두 사람 모두에게 있어서 도요."

그녀는 평소와 다르게 차분하게 말을 이어갔다. 그녀의 긴 이야기가 끝나자 나도 고백을 했다. 매번 결혼에 관해서라면 말을 막아버리는 그녀 때문에 표현하지 못했지만 한 번은 꼭 내비치고 싶었다.

"생전 처음 이성에 대하여 이런 감정을 느낍니다. 우정으로 받아들여도 좋습니다만 지선 씨에게 향한 마음을 나는 사랑이라고 생각합니다. 이성간에 보고 싶고 좋아하는, 그렇기 때문에 결혼하고 싶은 이런 마음을 어찌 우정이라고만 할 수 있겠습니까? 진심으로 지선 씨를 사랑합니다."

말을 마치고 지선을 보자 그녀도 발길을 멈추고 빤히 내 눈을 들여다본다. 내말을 거부하거나 부정하는 눈길이 아니었고, 처음 전람회장에서 잠깐 스치면서 봤던, 선한 동물 같은 순진무구한 눈이었다. 불현듯 경아와 마지막 만나던 날 두만이 던졌던 질문이 떠올랐다.

"경아를 사랑하십니까?"

두만으로부터 갑작스런 질문을 받고 어찌할 줄 몰라 당황한 나는 '이렇게 좋아하는 마음이 사랑 아니겠는가?'라는 모호한 말로 슬쩍 넘겨버렸다. 이제는 사랑이 무엇인지 확연하게 대답할 수 있겠다. 사랑하는 사람은 눈빛만 보아도 알 수 있겠다. 지선의 맑은 눈 속에서 나는 사랑의 실체를 보았다. 맑디맑은 눈 속에 사랑이 담겨있었다.

다시 걷기 시작했을 때 지선이 자연스럽게 내 팔을 끼었다. 사모했던 사람이 팔을 끼고 곁에 있으니 황홀함이란 이루 헤아릴 수 없으나 본인은 막내딸로 항상 아버지 팔을 끼는 버릇이 몸에 배어있어 자연스럽게 팔짱을 잘 낀다고 가볍게 변명을 한다.

바닷가 어느 가게에서 소라와 전복껍질로 기념품을 만들어 팔고 있었다. 그 중에서, 바다고동 같은 것으로 만든 팔찌였는데 지선이 한참 들여다보더니 손에 들고,

"명수 씨, 어쩜 이렇게 깜찍하게 생겼지요? 바다고동으로 만든 건데"

만지작거리며 신기해한다.

"그렇게 좋아요? 내가 선물할게요."

"정말요? 어머 고마워라."

그날, 같이 거니는 내내 좋아라 하며 들여다보다가 손가락으로 꼼지락 거려도 보며, 마치 용궁에서 굴러 나온 보물이나 만난 듯 파도

소리에 영글어진 바다고동을 신기해했다.

은근슬쩍 어느 틈에 해변으로 가까이 다가와 발목을 철썩 때리는 파도같이 모르는 사이 어둠이 밀려왔다. 벌써 하늘에는 별들이 하나 둘 보이기 시작했고 바닷가여서 그런지 별들도 유난히 또렷했다. 실로 오랜만에 여러 모양을 하고 있는 별자리를 떠올리며 별의 존재를 느낄 수 있는 저녁이었다. 맨 처음 전시장에서 보였던 거만스럽고 어딘지 차갑기까지 한 그녀의 인상에 대해 언급하였더니 본인도 수긍을 하면서 몸이 아프고 병치레를 하면서 많은 변화가 있었다고 한다. 처음에는 모두들 자신의 첫인상을 차갑다고 했지만 지금은 예전보다 훨씬 폭넓은 마음을 갖게 되었을 뿐만 아니라 사람에 대하여, 꽃에 대하여, 심지어 별이라든지 생명이 없는 무생물에 대하여서도, 따뜻한 마음의 문이 열리기 시작했단다.

"덕분에 생명이 없는 대상을 그릴 때에도 훈훈한 생기를 불어넣을 수 있는 능력이 키워졌어요. 사람도 변했지만 그림 또한 옛날보다 더 따뜻한 느낌이 드는 방향으로 변했다네요. 옛날에는 저한테 풍기는 인상도 그랬고 그림도 차가웠다고, 다 들 그러더군요. 나한테 냉기가 돌았었대요."

지선이 잠시 말을 멈추고 하늘을 우러러보았다.

"명수 씨, 그런데 별에도 과연 생물이 살까요? 왜 별을 보면 마음이 맑아지지요? 저쪽 유난히 반짝이는 별 보이세요? 꼭 우리한테 말을 걸고 싶어하는 듯한 느낌이 안 드세요? 아까부터 계속 뒤를 따라다니며 우리를 지켜보고 있거든요."

하늘에는 별들이 보석같이 촘촘히 박혀 밤하늘을 수놓고 있었으며 가만히 보고 있노라면 소곤소곤 끊임없이 이야기라도 나누는 것 같왔다.

"초초서 그새동, 이 말이 무슨 의미인지 아세요? 우리들 초등학교 시절 그 때는 자연시간이 있었는데, 그때 재미있게 배웠던 기억의 한 토막이 생각나네요. 초생달은 초저녁에 서쪽하늘을 수놓고, 그믐달은 새벽녘에 동쪽하늘에 보인다. 선생님이 우리들이 자주 혼동하니까 잘 안 잊어버리게 해주려고 기억하기 편하도록 머리글자를 따서 아예 노래 가락으로 만들어 주셨어요.

저기 초생달이 떠오른 하늘이 서쪽하늘입니다. 지선 씨가 말한 저 반짝이는 별은 무슨 별인고 하니, 저쪽이 서쪽이니 그쪽은 북쪽이 되겠군요. 반짝이는 별들과 함께 근처에 7개의 별들이 있지요. 북쪽하늘에 마치 국자 모양으로 되어 있으면서 국자의 손잡이 끝별이 유난히 반짝이면 그 별이 바로 북극성입니다. 망망대해에서 배를 타고 항해할 때라든지 끝없는 광야를 헤맬 때 방향타 역할을 해주지요.

자연시간에는 작은곰자리라고 배웠어요. 그 옆에 또 7개의 별들이 똑같이 반짝이는 데 이들이 북두칠성입니다."

"그러니까 우리 뒤를 따라다닌 저 별이 북극성이군요?"

"맞아요, 지선 씨. 우리 서로 멀리 떨어져 있을지라도 저 별들을 쳐다볼 때 오늘을 떠올리며 서로를 생각하기로 합시다."

"좋아요. 저는 그럴 자신 있지만 명수 씨는 결혼하게 되면 저 금방 잊어버릴 건데요."

"안 그래요. 지선 씨와 같이 보냈던 시간들을 어떻게 쉬이 잊어버릴 수 있겠어요?"

"명수 씨, 북극성을 우리 별로 정하면 어떻겠어요?"

"우리 별? 그 말 아주 잘 생각해내셨어요. 북극성을 우리 별로 정합시다."

"앞으로 우리 별을 보면서 지선 씨를 생각할 겁니다. 그리고 지선 씨 보고 싶을 때도 우리 별을 보며 지선 씨 생각할 거구요."

"낮 동안에는 어떡하실 건데요?"

"낮에도 물론 북쪽 하늘을 보겠어요. 내내 그 안에서 반짝이며 있을 거지요? 우리 별 뿐만 아니라 눈이 내릴 때라든지, 억새를 보면서도 아름다웠던 추억과 함께 지선 씨를 떠올릴 거예요."

"명수 씨, 북극성, 아니 우리 별을 두고 오늘을 잊지 않기로 약속해요."

"좋습니다."

저 멀리 별똥별 하나가 길게 꼬리를 남기고 떨어진다. 화답이라도 하듯 반대쪽 하늘에서도 또 하나가 떨어진다.

"어려서는 별똥별 많이 봤는데 얼마나 오랜만에 보는지 모르겠어요."

"옛날과는 달리 공해 때문에 명수 씨가 사는 도시에서는 별들도 잘 안 보이고 또 공부에 쫓겨 바삐 지내다보니 하늘 쳐다볼 여유도 없을 거예요."

참으로 오랜만이다. 하늘이 온통 별들 세상이고 별똥별들이 날아다니고…….

"명수 씨, 나는 섬에 있으면서 매일 저녁 별들과 같이 지내요. 두고 보세요, 멀지 않아 별도 앞으로 내 그림소재로 등장할 날이 닥칠 거예요. 그런데 왜 별똥이면 그만이지, 별똥별이에요?"

"그건 별똥별도 실은 태양계 안에서 운동하고 있던 작은 천체이기 때문이겠지요. 이 작은 별이 지구로 돌입해와 상층대기와 충돌하면서 열을 내며 빛을 발하는 게 별똥별입니다. 그러니까 별똥이 아니고 실은 별이지요. 다른 말로는 유성이라고 부르고요. 유성은 자세히 보면 한 시간에 몇 개는 볼 수 있답니다. 지구 전 표면에서 육안으로 볼 수 있는 수만도 매일 수 천만 개씩 쏟아져 내려온다고 그래요. 어려서는 사람이 죽으면 별똥별이 떨어진다고 믿었는데."

"명수 씨, 오늘 같은 날 죽는다는 슬픈 이야기는 하지 말아요. 어쨌거나 이제부터 북극성은 우리 별이에요."

아까 왔던 해변 길을 다시 돌아가면서 지선이가 끼고 있던 팔에 힘을 주며 우리 별을 강조한다. 같은 길을 걸어가지만 아까 올 때와는 다르게 더욱 정겹고 사랑스러운 사람으로 다가왔다. 하늘의 별들도 아까와는 달랐다. 우리 별을 위시한 하늘나라 모든 별들도 우리 두 사람 이야기에 귀를 쫑긋 모으고 이 시간을 축복해 주었다.

지선이 방 벽에 걸린 릴케의 시가 생각났다.

「사랑은 어떻게 네게로 왔는가
빛나는 태양처럼
꽃보라처럼
아니면 기도처럼 왔는가?
……」

사랑은 어떻게 왔을까?

별처럼? 꽃처럼? 운명처럼?

내 곁에 있는 지선이는 아름다운 꽃이었다. 아니 아름다운 별이었다.

저 먼 어느 별에서 살다가 잠깐 이곳 세상에 머물다 다시 자기가 온 나라로 떠날 별나라 사람 같았다.

하늘에 있는 모든 별들도 서로 손을 잡고 도란도란 지선이와 나에 대한 이야기라도 나누는 듯 요란스럽더니, 어느 순간 천상의 모든 별들이 일시에 하던 이야기를 멈추고 조용히 우리들 하는 모습을 지켜보는 것 같았다.

'철썩' 잊을 만하면 들려오는, 방파제에 부딪히는 파도소리에 새삼 먼 곳 바다를 본다.

서쪽 하늘에는 초생달이 마치 한복을 잘 차려입은 여인의 눈썹같이 또렷하게 자리를 잡고 산들바람에 실린 듯, 구름 등에 업힌 듯, 소리도 없이 은하수 너머로 미끄러져 간다.

"명수 씨, 옛날 사람들은 정말 달에 토끼가 살고 있다고 믿었을까요?"

"과학적 지식이 없던 옛날 사람들이 달 표면 지세의 고저에 따라 생기는 그림자를 보고 그 속에 특정한 실물이 살아있다고 생각하며 만들어낸 신화지요. 어느 민족이나 신화가 있는데 신화 속에는 삼라만상의 형성이나 인류의 기원에서부터 그 민족이 지금까지 살아온 발자취뿐만 아니라 의식 형태까지 모두 들어있답니다. 옛날 사람들은 매달 차올랐다 기울어지는 달의 현상을 관찰하고 달을 살아있는 생물이라고 생각했지요.

그러면서 나의 머릿속에는 이런 생각이 떠올랐다.

'지선 씨는 나에게 있어서 꿈이었답니다. 그리고 같이 겪었던 일들은 신화였구요. 언제 어느 곳에 있다 할지라도 지선 씨를 생각하는 동안 신화 속에서 일어났던 일들과 함께 아름다운 추억을 잃지 않고 간직할 겁니다.'

릴케는 장미꽃을 보며 누구를 생각했을까? 자신일까, 가족일까, 아니면 사랑했던 연인이었을까? 장미꽃을 보며 단지 자신의 죽음만을 떠올렸을까? 지선이를 보며 장미를 떠올린다. 겹겹이 쌓인 아픔이여, 모순이여, 나의 별이여, 사랑이여!

제3부
곰 조각

곰 조각

오후 실습시간이 거의 끝나갈 무렵이었다. 진영 아저씨가 부르더니 실험 가운 주머니에서 몇 겹 접힌 쪽지를 건네주며,

"밖에 반가운 손님이 찾아왔습니다." 한다.

쪽지를 펼쳐보았더니 지선이 편지였다.

「학생들 수학여행 마치고 돌아가는 길에 들렀습니다.
잠깐 시간 낼 수 있겠는지요.
— 지선」

하던 실험을 서둘러 정리한 후 마무리는 같은 실습 조에게 부탁하고 나가보니 실험실 밖 벤치에 앉아 무슨 책인지 읽고 있던 지선이 일어서며 반갑게 맞는다. 얼마만인가. 또 얼마나 만나고 싶었던 사람인가!

바지와 티셔츠 차림의 가벼운 여행복장을 하고 떨어지는 노란 은행잎을 등지고 서있던 지선이 나를 발견하고는 기다리며 읽고 있던 릴케의 시집을 벤치에 내려놓는다.

"안녕하셨어요. 어떻게 어려운 걸음을 다 했답니까? 지선 씨는 여전히 릴케 시를 몸에 지니고 사시는군요. 릴케 숭배론자다워요."

"릴케의 시 중에서 가을에 관한 시도 참 좋군요. 고등학교 시절 벌써 읽었던 시예요. 그때에는 이렇게까지 좋다는 생각을 미처 못 했었는데 차분하게 읽어보니 전해오는 느낌이 그때 하고는 완전히 달라요. 바로 가을에 읽어서 그럴까요? '가을에는 기도하게 하소서' 읊으면 마음이 찡하고 두 손이 모아져요. 누군가에게 감사드리고 싶어져요."

"무엇을 감사드리고 싶은데요?"

"모두 다요. 내가 이 순간, 이 자리에 서 있는 것까지도요. 명수 씨를 만나게 된 것 하며 모두 다요. 경주 수학여행 마치고 마지막 일정이 오늘 광주를 거쳐 1박하고 섬으로 돌아가는 걸로 잡혔어요. 저는 담임하고 있는 반이 따로 없어서 다행히 시간을 낼 수 있었어요. 여기까지 와서 못 보고가면 돌아가서 섭섭할 것 같았어요. 그리고 보고 싶기도 했고요."

"보고 싶다는 이야기는 인사치레로 하는 것 같군요."

"정말이에요. 그리고 만나서 전해드리고 싶은 선물도 있었고요. 그런데 있지요? 생각날 때마다 명수 씨 얼굴을 스케치하여 보았는데 솔직하게 말해서 얼굴모습이 생각이 잘 안나대요. 나는 훌륭한 화가는 못되는 모양이에요."

"얼굴 잘 그린다고 훌륭한 화가는 아니겠지요? 괜히 유망한 화가 탓하지 마세요. 미안스럽게도 내 얼굴 모습이 개성이 없어 그렇다는 의미 아니겠어요?"

"그런 뜻 아니에요. 그런데 아직 강의 덜 끝난 것 아니세요? 시간 있으니 내가 기다릴게요."

"지금은 실습시간인데 중요과정은 모두 끝마쳤고 마지막 결과정리만 남은 차라 같은 조 다른 친구들한테 부탁해 놨습니다."

"실험을 해서 그런지 몸에서 약물냄새 나는 것 같아요."

"포르마린 소독약 냄새예요. 과 친구들이 나타나기 전에 어디든 떠납시다. 지선 씨 알아보는 친구들 여러 명 있을 텐데."

모처럼 광주 나들이를 나온 지선은 짧은 시간이나마 증심사 계곡을 가보고 싶어했다.

"저, 무등산 가본 지 무척 오래되었어요. 지금쯤 억새가 한창일 텐데, 무등산을 올라가보고 싶어요. 지금 시각에 높은 곳까지 올라가기는 무리겠지요? 그냥 무등산자락이라도 조금 밟고 가면 좋겠어요. 데려다 줘요. 섬에만 있었더니 무등산 좋은 기운 받고 싶군요."

저녁 식사는 증심사 계곡에 있는 닭집에서 닭요리를 먹기로 했다.

오랜만에 증심사 계곡 일품, 닭죽을 먹고 나오니 벌써 주변은 어둑어둑 해졌고 별들도 하나 둘 자리를 잡기 시작한다. 우리가 항상 거치는 억새 밭을 통과하고도 한참을 더 올라가며 지선이 거친 숨을 몰아쉬며 내뱉는다.

"명수 씨, 우리 학교가 있는 섬마을에도 억새가 있는데 무등산 것하곤 좀 다른 것 같아요. 아마 저녁이라 그렇게 보이나 봐요."

"지선 씨, 억새에도 몇 가지 종류가 있대요. 실은 억새도 참억새의 변종인데 참억새의 변종으로 억새가 있고 억새 외에도 얼룩무늬 억새, 가는잎 억새가 있대요. 그리고 억새와 비슷하지만 억새와 다른 파스칼이 '인간은 생각하는 갈대'라고 비유한 갈대가 있고요. 억새나 갈대 모두 벼과에 속하는 다년생 풀인데 생긴 모습이 비슷해요. 이렇게 산기슭이나 들녘에 있는 것이 억새고 동네 근처 연못이나 습지대에 있는 것이 갈대예요. 갈대는 사람 키보다 크고 억새는 대개 사람이 내려다 볼 정도의 크기예요. 갈대는 삿갓이나 발을 만드는데 이용하고 억새는 지붕을 이는데 이용해요."

"명수 씨, 나는 지금껏 억새하고 갈대를 잘 구분하지 못했던 것 같아요. 그냥 사는 환경에 따라 조금씩 생김새에 차이가 있는 정도로만 생각했어요. 그럼 꽃도 서로 차이가 있겠네요?"

"그럼요. 갈대꽃은 갈꽃이라고 하고 꽃 색깔은 갈색인데 억새꽃은 흰색이에요. 갈대꽃은 예전에 방 빗자루로 만들어 썼고요."

"명수 씨는 어떻게 식물학자같이 잘 아세요?"

"나도 지선 씨같이 처음엔 둘 사이를 혼동했어요. 그러다가 무등산에서 하얀 억새 무리를 보고 억새에 반해 버렸고, 그 다음 억새에 대해 알아봤어요. 그러면서 무등산도 더 좋아졌고요. 지선 씨 섬마을 풀은 이들과는 다른 종류의 억새든지, 아니면 갈대든지 그럴 거예요."

"이야기 듣고 보니 갈대 같아요."

"그럴 것 같군요. 갈대가 바닷물이 드나드는 개펄 습지에서도 산대요. 억새는 비료나 농약을 처리하지 않더라도 척박하거나 불량한 환경에서 억세게 잘 자란대요."

그런 이야기를 하며 잠시 가쁜 숨을 골랐다.

"명수 씨, 억새를 보면 마음이 평화로와요. 이유도 없이……."

"억새의 뽀얀 털이 포근한 느낌이 들어서겠지요. 억새가 눈에 띄는 계절이 가을이어서 그런 기분이 들 수도 있어요. 억새는 구시월에 다른 꽃들이 시들할 때 피는데 황량한 들에서 따뜻하게 마주치는 꽃이니까요. 그리고 억새가 달랑 혼자서만 피어있다면 느낌이 또 다를 거예요. 그런데 억새는 무리지어 한꺼번에 사이좋게 모여있지 않아요? 마치 파묻히고 싶은 이불 솜 같아요. 그러니 더욱 평화롭게 보일 수 밖에요."

"언젠가 제 화폭이 온통 억새로 가득찰 것 같군요. 가을바람에 날려 마치 물결이 밀려오듯 변하는 억새꽃의 파도라든지 가을 석양 무렵 은백색으로 은은히 빛을 발하는 억새꽃을 꼭 그려보고 싶어요."

"그림에 대한 지선 씨 욕심은 끝이 없군요. 화폭을 장미로 채우더니 지난번엔 뭐라고 한지 알아요? 별로 가득 채우겠다고 했어요. 이제는 억새로 채울 계획이군요."

'조금만 더' 하며 꽤 높이까지 올라왔던 모양이다.

"발 헛딛고 미끄러지지 않도록 조심하세요. 지난번과 같이 발 삐지 않게요."

"발 삐면 업고가야 해요."

둘이는 주변이 제법 평평한 곳까지 와서야 자리를 잡고 앉았다. 달빛은 밝았으나 살갗에 느껴지는 저녁바람은 몸에 차가웠다. 우선 주위에서 마른 잎사귀들을 긁어모아 바람 없는 쪽에 자리를 펴고 방석 삼아 깔고 앉았다. 마른 잎 바스락거리는 소리 때문에 목청 높여 부르던 풀벌레 노래 소리가 잠시 멈춰지며 불편한 자리를 옮겨가는 날갯짓 소리가 들린다.

"만나면 하고 싶은 이야기가 쌓였어요."

마주 앉았던 자리에서 일어나 가까이 다가앉으며 지선이 묻는다.

"명수 씨 제 팔에 있는 팔찌 기억나세요? 지난번 바닷가에서 저에게 선물 한 건데 그날 이후 계속 차고 다녔어요."

옷 속에 가려있어 눈에 안 띄었던 모양이다. 소매를 걷어 올리자 바닷가 가게에서 샀던 팔찌가 지선이 가늘고 하얀 팔에서 요요한 달빛에 앙증스럽게 반사된다.

"이 팔찌 들여다보며 명수 씨와 늘 가깝게 있듯 지냈다면 믿어지세요? 대화도 많이 나누었고요. 물론 밤에는 우리 별을 보며 명수 씨를 생각했지만. 아까 이야기했던 대로 얼굴이 확실하게 떠오르지 않았어요. 이건 명수 씨 지난번 좋은 선물에 대한 답례예요."

그러면서 무엇인가 내 손에 건네준다. 그리 크지는 않은데 질감이 나무 같았다.

“무엇인지 맞추어 보세요. 수수께끼예요.”

“식물성이군요.”

“절반은 맞고 절반은 틀렸어요.”

“무슨 그런 말이 있어요?”

“재료는 식물이지만 동물이거든요. 원래 동물인데 나무로 깎았어요. 그러니까 절반만 맞추었지요. 이번에는 어떤 동물인지 맞춰봐요.”

“작고 아담하게 생겼는데요.”

“안 됐군요. 이번에도 절반만 맞췄습니다.”

“이번에는 무엇 때문에 그렇게 되었답니까?”

“원래는 큰 동물인데 작게 축소해서 만들었거든요. 그러니 이번에도 절반만 맞춘 셈이지요.”

“어디보자. 눈, 코, 입이 있는 것 같은데…… 사람은 아닐 테고 잘 모르겠는데, 힌트 조금 안 되겠습니까?”

“사람보다 훨씬 큰 동물이에요.”

“사람보다 큰 동물이 한둘이어야지요. 맞추기가 쉽지 않군요. 힌트를 조금만 더 주면 알 것도 같은데.”

“우리 조상 설화하고 관련 있고, 우리 별 하고도 관련 있어요.”

“아, 알았다. 곰이군요.”

“어렵게 맞추셨어요. 지난번 팔찌 선물에 대한 답례예요.”

달빛에 빛나는 조각은 정교하게 다듬어진 곰이었다. 지선은 지난번 헤어진 이후 학생들 미술 조각 시간에 자기도 같이 조각을 시작했단다. 학창시절 후 처음으로 잡아본 조각칼이어서 처음에는 서툴렀지만 결국 곰 한 마리를 조각해냈다.

“어디 자세히 좀 봅시다.”

눈 앞 가까이 가져와 요모조모 자세히 들여다보니 얼굴 윤곽이 달빛에 선명하다. 미술가들은 그랬던가? 인물화를 그리다보면 결국에 가서 어딘지 모르게 자기 모습을 닮은 인물이 그려지게 된다고. 조각가들도 어느 구석인지 자기 모습을 닮은 조각작품을 만들게 된다고. 특히 인물 조각에서 이런 경향이 자주 나타난다고 하던데, 그렇게 생각해서 그런지 몰라도 지선이 곰 인형 조각은 지선을 닮은 느낌이다. 웃는 모습이라 할까? 눈을 똥그라니 크게 뜨고 바라보는 깜찍한 모습이라 할까?

곰 인형을 가만히 손 안에 쥐어본다. 그 순간 손바닥을 통해 뜨겁고도 짜릿한 열기가 흘러오며 열기는 손바닥부터 시작되어 파문이 번지듯, 뜨거운 빗살이 퍼지듯 팔로, 심장으로, 처음 어느 곳에서 시작되었는지 모르게 순식간에 온몸으로 퍼져왔다. 갑자기 머릿속까지 뜨거워지며 황홀한 기분에 휩싸였다.

"좋은 선물입니다. 고맙게 받겠습니다."

곁에 앉은 지선이 어깨에 팔을 감싸고 가볍게 안으니 지선이도 몸을 기댄다.

"명수 씨 저는 이 팔찌를 통해 지금까지 줄곧 명수 씨를 대하듯 말하고 마치 살아있듯 따뜻한 체온도 느꼈다면 이해하시겠어요?"

"이해할 수 있겠습니다. 방금 나도 비슷한 체험을 했거든요."

곰 조각을 하고 있는 동안 학생들이 자신들 못지않게 조각에 빠져있는, 선생님 조각의 정체가 엄청 궁금했단다.

"선생님 작품 좀 보여달라는 성화가 대단했어요. 저도 원래가 서양화를 전공했고 이런 목각조각은 학생 때 잠시 해봤기 때문에 솜씨가 서툴렀어요. 아, 참! 같은 과 남학생 중 옛날 명수 씨가 만난 적이 있던 조민수 기억나세요? 조민수는 나무를 참 잘 다루었어요. 그가 나뭇결을 따라 만들어 낸 작품을 대하면 나무에 생명이 되살아나 한마디로 천재구나! 라는 감탄 밖에 안 나와요. 이번 조각을 할 때 나도 조민수를 떠올리며 조각을 해 봤어요. 나무에 생명을 불어넣겠다는 느낌으로요. 조각하던 중 처음 조각은 중도에 실패했고 이것이 두 번째로 다시 만들어 간신히 성공한 작품이에요. 그 후부터 학생들도 목각 조각에 더 흥미를 느끼더라고요."

학생들에게는 작품이 완성된 후 보여주기로 약속하고 마지막 완성되던 날 보여줬더니 돌려보며 난리가 났었단다.

"선생님, 저 주시면 안 돼요? 선생님, 제 것하고 바꿔요. 누구 주실 건데요?

"얼마나 요란들을 떨던지……."

하늘 가까이 산위에서 바라보는 밤하늘에는 바닷가에서 보았던 하늘보다 훨씬 많은 별들이 모여서 도란도란 마치 모처럼 맞이한 잔치마당 같았다. 바닷가 모래더미에서는 금방 게라도 꿈틀 기어나올 듯 스멀거리더니, 산 위 풀숲에서는 잠못 이룬 아기 새라도 튀어나올 듯 바스락거린다. 그리고 밤하늘 별들은 잔칫날 누가 먼저 노래 부를까 경쟁이라도 하듯 생기롭게 반짝반짝 들썩거렸다. 가을 산중 저녁시간에 들리는 풀벌레 노래 소리는 이런 분위기를 더욱 들뜨게 돋우어 주었다.

"명수 씨, 그동안에도 지난번 말씀하셨던 결혼에 관하여 곰곰이 생각해 봤지만 나는 역시 결혼은 안 하기로 결심했어요. 그러나 내가 앞으로도 명수 씨보다 더 누구를 좋아할 수 있으리라고는 기대하지 않아요. 명수 씨에게 지금까지 살아오면서 누구에게도 못 가져본 사랑을 느껴요. 그렇지만 보통 어느 사람들이 하는 그런 사랑하고는 달라요.

나는 이렇게 생각했어요. 우리 인간의 정신이 끝닿을 수 있는 가장 높은 사랑, 종교인은 그런 사랑을 종교적 사랑이라고 할는지 몰라도 나는 종교적 사랑하고는 다르다고 봐요. 그런 지고한 사랑으로 승화 시키고자 노력하겠어요. 이런 속마음을 전해주기 위해서라도 한번 만나고 싶었어요."

우리 별도 가던 길을 잠시 멈추고 지선이 이야기를 듣고 있었다.

"저 스스로 자초한 길이에요. 그리고 그 길이 꼭 순탄치 만은 않고 많은 어려움이 뒤따를 것 같은 예감이 들어요. 그렇기 때문에 누구에게도 짐이 되고 싶지 않았어요. 그때 가까이 있을지 혹은 멀리 떨어져 있을지 모르겠지만 언제나 저를 지켜봐 주시고 격려해주세요. 힘이 돼 주셔야 해요. 저 역시 그때마다 우리 별을 보면서 힘을 얻겠어요."

이러한 지선에게 더 이상 결혼 이야기를 끄집어 낼 수는 없었다.

전시회

지선은 섬 생활에 적응을 잘했다. 마치 오래 전부터 준비를 하고 있었던 사람마냥 광주 나들이도 거의 않고 섬 생활을 즐기고 있었다. 건강도 많이 좋아져 예전보다 훨씬 생기가 있어보였다. 경아는 졸업 후 집에 틀어박혀 그림만 그리고 있다고 한다.

금요일 오후 실습을 끝마치고 나오는데 경곤이가,
"전시회 봤어요?" 앞서 가다말고 돌아서서 묻는다.
"무슨 전시회요?"
"경아네 미술학과 동문 전시회를 학생회관에서 하고 있는데 아직 안 가보셨나보네. 이미 가셨겠다, 생각하고 며칠 전 나만 다녀왔습니다. 이번 전시회는 미술학과 재학생과 졸업생이 합동으로 출품하는 동문전시회라고 하는데 경아도 지선씨도 모두 작품을 출품했던데요."
모르고 있었던 일이다. 그러나 경곤이하고 더 길게 시간을 끌다보면 잘못 경아 이야기라도 나올까봐 얼른 지나쳐 버렸지만, 두 사람 그림에 관해서 못내 궁금해졌다.

어떤 그림들을 그렸을까? 지선은 처음 전시장에서 보았던 그런 그림을 그렸을까? 경아 그림은 상상이 안 되나 지선의 그림은 마치 금방 보고 뒤돌아 나온 것처럼 눈앞에 선명하게 떠오른다. 경아는 또 어떤 그림을 그렸을까? 자기 성격같이 대담하면서도 깊숙이 간직한 섬세함을 그려냈겠지. 지난번엔 유화를 그렸다고 했는데……

내일이 토요일이니 오후에 전시회에 가겠다고 계획을 세운 바로 그날 저녁 지선에게서 전화를 받았다.

"여보세요. 아니 지선 씨!"

"잘 지내셨어요? 갑자기 전화 받고 놀라셨지요? 내일 강의가 몇 시에 끝나세요?"

"내일은 토요일이니까 빨리 끝날 겁니다. 6교시 강의예요."

"혹시 다른 약속 없으세요?"

"없습니다. 그런데 이 시간에 어디서 전화 하세요?"

"퇴근하고 자취방이에요."

"갑자기 내일 시간이 있냐는 전화를 받으니 반갑기도 하고 한편 놀랍기도 하고 그렇군요."

"제가 내일 광주에 갈 일이 생겼거든요. 그래서 가는 길에 만나보고 싶어서요."

"오늘 경곤 씨한테 들었는데 학생회관에서 미술학과 작품전이 열리고 있다면서요? 내일 거기 가볼 계획이었는데……"

"어머, 벌써 알고 계셨군요. 실은 그 일 때문에 전화한건데. 나도 그림 출품만 하고 아직까지 못 가봐서 내일 같이 가자고 전화한 참인데 잘됐군요."

"그러면 내일 6교시 끝나고 갈 테니 전시장입구에서 만나요. 그런 일이 있었다면 진작 알려주셨어야지요."

"그래서 지금 알려 드리는 거예요."

전화를 끊자 곁에서 듣고 계시던 어머니가 궁금증을 못 참고 물으신다.

"여학생 같은데 누구냐?"

"모임에서 만났는데 지금은 졸업하고 학교 선생님이에요."

"서로 사귀는 사이냐?"

"몇 번 만났지만 깊이 사귀는 사이는 아니에요."

지선과 만남이 앞으로 어떻게 변해갈 지 전망이 확실치가 않아 더 이상 자세히 이야기 못하고 도망치듯 내방으로 돌아왔다.

토요일 오후, 하늘은 구름 한 점 없이 맑았고 돌이라도 던지면 쨍하고 소리 날 정도로 푸르고 투명했다. 평소의 털털한 복장과는 다르게 줄 잡힌 바지와 파란색 남방을 깔끔하게 챙겨입고 나서니, 안 하던 짓을 하는 아들의 모습을 보며 어제저녁 참았던 어머니의 궁금증이 다시 발동되는 모양이다. 잠시라도 기회가 생기면 몇 마디 던져보고 싶은 눈치시다. 강의를 받는 중에도 지선이 생각이 지워지지 않았다. 어떤 그림을 그렸을까? 점심시간에 그냥 다른 이야기 하는 척하며 경곤이 곁에 다가가 "그림 감상하신 소감이 어떻던가요? 경아는 그림을 잘 그렸던가요? 지난번엔 유화를 그렸다고 했는데 이번에도 그렇겠지요?"

대수롭지 않게 경아 그림부터 물어보았다.

"잘 기억이 안 나는데 유화로 인물을 그린 것 같던데."

"지선 씨는요?"

"그냥 무심코 봐서 유화인지 확실히는 모르겠는데, 수채화도 같고. 아! 바다를 그렸어요."

그 정도 알아볼 수 있었다.

6교시 수업이 끝나자마자 친구들 눈에 안 띄게 먼저 강의실을 빠져나왔다. 도착하니 벌써 지선이 전시실 입구에서 기다리고 있었다.

"많이 기다리셨지요?"

"저도 방금 전에 왔어요. 오늘 시간 맞춰 오느라고 아침부터 부산 떨었어요. 육지 나오는 배 시간 맞추려고 학교에서부터 얼마나 바빴다고요. 집에도 못 들르고 이곳으로 곧장 달려왔어요."

"지선 씨, 그런데 이번에는 무슨 그림을 그리셨어요?"

"보시면 곧 알 텐데. 못 그려서 부끄럽답니다. 그래서 알리지도 않을 작정이었는데."

"그런 법이 어디 있어요? 안 알려주면 누가 모를까봐 그래요."

"경아하고 전화로만 통화 했는데 경아는 엊그제 벌써 왔다갔대요."

"잘 됐군요. 나 아직 경아 만나면 어떻게 대해야 할 지 준비가 안 되었거든요. 막상 부딪치면 난감할 뻔 했는데 아마 경아 역시 똑같은 입장 일 거예요."

"오늘은 안 온다고 했으니까 염려 푹 놓으시지요."

"지선 씨, 그림에 관해서나 귀띔해 주시면 안 돼요?"

"보시면 곧 아실 텐데 왜 서두르세요. 못 그렸다고 무안 주기는 없기예요."

"그림 주제가 뭐예요? 보나마나 바다겠지요?"

"어떻게 아셨어요?"

"지선 씨가 제일 좋아하는 소재가 바다 아니던가요?"

"맞아요. 내가 있는 섬 이야기예요. 그곳 바다에서 일하고 있는 여인네를 그렸어요. 여인의 두 아들도 같이요. 소라 잡고 미역도 따가지고 일을 마치고 바다에서 걸어 나오는 여인과 엄마를 맞아 바닷가 얕은 물에서 천진난만하게 즐기는 아이들을 그렸어요."

"또 수채화로 그리셨겠지요?"

"아니 보지도 않고 어떻게 다 알고 계세요?"
"경곤 씨가 보고 와서 이야기해줬어요."
"그림을 그리기가 갈수록 더 어려워요. 점점 못 그리는 것 같아요."
"엄살 좀 그만 피워요."

넓은 홀 전시장에는 그림들이 빽빽이 걸려 있었다. 벌써 많은 관람객들이 작품 앞에 서서 그림과 조각을 감상하고 있었다. 우선 내가 으레 하던 식으로 한눈에 전체 전시장을 쭉 훑어보니 중앙에 조각 작품들도 눈에 들어왔다.

오늘은 지선을 뒤따라 그림들을 봐갔다. 작품은 재학생, 졸업생, 그리고 교수님 순서로 분류되어 있었는데 지선이 그림이라고 짐작되는 수채화 그림이 졸업생 그림의 중간 정도 위치에 전시되어 있었다. 가까이 다가서보니 상상했던 그대로 하늘과 바다의 파란색 바탕에 한 여인이 미역이랑 소라가 담긴 그물 망태기를 들고, 바다로부터 걸어 나와 거의 해변에 가까워지는 모습의 수채화였다. 곁에는 엄마를 맞이하며 즐거워하는 두 아이들이 그려져 있는데 한 아이는 엄마 손을 잡고 즐거워하고, 다른 한 아이는 바닷물을 두 손에 담아 하늘에 뿌리며 밝게 웃고 있었다. 예전에 보았던 붉은색 노을은 아니지만 해가 진 후의 붉은빛 노을색조가 파란하늘 바탕에 대조되어 있었다. 이번 그림에서는 행복해하는 여인의 모습이라든지 천진한 애들의 표정이 잘 묘사되어 있었다. 발밑에서 찰싹대는 파도는 금방이라도 물방울이 되어 공중으로 튀어오를 듯싶었고 뒤쪽에 멀리서 섬을 향해 들어오는 배 한 척의 윤곽이 희미하게 보였다. 수채화가 표현할 수 있는 화려하지 않으면서도 내면적으로 정감이 흐르는 장점을 담담하지만 최대한으로 잘 살린 작품이었다.

"그림이 너무 좋군요. 여러 말로 하면 칭찬이 반감될 것 같아 그냥 좋다고만 말 할게요."

"비행기 태우시려고 그러지요. 저보다 잘 그린 그림들이 얼마나 많은데, 그렇게 이야기하면 민망스러워요."

"어떻든 내가 옳게 감상했는지 모르겠지만 지난 번 그림은 색감이 더 좋았고 이번 그림은 인물묘사가 확 눈에 띄는군요."

"옳게 보셨어요. 이번 그림에서는 일을 하면서 행복해하는 섬여인과 더불어 밝고 천진스런 섬 아이들 모습을 표현하고 싶었어요."

그러는 동안 어느새 우리의 발걸음이 경아 그림 앞에 와 있었다. 그림은 몸을 약간 비스듬하게 틀고 서있는 여인의 모습이었다.

"경아 그림 좋지요?"

경아를 닮은 것 같기도 한데, 정원에 서있는 여인의 모습이었다. 정원의 꽃은 잘 드러나지 않게 가볍게 처리하고 여인을 돋보이게 그렸다. 여인의 눈은 먼 곳을 응시하고 있었으며 두 뺨에는 홍조를 띄고 마치 꿈꾸듯 서있는 모습이었다. 전체적으로는 대담한 것 같으면서도 여인의 얼굴이라든지 손 그리고 주름 잡힌 옷의 묘사는 아주 섬세했다. 개성 있고 대담하게 색을 잘 쓴 작품이었다. 내가 대답을 않고 있으니,

"경아, 그림 잘 그리지 않았어요?" 지선이 거듭 물어온다.

"경아는 색감이 얼마나 좋은데요. 털털한 것 같지만 그림 그릴 때는 얼마나 까다로운지 몰라요. 이 그림은 자신을 모델 삼아서 그렸대요."

"잘 그렸군요."

우리들 발걸음이 조각 작품들 앞에서 다시 멈췄다.

"이 분 아시지요? 명수 씨도 만났다는 진배형 작품이에요. 어떠세요? 괜찮지 않아요?"

경아를 좋아하는 진배형 작품은 청동으로 만든 앉아있는 모습의 여인상이었다.

"진배형은 재학시절 전국 대학미전 조각 부분에서 특상 수상경력이 있는 거 아시지요? 그 때도 청동으로 된 여인상이었는데 여인상의 주인공이 경아였구요."

진정 경아를 좋아했기에 수없이 경아를 조각해 보았다는 김진배의 작품 앞에 서니 마음 한구석에서 훈훈한 기운이 뭉클거렸지만 경아를 떠올리기 싫어 빨리 그 자리를 벗어나고 싶었다.

"조민수. 이 분, 진배형 만났을 때 같이 만난 사람 맞지요? 지난번 지선 씨가 곰 인형 줬을 때 말했던 목조각의 천재란 그 사람이지요?"

그의 작품은 역시 나무 조각 이었다.

"맞아요. 민수 씨는 조각 전공이에요. 특히 목조각을 잘 하는데 나무 다루는 솜씨는 천부적 인 것 같아요."

조민수의 작품은 나무로 잘 다듬어진 여인상이었다. 얼굴은 먼 곳을 응시하고 있지만 두 손은 치마 양 옆을 잡아 가볍게 힘을 주어 치마폭을 옆으로 벌리며 한발이 살짝 앞으로 내미니, 마치 서양식 인사라도 하는 것 같아 보이며, 치마 중간부분에서 넓게 퍼져 전체적으로 흐르는 느낌이 넉넉해 보였다.

나무의 결이 일부러 짜 맞춘 듯 치마 부분에서 점점 빽빽해지더니 거의 치마의 중심부에서 집약되어 모이니, 그 또한 느낌이 생동감 있어 보이며, 드가의 무희 그림같이 동적 긴장감이 팽팽하게 흐르는 작품으로 마감되었다.

"모두들 열심히 준비 하셨군요."

"다른 사람들은 화실까지 장만해서 활발하게 작품활동 하는데 나만 섬에 틀어박혀서 정체되어 있는 것 같아요."

"그럼 섬에서 그만 나오시지 그래요."

전시장을 나서며 별 의미 없이 가볍게 던진 내 말을 듣는 그녀의 표정이 그렇게 밝아보이진 않았다.

"지선 씨, 이제 어디로 가실건가요?"

"집에도 안 들리고 곧바로 와서 집에 가 봐야 해요. 조금 늦으면 차편이 끊겨 버려요."

지선과 나는 시외버스 터미널로 향했다.

"내가 표 끊어올게요."

이곳까지 오면서 줄곧 망설였지만 그녀를 따라나서기로 작정했다.

"내가 집까지 바래다줄게요."

"지금 시각에 갔다 다시 오기가 쉽지 않은데 어쩌시려고요?"

"오늘이 토요일이니까 못 오면 내일 오면 되지요."

지선은 평소답지 않게 고집피우는 나를 보며 의아해했지만 떠나기 싫어하는 마음을 헤아려주었다. 매번 헤어지기 아쉬운 발걸음을 돌리면서 얼마나 목 메이는 아픔을 참아왔던가. 오늘도 마찬가지다. 만남의 기쁨을 즐겨할 여유도 없이 다시 기약도 없는 작별인사를 나누어야 되지 않는가. 너무나 유치해서 그녀한테는 물어볼 엄두도 안 나지만 헤어짐의 아픔은 나 혼자만 겪어야 할 시련이어야 할까?

그녀와 만나면서 헤어지는 법을 배워간다. 인간은 만남보다도 헤어질 때 더 의연해야 함을 배웠다. 그렇지 않았더라면 아픔으로 인해 진즉 헤어나올 수 없는 깊은 수렁 속에 빠져버리고 말았을 것이다.

"억지 부렸다고 화내지 않을 거지요."

"아니에요. 오실 때 힘들까봐 그런 거예요."

누가 먼저 가자고 말하지 않았으나 우리들의 발길은 자연스럽게 처음 만났던 찻집으로 향했다. 결국 먼 길을 돌아 다시 출발점으로 되돌아 온 셈이다. 저 멀리 밀려오는 파도가 보이고 고깃배들이 부산스러우면서도 평화로운 곳. 이곳에 오기 전부터 지선의 그림을 보며 희미하게 상상 했던 곳. 모두들 친한 이웃 같고 말을 걸면 금방 가까워질 것 같이 소탈하면서도 정겨운 얼굴들이 기다리고 있는 원점으로 돌아온 것이다. 이 자리에서 다시 마주하고 싶어서 억지까지 부려 이 시간 이곳까지 따라나선 것이다.

"지선 씨, 밖에 나가면 우리 별이 보이겠지요?"

무슨 말부터 꺼낼까 머뭇거리다 서로 서먹서먹한 분위기에서 우리 별 이야기를 하니,

"그럼요. 이 시간에는 잘 보여요."

지선이 경쾌하게 받는다.

"아까 섬 생활에 대해 마치 불만이라도 있는 듯 말하던데 그런 건가요? 아니면 지금도 변함없이 이곳이 좋다고 하실 거예요?"

"아직은요. 싫어할 뚜렷한 이유가 없어요. 지금까진 여전히 이곳이 좋아요."

우리에게 지내온 세월이 어떤 의미가 있었을까? 서로에게 더욱 믿음을 심어 주었을까? 시간이 지나면서 더욱 사랑이 깊어졌을까? 지선이 언젠가 내비쳤듯 우리의 만남은 그냥 아름다운 추억 자체만으로 만족해야 할까? 겉으로는 여전히 처음 만났던 그 자리에 무엇 한 가지 변화 된 것 없이 처음모습 그대로 반복되고 있었다. 그렇지만 내면을 들여다보면 여전히 서로 간 생소한 사람이었다.

이 시간은 우리에게 과거도 미래도 아닌 단지 현재만 존재할 뿐이다. 과거란 현재를 있게 하기 위한 전단계로서 그 가치가 있는 것일텐데, 그간 우리의 만남이 의미가 있었던 만남이었을까? 기왕 앞으로도 같이 할 사람이라면 좀 더 일찍 만났더라면 더 좋았을걸. 아니 다

시 헤어져야 할 사람이라면 조금이라도 빨리 헤어져야 좋지 않을까? 그리워했으면서도 막상 이방인 같은 얼굴을 물끄러미 쳐다보니,

"왜 그렇게 쳐다보세요?"

"좋아서요. 그리고 솔직히 말해서 힘들었어요."

그렇게 말하면서도 절로 웃음이 나왔다.

"명수 씨 힘드셨다며 왜 웃어요?"

"긴 여행 떠났다 다시 제자리에 돌아온 것도 같고"

"나 명수 씨 힘들게 하고 싶지 않았는데. 우리 바닷가로 나가요."

나란히 앉아 있으니 만감이 교차된다. 그러나 예나 지금이나 부정할 수 없는 사실은 같이 있는 시간이 변함없이 행복하다는 사실이다.

"지선 씨, 다시 시작해요. 우리 결혼해요."

지선이는 아무 대꾸도 없이 먼 곳 우리 별이 있는 곳만 바라보고 있었다.

"그 이야기라면 이미 끝나지 않았던가요." 침묵으로 대답하면서.

부서지는 파도소리를 들으며 서로 아무말 없이 한참을 걷다가 그녀를 보는 순간 서로 눈이 마주쳤다. 그리고 말은 없었지만 그 눈 속에서 별을 보았고 신뢰와 사랑을 느꼈다. 그녀가 먼저 모래사장에 팔을 베고 누웠고 나도 그 곁에 누웠다. 하늘에서는 별이 쏟아져 내리고 있었다.

"지선 씨, 하늘 좀 봐요."

"보고 있어요. 명수 씨, 사랑해요. 그리고 살아 있음에 감사해요."

가만히 눈을 감으니 가까이서 파도소리가 들려왔다. 바람에 실려온 옛날 지선네 집에서 경험한 장미꽃내음 같기도 한 향내를 맡았다.

"옛날 몸이 아팠을 때는 그대로 눈을 감고 죽어버리고 싶었어요.

그러면 모든 괴로움에서 벗어날 것 같았거든요. 그러나 지금은 이 순간 살아있음에 감사해요."

손을 뻗어 지선의 손을 잡으니 모래 묻은 손을 빼지 않고 가볍게 힘을 준다.

"지선 씨, 만나서 그동안 행복했습니다."

"명수 씨, 옛날에는 전시회장 이라든지 박물관에서도 이름 있고 화려한 작가들 작품에 관심이 집중되었는데 지금은 변했어요. 무명작가의 작품에 더 눈길이 가져요.

그리고 작품도 옛날 풍속이라든지 민화들이 좋아졌어요. 전에는 이런 그림들은 별로 눈에 들어오지 않았거든요. 이제는 그런 그림들을 가만히 보고 있노라면 수천 년 전부터 이 땅에 살았던 다른 사람들의 숨결이 느껴져요. 그 사람들도 지금 우리와 똑같은 생각을 하고 고민하며 살았을 텐데, 그렇게 부대끼며 살던 모습들이 전해오는 듯싶어 가슴이 두근거려요.

아마 수백 년 전 어느 이름 모를 두 남녀도 우리와 똑같이 서로 사모하고 괴로워하고 그랬을 거예요. 바로 이 자리에서 그랬을 수도 있어요. 명수 씨 잠깐 앉아보세요. 파도 밀려오는 소리 들어봐요. 세상이 살아 숨 쉬는 것 같지 않아요?"

앉아서 바라보니 바로 가까이에서 물결이 철썩거리고 있었다. 어느새 꿈결 같았던 시간이 감쪽같이 흘러가 버린 듯 했다. 다시 별들과 탐조등이 비추는 저 넘어 고깃배들의 불빛이 시야에 들어왔다.

아침이 되니 밤새 걱정스럽게 불던 바람도 잦아들고 하늘은 맑았다. 항구 근처에서 짐작하기엔 제법 밀려오는 파도가 높아 보였지만 항구가 가물가물 보일 만큼 바다로 나오니 파도도 잔잔했다.

지금까지 청혼에 대한 그녀의 대답은 분명 '결혼 불가'였다. 결혼에 대해서 달리 조건이나 상대가 싫다는 이유는 아니었다. 건강을 핑계로 삼았지만 나의 의학적 상식으로 그녀의 변명을 그대로 받아들일 수가 없었다. 내 판단으로 그녀는 결혼 하고 싶은 마음의 준비가 안 된 사람이었다. 꼭 그림에 미친 사람 같았다. 아직도 그녀를 더 설득할 여지가 남아있을까?

한 치 앞을 내다볼 수 없는 우리네 인생이었다. 혼자서 지선과 함께할 미래의 탑을 쌓고 있을 때 운명의 여신은 벌써부터 우리 둘 사이를 떨어지게 할 궁리를 짜내고 있었다. 그냥 이럴 땐 모든 걸 운명으로 돌리고 싶다. 만남과 똑같이 헤어짐 또한 내 의지와 무관하게 벌어진 일이었으니.

졸업

육년의 의과대학 과정을 마치고 드디어 의사가 되었다. 의사 국가 고시 시험을 준비했던 지난 수개월은 어떻게 보냈는지 모를 정도로 정신없이 바빴고 드디어 기대했던 의사로서 첫발을 내딛는 시점에 이르렀다.

동기생들이 6년의 과정을 무사하게 마치고 마지막 관문까지 도달한 숫자는 미처 절반도 못 되었다. 나머지는 의과대학 생활에 적응을 못 하고 중도에 탈락을 했거나 유급이 되었으며, 유급생 중 일부는 다시 유급을 한 경우도 생겼으니 의사가 되는 길은 시련의 연속이었다.

지난 세월 동안 힘들 때마다 내 자신에게 반복적으로,

"나 혼자만을 위해서 들어선 길이 아니다. 의사가 되어 필요할 때 누구에겐가 도움이 되는 사람이 되자. 내가 나만을 위한 직업을 택했더라면 구태어 이렇게 힘든 길로 들어서지 않았을 거다. 그렇기 때문에 이 정도의 시련은 당연히 타고 넘어야 할 나의 몫이다."

스스로에게 던졌던 자기암시가 없었더라면 나 역시 힘든 과정을 못 견디고 침몰하고 말았을 것이다. 이런 암시는 요술 같은 효력이 있었다. 힘들 때마다 나를 지켜주는 충분한 방패막이가 되어주었다. 오히려 앞으로 남아있는 전문의 수련기간 5년, 군대 3년, 만약 박사 과정까지 꿈꾼다면 지내온 날보다 훨씬 힘든 날들이 기다리고 있으니 의사가 되는 과정은 끝없는 형극의 길이었다.

돌이켜보면 민청학련이란 거대한 회오리 바람 속에서 유급을 면할 수 있었음은 진정어린 친구들 도움 없이는 이루어 낼 수 없었던 불가사의하고 한편 뿌듯한 사건이었다. 나와 같이 발을 맞추었던 저쪽 의과대학의 동창 재석이는 유급을 피할 도리가 없었다.

하지만 절대순종이 요구되는 수련사회에 자질이 적합지 못한 응시자로 찍혀버려 주변 친구들 누구 한사람 '모교 수련은 불가하니 먼저 군대를 마치고 나서 돌아오라' 는 통보를 전해 듣고도, 우리가 처해있는 답답한 현실을 원망하기보다 '우리 군대 마치고 반드시 더 좋은 모습으로 그리고 멋지게 만나자' 다짐하며 울먹이며 헤어졌다.

시험을 치르고 첫 번째 맞이하는 토요일이다. 졸업을 하게 되면 먼저 군대부터 마치기로 했으니 입대 전 지선과 만날 수 있는 기회도 마지막이 될지 모르겠다.

배가 도착될 시간이 가까워지자 선창은 제법 기다리는 사람들로 북적거렸다. 나도 여러 사람 무리에 섞여 서성거리며 멀리서 배 윤곽이 나타나기만 기다리며 바다 쪽을 주시하고 있었다. 일월의 바닷바람은 아직 몸에 차가웠으며 더욱이 습기와 간기를 가득 머금은 바다 바람이었기에 어깨를 잔뜩 움츠리게 만들었다.

그동안 지선과는 계속 떨어져 지냈지만 그녀가 만들어준 목각 곰 인형은 늘 가까이서 지선을 대신한 친구가 되어주었다. 인형이나 놀이개, 심지어 애완동물조차 가까이 해본 적이 없었으나 작은 목각 인형 하나에서 발휘되는 위력이 대단하다는 생각까지 들게 만들었다.

조그마한 모습이지만 눈, 코, 입, 윤곽이 뚜렷하고 정교하게 조각된 인형은 더 이상 그냥 나뭇조각이 아니었고 마치 살아 숨 쉬는 듯했으며 처음 체험한 짜릿한 열기도 정도의 차이는 있었지만 체험할 수 있었다. 코트 속 주머니에 손을 넣고 인형을 꼭 쥐어보니 따뜻한 온기가 전해오며 움트려든 어깨를 쫙 펴게 만들었다.

배가 도착 될 때까지 선창에서 기다리기가 힘들지는 않았지만 오히려 찻집에서 만나면 더 좋겠다는 생각이 들었다. 같이 오는 승객 중에 섬마을 사람들이나 학생들도 있을 터이니 구태여 선창에서 여러 사람들의 주목을 받을 필요는 없었다.

찻집에 앉아 창문을 통해 밖을 바라보니 까마득하게 멀리까지 바다가 보였다. 바다는 더없이 잔잔해 보였으며 파도가 밀려와 해변에 점점 가까워지면서 흰 파문을 일으키더니, 방파제에 부딪혀 부서지며 물보라를 일으키는 모습이 아름다웠다. 흩어지는 물보라는 황혼에 물든 방향에 따라, 어느 곳에선 하얀 빗살같이, 또 다른 곳에선 빨간 장미 꽃잎같이, 붉게 물든 저녁놀과 조화를 이루며 공중에서 비말이 되어 흩어진다.

처음 전람회장에서 봤던 지선이 그림이 그랬었다. 그때 그림이 지금 유리창을 통해 바라다 보이는 석양 무렵의 바다모습 그대로였다.

"명수 씨, 안녕하세요?"

생각에 잠겨있는 동안 가까이 다가와 던진 지선이 목소리에 깜짝 놀라 정신이 돌아왔다.

"무슨 생각을 그렇게 골똘하게 하고 계세요?"

"안녕하셨어요. 미처 오는 줄 몰랐습니다. 바다 바람이 몹시 차갑지요?"

"배타고 오면서 추워서 얼마나 떨었는지 몰라요. 바람이 있어서 파도도 꽤 높았어요.”

“나도 파도가 높아 혹시 배편이 끊기면 어쩌나 걱정되더군요.”

“안부 인사가 늦었네요. 시험 잘 치루셨지요?”

“어려웠는데, 잘 모르겠어요.”

만나서부터 무슨 말인지 하고 싶어 머뭇거리던 지선이가 어렵게 입을 열며,

“명수 씨. 우리 당분간 헤어져야 할 것 같아요.”

예기치못한 말을 끄집어낸다.

“만나자마자 무슨 이야기세요? 그동안 우리는 항상 헤어져서 지내지 않았던가요?”

“그렇군요. 그렇지만 이번에는 훨씬 오랫동안 그리고 멀리 떨어져 있어야 할 것 같아요.”

“그건 또 무슨 수수께끼세요?”

“저 이번에, 프랑스에 가게 되었어요. 학교에는 이미 사직서를 제출했답니다. 학교에도 미안하고 또 애초부터 학교를 그만둘 생각은 전혀 없었는데 모든 상황이 갑자기 벌어진 일이에요.”

지선이 프랑스 유학은 뜻밖에 이루어졌지만 이미 오래전부터 예견된 일이기도 했었다. 지선은 순례자가 성지를 순례하듯 언젠가는 프랑스란 곳을 다녀오고 싶어했고 항상 떠날 준비를 하고 있던 사람이었다.

‘드디어 오랜 꿈이 현실로 이루어지나보다!’

항공사에 다니는 언니의 순환근무지로 프랑스가 결정되었을 때 언니보다 더 흥분한 사람이 지선이었으니.

서양화를 시작하고 나서 지선의 변함없는 소원은 프랑스란 나라에

가서 서양화의 현주소를 몸으로 체험하고 싶었다. 더 나아가, 오래전부터 구상했던 동양적 질감이 가미된 서양화 기법을 시도해 보고 싶었다. 그러니까 서양화에 동양화를 접목시키는 작업을 서양화의 본고장에서 직접 해보고 싶은 오래된 꿈이 있었다. 이런 그녀의 꿈을 누구보다 언니가 잘 알고 있었다.

프랑스에 갈수 있는 가능성이 엿보이자 지난 2개월 동안 나름대로 준비 작업에 들어갔으며 준비를 위해 먼저 출발하는 언니를 배웅할 때는 '드디어 프랑스에 갈 수 있겠구나' 하는 실감이 났다. 우선 언니 곁에 머물며 나머지 문제는 실제로 부딪혀 하나씩 해결해 나가기로 했다.

그간 지선은 졸업을 하고 첫 부임지로 고향 가까이 있는 조그만 섬마을 고등학교 미술 선생님으로 교편을 잡기 시작했다.

근무하는 학교는 남녀공학인 고등학교였는데 부임 후 학생들 사이에 인기 있는 미녀선생님으로 평판이 자자했고, 학교 미술반 모임 또한 유래 없이 활기를 띄게 되었다. 섬이기 때문에 학생들이 육지 학생들과 비교해 조숙한 편이고, 어떤 학생은 동료 학생보다 훨씬 나이가 많은 학생도 있어서, 일부 나이 많은 학생은 지선과 비교해서 누가 학생인지 구분하기 어려운 경우도 허다했다. 숙소는 지선네 학교 3학년이고 미술반 학생인 학교 근처 유식이네 집으로 정해 이곳에서 자취를 하기 시작했다.

전임 선생님도 살았던 이곳 숙소로부터 주민들이 많이 거주하는 주택가 시장까지는 거리가 꽤 떨어져 있어서 시장을 볼 일이라도 생기면 한참 걸어 나가야 하는 애로사항이 있기 때문에 대개 필요한 생활용품들은 토요일 육지에 나갔다 일요일 돌아오면서 장만해 오곤 했다. 그렇지만 간혹 쇼핑할 일도 생겨 시장까지 나가야 하는 경우가 생기기 마련이었다.

그날도 그랬었다. 필요한 몇 가지를 사들고 집으로 돌아오는 길이었다. 저녁 해가 막 뉘엿뉘엿 넘어가고 금방 땅거미가 몰려올 무렵이었기에 모처럼 육지하고는 색다른 섬마을 들새 소리라도 들어볼 절호의 기회라고 기대했지만 돌아오는 내내 사람들이 웅성거리며 다투는 소리가 신경을 거슬리며 뒤따르고 있었다.

'술 한잔 걸치고 같은 방향으로 귀가하는 사람들이려니' 가볍게 생각하고 발길만 재촉해 집에 돌아왔는데 며칠 지난 후 깜짝 놀랄 사연을, 그것도 교장 선생님을 통해 전해 들었으며, 그 진상은 이러했다.

섬마을에 지선의 출현 후, 이제나 저제나 기회만 엿보던 동네 왈패들이 지선이 쇼핑을 마치고 귀가하는 모습을 별견하고, '얼씨구나 희롱할 절호의 기회구나' 생각하고 뒤를 따랐다. 이런 위급한 상황을 집주인 아들 유식이가 목격하고 급하게 달려가 근처에 사는 미술반 경철이에게 알렸고, 경철이가 몇몇 다른 친구들에게 연락을 취해서 왈패들이 짓궂은 짓을 하기 전에 왈패들과 학생들이 맞부딪치게 된 것이다.

막상 얼굴을 대하고 보니 알만한 집 누구네 형, 동생들이었고 학생들의 설득에 왈패들은 싱겁게 물러서고 말았다. 그러나 그 다음 왈패들이 치러야 했던 죄 값은 상상 이상으로 가혹했다.

집주인 유식이 아버지가 다음날 교장 선생님한테 사실을 고해바치니 교장선생님 요청으로 마을 원로회의가 소집되었고, 왈패 우두머리가 어른들 앞에 불려나가 무릎 꿇고 혼쭐나게 야단맞는 수모를 당해야했으며, 이 사실이 온 섬마을에 '쫙~'하게 퍼져버려 명예가 천 길 낭떠러지로 추락되는 비참한 말로를 맞이하고 말았으니.

학교에서 그녀가 근무한 1년 동안 기적이 일어났다. 지난가을 전국 학생미술 실기대회에서 입상자가 2명이나 탄생했으며, 더욱 놀라운 사건은 전체 학생들 중에서 활기 있는 미술반 학생들의 학업성취도가 사상 유래 없는 성과를 나타내어, 집안형편이 어려운 경철이가 장학생으로 약대 입학이 결정되었고 집주인 아들 유식이 또한 대학진학이 결정되었다. 교장 선생님의 말을 빌리자면, '개교 이래 역사적 쾌거'였다. 지선에게 향한 담임선생님들의 질투 없는 칭찬이 오히려 부담스러울 정도였다. 사회에 첫발을 딛은 젊은 지선이 심신을 다해 그동안 쏟아 부었던 노력의 결실이 서서히 나타나는 중이었다.

이런 시기에 던져진 사표를 받고 교장 선생님 이하 여러 동료선생님들이 받은 섭섭함은 말할 수 없이 컸지만 미리 대학후배로 후임자까지 물색해 사임 의사를 강하게 피력하니 학교에선 사표를 받아들일 수 밖에 없게 되었다.

"명수 씨, 갑자기 진행된 일이라 나도 꿈인지 생시인지 아직 실감이 안 나요."

"지선 씨, 이렇게 사람 놀라게 해도 되는 건가요? 아니, 너무 놀라서 말이 잘못, 헛나왔습니다. 오랜 소원을 이루어 축하드립니다."

"아직도 얼떨떨해요."

오랜 꿈을 잃지 않고 간직한 채 하나하나 이루어 나가는 지선이 더할 나위 없이 대견해 보였다.

미리 예측했던 대로 프랑스 이야기를 끄집어내자 부모님은 펄쩍 뛰시며 만류하셨다. 나이 들어 늦게 얻은 막내딸이라 부모님의 사랑은 각별했다. 특히 아버지의 사랑은 유별나 어려서부터 가까운 이웃에 외출할 일이 있어도 꼭 지선을 곁에 데리고 다닐 정도로 애정을 쏟아 길렀다. 5남매 막내로서 어려서부터 잔병치레를 많이 해 유난히 신경을 쓰게 하더니 지난 대학시절 때 아팠던 일로 또 얼마나 부모님 마음을 조이게 하였던가. 아직까지도 어린애로밖에 안 보이는 막내딸이 먼 이국으로 떠난다고 하자 그만 말문이 막혀 버리고 말았다. 부모님 마지막 소원은 막내딸 결혼 시키는 일이라고 해도 과언이 아니었다.

지선으로서는 사태가 이렇게 돌아갈지 예견하고 이미 학교에 사직서도 제출해버렸고 떠날 비행기 표까지 예약을 끝낸 상태였다. 막내딸 고집 센 것은 부모님이 더 잘 알았다. 더군다나 수면제 과다복용 사고 후 부모님들은 딸에 대한 모든 욕심은 접어 버렸다. 단지 건강하기만 바랄 뿐이었다.

반면 지선은 최근 2개월간 구름 위에 떠다니는 기분이었고 결혼 같은 것은 안중에도 없었다. 결혼은 안 하겠다고 일찍이 마음을 다졌던 사람으로서 새삼 결혼에 대해 남겨둔 미련은 없었다. 결혼은 다음 다음 문제였다.

지선과 얽힌 나의 오랜 바람은 이렇게 허망하게 끝나버리고 말았다.

결혼

미술가로서 청운의 꿈을 안고 지선이 프랑스로 떠난 그해 겨울, 나는 군의장교가 되기 위하여 입대를 하고 대구 군의학교에서 군의장교 후보생 임시계급장을 달고서 장교가 되기 위한 혹독한 교육을 받기 시작했다.

3개월 이라는 짧은 기간에 장교를 양성해 내는 군의학교 과정은 여태껏 공부만 해왔던 어제까지의 학생들에게는 육체적으로 너무 버거웠다. 무엇보다 의사고시 시험 준비를 하는 과정에서 체력들이 가장 밑바닥에 도달해 있었다. 처음 일 개월은 달리기, 뜀뛰기, 앉았다 일어서기, 매달리기, 잘못하면 벌로 운동장 다시 돌기 등 기초체력을 다지기 위한 운동을 끊임없이 반복시켰다. 더불어 지금까지 제멋대로 길들여진 습관을 없애고 단체에 적합한 인간으로 탈바꿈시키기 위한 변화교육이 동반되었다.

개인이 실수한 결과도 소속된 단체에게 돌아가니 어제까지의 혼자란 개념은 빠른 시일 안에 지워버리고 소속된 소대, 중대 일원으로서, 부과된 마땅한 업무를 수행해 나가야 했다. 소속단체의 단결력이 전제되지 않으면 집중된 힘을 발휘할 수가 없으니 다른 단체와의 경쟁에서 뒤처지고, 그 책임은 단체가 받는 체벌로 이어지기 마련이다. 한 번 하달된 명령은 반드시 수행되어야 하며 착오가 생기면 결과는 역시 소속단체가 동시에 받는 체벌로 끝이 나야만 했다. 결국 어제까지의 개인은 빨리 잊고 소속집단에 적합한 일원으로 거듭나야 했다.

첫 일 개월은 면회 뿐 아니라 밖에서 들어오는 사식 또한 허용되지 않았으니 집에서도 유난히 음식을 가렸던, 온실 속 화초 같은 아들을 밖에서 지켜보는 부모들 걱정은 노심초사 훈련장으로 향했다.

한 달의 과정을 통과하자 겨우 면회가 허용 되었으며, 면회 날 부모님이 마련한 먹음직스런 사식을 앞에 두고 흐뭇해하는, 들키기 싫은 서로의 모습을 훔쳐보고 어색한 웃음을 감췄다.

기초 체력이 만들어지자 이번에는 유격, 사격, 산악 훈련, 야간 독도법 등 장교 만들기 2단계 교육이 개시되었다.

다른 장교 교육과 비교하면 턱없이 부족한 3개월이란 기간이지만 그렇다고 해서 장교를 길러내는 교육을 설렁설렁할 수도 없었다. 어떻든 삼 개월 째 되면서 대한민국 장교라면 빠뜨려서는 안 될 정신교육 등이 보강되어, 자유분방하던 학생이 드디어 대한민국 장교가 되는 대변신을 이루어 그해 겨울, 춥고, 졸리고, 배고프고 하면서 쓸만한 군의 장교로 다듬어져 갔다.

대구 영천은 천연적으로 기후가 나쁜 곳이었다. 지형학적으로는 분지형 지역이었기 때문에 겨울에는 다른 지역보다 훨씬 춥고 반면 여름은 찌는 듯이 더웠지만 그런 환경 속에서도 사람들은 여전히 부대끼며 사랑하며 다른 곳과 똑같이 오순도순 잘 살고 있었다.

이런 열악한 환경에서 심신을 연마하게끔 예로부터 우리 선조들은 일부러 이곳을 교육의 장소로 활용해 왔었다. 멀리 거슬러 올라가보면 신라 때에는 화랑들의 심신단련 터전이었으며 지금도 변함없이 대한민국의 간성을 길러내는 사관학교가 자리 잡고 있는 천연적 교육의 광장이었다. 영천의 겨울바람은 얼마나 춥던지! 살을 에는 듯했으나 오직 장교가 되는 관문을 통과 하겠다는 일념으로 식사 시간이 되면 눈물 밥을 삼키곤 했다.

지선을 해바라기 하면서 살아온 나에게 지선을 멀리 떠나보낸 겨울은 유난히 더 춥고 힘들었다. 생각날 때 그녀가 만들어준 곰 인형을 꺼내보곤 했지만 그리움만 더 깊어갈 뿐 해결의 열쇠가 되지 못했다. 교육의 사이 나도 모르게 시선이 우리 별이 있는 북쪽 하늘을 쳐다보다 한 번씩 비행기 소리라도 들리면 깜짝 놀라 제정신으로 돌아오곤 했다.

끝이 없을 것 같던 추운 겨울날도 가고, 어느 날 부터인지 매서운 바람 속에서 어렴풋이 따스한 기운이 느껴지면서 이곳에도 예외 없이 봄이 찾아들었다. 우리들도, 힘겨웠지만 소정의 교육을 수료하였고, 드디어 빛나는 장교 계급장을 달게 되었으니, 군의장교로 임관하게 될 날이 코앞으로 다가왔다. 가장 가까운 사람이 빛나는 계급장을 달아주는 임관식 날은 그들의 다정한 모습을 지켜보는 나에게 그리움에 몸부림쳐야 했던 텅 빈 하루였다.

내가 먼저 결혼을 했다. 첫선을 보고 바로 그날 결혼하겠다는 결정을 내렸다. 양측 어머님과 양측 중매쟁이가 참석한 첫선을 신부 측 중매쟁이인 신부 이모님 집에서 봤다.

남의 일같이 말로만 듣던 처음 보는 맞선을 군인답게 머리는 짧게, 그러나 단정하게 다듬고, 군 입대 전에 입었던 지금은 유행이 훨씬 지난 좁은 깃 양복과 좁은 폭 넥타이를 매고도 의기양양하게 등장한 예비신랑을 보고 '시대를 초월한 대담성에 기가 막혀 두 손을 들었다'

는 선 보던 날 첫인상에 대한 평이 신랑 귀에 들어온 것은 결혼하고 한참 훗날이었다.

신랑 측 중매쟁이와 신부 측 중매쟁이인 신부이모는 여고동창생으로 오랜 친구사이였다. 결정은 단 한번 맞선으로 이루어졌지만 양측 중매쟁이 사이에 오래전부터 오가던 혼사문제가 성사된 역사적인 순간이었다. 우리 측 중매쟁이는 우리 집 근처에 살면서 어려서부터 내가 자라온 모습을 지켜보면서 부모님과 가깝게 지내신 나의 중학교 은사님 사모님이셨다. 그분께서 처음엔 지나가는 말로 '나중에 크면 좋은 사람한테 중매시켜 주겠다'고 장난 비슷하게 흘리셨는데 내가 커 가면서 이 말도 같이 자라 정말 열매로 맺어진 것이다.

선을 보고 오던 날 어머니께서,

"보기에는 좋을 성 싶구나. 얼굴도 선해 보이고 성격도 무던할 것 같구나. 집안 내력은 서로가 잘 아는 사이고."

하시며 최종 결정을 나한테 미루셨다.

물론 당신 마음에는 흡족하다는 의미였고 결혼을 하는 쪽으로 마음을 정하길 은근히 바라는 속뜻이 들여다보였다. 단 30분 마주한 사람이었지만 나는 그 짧은 만남으로 해서 평생 반려자를 선택해 버렸다. 항상 궁금해 했던 실제 배필을 만났을 때 짜릿하게 전기가 통하고 바라보는 눈빛사이 불꽃이 오고가는 그런 현상은 없었다. 그보다는 그렇게 오랫동안 마음에 담아 왔던 비중 있는 문제를 짧은 만남으로 매듭짓게 되니 결단을 내리고도 어리둥절할 뿐이었다.

"부모님이 찬성하시고 상대측에서 괜찮다면 결혼할게요."

오랜 세월 화두로 삼고, 고민하며 매달렸던 과제를 순간에 풀고서도 아직 그 안에 숨겨진 속뜻을 정확히 이해할 수가 없었다.

선을 보고 나오면서 지선과 함께 보냈던 행복했던 시간보다 그 사이에 겪었던 채울 수 없었던 갈증들이 겹쳐오면서 아픔이 밀려왔다.

첫선을 보고 겨우 3개월 후 결혼 날짜가 잡혀, 그 사이 예비신부와 만났던 횟수는 열손가락을 헤아릴 정도였으니 신부 될 사람은 여전히 베일 속에 덮여 있는 신비였다. 그리고 끝까지 풀리지 않은 비밀은 만남과 사랑과 결혼에 대한 삼각함수였다.

결혼을 하고나니 지선과 함께 보냈던 시간들은 먼 옛날 꿈속에서 나누었던 한자락 추억의 굵은 마디로 변해있었다. 그러나 5월 장미가 만발한 장미넝쿨 사이에서, 어떤 때는 억새 하얀 꽃 더미 속에서, 하얀 눈이 소복이 내릴 때는 또 다시 기억 저 깊은 곳으로부터, 그녀의 모습이 아련히 살아나곤 했다. 밤하늘을 쳐다볼 때는 우리 별이 되어 방긋 반기듯 웃음을 던져준다.

'항상 첫눈이 내릴 때 서로를 생각하기로 하자. 우리 별을 보면서 서로를 생각하자.'는 언약을 마음에 간직한 채, 5월 장미를 맞이하며 하얀 눈을 밟으며 지선이 생각을 망각하며 흘렀던 세월은 없었다.

지금쯤 먼 이국땅에서 어떻게 지내고 있는지. 아니 옛날 지선과 같이 한 시간이 실제로 존재했던 시간인지. 그녀에게는 나와 같이 보냈던 시간들이 비중 없는 그냥 그렇고 그런 시간이었을지?

"명수 씨 말고는 이런 감정을 다시는 못 느낄 거예요. 이런 감정이 사랑 아닐까요?"

지금도 사랑이란 단어를 잊지 않고 간직하고 살고 있는지? 이렇게 소록소록 끊임없이 이야기하듯 첫눈이 내릴 때엔 그녀를 생각하겠다는 내가 했던 말을 기억이나 하고 있는지?

살다가 힘들 때 즐거울 때, 문득 옛날 추억의 장을 넘길 때, 지선은 빠끔하니 나를 쳐다보고 있었다. 그리고 그때마다 북쪽 하늘을 바라보면 우리 별이 변함없이 그 자리를 지키고 있었다.

곰 조각 추억

결혼 후 지선의 목각 곰 조각은 손길이 쉬 미치지 못할 아주 깊숙한 곳에 넣어 버렸다. 그렇게 하는 것이 결혼한 신부에 대한 예의라고 생각했다. 간혹 끄집어 내어보고 싶었던 적도 있었으나 그럴 때마다 마음의 빗장을 더욱 견고히 채우고 그녀에 대한 생각에서 멀어지려고 노력했다. 모순되게도 그녀로부터 자유스럽다고 느낄 때에도 마치 새벽이면 모르는 사이 풀잎 아래 함초롬히 맺혀지는 이슬 같이 어느새 마음 한구석 그녀의 생각이 자리하곤 했다.

얼마동안은 지선에 대한 상념에서 벗어나야겠다는 갈등의 반복이었다. 그리하여 결혼하고 나서 군의관 첫 부임지인 포항으로 이사 갈 때까지 곰 인형은 차곡차곡 쌓여진 무거운 짐들의 가장 깊은 곳, 아무리 보고 싶어도 여간해서 끄집어낼 수 없는 서랍 속에 갇혀 지내야 했다. 몇 차례 지선이 보고 싶은 마음이 정녕 걷히지 않을 때에는 별이 보이는 옥상에 올라 밤하늘의 우리 별이라도 바라보면 막혔던 숨통이 좀 트였다.

군의관 첫 부임지 포항으로 이사갈 때 쯤 해서는 무거움으로 느끼지 않고 지선을 떠올릴 수 있을 정도가 되었다. 설령 곰 인형이 곁에 있더라도 흔들림 없이 태연해질 수 있을 것 같았다.

이사짐 정리를 하면서 곰 인형을 끄집어냈다. 모처럼 만져보는 곰 인형을 들여다보는 마음이 그렇게 착잡할 수가 없었다. 눈, 코, 입을 만지며 손 끝에 전해오는 뜨거운 열기도 경험했으며 오랜만에 큰 눈을 땡그랗게 뜨고 쳐다보는 정겨운 눈길과 다시 마주할 수 있었다.

'지선아 물설고 낯선 타향에서 건강하게 잘 지내겠지? 어려움은 없는지? 용감하니까 보나마나 모든 일 똑소리 나게 잘할 거야. 우리 살다보면 다시 만날 날 있겠지? 설마 나같이 결혼해 버린 것은 아니겠지? 하긴 이제는 결혼 해야지 또 안 하겠다고 우기지 말고.'

포항에서의 생활은 신혼이기도 하지만 동경하던 바다가 가깝게 있어서 하루하루가 기다려지는 즐거움의 연속이었다.

이곳 포항은 포항제철 공장이 커다란 공룡같이 자리를 잡고 있는데다가 우리가 근무하는 해군이 주둔하고 있는 공업도시이자 군사도시였다. 포항이란 도시의 특색 중 빠트릴 수 없는 사항은 동해에 접해 있는 해안도시라는 점이었다.

포항 시가지를 따라 동해 바다가 펼쳐지는데 자연적 이점을 살려 포항제철소가 아예 한쪽 발을 동해바다 영일만에 담그고 있었으며 다른 한쪽 발은 포항 시가지와 접해 있으면서 그 위용을 뽐내고 있었다.

날이 어둑어둑해 질 무렵 영일만을 배경으로 포항제철소 용광로에서 빨간 쇳물이 뚝뚝 녹아 흐르는 광경은 처음 이곳에 온 이방인에게 포항 특유의 정취를 느끼게 했다. 포항제철 담벼락에 피어나는 빨간 넝쿨 장미 길을 따라 출퇴근시간 이어지는 긴 자전거 행렬을 볼 때마다, 카키색 제복 해군들의 벚꽃 길 자전거 타던 모습과 함께 장미꽃 넝쿨을 좇아 지선이 집을 찾아 헤맸던 옛 기억이 밀려왔다.

동해에 접해있는 특성 때문에 포항시내 중심지 가까이 송도해수욕장이 위치 할 수가 있고 북쪽으로 올라가면서 감포 해수욕장을 위시해 이름도 모를 모래사장들이 즐비했다.

신혼살림집은 포항시내 가까이 송도 해수욕장 바로 곁 해도동으로 정했다. 해도동은 근무지인 해군병원에서 가까울 뿐 아니라 시내에서도 멀지않은 곳으로서 바로 지척에 해수욕장까지 있으니 일찍이 바다 가까이 살아본 적이 없는 우리 두 사람 보금자리 치고는 조건이 천국과 진배없었다. 신혼 살림방으로 아담한 이층 다락방을 새로 얻었다. 다락방 밖에 부엌이 있고 부엌을 통해 밖으로 나와 일층으로 연결된 계단으로 통하게 되어있는 집이었다.

이사하고 얼마 안 지나서의 일이다. 뒷집 쪽마루에 걸터앉아 우리 집을 올려보고 있던 사람이 조심스럽게 부르길래 돌아봤더니 낯익은 얼굴이다. 낯선 타향에서 만났기에 미처 짐작 못했지만, 자세히 보니 대학졸업 후 포항제철에 직장을 잡고 마침 뒷집에 방을 얻어 하숙을 하고 있는 학창시절 때 가깝게 지냈던 고교 동창이었는데 혼자 자취를 하고 있었다.

방은 작지만 4개월 된 우리 준결이와 살아가기엔 넉넉했으나 방이 달랑 한 칸이기 때문에 장모님이나 간혹 다른 손님이 오기라도 하면 하룻밤을 지내고 가야 할 경우, 잠자리가 부족해 문제가 되었다. 그런 날이면 으레 뒷집 친구네 신세를 지는 도리밖에 없었다.

이층에는 따로 수도가 없어서 빨래는 일층으로 내려가서 하고 퇴근 후 매일 2층에 있는 커다란 통에 다음날 사용할 물을 가득 채워 준비해 놓는 일 까지가 내가 그날 중으로 마쳐야 될 할당 과제였다. 어느 날 주인댁 아주머니의 말처럼, '신랑은 무엇이 그리 홍겨운지 매일 물을 길러 나를 때마다 콧노래를 부르는지 모르겠다'고 할 정도로 모든 일에 홍이 났던 때였다. 저녁 식사만 끝마치면 아내와 함께 송도 해수욕장까지 산책 나갔다 돌아오는 일정이 저녁 마무리 일과였다.

여름 한철 장사들이 거의 철시를 하고 소란스럽던 백사장도 조용해진 12월초 어느 날 저녁이었다. 라디오에선 벌써 성급한 크리스마스 캐럴이 흘러나오고 있었다. 우리도 며칠 전 크리스마스 트리로 작은 전나무 한 그루를 장만하고 빨간 애기 양말, 은종 등 몇 가지 장식을 꾸며 크리스마스 트리를 만들었다. 어제는 시내에 들러 깜박이 꼬마 전등 다발까지 구해 꽂으니 제법 그럴싸한 트리가 탄생했다. 그리고 일찍 저녁을 먹고 여느 때와 똑같이 우리 준결이 자는 시간을 이용해서 송도 해수욕장으로 저녁산책을 떠났다. 문밖까지 막 나왔다가, 이 날따라 지선이 곰 인형이 생각나서, 다시 돌아와 부엌문을 열고 방문을 연 바로 그때였다.

크리스마스 트리에 어제 설치한 깜박이전등 전선이 '찌지직' 소리를 내면서 갑자기 불꽃이 일며 타들어온다. 합선이 된 모양이나, 다행이 전선코드가 문 쪽에 있어서 내가 문을 열고 들어서는 시점과 전선에서 전선꽂이까지 타들어오는 시간이 정확하게 들어맞았다. 재빠르게 코드를 뽑아버림으로써 사고는 미연에 막을 수가 있었으나 전선코드 타는 냄새가 방안에 진동한다.

다행이 트리의 전선은 탔지만 그 외 다른 피해는 없었다. 숨을 돌리고 생각해보니 일촉즉발의 화급한 순간이었고 이 모든 사고가 곰 인형을 가지러 들어왔던 눈 깜박할 사이 벌어진 일이었다. 만약 전선이 타들어가고 내가 다시 돌아오지 않았더라면 어떤 일이 벌어졌을까? 상상하니 등줄기에서 식은땀이 흘렀다. 다시 방의 전등을 한번 켰다가 꺼보았으나 다른 이상은 없었다. 창문을 열고 환기를 시키는 동안에도 우리 애는 아무것도 모르고 쌔근쌔근 잘 자고 있었다.

서둘러 문밖에 나오니 기다리다 짜증이 난 아내가 무슨 일로 이렇게 꾸물대느냐고 성화다. 큰일이 일어날 뻔한 상황을 이야기하니 깜짝 놀라며 다시 들어가 직접 확인해 봐야겠다고 안달한다. 아무 탈 없이 무사히 잘 끝냈다고 해도 놀래어 안절부절 어쩔 줄 몰라 한다.

송도 해수욕장에 도착하니 한철 즐비하게 늘어섰던 장사들은 모두 철시하고 사시사철 상존해 있던 몇 군데 가게들만 한가롭게 자리를 지키고 있었다. 우리 두 사람은 바닷물이 제일 가까이 보이는 백사장까지 걸어 나와 아예 자리를 잡고 편하게 앉았다.

하늘에서는 하나 둘 희미하게 별들이 나타나기 시작했으며, 별이 없는 곳도 한참 가만히 들여다보면 그곳에 별들이 벌써 기다리고 있었다는 듯 어김없이 깜박하고 눈인사를 보낸다. 멀리 우리 별 쪽을 바라보니 오늘따라 또렷하고 유난히 초롱초롱하다.

'지금 지선이도 우리 별을 바라보고 있을까?'

안개가 걷히며 서서히 주위 윤곽이 선명해지듯 희미했던 깊은 곳으로부터 점점 지선이 모습이 들어난다.

"명수 씨, 어쩜 별들이 저렇게 많아요!"

화려한 보석이라도 박아놓은 듯한 밤하늘을 보며 아내가 탄사를 터뜨린다.

"어쩜! 이렇게 별들이 많아요? 하늘이 온통 별이에요. 막 쏟아질 것 같아요!"

미처 대답을 안 하니 재차 묻는다. 별들은 하늘 뿐 아니라 바다 속까지 가득 메우고, 파도를 타고 밀려왔다 나갔다, 마치 고호의 그림 '호수 속의 별' 같이 출렁이며, 아예 바다 위에 내려앉아 파도타기라도 즐기는 듯 했다.

백사장에 거의 눕듯이 양팔을 마음껏 뒤로하고 하늘을 올려다보니 과학시간에 만들었던 색종이를 가득담은 만화경 속을 들여다보듯 바로 눈앞에서 반짝반짝 요술을 부린다. 가만히 보고 있노라면 별들도 서로 대화하듯 같이 신호를 보내며 서로를 향해 끊임없이 몸짓을 한다.

한참동안을 그렇게 앉아있다 우리 준결이 생각이 나서 그만 집에 돌아가야겠다는 생각이 들 때였다. 백사장에 몸을 젖히고 누웠다 앉았다 하면서 떨어뜨린 모양이었다. 곰 인형이 호주머니에서 빠져나와 모래사장에 떨어졌는지 아무리 주머니를 뒤져봐도 조금 전까지 손끝에 만져지던 인형의 감촉이 사라졌다. 깜짝 놀라 벌떡 일어나서 주머니 속을 털듯이 뒤져보았지만 어느 곳에서도 인형을 찾을 수 없다.

"명수 씨, 무얼 그렇게 열심히 찾아요? 혹시 뭐 잃어버린 것 있어요?"

"그래 뭘 떨어뜨렸나봐. 실은 친구가 만들어준 나무로 된 인형인데, 곰 인형이야. 아까 분명히 호주머니 속에 넣어가지고 왔는데 지금 보니 안 보여. 아마 어딘가 떨어뜨린 모양이야."

"명수 씨, 오늘따라 조금 이상해요. 아까는 한참을 불러도 넋 나간 사람같이 대답도 않고 하늘만 쳐다보지를 않나 나한테 한 번도 안 보여 주었는데 남자가 무슨 인형을 넣어가지고 왔다고 그래요?"

"준결 엄마, 실은 있지, 한동안 잊고 있다 지난번 이사 올 때, 이삿짐 챙기면서 찾았던 거야. 오늘 갑자기 생각나서 아까 그걸 가지러 다시 갔던 건데 다행히 문을 열고 방으로 들어선 순간 전기합선이 일어났으니, 내가 그때 집에 다시 돌아가지 않았다면 무슨 일이 벌어졌을까? 상상만 해도 끔찍하고 아슬아슬했어. 오늘 곰 인형이 바로 사고를 미연에 막아 준거야. 정말이지 큰일 날 뻔한 사고를 막아준 거야. 행운의 인형이야, 꼭 찾아야해."

내가 중요하다고 하니까 아내도 같이 찾아보았지만 아무리 이곳저곳 둘러보아도 찾을 수가 없다. 바야흐로 바닷물은 어느새 밀물로 변해 바로 가까이 밀려오고 있었다.

"그런데 한 번도 본 적이 없는데 어떻게 생겼어요?"

"손바닥 안에 들어갈 수 있는 조그마한 곰 인형인데 친구가 직접 조각했던 거야. 눈, 코, 입이 다 있어, 웃는 모습이고."

"그 사람 조각을 잘했던 모양이지요."

"원래 서양화를 전공했어."

"어떤 친구였어요?"

"결혼 전 알았던 여자 친구야. 지금은 그림공부 한다고 프랑스로 유학 가 있어."

"어떤 친군지 지금까지 한 번도 이야기 안 했던 것 같은데."

"그래 안 했어."

이런저런 말을 주고받으며 둘이서 양말까지 벗어부치고 백사장을 얼마나 열심히 찾아다녔는지 나중엔 발바닥이 따가울 정도였지만 결국 찾아내질 못했다.

"준결이 걱정돼서 안 되겠어. 먼저 집에 돌아가면 나는 조금만 더 찾아보고 뒤따라 갈게."

벌써 사방은 어둠에 묻혔고 하늘에 별들은 총총했지만 별빛 달빛만으로 모래사장을 밝게 비추기엔 역부족이었다.

"이럴 때 밝은 손전등이라도 하나 있으면 도움이 될 텐데."

신부가 가는 편에 나도 따라나서 시내 쪽으로 택시를 잡아탔다. 우선 마음은 급하고 금방이라도 물이 한꺼번에 밀려들어 백사장을 메울 것 같았다. 택시를 시장 쪽으로 방향 잡아 전등가게를 발견하고 커다란 손전등 하나를 사들고 대기시켜놓은 택시를 되돌려 부리나케 아까 그 장소로 돌아왔다.

그사이 바닷물은 꽤 많이 밀려들어와 우리가 처음 있었던 정확한 위치를 확인하기조차 어려웠다. 대강 어림잡고 정신없이 다시 얼마동안 마치 모래사장에 씨 뿌리기 위한 밭이랑을 만드는 모습으로, 발로 밀고 다니며 고랑을 내가면서 곰 인형이 떨어졌을 만한 곳을 샅샅이 뒤져봤지만 실망스럽게도 찾지를 못했다.

비슷한 무게의 돌멩이를 찾아 적당한 높이에서 떨어뜨려 실험해 보았더니 금방 모래 속에 감쪽같이 파묻히고 만다.

'이런 상황이라면 모래 속 어느 곳에 깊숙이 틀어박혀 버렸을 수 있겠다. 찾기 어렵겠는데.'

벌써 바닷물이 발목까지 차올라오며 찰랑거리는 파도의 감촉이 발등에서 느껴진다. 우리가 아까 앉아있던 장소도 이곳이 아닌 듯싶었다. 저쪽 가게까지 거리를 대충 측정해보니 지금 서있는 위치와 처음 우리가 앉아있던 곳과는 많은 차이가 났다.

'지선이 직접 만든, 그녀의 정성이 구석구석 미친 귀한 인형을 어떻게 잊어버릴 수 있었을까?' 괜히 그녀에게 커다란 잘못이라도 한 듯 미안한 생각이 들었다.

신부가 떠난 후 두 시간은 족히 지났을 것이다. 하늘을 보니 우리 별은 아무 일도 없었다는 듯 천연덕스럽게 반짝인다. 우리 별한테 가만히

'지선아, 귀한 인형을 잃어버렸어. 그런데 오늘 곰 인형이 자칫 큰 일 날 사고를 미리 막아주었어. 대단한 일을 한거야. 곰 인형 아니었더라면 무슨 일이 벌어졌을지 몰라. 생각만 해도 끔찍해. 잘 지내고 있겠지? 보고 싶다.'

이런 생각을 하면서 내키지 않는 발길을 집으로 돌려세웠다.

귀중한 인형을 잃어버렸지만 집에 돌아가서는 아무렇지도 않은 척 태연하게 흘려버려야지. 그렇게 함이 신부에 대한 예의라고 생각되었다.

곰 인형과는 그렇게 크리스마스를 며칠 앞둔 어느 날 포항 바닷가에서 아쉬운 작별을 하게 되었다. 다음날 먼동이 트기 시작할 때 출근 전 어제 그 자리에 다시 가봤더니 물이 한 차례 밀려왔다 나갔기

때문에 어제 저녁 발바닥이 따가울 정도로 발고랑을 만들어 놓았던 곳은 밤사이 아무 일도 없었던 곳처럼 원래 반반한 제모습으로 돌아와 있었다. 아무리 둘러보아도 어제저녁 자취를 어느 곳에서도 찾지 못했다. 심지어 우리가 앉아 있었던 정확한 위치도 짐작하기 힘들었다. 파도가 밀려오는 곳까지 가서 혹시 물결에 휩쓸려 바닷물 속에 들어갔을까 찾아보았지만 파도 위 어느 곳에서도 흔적이 없었다.

이렇게 곰 인형과 작별한 후 지선이 곰 인형 생각이 날 때 하늘을 보면 별자리가 꼭 곰 인형 모습으로 보이게 된다.

'아 그렇지 우리 별이 있는 저 별자리가 작은곰 별자리.'

지선이 곰 인형은 그날로 하늘의 우리 별 자리로 올라가게 되었다. 이후로는 곰 인형을 잃어버린 것이 아니라고 위로 했다.

'별자리가 된 거야. 이젠 잃어버리려고 해도 잃어버릴 염려도 없어. 우리 위급한 사고를 미리 막아주고 원래 자기가 왔던 곰 자리로 돌아간 거야. 지선이는 우리 별에서 잠시 나들이를 나온 거고, 언젠가 지선이가 돌아갈 별나라로 한 발 앞서 곰 인형이 돌아간 거야.'

지선이 살았던 별이 바로 저 우리 별이 아니었을까? 그날 이후 나와 마찬가지로 집사람도 곰 인형 이야기는 입 밖에 꺼내지 않았다.

비밀의 화원

곰 인형 사건 후 지선에 대해 궁금해 하던 집사람이 이제나 저네나 기다리고 있다가 지선이란 이름을 직접 거론하지 않았지만 조심스럽게 「비밀의 화원」 문을 두드렸다.

시작은 서로 과거에 사귀었던 옛 친구들에 대해 허심탄회하게 이야기 할 시간을 갖자고 멀찍이 에둘러서 기술적으로 말했지만 목표는 그간 궁금해왔던 지선이가 있는 비밀의 화원이었다. 물론 더욱 가벼운 분위기로 가장하기 위해 지금 이야기할 내용을 꼬투리로 상대방에게 화를 내지 않음은 물론 여하한 내용도 문제 삼지 않고 불문에 부치겠다는 약조까지 전제하면서 우선 싱거운 자기 문부터 열어보였다.

"나는 결혼 전 세 사람과 사귄 적이 있었는데"

잔뜩 호기심을 돋워놓고 잠시 뜸을 들이더니,

"첫 번째 사람은 대학 2학년 때 사귀었던 사람이고 작은 오빠가 소개시켜 준 오빠 친구였어. 그런데 그 사람하고는 딱 두 차례 만나고 나서 끝나버렸어."

"그게 끝이야? 아이고 싱겁기도 해라."

"정말이야, 몇 번 더 만났더라면 진전이 되었을 수도 있었는데 오빠 친구라서 괜히 부담되더라고. 나를 동생 대하듯 하는 태도 또한 싫었는데, 나중에 지나고 나서 생각해보니 꽤 괜찮은 사람 같았어. 또 오빠가 아무나 함부로 소개시켜 줬겠어?

두 번째 사귄 사람은 내 친구 경희 있지? 경희 신랑 치과의사 있잖아. 그러니까 경희신랑의 치과동기야. 이 사람 하고도 몇 번 안 만나고 끝나버렸어. 경희는 사귀던 사람하고 결혼까지 했는데.

마지막으로, 결혼 전 세 번째 만났던 사람은 내가 대학 졸업반 때였는데 나 졸업하면 바로 결혼시키고 싶어 애가 닳아서, 큰 새언니가 소개시켜 주었던 사람이야. 새언니 먼 친척뻘 되는 사람인데 외무고시도 합격 했더랬어. 그런데 역시 서너 번 만나고 더 이상 진행이 안 되더라고."

"이상하다. 다른 사람들은 학교 다니면서 만나 그렇다고 치더라도 이 사람은 경우가 달랐을 것 같은데 무슨 이유로 그랬다지?"

"공부만 해서 그런지 여러 군데가 콱 막힌 것 같아 싫더라고. 젊은 사람이 시원스럽지 못하고, 영 답답하더라고."

"거짓말 같다." 이렇게 대꾸하면,

"결혼하고 나서 이렇게 얽매이며 살 줄 알았더라면 결혼 전에 미리 연애나 실컷 해볼 걸 잘못했어. 그래도 명수 씨와 만나게 되었으니 결과적으로 잘 한거지, 그지?"

이렇게 두 말하지 못하게 한 차례 사탕발림까지 하면서 자기가 옛날에 사귀었던 사람 이야기는 대충 마무리 짓고 드디어 궁금증을 못 참고 내 이야기를 재촉한다. 아까 자기 이야기를 대충 할 때 하고는 사뭇 어조부터 다르게 마치 조금이라도 소홀히 넘기면 안 된다는 듯, 정색을 하고 차분하게 돌아앉아 들을 자세를 취하는데, 당연히 속셈은 얼마전 있었던 곰 인형 주인공 지선에 대한 궁금증이지만 시치미

뚝 떼고 내색은 않으면서,

"빨리 이야기 해줘요. 나도 전부 알려줬으니 조금이라도 소홀히 하면 안 돼요. 대충대충 하기만 해봐라, 가만 안 있을 거예요."

"알았어. 나는 대학시절에 딱 두 차례야. 두 사람 하고 사귄 적이 있었어. 우리 의과대학은 잘 알다시피 여자 친구 사귈 그럴 시간이 없어. 나도 마찬가지였어. 두 번 모두, 가볍게 만나고 헤어졌던 거야."

"그렇더라도 더 구체적으로 이야기 해줘야 해요. 두 사람이 어떤 사람이었어요? 그중 한 사람은 알 것 같고, 한 사람은 지선이란 사람인 거 맞지요?"

꽤 오랫동안 알고 싶어 벼르던 지선에 대해서는 말하지 않으면 안 되게 아예 못을 박는다.

"첫 번째 사귀었던 사람하고는 얼마 안 되어 내가 채이고 말았어. 그뿐이야. 그리고 뭐 바로 채어버렸으니 무슨 할 말이 있겠어?"

"그게 다예요? 무슨 이야기가 그렇게 싱거워요. 대충 하려고 그러지요?"

"아니야. 사귀고 바로 끝나버려서 이야기 거리가 별로 없을 뿐이야."

그때는 아직 경아에 대한 이야기를 더 이상 자세히 할 수가 없었다. 더 깊이 들어가면 아픈 상처가 되살아날 듯싶었다. 그때까지도 경아와의 사건은 간신히 아물어가는 살짝 딱지만 덮여있는 생채기였다.

경아를 생각하면 화가 치밀어 올랐다가도 어느새 미안한 생각이 앞선다. 그리고 경아가 나에게 보다 내가 경아를 훨씬 아프게 했으리라는 결론에 도달하게 되며, 무엇보다도 진심을 보이지 못했던 기억들이 꼬리를 물고 떠오르며 마음이 아파온다.

내 자신이 받았다고 생각되는 상처는 얼마든지 참고 견딜 수 있지만 내가 더 많은 상처를 입혔으리라는 생각에 이르면 주체 할 수 없는 수렁으로 빠지고 만다. 이 모든 것들이 아직 아물지 않은 생채기였다.

"그래도 어떻게 만났던 사람인지 그 정도는 말해야 되지 않아요?"

"본과 2학년 때였는데 친한 친구들 여섯 명과 미대생 여섯 명이 단체미팅을 가졌어. 참 주책이었지. 다 늦게 그런 미팅 할 생각들을 했으니. 그때 내 파트너로 정해졌던 서양화 전공인 미술과 학생이야. 그리고 아까 말했듯이 바로 내가 채이고 말았어."

"채였다면 응당 그럴 만한 이유가 있었을 것 아니에요? 재미없는 사람이어서라든지, 결혼상대 감으로 불합격이라든지, 무슨 이유인데요?"

"서로 그런 이야기 할 기회도 없어 자세히는 모르지만 내 나름대로는 짐작 가는 데가 있어."

"보나마나 나한테 무례하게 대하는 걸 보면 채일만 해요. 아니 농담이에요. 그런데 헤어지고 나서 한 번도 안 만났어요?"

"응. 안 만났어."

"이뻤어요?"

바로 대답을 못하고 머뭇거리자,

"그렇지요? 이뻤던 모양이지요? 나보다 더 이뻤어요?"

"아니."

"거짓말. 그 사람이 지선이지요?"

"아니야."

"그럼 또 한 사람 그 사람이 지선이겠군요? 어떻게 만난 사람인데요? 채이기 전에 사귄 사람이에요, 아니면 그 후에 사귄 사람이에요?"

"채이고 나서야. 결혼 바로 전에 만났던 사람이야."

"지선 씨 이야기 좀 해봐요. 아까같이 얼렁뚱땅 할 생각 말고."

"미팅 때 만났던 여섯 명 중 한 사람이었는데 처음 만났던 경아의 친구였어."

"그런데 어떻게 해서 지선 씨와 사귀게 되었다지요?"

"미팅이 있기 전이었어, 그때 미술전람회를 보러갔다가 전람회장에서 우연히 만났어. 서로 아는 사이도 아닌데 그냥 마주친 거야. 참 인상적이었는데 나중에 알고 보니 당신도 아는 친구 경곤이 집에서 같이 하숙하고 있더라고. 지선이는 처음 사귀었던 경아와 같은 미술과 친한 친구였는데 그 당시 학교근처 서로 가까운 곳에서 살고 있었어. 그러니까 경아가 지선이 집 근처에서 자취를 하고 있었어."

"지선 씨는 프랑스에 공부하러 갔다면서요?"

"응 그래. 그 당시 그 사람은 그림에 완전히 빠져서 결혼할 생각도 없었고 그림 이외에는 아무 관심도 없었어. 본인 말로는 결혼을 안 하게 된 이유가 있다고 했지만 잘 이해되지 않았어. 그러니까 어찌 생각하면 나 혼자서 일방적으로 품었던 짝사랑이었는지도 몰라. 그 후 다시 이야기할 기회도 없었으니."

"결혼 하자고 프러포즈는 해봤어요?"

"응."

"정말 사랑했었던 사람이군요."

그녀의 질문에 대답을 못하자 확인하듯 다시 물어본다.

"맞지요?"

"그래……"

"그 후 소식은 몰라요?"

"결혼하고 나서는 전혀 소식 못 들었어. 알아보려고 하지도 않았고."

"지선 씨 곰 인형 때문에 우리 준결이 무사했는데 고마운 친구네요. 기회 있으면 꼭 소개시켜줘요."

지선과 사랑은 경아 하고는 다른 면에서 어느 누구에게도 밝히고 싶지 않은 나만의 비밀이고 싶었다. 이런 비밀은 부부사이 사랑과는 별도라고 진작 나름대로 경계선을 그어 버렸다. 부부간에도 서로 지켜주어야 할 비밀이 있을 수 있다. 이 비밀들은 각자의 비밀의 장 속에 잘 간직되어 있는데 비밀의 장 속에 숨겨두고 싶은 낱 알갱이들은 상호 간 동등하게 지켜져야 공평하다. 내가 간직하고 싶은 비밀의 알갱이들과 마찬가지로 상대방 비밀도 지켜줘야 한다는 견해가 내가 주장하고 싶은 상호비밀 공평성 원칙이다.

나의 이 비밀의 장 속에는 누구에게 밝힌 적 없는 보물급 비밀들이 간직되어 있었다. 초등학교 때 이쁘고 노래도 잘한다고 생각했던 귀님이를 좋아했던 비밀이 이 속에 숨겨져 있고, 철들고 난 후까지 이불에 오줌을 싸서 지도를 그렸던 비밀도 이곳에 있었으나 지금은 시효가 끝나 더 이상 간직될 비밀로서의 가치가 없어진지 오래다.

이 비밀의 장에서도 가장 깊은 곳에 지선에 대한 추억이 사시사철 싱싱하게 간직되어 있다. 결혼 전 내가 혼을 쏟아 사랑했던 지선이라는 사람이 있었다는 정도만 아는 선에서 화원의 문은 닫혀버린다.

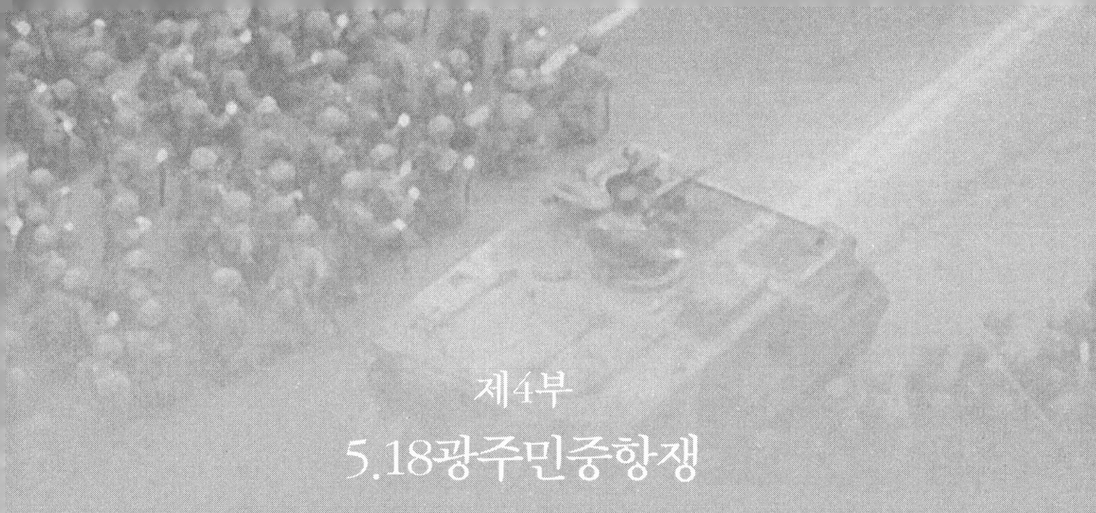

제4부

5.18광주민중항쟁

아아! 광주여!

1980년 3월 고향 광주로 돌아올 때 아내 배속엔 태몽으로 예쁜 금붕어를 꾸었던 둘째가 자라고 있었다. 군의관 마지막 근무지로 희망했던 광주 통합병원에서 군 생활을 마감 할 수 있게 되어 다행이었다.

살림집은 결혼 초 포항으로 가기 전 불과 2~3개월이지만 잠시 신혼살림을 시작했던 부모님이 살고계신 집 본가 2층에 꾸렸다. 군의관 과정을 마치고 전역하고 나서 다시 전문의 수련과정을 시작해야 하기 때문에 그때까지 이곳에서 생활하기로 했다. 아내가 시댁 식구들과 가까워질 기회도 되고 또 미처 못 익힌 시댁 가풍을 터득할 수 있는 절호의 기간으로 삼았다.

지난 포항에서 1년과 진해에서 1년간의 군의관 시절은 정말 눈 깜박할 사이 흘러가 버렸다.

그러나 아무리 세월이 흘러가도 동해바다 영일만을 배경으로 쇠물을 토해내던 포항제철소가 눈앞에 서있던 송도해변에서, 신부와 함께 보냈던 별빛 찬연한 포항의 밤하늘과 우리 준결이를 지켜주었던, 그리고 지금도 북쪽 하늘을 수놓고 있는 지선의 곰 인형을 어떻게 잊을 수 있으리. 온 세상을 꽃무더기로 축복해 주고 달빛아래 더욱 아름다웠던 진해의 밤 벚꽃 수줍은 웃음을, 또한 언제 어디선들 쉽게 지울 수 있으리.

본가 2층 살림집은 예전의 포항과 진해에서 살았던 고즈넉한 주택가 살림집과 달리 2차선 길가에 접해있었다. 창문너머 길가에는 이른 아침부터 시골 보따리장수들의 좌판대가 행렬을 잇고 꼭두새벽부터 먼저 조금이라도 더 좋은 위치를 차지하려는 뜨내기장수들의 입씨름이 그치질 않는 곳이었다.

하루의 시작은 가까이 위치한 수산물 도매시장에서 금방 입찰 받은 싱싱한 생선을 손수레에 싣고 새벽 이 시간까지 자고 있는 마님을 유혹하는 어둑새벽을 가르는 생선장수의 외침으로부터 시작된다.

"고등어 꽁치, 싱싱한 갈치 있어요."

그리고 다른 날엔,

"오징어, 생태 있어요."

시기에 따라 외침의 종류도 바뀌어 가니 생선 장수 외침만으로 계절의 변화를 짐작 할 수 있다. 곧이어 누군가 유혹을 떨구지 못하고 문을 삐죽 열고 나와서 흥정하는 소리가 뒤따르기 일쑤다.

생선 장수 뒤를 이어 두부장수 종소리가 따라가고, 그다음 예외 없이 귀에 익은 보따리장수들의 왁자지껄한 자리다툼이 한바탕 휩쓸고 가며, 그 난장판 사이로 더딘 걸음이지만 자동차 경적소리도 심심찮게 지나간다.

아직 이부자리 속에서 이런 소리를 듣고 있노라면 설령 언쟁을 벌이고 있는 경우라 할지라도, 들리는 소리들이 정겹기 그지없다. 하물며 서로 홍정을 할 때 목소리는 얼마나 구수하게 울려오는지 아침마다 창문너머에서 벌어지는 광경은 북장구만 갖춰지지 않았지 마치 남도 육자배기 한마당이 펼쳐지는 생생한 삶의 무대였다.

정 궁금하면 바로 커튼만 젖히고 창문 밖을 내다보면, 욕 잘하는 육자배기 주인공 얼굴을 눈앞에서 빤히 확인할 수도 있는 일이다. 이런 하루의 시작이 포항과 진해에서와는 다르게 이곳 고향집에 돌아와 실감나게 피부로 느끼는 끈적거리는 동질감이었다.

작년 그러니까 1979년 10월부터 부산과 마산은 민주화 운동의 한 중심에 놓여있었다. 부산과 마산의 시민과 학생들은 김영삼 신민당 총재의 국회의원직 제명 반대와 민주화를 요구하며 연일 시위를 계속하였다. 김영삼 총재 텃밭 부산에서 시작된 시위는 자연스럽게 민주화 운동 요람지인 옆 도시 마산, 창원으로 확대 되었으며 정부는 10월 18일 0시를 기하여 부산 지역에 비상 계엄령을 선포하고 10월 20일 마산, 창원에 위수령을 내렸다. 덩달아 내가 근무했던 진해에서도 각종 훈련으로 비상근무가 잦아져 무사히 다음 근무지 광주까지 갈 수 있을지, 혹시나 그 전에 북한군과 교전이라도 발생되어 고향 행에 차질이 생기지 않을까? 부질없는 걱정이 많아졌다.

1979년 10월 26일 박정희 대통령 시해사건 뒤, 10월 27일 제주도를 제외한 전국에 비상계엄이 선포되었고, 그 후 발포된 계엄선포를 위해 작성된 계엄포고가 1호부터 시작하여 12·12사태 전까지 9호까지 이어졌으며 이때 상황은 계엄포고문 내용으로 판단해보건대 회를 거듭할수록 내용이 수시로 점차 완화되어 가는 변화를 보였다. 계엄포고 3호 때는 통금시간 제한을 종전 상태로 환원했다. 11월 4호 때에는 서울을 비롯한 13개 도시외의 전 지역 통근시간을 원상태로 환원

시켰다. 11월 8일에는 계엄포고 5호 발표로 인해 서울을 비롯한 6개 도시만 남기고 전국이 원상태로 회복 조치되었다. 11월 10일에는 포고령 7호로 집회의 완화, 11월 16일 8호로 대학교의 휴교조치도 완화 일로에 있었으며, 25일 9호로 통금이 계엄선포 이전으로 환원되어 추측컨대 점점 시국이 정상적으로 되돌아가는 것 같아, 1980년 드디어 눈앞에 서울의 봄이 오는가 기대되었다.

그러나 12·12사태 후, 1980년 2월 광주통합병원 근무를 시작하면서 다시 출퇴근과 외출이 통제되고 비상근무가 잦아졌다. 본격 비상근무 체제에 돌입한 1980년 5월 16일까지는 환자 치료에 몰입하면서 새로 옮긴 환경에 적응하며 학창시절 악몽을 떠올리면서 '절대로 정치바람에는 휩쓸리지 말자'고 재삼 결심을 다지고 바깥세상 돌아가는 상황을 외면 할 수 있었다. 이즈음 휴교령 반대와 민주화 요구를 외치는 학생들 데모는 바로 폭풍 전야 같았으며 학생들이 있어야 할 대학교정에는 군인들이 주둔하고 있는 상황이었다. 군의관이란 현역 장교신분으로서 당연히 학생들 편에 설 수도 없었지만 그렇다고 정부 입장을 두둔하고 싶은 생각 또한 추호도 없었다. 권력을 탐하는 자들은 맘만 먹으면 누구든 고문 등 어떠한 수단을 동원해서라도 빨갱이로 둔갑시킬 재주를 갖추고 있었다. 때문에 신문지상에 게재되는 모든 기사도 곧이곧대로 믿을 수가 없었다. 일단은 의심해 보고 거꾸로 생각하는 버릇이 생겼다.

「절대 정치에 휩쓸리지 않고 그냥 이대로 좋은 의사가 되자.」
그 당시 내가 몸으로 직접 터득한 실존 철학이었다.

5월 17일 이날도 비상근무 명령이 떨어졌고 퇴근 후 모든 외출이 금지되었으며, 부대 내에는 광주 일원에 공수부대가 파견되었다는 등 갖은 흉흉한 소문이 난무했다.

다음날 5월 18일. 며칠 째 외출이 금지되고 전화도 통제되는 상황에서, 길가 2층 살림집에 둘째를 갖고 심한 입덧으로 고생하고 있을 집사람이 무척 걱정되었다. 퇴근 후 사복으로 갈아입고 부대를 은밀히 빠져나와 서둘러 집에 당도하니 부모님 그리고 집사람이 눈이 휘둥그레지면서 사색이 되어 맞이한다.

"오늘 오후 광주 시내엔 난리가 났어야!"

어머니 놀램은 아직도 채 가라앉질 않았다.

"6·25전쟁도 겪어 봤지만 이런 난리는 아니었어야!"

5월 18일 오후, 갑자기 시내에 출연한 계엄군들이 눈에 띄는 사람들은 학생은 말할 것도 없고 젊은 사람이면 남녀를 가리지 않고, 심지어 일반 시민들까지 이유 불문하고 몽둥이로 후려치는 사단이 났다는 것이다.

"눈이 시뻘개 가지고 살기가 가득 찬 게 꼭 짐승들 같았어야!"

우리 집 앞 길가에서도 벌어진 일이며 2층 살림집 창문으로 확인했단다. 우선 머리부터 한방 갈기고 나서 쓰러지면 인정사정 볼 것 없이 온 몸을 두들겨 패니 벌써 여러 사람 죽어나간 것 같단다.

가게는 모두 문을 닫아걸었고 일방적으로 맞던 시민들이 흥분해서 오후부터 계엄군들에게 산발적으로 반격을 가했다. 이런 때에 짧은 군인머리 모습으로 시내에 나타나면 필경 정체 모를 시민들로부터 잘못 보복의 표적이 될 수밖에 없으니, 집안일 따위랑 걱정 말고 어두워지기 전에 빨리 부대로 돌아가라고 성화가 불꽃같다. 부대로 돌아오는 길 시내엔 나다니는 사람이 도대체 눈에 안 띄고 시내 곳곳은 막 한바탕 전쟁을 치룬 싸움터 같았다. 부랴부랴 가족들 안부만 확인하고 곧바로 부대로 복귀하니 벌써 부대 내에서도 비상이 걸렸다.

'모두 완전무장을 갖추고 광주 통합병원 앞에 바리케이드를 설치할 것. 광주 시민 폭도들이 군부대로 쳐들어올지 모르니 스스로 부대를 사수해야 한다.'는 상부명령이 기다리고 있었다.

조금 전 직접 목격했고 가족들에게 들었던 사실이지만 광주 시민들은 폭도가 아니었다. 보통 경찰들이 소지하고 다니는 진압용 경찰봉과 생김새부터 판이하게 다른, 묵직하고 기다란 몽둥이를 지참하고 남녀노소를 가리지 않고 시민들을 머리부터 시작하여 무차별 몽둥이 타작을 벌였던 사람들은 인상도 우락부락하고 유난히 새까맣게 그을린 공수부대 대원들이었다. 도망가는 학생들은 끝까지 쫓아가서 잡아 후려치고 심지어 피신한 집까지 풍비박산을 내버렸던 사실을 방금 전 두 눈으로 확인하고 돌아온 길이었다. 그들이 소지한 총기에는 대검이 장착되어 있었으며 '금남로에서는 임산부가 대검에 찔리기까지 했다'는 출처 없는 소문까지 나돌았다.

이곳 광주 통합병원은 진료부장을 위시하여 일반 군속들은 말할 것도 없고 군의관들도 뿌리가 광주인 사람들이 많았다. 내 주변의 윤 대위, 김 대위도 모두 이곳이 고향인 광주 토박이들이었다. 모두 입술을 깨물며 '나쁜 자식들' 허공을 향해 누군가에게 험한 욕을 내뱉었다.

5월 18일 밤은 깊어갔다. 어둠을 뚫고 '광주 시민 여러분, 우리들의 형제 이웃들이 짐승 같은 계엄군들에게 잔인하게 맞아 죽어가고 있습니다. 서둘러 일어나 광주 공원으로 나오십시오! 계엄군이 쳐들어옵니다. 시민 여러분 우리를 도와주십시오!' 여성의 가두방송 목소리가 확성기에서 목 메이게, 애절하게 동이 틀 때까지 들려왔다.

반면 부대에서도 계속 상부로부터 명령이 하달되었다.

'폭도들로부터 자체적으로 통합병원을 사수하라!'

5월 19일 통합병원 새벽은 그렇게 밝아갔다. 동료 군의관들도 몇 사람 사복차림으로 비밀리에 집들을 다녀왔다. 그리고 잠깐이나마 고민에 빠졌다. 폭도라고 지칭되는 데모대가 만약 이곳으로 쳐들어오면 과연 형제이고 친구인 그들을 향해 총부리를 겨냥할 수 있을까?

계엄본부에서는 신군부에 비협조적이고 위협이 될 인사들의 예비검속을 시작했다. 우선 각 사회단체의 명망 있는 인사들을 시작으로 종교계, 학생들의 멘토라고 생각되는 대학교수 중에서 고분고분 하지 않고 눈에 가시 같은 인사들을 잡아들였다. 벌써 며칠째 영내에 대기하며 밀려드는 환자 때문에 정신 못 차리게 바쁜 군의관이지만, 계엄군과 시민군 환자를 실제로 대하면서 돌아가는 사태를 어느 정도 정확하게 파악할 수 있었다.

시민군 환자 중에는 학생이 아닌 직장인이나, 무직인 젊은이들도 있었지만 그냥 길을 가다가 계엄군에게 몽둥이질을 당해 이유 없이 끌려온 젊은이들도 있는가 하면, 심지어 학교 수업 마치고 귀가하던 고등학생까지 있었으니 이들을 모두 폭도로 몰아붙임은, 억지도 정도껏 해야지, 사실상 무리였으며 신문과 방송에서 폭도라고 지칭되는 시민군들이 내용인즉, 어제까지의 선량한 우리들 이웃이었다.

초기 발생된 계엄군 환자는 시민군과 교전하여 발생된 환자라기보다 자기들 자동차, 혹은 탱크끼리 충돌되거나 전복되어 사고가 일어나, 그 과정에서 환자가 발생됐거나, 총기 오발 때문에 생긴 자체적 사고, 즉 안전사고 환자들이 주류를 이루었다. 반면 시민군 환자는 계엄군의 구타에 의한 타박상, 대검에 의한 자상, 그리고 총상 환자들이 주류를 이루었다.

군의관들은 계엄군과 시민군 구별을 두지 않고 평등하게 치료했다. 병원장 혹은 진료부장의 별다른 진료지침이 있었던 것도 아니었고,

명색이 국군 통합병원이지만, 군인과 민간인의 구별을 두지 않고 오로지 병의 경하고 중함에 따라서 치료하고, 수혈하고, 수술해 나갈 뿐, 시민군이기에 소홀히 한다거나 계엄군이기에 더 우선적으로 수혈을 한다거나 그런 경우는 없었다. 오히려 겉으로 내색 않지만 군의관들 마음은 애꿎게 당한 시민군 쪽에 연민의 정이 느껴짐은 막을 수 없는 인지상정 이었다.

시간이 지나면서 관찰해보니 계엄군 또한 경상도에서 차출된 특수부대원이라는 소문과 달리 강원도, 충청도 출신도 두루 있었으나, 각 지역의 구성 비율이라든지 지휘관들의 출신까지는 알 수 없는 일이었다. 어떻든 일반 군인들의 진압봉보다 2배 가까이 크고 3배 정도의 무게로, 박달나무로 특수 제작된 진압봉을 들고 무지막지하게 시민들에게 포악을 부리던 거리에서의 짐승 같던 계엄군 모습과, 병상에서의 평범한 군인들 모습이 비교되며 둘 사이가 동일한 인물이라는 사실이 쉽게 믿어지지가 않았다.

그렇기 때문에 처음 계엄군을 투입시킬 때, 그들도 모르게 음식에 약을 타 먹였느니, 잠을 안 재우고 계엄군을 극한 상황에 빠지게 만들어 일부러 잔인한 맹수같이 변한 상태에서 우리 속에 맹수를 풀어놓듯 '화려한 휴가'를 즐기라고, 광주에 풀어놨느니 하는 근거 없는 소문이 나돌만했다. 두말할 것도 없이 그날 계엄군의 모습은 성한 사람이 아닌 미친 짐승이었다. 이런 현상을 반대 입장에 있는 계엄군도 체험했다. 폭도라 생각하고 혹은 간첩의 사주를 받은 빨갱이로 간주하고 칼로 찌르고, 총부리를 겨누었던 시민군이 막상 동생 같은, 그리고 평범한 여느 시민의 모습임을 확인하고, 허망하다 못해 아연실색한 모습이었다.

계엄군 그리고 시민군의 상처가 아물고 병이 회복되어 걷기가 가능해지자, 서로 아무렇지도 않는 모습으로 병실 복도를 스쳐 지나는 병상풍경은 비극 중의 희극이었다.

군의관들이 기꺼이 할 수 있는 일이란 시민 환자를 병원에 조금이라도 오래 붙잡아둬, 다른 수용시설로 옮기기까지 시간을 벌어주는 일이었다. 한편 사단으로, 상무대로, 시내 병원으로 돌아다니며 환자를 통합병원으로 이송 안치시키는 작업을 했다. 계엄군이 삼삼오오 떼 지어 다니는 시내는 일반시민 특히 젊은이들이 무사히 나다닐 수가 없었고, 설령 환자가 발생되더라도 시민들은 병원 방문을 꺼렸으며 부득이 병원치료를 받는 경우엔 뒤늦게 발생될 계엄군들의 보복이 겁이나, 대개는 아예 병원에 찾아왔다는 흔적을 안 남기고 주소나 인적사항도 기재 않고, 응급치료만 받고 사라져버리곤 했다. 그런 증거는 다음 통계만 보더라도 증명된다.

「종합병원에서 일했던 의사들의 기억을 종합해보면, 병원에서 진료했던 5.18 관련 사상자는 전대병원 300여명, 적십자병원 250여명, 기독교병원 143명(사망 13명 포함), 국군통합병원 200여명, 조대병원 20여 명(5.18명부에는 입원 37)해서 900여명인데, 거기에 개인 병·의원 최소 140명(80년 5월 29일의 임원회의 자료에는 885명으로, 88년 5월 재조사 자료에는 882명으로 기록되어 있다.)을 더하면 자료가 '남아 있을 수 있는' 인원만 해도 최소 1,000여 명이나 된다. 그러나 남아있는 진료기록부는 전대병원 195건, 기독병원 51건, 적십자 병원 44건 해서 약 280건 정도가 고작이었다.
— 1996년 5월 10일 발행, 5.18 의료 활동자료 및 증언집 P.52」

그나마 통합병원 구급차만이 가장 안전하게 시민군과 계엄군이 설치해놓은 바리케이드를 통과해 시내를 통행할 수 있었고 환자 또한 통합병원에서 가장 마음 놓고 치료받을 수가 있었으며, 설령 환자가 아닌 민주인사까지 군의관들의 비호 속에 안전하게 보호받을 수가 있었다.

그런 과정을 거쳐 문병란 교수님도, 친구 양현이도, 통합병원으로 이송된 것이다. 그 당시 「항쟁지도부 기획위원」이었던 친구 양현은 27일 새벽 계엄군에 의해 체포되어 상무대로 붙잡혀온 도청 마지막 사수대 207명 중 한 사람이었다. 31일, 인솔 책임 군의관 김 소령과 함께 상무대에서 만난 양현의 몰골은 한마디로 처참했다. 몸에는 총알 파편으로 인한 상처가 깊었으며 상처 부위에서는 압박해도 피가 지혈되지 않고 배어나와 벌써 얼굴빛이 잿빛으로 변해 있었다. 손으로 만져보니 갈비뼈가 부러져 있었다. 가슴을 힘껏 펴지도 못해 숨도 크게 쉬지 못한 상태였으며 안구는 푹 꺼져있었으나, 그런 와중에서도 눈빛만은 혁혁했다. 변한 모습의 양현을 첫 눈에 알아보지 못했으나 내 군의관 명찰을 거듭 확인한 양현이가 먼저 알아보고 말을 걸었다.

"오 대위님, 아니 명수, 너 맞지?"

반신반의하며 묻는 양현의 얼굴에 안도하는 엷은 핏기가 돌았다. 바로 구급차에 옮겨 이송하는 도중 양현이 나에게 펜과 볼펜을 부탁하며, 자신의 살아있음을 집에 알려달라는 다급한 부탁부터 했다.

"명수야, 집에서는 다들 나 죽은 걸로 알고 있을 거야. 오늘 31일 맞지? 실은 26일 저녁 6시까지 집사람도 나와 같이 도청에 있었어. 최후까지 도청에 남아있다, 나하고 함께 죽겠다는 걸 간신히 설득해 집에 보냈으니 나는 이미 죽었다고 생각할거야."

양현은 1971년 학내 데모 주모자로 지목되어 정학을 받고 학생징집 연장 특혜사유가 취소되어, 「녹화사업」이란 미명 하에 곧바로 군대로 끌려가, 민청학련 당시엔 현역 군인이었다. 나를 찾아왔던 동창 정길이와 선배형이 15년형을 받고 이듬해 특별 사면 될 때까지 10개월 이상 꼬박 복역했었지만, 군인신분인 양현은 고등학교 때부터 함께 「향토반」 클럽활동을 했던 그의 친한 친구 정상용과 함께 바로 헌병대로 이첩되었고, 용케 실형을 피할 수가 있었다. 주변에서 다행이었다고 했지만 같이 일을 도모했던 다른 사람들에게는 항상 미안한 마음이 남아있었다.

민청학련 구속자들이 1975년 특별 사면되면서 학생운동 방향이 예전과는 달리 농민운동부문, 노동운동부문, 종교, 문화부문 등 다각화 하는 방향으로 전환되었다. 이때 양현은 노동운동을 맡았으며 76년~78년 「청계피복 연합노조」에 가입한 것이다. 청계피복 노조는 1970년 11월, '우리는 기계가 아니다. 일주일에 한 번만이라도 햇빛을 보게 해 달라. 내 죽음을 헛되이 말라'는 말을 남기고 산화했던, 70년대 노동운동의 새 지평을 연 「전태일 분신자살 사건」을 계기로 결성된 노동조합으로, 양현이는 연합노조에서 운영하는 노동교실에서 교육을 담당하게 되었다.

양현이 군대 복무중일 때, 부인은 고2 학생이었다. 학교에서 위문편지를 보내면서 운명적으로 만난 상대가 양현이었다. 그때 여고생이 졸업 후 서울에 있는 「조광피혁」에 취직을 하였으며, 그때가 양현이 「청계피복노조」 활동을 하던 때였다. 양현의 기억으로 그때 백반 한 그릇 값이 200원일 때 부인 하루일당이 370원이었다 하니, 전태일이 근로자의 처우 개선을 부르짖던 1966년 커피 한 잔 값이 50원일 때 일당 70원을 받던 때와 비교하여 조금도 나아진 흔적이 없었다. 둘이는 결혼을 하여 근로자 노동환경 개선의 중요성을 직시하고 노동운동가의 삶을 직접 체험해가며 「민주 노조운동」에 깊이 관여하게 된 것이다.

광주항쟁 당시엔 정상용 등 뜻이 맞은 친구들과 어울려 「보성기업」이란 환경과 관련되는 사업체를 운영하며 손수, 현장에서 노동운동을 실천하던 중이었다. 광주사태가 발발되자 그는 부인과 함께 자연스럽게 광주사태에 개입이 되었으며, 「지도부 기획위원」이란 직책을 맡게 되었다.

펜과 볼펜을 건네주자, 간신히 전화번호를 기억해내 떨리는 손으로 집 전화번호를 적어준다.

"명수야, 내가 역사를 전공해 우리 역사를 공부해보니 우리 국민들은 잠재력이 많은 국민이야. 주변 강대국 사이에 끼여 5천년 역사를 이어온 그 저력은 우리 국민들 자질의 우수성에서 나온 거야. 충분히 더 높은 대접을 받을 자격이 있는 국민들인데, 민주주의는 무너지고 군인들이 정치를 하겠다고 설쳐대며 민주인사들을 구속시키고, 그 우수한 국민이 최저생계비도 지급받지 못하고 착취당하는 마당에, 재벌기업가들은 이런 국민들의 피와 땀의 희생이 기업 성공의 밑거름이 된 걸 무시하고, 마치 모든 게 자신들의 능력인 듯 거들먹거리며, 나 있지? 민주주의를 위해, 이런 국민을 위해, 노동운동을 하다가 쓰러지면 오히려 영광이다. 내 못 이룬 꿈은 내 아들과, 아내 뱃속의 아이가 이어가겠지. 26일 저녁 애 엄마한테도 했던 마지막 유언이야. 우리 대한민국은 그렇게 조금씩 좋은 방향으로 변해가면 되지 않겠어? 나는 그날 저녁 이미 죽은 사람이야."

양현은 항쟁지도부 기획위원으로 지도부 업무에 대한 기획, 관리, 자금을 담당했으며 인원에 대한 정확한 점검 및 관리 또한 그의 업무 소관이었다. 26일 오후 여자와 어린 학생들을 모두 돌려보냈으며, 이때까지 곁에 함께 남아있던 부인 또한, '애들과 집안을 부탁한다'고 눈물로 당부하며, 집으로 돌려보냈다. 어린 학생들에게도 '너희는 반드시 살아남아 후세에 오늘의 일을 알리고, 이 땅에서 이런 일이 다시는 반복되지 않게 하라'고 부탁하며 돌려보냈다. 5월 26일 오후 6시 YMCA 강당에서 총기교육을 마치고 도청 앞에서 노제를 지낸 오후 8시, 직책상 양현이가 최종 점검한 때 잔류인원이 400명이었다.

그런데 27일 새벽 4시~4시 55분, 계엄군 작전이 끝나고, 6시 전남북 계엄소 이름으로 발표한 내용은,

「전남북 계엄소에서 알리는 말씀입니다. 6시 현시 작전 결과입니다. 민간인 피해는 하나도 없습니다. 폭도들은 생포 207명 사망 2명입니다. 이상은 전남북 계엄소에서 알리는 말씀이었습니다.」

양현이가 체포되어 도청에서 버스 2대에 나눠 실려, 도청을 떠날 때 어림잡아 세어본 숫자가 200명이었다.

양현은 입원 기간에도 낮 동안은 보안대로, 헌병 수사대로, 교대로 끌려 다니며 수사를 받고 돌아왔다. 그러다보니 상처가 쉽게 낫지를 않고 상처 부위 출혈도 멈추지를 않았으며, 수사를 받고 통합병원에 돌아올 때까지의 긴 시간 동안 일손이 제대로 잡히지 않았고, 무사하게 그가 돌아오면 마지막 치료를 끝마치고 숙소로 돌아갔다. 그날 양현의 집에 전화를 돌렸더니 바로 수화기를 통해 놀라는 기색의 남자 목소리가 흘러나왔다. 26일 저녁 6시 부터 지금까지 이제나 저제나 하며 전화기 곁을 지키고 있던 양현의 매형이었다.

내가 양현이 친구이며 광주 통합병원에 무사하게 입원 중이라는 그의 소식을 전하자 분명 죽었을 걸로 추측하고 온통 초상집 분위기였을, 곁에 있는 가족들에게 소식을 알리는 목소리와, 확인하고 안도하는 소리들이 전화기 밖에서 들려왔다. 나는 지금은 면회가 안 되지만

조만간 만날 수 있을 거란 소식을 전해주었다. 며칠 후 군의관실에서 양현이를 그의 부인과 비밀리 만나게 해주던 날은, 죽었다고 생각한 사람이 살아 돌아와 상봉하는 감격의 순간이었다.

나는 미리부터 울음이 북받쳐 부인만 군의관실로 들어가게 안내해주고 둘이 만나는 자리를 아예 피해 버렸다.

양현이 수사 받고 돌아오기만 기다리던 날 비뇨기과 과장인 대학선배 김동현 대위로부터 연락이 왔다. 우리들 고등학교 국어 선생님이셨고 대학으로 옮겨 한때 대학에도 몸담고 계시다, 1972년에는 대학까지 떠나며 스스로 '거리의 교사'로 자처하고 '유신 독재 정권과 가진 자'들의 횡포에 정면으로 맞서는 일이, 그 시대 시인의 사명이라고, 시인의 존재 이유를 밝히셨던 문병란 교수님께서 입원하셨다는 통보였다.

「어느 노동자의 발바닥 밑에서
40대 여인의 금간 발바닥 밑에서
이제는 닳아지고 구멍 뚫린 고무신,
이른 새벽 도시의 뒷골목 위에서나
저무는 변두리의 진흙밭 속에서나
그들은 쉬지 않고 아득히 걷고 있다

… 중략 …

썩어도 썩어도 썩지 못하는 한많은 가슴,
땅속 깊이 파묻혀도
뻘밭 속에 거꾸로 처박혀도

한사코 두 눈 부릅뜨고
영영 죽지 못하는 한
여기 벌떼 같이 살아가는 아우성이 있다.

— 문병란의 「고무신」 중에서, 1974년

선생님은 서민들의 애환을 즐겨 시의 소재로 삼으셨고, 현실생활을 중히 여기셨다. 무엇보다 서민의 사랑과 민주주의에 대한 소신이 확고하신, 우리에게도 '현실을 회피하지 말라'는 살아있는 가르침을 남기신, 학생들이 특히 좋아하고 따르던 스승 중 한 분이셨다.

김 대위로부터 온 연락 내용은 '일과 후 여럿이 함께 교수님을 찾아뵙자'는 전갈이었다. 이곳저곳 통문을 돌려, 옛날 선생님께 가르침을 받았던 제자들이 시간을 맞춰, 아쉬운 대로 병원 매점에서 비밀리에 통닭 두 마리를 사들고 선생님 방으로 달려갔다. 다른 사람 눈을 피해가며 스승과 제자가 만나야만 하는 이 나라의 현실이 말할 수 없이 서러웠고, 환자복을 입고계신 초췌한 선생님 모습을 대하니 분한 마음을 주체할 수가 없어 목이 메어왔다. 오히려 선생님이 힘을 내시어,

"아무리 설쳐봐야 이런 정치가 오래 가겠어? 이런 때일수록, 희망 잃지 말고 용기들 내, 젊은 혈기에 '욱~'해서 사고 치지 말고. 대한민국 역사에 오늘 같은 날이 있었다는 사실만은 잊어버리지 말도록 해."

양현이한테 물어보니 민청학련 때 관련된 상윤형은 예비검속에 걸려 미리 구속된 상태이며, 동창 정길이는 다른 시국사건과 연루되어 현재 교도소 수감 중이라고 한다. 양현의 친한 벗, 마지막 순간까지 양현과 함께 도청에 남아 '이제 우리 저승에서나 만납시다'라는 말을 끝으로 헤어진 정상용의 소식을 거듭 물었으나, 백방으로 알아봐도

그의 소재지를 찾을 수가 없었다.

양현은 계엄군에게 누나가 죽임당한 고등학생과, 눈앞에서 친구의 죽음을 목격한 어린 고등학생이 끝까지 남기를 고집하여, 그들을 집으로 돌려 세우지 못하고 결국 계엄군 총탄에 개죽음 당하게 만들었다고 후회하며, 죽으면서도 두 눈을 부릅뜬 그들 모습을 평생 잊을 수 없을 거라고 눈물 흘린다. '천인공노 할 계엄군의 죄는 절대 씻을 수도 용서할 수도 없다'며 눈이 충혈 된 채 분을 못 삭였다.

양현이 치료를 마치고 다른 수용소로 떠나기 전날 옛날 민청학련 사건을 떠올리며 자기가 나와 만났다는 사실을 자백했기 때문에 내가 곤욕을 치르게 되었던 거라며 미안했으며, 이번에도 나 때문에 무사히 한 고비를 넘기게 되어 다행이었다고 고마워했지만, 나는 오히려 양현이 부부가 자신들의 젊음을 대한민국의 민주주의 쟁취와 노동운동에 바치기로 했다는 고백 앞에 이루 말할 수 없는 큰 감동을 받았다.

분노 때문에 얼굴이 굳어지고 눈알이 충혈 된 윤 대위는 밥 먹을 시간도 없이 이어지는 수술의 사이사이 시민군 총상 환자들의 모습을 찍어 슬라이드로 만드는 작업을 계속했다. '지금 자신의 위치에서 역사에 부끄럽지 않게 할 수 있는 유일한 사명'이라고 어금니를 꽉 다물며 언젠가는 꼭 죄 값을 치르게 하고 그때 증거자료로 내놓겠다고 비장의 말을 내뱉는다.

그 후 4~5개월은 밤낮 없이 총상 환자들과 같이한 시간이었다. 총상 환자들을 치료하면서 이미 짐작 했던 대로 시민군과 마찬가지로 시민군을 직접 대하고 할 말을 잃은 대다수 계엄군 또한 희생자라는 사실을 짐작할 수 있었다. 비록 정치바람에는 휩쓸리지 않겠다고 다짐했던 나는 또 한바탕, 나의 의지와 상관없이 어느새 이 시대에 불고 있는 정치 바람의 한 중심에 들어와 있었으며, 다행히 현실을 회피하지 않고 자연스럽게 시민군이라는 위대한 사람들에게 도움이 될 수 있어 자신에게 부끄럽지 않았으며, 그런 명분을 준 군의관이란 신분에 감사했다.

10월 1일 국군의 날을 맞이하여 일반군의관 중에서 유일하게 영예로운 '공로 표창장'을 수여받았다. 광주 통합병원장이 직접 부하 직원 중에서 그 동안의 노고를 치하해 주는 병원장 명의의 표창장이었으니 곁에서 가까이 지켜본 동료가 동료에게 치하해 줄 수 있는 최상의 증표였다.

「항시 상사의 의도를 명찰하여 맡은 바 임무를 성실이 수행하여 왔으며 확고한 군인정신과 책임관념이 군이 지향하는……」

진압군, 시민군을 떠나 혼신의 힘을 기울인 동료 군의관들을 대신해 받은 표창장이었고 나 역시 진압군, 시민군 가리지 않고 온 힘을 기울여 치료에 임한 다른 동료들에게 똑같은 감사를 표하고 싶었다.

먼 훗날 5.18 기념일을 맞이하여 '5.18 부상자회'에서는 잊지 않고 오래전에 전역한 그 당시 김연균 광주 통합병원장을 찾아 감사패를 전달하며, 생사의 갈림길에서 도움을 줬던 고마움에 대하여 진정어린 마음으로 답례했다.

이듬해 전역을 하고 서울로 가서 내과 수련을 받았던 기간은 말할 것 없고 그 후 몇 년이 흘러 청주에 자리를 잡고 개원을 할 때까지도 그 당시 광주의 내막을 제대로 알고 있는 사람은 드물었다. 청주에 처음 자리를 잡던 해 광주출신 동료의사들이 틈만 나면 그 당시 현장에 있었던 나에게 조심스럽게 물어오곤 했다.

“광주사태가 정말 불순분자들이 저지른 폭동이었는가?”

“절대로요. 폭도란 사람들은 모두 평범한 우리 이웃들이었습니다. 학생들의 평화적 시위에 대하여 심지어 데모와 관련 없는 무고한 일반 시민들에게까지 계엄군의 무자비한 진압이 행해져 이에 대항한 시민들이 항거였지요.”

“맞지? 그러면 그렇지!”

그러면서 당장 충북의사회에서 벌어졌던 기막힌 에피소드를 들려줬다. 5.18 사태 직후 청주시 의사회에, 전남도 의사회로부터 발송된 공문이 한 통 날아왔다. 그 내용은,

「1980. 5. 30

발신: 전남도 의사회(전남의회 제80-31호)

수신: 각 시·군 의사회장

이번 광주사태로 말미암아 많은 염려를 끼쳐드려 죄송하오며 다행히 수습이 되어 점점 복구되고 있음을 다 같이 기뻐하는 바입니다. 본회에서는 긴급구호 복구대책을 수립코자 5월 29일 시·도 임원 연석회의를 개최하고 다음과 같이 성금을 모금키로 결의하였으니 귀회 회원들의 정성어린 협조 있으시기 자랍니다.

참고: 이번 성금은 강제 모금이 아니며, 각자 성의에 맡기기로 하였습니다.

전라남도 의사회 회장 김제권」

그 당시 충북 의사회장이 오산부인과 원장이었고 회의 장소는 지금은 없어진 일광식당이란 횟집이었다. 6월 첫 시의사회 월례회의에서 참석회원이 30명 정도였는데 공문을 발표하고 회장이, ‘우리 충청도

의사회에서도 어려운 현실의 광주시 의사 모임에 성금이라든지 약품 기타 도움 되는 어떤 지원을 해야 하지 않겠습니까? 물론 강제성은 없습니다.'

그렇게 회원들을 향해 의사를 타진했다. 그때 동료의사 중 한 사람이 광주 출신 의사를 향해 질문을 던졌다. 그 당시 광주 출신 의사가 세 사람 있었는데 공교롭게 그날 모두 그 자리에 참석했었다.

"광주사태가 어떻게 돌아가고 있습니까?"

자세한 내막을 모르던 때라 모두들 잘 모르겠다고 대답했더니,

"그곳에 친척들 없어요? 친척들은 뭐라고들 합니까?" 이렇게 재차 묻는데 물음에 대한 대답을 하기도 전에,

"그런 빨갱이들이 벌이는 소동에 무슨 이유로 우리 충청도 의사들이 도움의 손길을 줄 필요가 있습니까?"하며 어떤 원로 의사가 버럭 화를 내며 대화를 막아버리는 것이었다. 돌이켜보면 한없이 무지했던 원로의사의 말 한마디에, 그날 발의는 누구 한사람 다른 언급 없이 쏙 들어가 버리고 말았다.

'그때 그 자리에 있던 우리 광주 출신 의사들이 얼마나 창피하고 난감했는지 아는가?' 모임 끝나고 오던 길에 차마 발길이 집으로 향해지질 않아 따로 만나서 숨죽이고 소주잔만 기울였지. '설마 그런 일이 사실일까?' 반신반의하면서. 광주사태가 끝나고 4~5년이 흐른 그때까지도 좁은 한반도에서 철저한 언론 통제와 집권층 관련자들의 철저한 사실은폐, 국민의 적당한 무관심으로 광주의 내막을 제대로 알고 있는 사람은 드물었고, 5.18 광주에서 벌어진 사건을 마치 빨갱이들이 뒤에서 조정하고, 이에 부화뇌동한 불순한 폭도들이 개입한 난동쯤으로 짐작하고 있었다.

광주사태가 우리 군의관들이 옆에서 지켜본 그대로 오명을 벗고 대한민국 민주화 운동의 초석이 되고, 세계적으로 유래가 없는 민주주

의와 인권, 평화와 통일을 주장하는 위대한 시민운동이라는 사실이 밝혀지기까지는 그 후로도 오랜 시간이 더 흘러야 했다.

'1980년 5월 금남로는 피투성이 죽음의 현장이었어요. 저는 엉엉 울면서 사실 이 시를 쓴 거 같습니다. 정말 그 피투성이 현장 속에서도 저는, 광주 시민들이 살아있는 또 살아나는, 마치 예수님처럼 십자가를 짊어지고 가는 그 모습으로 본거예요.' 절반 이상이 삭제된 채로 전남매일신문에 실린 시인 김준태의 시 속에 그날의 광주가 생생히 그려졌다.

아아 광주여 무등산이여
죽음과 죽음 사이에
피눈물을 흘리는
우리들의 영원한 청춘의 도시여

우리들의 아버지는 어디로 갔나
우리들의 어머니는 어디서 쓰러졌나
우리들의 아들은
어디에서 죽어 어디에 파묻혔나
우리들의 귀여운 딸은
또 어디에서 입을 벌린 채 누워있나
우리들의 혼백은 또 어디에서
찢어져 산산이 조각나 버렸나

하느님도 새떼들도
떠나가버린 광주여

그러나 사람다운 사람들만이
아침 저녁으로 살아 남아
쓰러지고, 엎어지고, 다시 일어서는
우리들의 피투성이 도시여
죽음으로써 죽음을 물리치고
죽음으로써 삶을 찾으려 했던
아아 통곡뿐인 남도의
불사조여, 불사조여, 불사조여

— 김준태, 「아아 광주여! 우리나라의 십자가여!」 중에서

회우

전공을 내과로 정했다. 내과 전 수련기간을 통틀어 가장 바쁜 시기가 레지던트 1년차 시절이다. 1년차 시절을 주치의 시절이라고도 하는데 입원하게 되는 모든 환자에 1년차 주치의가 배정된다. 주치의가 어느 정도 바쁜지는 내 자신이 주치의가 되어 삼 개월이 되도록 아직 집에 한번 다녀오질 못했으니 말 해 무얼 하리.

내과에 입원하는 환자는 두 가지 경로를 통해 이루어지는 경우가 대부분으로, 첫째 경로는 내과의 각 전공 과장님들에 의해 외래에서 진찰을 받고 입원 권유를 받아 입원되는 경우와, 또 다른 경로는 갑자기 병이 발병되어 응급실을 통해 입원하게 되는 경우이다.

외래에서 과장님들에 의해 입원이 결정되는 경우도 환자마다 주치의가 한 사람씩 배정되지만 응급실로 내원 레지던트 당직선생님을 거쳐 입원하는 경우에도 마찬가지로 주치의가 배정된다.

우리 주치의들이 제일 신경을 곤두세우는 경우는 모든 전공 과장님들이 퇴근해버린 야간에 응급실을 통해 입원하는 응급환자를 대할 때이다. 전공 과장님들이 버티고 계시는 낮 동안에는 아무리 위중한 환자가 들이닥쳐도 뒤가 든든하니 별로 염려되지 않지만 모두 퇴근해버린 야간에는 상황이 달랐다. 야간 응급실은 필경 주치의가 지켜야 되는데 내가 해결 할 수 있는 경우는 상관없지만 내 힘으로 해결이 안 될 심각한 환자인 경우, 부득이 2년차 당직선생님께 도움을 요청해야 한다. 환자를 대할 때마다 제발 2년차 선생님의 손을 빌리지 않고 내 선에서 해결될 수 있는 가벼운 환자이기를 바랐던 적이 얼마나 많았는지 모른다.

특히 피곤에 지쳐 막 잠을 이루려 할 때 응급실로부터 주치의를 찾는 전화벨이 울리면 난감한 심정이란 이루 표현할 방법이 없다. 거기에 더하여 환자 상태가 밤새도록 치료의 손길이 필요한 경우 '오늘도 죽는구나!' 외치며 처절한 기분에 사로잡히고 만다.

주치의 초기에 어설피 잠이 들 때 멀리서 응급차 사이렌 소리가 들리면 '제발 내과 환자가 아니길' 가슴 조이던 적이 한두 번이 아니었다. 잠속에서도 비몽사몽간 응급차 사이렌의 이명 때문에 끊임없이 시달려야 했다. 1년차 주치의가 입원 환자에게 일차적으로 진료를 시작하면 과연 1차 치료가 적절하게 되어가고 있는지, 어느 틈에 그날 당직인 2년차 선생님의 점검이 시작된다.

퇴근 후 입원한 환자 치료에 대한 최종 판정은 다음날 아침 모든 전공 과장님으로부터 환자가 어제 응급실에 어떤 상태로 입원하게 되었으며, 입원 후 병증에 알맞게 적절한 처치가 이루어졌는지? 치료결과 과연 환자가 호전되어가고 있는지를 환자의 현재 상태를 가지고 회진하는 자리에서 직접 평가받게 된다. 평가는 가혹하리만치 엄격하며 여하한 이유를 빙자한 사소한 실수도 용납되지 않기 때문에 미흡한 치료는 밤을 꼬박 새워서라도 실시되어 다음날 아침 회진 때까지는 환자 상태가 만족하게 변화되어 있어야 했다.

이런 일과가 주야간 구분 없이 반복되니 무엇보다 수면이 부족했지만 부족한 수면은 나름대로 시간이 허용될 때 각자 수시로 보충할 수밖에 없다. 잠이 들어도 밤새 환자에 대한 꿈으로 얼룩진다.

나와 같은 일 년차 선생님도 스트레스에 심하게 시달렸다. 내가 더 늦게 잠이 들 때 계속 환자와 대화하는 잠꼬대를 듣는 경우는 예사고 어느 날은 잠자다 말고 벌떡 일어나 벨이 울리지도 않는 전화 수화기를 받는 경우도 수시로 목격되었다. 그럴 때 나와 눈길이 마주치면 겸연쩍어 안절부절 어쩔 줄 모르지만 다음날 물어보면 어젯밤 일은 까맣게 기억에도 없다.

밤새 응급환자와 씨름한 다음 날은 심지어 과장님 회진 시에도 기회만 생기면 잠이 쏟아지는데 그럴 때엔 곁에 있던 2년차 선생님이 1년차 선생님의 옆구리를 쿡 찌른다. 밤새 눈 한번 못 붙인 1년차 선생님 사정을 훤히 알고 있는 2년차 선생님의 옆구리 찔러주는 심정인들 오죽이나 안 되었을까. 수련의 시절엔 자도 자도 또 잠이 모자란다. 주치의 선생님이 진찰을 하다 말고 청진기 들고 잠깐 졸았다는 이야기는 먼 곳에서 벌어진 촌극이 아니었다.

이렇게 힘든 과정을 겪게 되니 일 년 위의 선배들이 까마득하게 우러러 보인다. 모두들 똑같이 힘겨운 과정을 거쳐 지금의 위치에 이르렀을 터이니 당연히 선배들이 존경스러워 보이며 결과적으로 선배님 말씀은 거의 절대적이다.

이런 까닭에 의사 사회에서 다른 어떤 분야의 사회보다 엄격한 상하 위계질서가 형성되는 것이다. 가히 일 년차가 보았을 때 사년차 선생님은 하늘이라 여겨지는 것도 과하지 않다. 4년차 선생님은 1년차 선생님의 꿈이며 하늘이다.

그렇게 정신없이 1년 차 주치의 시기를 6개월가량 보낸 어느 날 토요일 오후였다. 암으로 인한 통증과 고열 때문에 힘들어하는 병실 환자를 보고 막 나오는데 응급실로부터 연락이 왔다. 급하게 응급실로 달려갔더니 금방 현상한 머리 사진을 손에 들고 있던 신경외과 3년차 선생님이 기다리고 있었다.

"오늘 오후 교통사고로 머리와 안면부를 다쳐 구급차에 실려 응급실에 실려 온 환자인데 머리 상처 부위 봉합수술은 마쳤고 두부 사진상 이상은 안 보입니다. 사고 시 의식을 잠시 잃었기 때문에 우선 신경외과에 입원 시키려 하는데 사고 전 갑자기 시야가 흐려졌었다고 합니다. 그리고 가슴 부위에 통증이 있었다고도 하여 신경외과 입원 전에 일단, 내과적 이상 유무를 확인해 주셨으면 합니다."

환자는 사고 시 잠시 정신 잃었다고 하는데 지금은 의식 수준이 완전치는 않지만 많이 맑아졌으며 현재 본인이 무엇 때문에, 어느 곳에 와있는지도 뚜렷이 인식하고 있었다.

우선 환자 인적 사항을 가볍게 훑어봤더니 이름이 '류지선'이었다. 류지선! 비록 머리부터 이마까지 붕대에 감겨있고 상처 때문에 안면부가 잔뜩 부어있어 확실치는 않지만 얼굴 윤곽이 지선이와 비슷했다.

"류지선 씨, 내과에서 왔습니다. 어떻게 하다 사고를 당하셨는지 기억이 나세요?"

갑자기 환자가 일어나려고 몸을 심하게 요동하며,

"명수 씨. 명수 씨 맞죠?" 소리치며 묻는다.

"아니 지선 씨, 어떻게 된 일입니까?"

우리 두 사람이 놀라는 바람에 옆에 있던 간호사와 신경외과 선생님이 같이 놀란다. 내가 개인적으로 잘 아는 사람이라고 급히 설명하고 지선이 얘기에 귀를 기울였다.

"오늘 운전을 하는데 앞 차의 윤곽이 흐려졌어요. 번호판도 확실히 안 보이고 주변 물체도 토라지며 이상해 보였어요. 놀래서 급하게 차를 가변도로로 빼서 길옆에 주차시키려 했는데 그러는 과정에서 길옆 보호벽에 부딪치며 사고가 난거예요."

"그럼 사고 날 때까지 의식은 있었겠네요?"

"그럼요. 차가 부딪치면서 잠시 동안 정신을 잃었을 뿐이에요. 나중에 순찰차가 오고 구급차가 온 것도 다 기억나는 걸요."

예상 했던 대로 내과적으로 문제는 없었다. 가슴 증상이나 시야문제 등 모두 안과적으로 관련이 있어보였으나 지금으로선 머리부위 치료가 최우선이었기 때문에 입원은 신경외과로 수속하게 되었다.

지선을 병원까지 실어왔던 순찰차와 구급요원들이 정식으로 환자 이전 절차를 마치고 떠나는 동안 그녀도 많이 안정되어갔다.

"그런데 지선 씨, 어떻게 된 일이에요? 아니 프랑스에서는 언제 돌아왔어요?"

"몇 년 되었어요. 실은 그럴만한 사정이 있었어요."

지선의 프랑스행도 갑자기 결정되었지만 한국에 다시 돌아오게 된 사연은 더욱 순식간에 벌어진 일이었다. 지선이 프랑스에 도착해서 8개월가량 지나고 겨우 적응이 되어가고 있을 때 한국에서 급한 연락이 왔다. 그동안 정정하셨던 아버님이 입원하게 되었다는 청천벽력 같은 비보였다. 정밀검사를 마치고 밝혀진 최종 진단이 직장암이었는데 지금 상태로는 생명도 얼마나 오래 연명될 수 있을지 예측할 수조차 없는 시한부라는 통보였다. 소식을 듣고 프랑스의 뒤처리는 언니에게 부탁하고 우선 간단한 짐만 꾸려 부랴부랴 서둘러 한국에 돌아오게 되었다. 물론 그때 마음은 빠른 시일 안에 다시 프랑스에 돌아오겠다는 계획이었지만…….

지선이 돌아오고 아버지는 큰오빠가 사시는 서울로 옮겨 직장암 수술을 받았다. 수술해보니 천만다행으로 암의 주변전이가 발견되지 않았고 장 절단 부분도 예상보다 적었으며, 무엇보다 항문을 배 쪽으로 옮겨야하는 인공항문 재건수술을 면할 수가 있어 다행이었다. 아버지는 수술을 받고나서 방사선 치료까지 마쳤으며 그 뒤 극적인 회복이 있었다. 연세를 감안하건대 병원이나 주변에서 모두들 기적이 일어났다고 놀라워했다.

치료 후 아버지가 고향에 내려오면서 엉뚱하게도 막내딸 결혼문제가 다시 거론되었다. 결혼만은 절대 안 하겠다고 고집하였으나 아프기 전에 그렇게 즐겨하시던 술을, 수술 후엔 한 잔도 안 드시던 아버지가, 어느 날 술까지 드시며 지선에게 눈물을 글썽였던 것이다.

"얘야, 제발 부탁이다. 애비는 나이도 그렇지만 병까지 앓고 보니 착잡한 마음을 어찌할 수가 없구나. 네 결혼한 모습만 봤으면 이젠 언제 죽어도 여한이 없겠는데……."

막내딸 결혼을 보고 싶어 하는 아버님 간청에 못 이겨 드디어 지선의 고집이 무너져 버렸다. 아버님의 친한 친구 아들과 급하게 선을 봤고 일사천리로 결혼이 진행되었다. 그때까지도 지선은 빨리 식을 치루고 아직 언니가 있는 프랑스로 돌아가 못다 끝낸 공부를 마치겠다는 야심찬 꿈을 포기하지 않고 있었다.

지선이 결혼을 위해 제시한 조건 역시, 결혼 후 프랑스에 다시 다녀온다는 약속과 결혼을 하고나서도 신랑이 평생 그림 그리는 작업을 뒷바라지 해준다는 두 가지 뿐이었다. 그렇게 그녀는 그 이듬해 고향 예식장에서 식을 올리게 되었고, 신랑은 같은 고향 사람으로 서울에서 이름 있는 회사에 다니는 엘리트 회사원이었다.

"결혼을 하셨군요. 그럼 애도 있겠네요? 애는 몇이에요?"

"남매인데 위로 딸이에요."

"결혼 이야기가 있었을 때 제일 먼저 명수 씨를 떠올렸어요. 진영 아저씨한테 소식을 알아보니 이미 결혼을 하셨고 그때 군의관으로 포항에 있다는 소식을 들었어요. 그날 우리 별을 보며 명수 씨 가정의 행복을 빌었어요."

지선은 집 근처에서 미술 학원을 운영하고 있었다. 미술학원 이름은 큰애 이름을 따서 '아름 미술학원'이라 지었으며 결혼 후에도 꾸준히 그림을 그려왔고 최근에는 오전에 다른 미술전공 아르바이트 선생님에게 학생 지도를 부탁하고 그 시간에 수채화 공부를 다시 시작했단다.

"며칠 전부터 조금씩 눈의 초점이 흐려졌어요. 물체를 보면 마치 원의 일부가 토라지고 끊기듯이 일부가 지워진 느낌도 들었어요. 그림을 그릴 때도 색깔 감각이 둔해졌다는 느낌이 들곤 했어요. 전날 그려놓은 그림을 다음날 다시 보면 색감이 그릴 때 생각과는 아주 달랐어요."

'이건 아닌데' 그런 생각이 들었던 때가 근래에 자주 반복되었다. 이런 변화를 그냥 과로 때문이라고 생각했다. 아니 어쩌면 그때 바로 안과를 방문해 정확한 진단을 받아야 했지만, 옛날 학창시절 눈에 대한 경고를 받았기 때문에 또다시 그런 확진을 받기가 두려워 그냥 과로 때문이라고 돌리고, 병원 방문을 미적미적 미뤄왔던 것이다.

이야기 중에 지선은 가슴 부위 통증도 사라졌고 정신도 정상으로 맑게 돌아와 있었다.

"그런데 어떻게 오늘 우리 병원으로 오게 되었어요?"

"실은 근래 들어서 눈에 이상 증상이 보이길래 안과를 방문해야겠다고 생각은 하고 있었어요. 그래서 옛날 병력이 필요할 것 같아 지난번 고향에 갔을 때 대학병원에 들러 안과 진료기록을 떼어 왔어요. 그곳에서 이비인후과 수련 중인 경곤 씨를 만난 거예요. 그때 명수 씨 근황을 알았고, 혹시 병원에 가게 되면 이곳으로 오겠다고 생각하던 차였어요. 그래서 오늘 사고가 나고 경찰 순찰차가 오길래 내가 이곳으로 데려가 달라고 바로 요청할 수 있었어요."

지선은 입원해서 우선 신경외과 치료를 하고 그 후 다시 안과 진료를 받기로 했다. 그날 저녁 지선의 남편을 만났다. 어떤 사람일까 몹시 궁금했는데 온 몸에서 선한 인상이 풍겨나서 첫눈에 친근감이 들었다. 지선은 개성이 강하고 고집이 센 편이니 이런 남편이라면 서로 조화롭게 잘 맞으리라 생각되었다. 지선이 그에게 대학시절 친구라고 소개하자 나에 관해 듣고 이미 알고 있었다는 듯,

"아름이 엄마한테 들어서 알고 있습니다. 그렇지 않아도 한번 만나고 싶었습니다."

호의를 갖고 맞아 주었다. 그와는 많은 대화를 나눌 시간은 없었지만 금방 친해질 수 있었다. 신경외과에 입원 치료를 받는 동안 몇 차례 안과 진료가 이루어졌는데 역시 예상했던 대로 이번 사고의 1차적 원인은 눈으로부터 시작되었다. 더욱 자세한 검사와 전문적 치료는 신경외과 치료가 끝나면 안과로 전과하여 시작하기로 했다.

봉합수술 실밥도 뽑고 타박으로 인한 부기도 빠져, 다시 보니 그동안 외모상의 큰 변화는 없는 듯싶었다. 단지 옛날에 어깨까지 길게 늘어뜨렸던 머리 스타일이 짧아진 모습이 변화라면 변화였다.

그간 지선은 애들을 둘 낳았으며, 첫애 아름이를 갖고 언니의 2년 순환근무가 끝나면서, 프랑스에 다시 가겠다는 계획에 차질이 생겼다. 첫째 아름이는 딸이었고 두 살 밑으로 아들을 낳았다. 둘째를 낳으며 아직까지 간직하고 있던 프랑스에 대한 꿈은 더욱 요원하게 되었다.

"명수 씨, 지난번 내가 응급실에 실려 왔을 때 손 안에 무엇을 쥐고

있었는지 아세요? 그때 응급실에서 명수 씨 생각을 하고 있었는데 바로 저를 부르는 목소리가 들렸어요. 정말 꿈인가 싶었어요."

지선이 구급차에 실려 오면서 의식이 오락가락하면서도 급하게 핸드백에서 찾아 손에 쥐고 있었던 물건은 5년 전 바닷가에서 내가 선물로 사주었던 바다고동 팔찌였다. 지선은 프랑스에 가있던 기간에는 물론이고 결혼 후에도 가끔 몸이 아플 때라든지 일이 생각대로 잘 안 풀릴 때는 부적같이 팔지를 찾았단다.

"애들이 아플 때도 그랬어요."

3년 전 두 애가 연달아 폐렴을 앓아 입원한 적이 있었는데 그때도 밤새 팔찌를 손에 쥐고 애들 곁에서 무사회복을 빌면서 병간호를 했단다.

"팔찌를 묵주같이 돌려가며 제발 애들이 무사하길 빌고 또 빌었어요."

애들은 모두 후유증 없이 말끔하게 잘 나았고 그 후 부터는 핸드백 안에 팔찌가 없으면 무엇 하나가 빈 것 같고 허전했단다.

"팔찌를 앞에 두고 소망하는 일을 빌면 대개는 수월하게 해결이 되었어요."

하얀 눈발이 내릴 때에도 우리 별을 보면서 팔찌를 찾았다고 했다.

그간 팔찌 알이 몇 개 마모되었는데 어느 날 갑자기 이런 걱정이 머리를 스쳤단다.

"팔찌를 잃어버리면 어쩐다지?"

그 후 지니고 있던 팔찌를 풀어헤쳐 2개의 작은 팔찌로 나눠 간직했다. 축소한 2개의 팔찌는 팔목에 찰 수가 없어, 하나는 집에 보관하고 다른 하나는 묵주같이 항상 몸에 지니고 다니면서 잃어버리면 어쩌나 하는 걱정도 털어버리게 되었단다.

구급차에 실려 오며 정신이 가물거리면서도 손 안에 작은 팔찌를 꼭 쥐고, '제발 이번에도 눈이 무사하기를' 간절하게 빌었다고 한다.

일주일 후 안과병실로 옮기기 전까지, 미리 몇 차례 안과검진이 실시되었다. 염려했던 대로 병은 예전 진료기록부에서 언급한 병변과 일치된 '망막염'으로 확인되었다. 원인은 눈을 무리하게 혹사시켰기 때문이라고 짐작되나 정확한 결과를 알기 위해서는 조금 더 시간과 정밀 검사가 필요했다. 지금으로선 전반적으로 병의 예후가 불투명하니 시력 회복이 언제, 어느 정도까지 이루어질 지 아직은 예측하기가 이르다는 견해였다.

안과로 이전하고 며칠 지내면서 지선이도 안정을 되찾아 갔다.

매번 찾아갈 때마다 그녀의 손에는 눈에 익은 작은 팔찌가 쥐어져 있었으며 손에 쥐어있지 않을 경우엔 손에 닿을 수 있는 근처에 놓여 있었다. 어느 때였던가 남편이

'팔찌가 무슨 보물이길래 그렇게 신주단지 모시듯 애지중지 받드는가?' 물었으나 아직껏 팔찌에 얽힌 사연은 내비춰 본 적이 없었던 모양이었다.

며칠 후 안과 주치의로부터 연락이 왔다. 다음 주 예정된 전체 병원 임상 세미나를 주체하는 순서가 안과인데, 이번에 지선이 병을 제출해 증례로 삼겠다는 전갈이었다. 그러니까 각 과마다 돌아가면서 희귀하거나 중요한 증례를 한 건씩 준비해, 일주일에 한 번씩 병원 모든 과들이 함께 참여한 자리에서 그 병에 관해 의논하고 연구하는 세미나 순번이 안과 차례였는데, 그때 지선의 병을 주제로 삼겠다는 전갈이었다. 이런 경우엔 다른 과에서도 이 병의 정체를 밝히는데 필요한 제반자료를 준비하여 세미나장에 참석해야 한다. 만약 세미나 당일 어느 과가 해당될지 모르겠지만 그 병에 관한 어떤 증상이나 의문사항에 대하여 질의를 보냈을 때, 해당 과로부터 명쾌한 답변이 안

나오면 자기 과의 명예를 실추시키는 결과이기 때문에, 일단 세미나 제목이 선정되면 모든 과가 눈에 불을 켜고 사전에 만반의 준비를 갖춰 토론에 임해야 한다.

세미나 제목은 「특발성 망막염의 병인과 해결점」이었는데 세미나가 있던 날 아침 병실에 들렀더니,

"오늘 내 병을 가지고 세미나를 한다면서요?"

지선이 시큰둥하게 묻는다.

"희귀한 병이나 진행 경과가 이상한 병, 혹은 다른 과에서도 공통적으로 한번쯤 짚고 넘어가야 할 병에 대하여, 모든 과 전문의사들이 한자리에 모여 종합적으로 연구하고 토론하는 과정이지요. 그런 병의 대상으로 이번에 지선 씨 병이 선택되었답니다. 안과 단독으로선 아무리 노력해도 병의 원인을 찾는데 한계가 있는 모양입니다. 세미나는 치료의 실마리를 찾기 위한 최종방안이지요. 전공이 서로 다른 전문 의사들이 한자리에 모여 동시에 토의하고 연구를 해서 바람직한 방법을 도출해보자는 뜻이지요. 실은 현대 의학의 발달이 이런 과정을 거쳐서 이루어지는 거랍니다."

"명수 씨, 도대체 '망막염'이 무슨 병이길래 그렇게 어려워요?"

"우리 눈은 물체를 보게 될 때 먼저 눈 가장 바깥 부위 각막에 의해 초점을 맞추고, 눈 가운데 부분 수정체에 의해 망막에 명확한 영상을 맺게 하기 위한 작용이 일어나, 근거리 혹은 원거리에 있는 물체를 식별하게 됩니다. 최종적으로 안구 후벽에 위치한 빛과 움직임, 시력과 색깔을 지각할 수 있는 망막에 의해 시각작용, 즉 물체를 보는 작용이 완료되어 시신경을 통해 결국 정보가 뇌까지 도달하게 되는 겁니다. 그러니까 '망막염'이란 안구 가장 내벽 즉 물체의 상이 맺혀지는 그곳에 염증이 발생되는 병이지요. 그런데 지선 씨의 경우 무엇 때문에 염증을 일으켰는지, 그 원인을 자세히 몰라 병명을 '특발성

망막염'이라 명칭한 거지요."

세미나 당일 병의 경과에 대해 모르는 다른 선생님들을 위해 병의 시초로 거슬러 올라갔다. 먼저 안과 주치의로부터 간략하게 지선의 학창시절에 앓았던 과거 병력과 응급실에 도착하기까지의 설명이 있었고 그다음 우리 과 2년차 선생님의 내과적 견지에서 확인된 부분에 대한 추가 설명이 있었다.

"그 당시 환자가 가슴 부위 심한통증과 호흡곤란을 호소한 원인은 무엇이었습니까?"

안과 스태프의 질의에,

"처음 환자가 가슴 통증과 호흡곤란을 호소하여 심장 및 호흡과 관련된 일체의 검사로 확인해 보았지만 특기할 만한 이상소견은 없었습니다. 그래서 내과와 관련된 소견은 심리적 원인 때문에 발생된, 즉 심인성 증상과 사고당시 받았던 타박으로 결론지었습니다."

신경외과에서도 특기할 이상소견이 없다는 발표에 이어 병리학 교수님으로부터 그간 안과에 입원하고 나서 실시한 검사표본에 대한 슬라이드 설명이 있었고, 뒤이어 각과 선생님들의 질문과 토의가 다양하게 교환되었다. 병의 정체를 파악하기 위한 여러 각도의 접근을 시도해 보았지만 이미 예견했던 바와 같이, 현재로서는 특별한 치료방법이 알려지지 않은 미지의 병이란 답답한 상태라는 게 세미나의 결론이었다.

"앞으로 병이 어떤 방향으로 진행될지의 방향성과, 어느 시점에서 멈출지가 남아있는 중요한 2가지 문제점인데, 다행스런 점은 한쪽 눈은 상태가 그런대로 보존되어 있다는 점입니다. 달리 한 가지 염려되는 바는, 병변이 심한 쪽에서 변성이 보인다는 점입니다. 변성이 심해지면 필경 정도에 따라 시력을 상실 할 수밖에 없습니다."

치료 3주가 지날 때까지 차도의 기미를 보이지 않던 지선의 병세가 4주째가 되면서 눈에 띄게 좋아지기 시작했다. 빛 가리개로 눈을 보호하며 빛의 양을 조절해 가면서 약한 불빛부터 시작하여 점차 강한 불빛이 투과되도록 순차적으로 적응해가며 완전히 빛 가리개를 제거하기까지는 그 후로도 일 개월 가량 더 경과된 뒤였다.

비록 예전 같지는 못하지만 다시 시력이 회복되던 날,

"명수 씨, 나 많이 변했지요?"

"거의 안 변했어요."

"그럴 리가요?"

옛날 쾌활한 기분을 되찾은 지선이 우려스럽게 자신이 많이 변했는지 거듭 물었지만 지선의 모습은 머리모양 말고는 예나 지금이나 비슷했다.

"명수 씨, 나 힘들 때 제일 먼저 이 팔찌를 찾았어요. 실은 이번에도 팔찌를 쥐고 밤낮으로 소원했어요. 제발 다시 한 번만 기회를 더 달라고요."

"지선 씨, 나도 고백할 일이 한 가지 있어요. 옛날에 지선 씨가 조각해준 곰 인형을 잃어버렸어요."

갑자기 '곰 인형'이란 소리를 듣고 의아해 한다.

"아 그랬지요! 내가 학교에 있을 때 학생들 미술시간에 곰 인형을 조각해 드렸는데, 그때가 그러니까 이 팔찌를 선물 받은 그 다음 일 거예요."

"그 곰 인형을 포항 모래사장에서 잃어버렸어요. 그런데 그날 인형 덕분에 우리 애가 위험할 뻔한 위기를 넘겼답니다."

"포항에 계셨던 때라면 내가 바로 한국에 돌아오고 아버지께서 수술 받았던 때로군요?"

곰 인형을 잃어버린 이야기를 듣고 자기가 만들어준 인형 덕에 사고를 미연에 막을 수 있었다는 사연을 알게 된 지선은 놀라워하면서도 천진스럽게 기뻐하였다.

"걱정 마세요. 나 눈 좋아지면 다시 만들어 줄게요. 더 이쁘게요."

지선은 퇴원 후에도 얼마동안 안과 치료를 더 받아야 했다. 안과 진료를 받으러 오던 날 몇 차례 만나보려고 시도했던 적도 있었지만 너무 바빴던 주치의 일정 때문에 나는 예전의 정신없는 수련생활의 수레바퀴 속으로 다시 빠져 들어가 있었다.

꿈의 도시

내과 수련의 과정을 마치던 날은 오히려 덤덤했다. 각양각색의 내과 환자를 치료해 나가면서 드디어 쓸만한 내과의사 한 사람을 길러내는 수련과정은 한마디로 언급하기엔 부족한 많은 의미가 담겨져 있다.

우선 이런 과정을 거치고 나서야 비로소 어떤 내과환자와 마주치더라도 해결해 낼 수 있는 전문의사로서의 능력이 갖추어진다. 쉽게 해결되었던 그리고 어느 때는 치료하는 경과가 힘들어 애를 먹었던 환자로부터 두 번 다시 실패해서는 안 될 뼈아픈 교훈을 얻게 된다. 수련기간은 이런 힘든 환자를 치료하면서 경험을 쌓아가는 교육의 반복이다.

무엇보다도 수련을 거치면서 생명의 소중함을 절실하게 느끼게 되는 것이다. 생명은 어느 순간에도 포기해서는 안 될 소중한 가치가 있다는 사실을 체험하게 된다. 내과의사의 조그마한 도움의 손길로 귀중한 생명이 제 모습 제자리로 돌아오는 모습을 적나라하게 목격하는 시간인 것이다.

꿈에도 바라던 내과 전문의사가 되어서 가장 커다란 감회는 이제는 내손으로 어떤 종류의 내과환자도 해결해 낼 것 같은 자신감이었다. 그러니까 아직도 주제파악이 제대로 안 된 시기의 자만심에 가까운 자신감이었다. 자신감을 즐길 겨를도 없이 내과 전문의사의 도움으로 해결될 수 없는 환자와 마주치고 실망에 빠져버렸으니, 이런 자신감이 얼마나 터무니없는 오해였는지는 금방 들어날 수밖에 없었다.

물론 이때의 실망은 옛날 전문의가 아니었던 시절, 그러니까 실력이 미치지 못해 환자를 치료할 수 없던 때와는 다른 차원의 실망감이었다. 예전에는 환자에게 무엇인가를 해주고 싶어도 실력이 미치지 못해 도움이 되지 못했으나 지금은 내과 전문의가 온 힘을 기울여도 환자에게 아무런 도움이 못되는, 내과 전문의가 얼마나 초라한지 자기 자신한테 느끼는 실망감이다.

내과 전문의 능력의 한계에 도달한 것이다. 내과환자 치료에서 전문의가 쏟아낸 전문치료가 얼마나 하찮은 도움 밖에 줄 수 없는가를 깨닫게 된다. 마침내 내과 전문의는 생명에 경외할 수밖에 없는 하찮은 존재임을 알게 된다. 내과 전문의도 생명 앞에서는 겸손하게 두 무릎을 꿇어야하고 단지 조그마한 도움 밖에 줄 수 없는 미미한 존재임을 인정하며 받아들이게 된다. 전문의 과정을 거치면서 이런 깨달음의 언덕에 도달하게 되었다.

전문의 과정을 마치고 삶의 터를 충청북도 청주로 정했다. 부모님과 인척들이 살고 있는 고향 광주와 앞으로 내가 살겠다고 맘에 둔 서울의 중간 쯤 되는 곳. 청주에서 사회생활의 첫 걸음을 시작하기로 정했다. 양반의 도시 교육의 도시이며 충절의 도시로만 알고 있던 청주. 도시가 깨끗하다는 인상이 들었다. 청주로 들어오는 툭 트인 가로수터널 진입로가 시원스러웠으며 내륙에 위치해 바다는 없었으나 가까이 산이 있고 맑은 화양계곡과, 둘레길이 경치 좋고 시원한 대청호수가 있었다. 무엇보다 사람들이 모나지 않고 심성이 따뜻하여 이곳에 살기로 결정하길 잘했다는 안도감이 들었다.

청주에 처음 오던 날은 많은 눈이 내렸다. 그때 이후 신발까지 푹푹 빠질 정도로 많은 눈을 만났던 기억이 없으니 그해 겨울엔 예년보다 훨씬 많은 눈이 내렸던 모양이다. 앞으로 제2의 고향이 될지도 모르고 잠시 살다 떠나겠다는 가벼운 마음으로 청주에서 터를 잡고 짐을 푼 그해 겨울이었다. 낮부터 시작된 함박눈이 끊임없이 내려 영동지방에는 큰 눈이 예상된다는 대설특보가 있던 날, 전화기를 타고 흘러나온 목소리 주인공이 지선이었다. 미팅 모임을 함께 가졌던 여섯 쌍 중 유일하게 결혼까지 연결된 친구로부터 미술학과 동창회 모임에서 내가 청주에 살게 되었다는 소식을 며칠 전에 들었다 한다.

"명수 씨, 몇 년 만이에요? 앞으로 계속 청주에서 살기로 하신 거예요?"

얼마나 귀에 익은 목소리인가!

'그간 무슨 일이 그렇게 바빠서 소식도 못 전하고 살았는지 모르겠다'고 본인에겐지 나에겐지 혼잣말처럼 탓하며 지금 서울에도 엄청 많은 눈이 내리고 있다는 눈 소식을 전한다. 나는 우선 지난 번 아팠던 눈이 그 후 어찌 됐나 궁금하여,

"눈은 괜찮아졌어요?"

소식을 물었더니 요사이도 계속 안과 치료를 받고 있다고 한다. 정기적으로 최신 레이저광선 치료를 받고 있지만 시력은 거의 한쪽 눈에 의존하는 편이고 요즘 들어서는 눈에 무리가 되면 통증이 오는, 예전에 안 보이던 증상이 새로 생겼단다. 그동안 운전은 안 했는데 최근 들어 애들 학교 교통편이 너무 불편해 학교 등하교정도만 조심스럽게 시작한지가 엊그제란다. 하지만 운전을 하고 나면 몇 시간 통

증이 남아 있어 한참을 쉬어주어야 한단다.

"아무리 그렇더라도 시력이 허락하는 날까지 그림 그리는 작업을 멈출 수는 없어요.

그런데 명수 씨, 이렇게 눈이 오는 날, 나 보고 싶지 않았어요?"

지선이 갑작스럽게 질문을 던진다. 어떻게 대답해야 옳을까? 지선에 대한 생각은 눈이 오는 날은 말 할 것도 없고 평상시에도 어떤 날은 강하게 어떤 날은 약하게 정도의 차이는 있을지언정 마치 영화의 배경 음악같이 항상 지속되어 왔다.

"토요일은 몇 시까지 하세요? 오늘이 토요일이네요, 한번 만나요."

그렇게 갑자기 만나기로 얼떨결에 약속이 되었다. 전화를 끊고 생각해보니 너무나 감격스러우면서도 한편 어리벙벙해졌다.

'혹시 안 만나야 되는 일이 아닐까? 단지 아름다운 추억 속에서만 존재해야할 사람을 만나는 일이 아닌지?' 그런 생각이 들었다. 다른 한편, 많이 보고 싶었다는 속마음을 어떻게 변명할 수 있을까? 걱정도 따른다.

지선은 항상 나의 꿈의 소재였다. 그녀를 생각하며 살포시 눈을 감아보면 거짓말같이 아름다운 꿈의 바람개비 속으로 포근하게 잠겨들며, 옛날 꿈같던 시간으로 돌아가게 만든다. 이런 꿈속의 사람을 만나 현실로 돌아오게 되는 모험을 하기가 선뜻 내키지 않는다. '단지 아름다운 추억 속에서만 있어야 될 사람이 아니었을까?' 그리움과 걱정이 범벅이 된다. 가끔 TV에서 마주치는 광경인데 헤어졌던 가까운 사람끼리 세월이 많이 흘러 다시 만나게 되는 경우 얼마나 안타까운 모습으로 변해서 만나게 되는지!

나도 그렇지만 한편으로 그녀 역시 평화로운 가정을 유지하고 있는 사람으로 잠시 동안의 만남으로 인해 상대방 생활의 잔잔한 리듬을 깨고 싶지가 않았다. 그런 이유였기에 이때까지 서로 만날 모험을 한 번도 시도해 보지 않았으리라.

단지 생활에 쫓겨 만나지 않았다는 이유만으론 정확한 구실이 되지 못한다. 멀리서 상대방 행복만 지켜보면 그 자체만으로 흡족했었다. 아니, 어느 하늘아래서 잘 살고 있다는 소식만으로도 흐뭇할 따름이었다. 그러니까 그녀와 만남은 이제 정신과 정신의 만남으로도 부족함이 없었다. 곁에 있건 멀리 떨어져있건 그런 차이는 중요한 조건이 아니었으니, 어느 곳에 있든 정신의 교감만 있으면 시공간의 거리는 문제될 것이 없었다. 그녀가 옛날에 이야기한, '우리 정신이 서로 맞닿을 수 있는 맑고 순수한 사랑을 하고 싶어요.' 그런 사랑의 정체가 이런 모습이었을까? 언제고 누군지 모르게 잠시 꿈속에 나타난 주인공이 가만히 더듬어보면 그 사람이 아니었을까? 어느 때는 밤새 흰 눈이 되어 내리고, 어느 때는 온통 장미꽃 바람이 되고, 그리고 곰이 되었다 별이 되었다 하면서 나타나더니 잔잔한 물결 위에 배가 되어 다가오던 모습이 그녀가 아니었을까? 옛날 결혼 전 서로 막힘이 없던 시절의 만남과는 차이가 있지만 마음이 설레고 그립기는 그 때나 지금이나 여전히 비슷하였다.

만남의 장소를 넓은 공간이 있으면서도 찾기 쉬운 체육관 앞 광장으로 정했다. 오후 내내 눈이 내리니 오는 여정이 걱정도 되었지만 고속버스를 타고 오니까 조금은 안심이 되었다. 낮 동안은 도로사정이 많이 나쁘지도 않았다. 오히려 그녀는 얼마나 눈을 좋아했던가? 감기에 걸린 사람이 눈 오던 날 무등산 등산까지 따라 나서 병원에 입원까지 했던 사람이 그녀 아니었던가! 다소곳하게 앉아 창밖으로 휘날리는 눈발을 좇으며 즐기는 모습이 보지 않아도 눈에 선하여 내 마음도 흐뭇해졌다.

체육관 앞에 서있는 그녀 모습은 멀리서 눈어림으로도 금방 알아볼 수 있었다. 코트를 입고 커다란 목도리를 머리에 감아 귀까지 감싸고 목에서 한 바퀴 돌린 후, 한쪽 끝을 어깨에서 뒤쪽으로 늘어뜨린 모습이 얼굴을 보지 않아도 영락없는 그녀의 옛날 모습이었다. 옛날에도 추운 겨울날 혹은 눈이 내리던 날 즐겨하던 그녀의 차림새였다. 거의 동시에 그녀도 나를 발견했다. 그리고 그렇게 만나고 싶었던, 그러나 한편 만나는 순간이 걱정되었던 사람과 만나게 되었다.

나 역시 한편으로 기대에 부풀어서 다른 한편으로 염려하며 준비한 시간이었으니, 그녀 또한 이 순간을 자연스럽게 맞이하기 위하여 얼마나 노심초사 마음 졸였을까? 서로 반가움과 놀라움에 휩싸여 어쩔 줄을 몰랐다.

"오랜만이에요. 나 알아보겠어요? 많이 변했지요?"

변한 모습이 염려되는지 먼저 얼마나 변했나부터 묻는다.

"별로 안 변했어요. 변하기로 하자면 내가 훨씬 많이 변했을 걸요. 눈이 많이 왔는데 고속도로 사정은 괜찮았어요?"

그녀의 예전 얼굴 모습은 여전히 귀엽게 간직되어 있으나 눈 밑으로 보이는 잔잔한 주름만은 감출 수가 없었다. 내면적으로 어떤 마음고생을 하고 살아왔는지 짐작은 안 되지만 밖으로 들어난 표정은 평온했다.

"나도 이젠 아저씨 같지요? 그 동안 잔 고생 많이 했거든요."

나 역시 나이 들어 변한 모습은 보이지만 풍기는 인상은 예전이나 별로 다름없단다.

"우선 추우니까 따뜻한 찻집이라도 들어갑시다."

"청주는 처음 와본 곳인데 참 좋네요. 들어오는 진입로가 마음에 들어요. 도시가 크지도 않고 아담하고 깨끗하네요. 이런 곳에서 사시게 되었으니 다행이에요, 부럽기도 하구요. 오늘 조금 일찍 도착해

성안길로 해서 번화가를 한번 쭉 돌아봤는데 번화가에서 본 사람들도 활기차더군요. 거기다가 외지인을 품어 주는 듯한 따뜻함도 느껴지고요."

둘이서 그동안 가슴 속에 묵은 이야기를 꺼내어 이어갔다.

"눈은 괜찮은 겁니까?"

"지난번 말했던 대로 옛날 아팠던 쪽 눈은 거의 시력이 안 나와요. 다행히 다른 쪽 눈에 많이 의지해요. 오늘은 아픈 이야기는 안 하고 싶네요."

"이제 몸도 풀렸으니까 자리를 옮겨요. 청주에 들어와서 느꼈겠지만 청주 시내를 가까이서 마치 병풍처럼 감싸고 있는 산이 있는데 그 산이 저 앞에 보이는 우암산이에요. 무등산만큼 우람하진 않지만 그래도 시내 가까이 이런 큰 산이 있기도 어려워요.

도시가 우암산 품에 안겨있는 형상이니, 시민들이 산의 혜택을 많이 받았지요. 마땅히 산에 대하여 고마움을 가져야 당연하구요.

우리, 우암산 갑시다. 그곳 정상에 상당산성이란 성곽이 있고 차편도 아직은 버스가 갈 수 있을 겁니다. 민속마을도 있는데 무등산 계곡같이 닭요리 맛있게 하는 곳도 있답니다."

눈이 벌써 많이 쌓였으나 아직은 우암산까지 차가 왕래하고 있었다.

"실제로 와보니 우암산 참 멋있군요. 이곳에서 보니 시내가 한 눈에 들어와요. 그런데 귀가 멍멍해졌어요."

귓속이 불편한 듯 고개를 흔들어보며 두 손을 귀로 가져간다.

"우리가 지나는 이곳이 산성고개인데 높이가 해발 343m나 되는 꽤 높은 산이에요. 코를 막고 귀 쪽으로 훅하고 바람을 통해봐요. 그러면 귀가 뚫릴 거예요. 나도 항상 이곳까지 오면 귀가 멍멍해져서 그렇게 한답니다."

둘이서 무릎을 마주하고 이런 저런 이야기를 주고받았던 때가 오래 전이지만 어느 사이 세월의 벽은 허물어졌다. 지선이 지내온 이야기, 내가 살아온 이야기, 나중에는 경아 이야기를 끝도 없이 이어갔다.

"무등산 억새 생각나세요? 억새에도 눈꽃이 피었겠지요. 가을이 지나고 눈이 내릴 때쯤엔 억새꽃도 모두 떨어지고 꽃이 있던 억새마디에 하얀 눈꽃이 피어나곤 했는데. 석양빛에 빛나던 무등산의 은회색 억새꽃. 그 억새꽃의 파도를 꼭 그리고 싶었는데……."

그녀가 무등산 억새에 대한 감회를 이야기했다.

"지선 씨, 요즘도 기타치세요?"

"가끔씩요. 레퍼토리가 더 많아지거나 실력이 늘거나 그런 건 아니구요. 알던 곡들을 잊지 않을 정도로만 쳐요. 솜씨는 많이 녹슬었어요."

"언제쯤 로망스 다시 들어볼 기회 생기겠지요? 그간 살아오면서 어려움은 없었어요?"

"평범하게 살았어요. 눈 아픈 것만 빼면 다른 사람들하고 비슷하게요."

애들 아빠도 자기를 위해주는 편이고 애들도 걱정 없이 잘 큰단다.

"명수 씨, 그런데 나 남아있는 한쪽 눈까지 안 보이면 어쩌지요? 그림 못 그리게 될 바에야 차라리 죽는 것만 못한데. 명수 씨, 나는 가끔 드는 생각인데, 일찍 죽을 것 같은 방정맞은 예감이 들곤 해요. 그러면 안 되는데…… 나 죽으면 우리 애들 불쌍해서 어쩐다지요?"

"지선 씨가 너무 철학적이라 그래요. 철학자치고 죽는 문제 생각하지 않는 철학자 본 적 있어요?"

"꿈보다 해몽이 그럴듯하세요."

그녀는 건강 때문인지 마음이 약해져 있었다.

"지선 씨답지 않게 왜 그런 약한 생각을 다 하세요."

"이런 불행한 일이 안 생기게 결혼도 않겠다고 고집 부렸는데……

그렇지만 우리 애들 아름이와 한솔이를 세상에서 만나게 된 기쁨은 세상 어느 것과 비교될 수 없어요. 어떤 행복도 우리 애들 세상에서 만난 행복만큼은 못 할 거예요. 우리 애들 순수하고 예쁘게 잘 컸어요.

그런데 실은 요즘 저에게 고민이 한 가지 생겼는데 처음 당한 미묘한 문제라 어디서부터 어떻게 해결해 가야 할지 모르겠어요."

오늘 이곳에 지선이가 오게 된 실제 이유는 요사이 마음 쓰이는 한 가지 사건 때문이었다.

그녀가 프랑스에 가기 전 섬마을 고등학교에 근무할 때의 일이다. 당시 고3 미술반 학생 중 선생님을 소문나게 짝사랑한 학생이 둘 있었다. 유식이와 경철이란 학생이었는데 모두들 동네 왈패들이 선생님을 해코지하려 할 때 번개처럼 나타나 왈패들 앞을 가로막아 섰던 미술반 학생들이었다. 두 학생 중 집주인 아들 유식이는 체격이 건장했다.

지난번 왈패 사건이 계기가 되어 앞으로 선생님을 잘 보호해 드리기 위해 실력이 필요하다고 통감하여 그때부터 태권도를 배우기 시작했다. 근본 골격이 튼튼한 바탕에 태권도로 단련하니 몇 개월 안 되어 미술반 주변에서 문제아들로 인하여 말썽이 일어날 일은 없어졌다. 유식이 별명이 보디가드였으니 당연히 지선이 방패라는 의미였다. 유식이는 4년제 대학에 입학하여 대학에서 ROTC 교육을 받고 대학 졸업과 동시에 소위로 임관하게 되었는데 졸업을 앞두고 비가 내리던 어느 날 우산도 안 쓰고 레인코트를 입고 앞에 가고 있던 사람이 영락없는 선생님 같았다. 깜짝 놀라 뒤쫓아 가 '선생님'하고 불렀더니 돌아본 모습은 선생님을 많이 닮은 여대생이었다. 자세히 보니 뒷모습 뿐 아니라 얼굴 윤곽 또한 짝사랑했던 선생님과 많이 비슷했다. 놀란 여대생에게 사람을 잘못 봤다고 사과하고는 우산을 같이 쓰고 동행하게 되었다. ROTC 제복에 어울리는 유식이의 믿음직한 모습에 호감을 가진 그녀와 인연이 되어 결국 두 사람은 결혼까지 이르게 되었다.

경철이는 집안 형편이 어려웠고 집안에서 아버지 일을 도울만한 남자가 혼자였기 때문에 부모님 모두, 고등학교까지만 졸업하고 집안일 돕길 원했지만 본인은 한사코 부모님 기대를 저버리고 대학입학 준비를 했다. 그간 휴학과 복학을 반복한 경철이의 대입준비는 벌써 몇 년째 계속되었으며, 결국 어려운 학과인 약대에 그것도 장학생으로 입학하게 되어 주위 사람들을 또 한 차례 놀라게 만들었다.

졸업을 맞이한 경철이는 다른 학생들보다 나이가 훨씬 많았다. 약대 입학에 대해 그 누구보다도 축하를 받고 싶었던 선생님이 프랑스로 떠나기로 했다는 사실을 알고 실망이 컸던 경철이가 뒤늦게 선생님께 편지로 사랑을 고백했다.

「선생님을 진심으로 사랑하며 다시 돌아오실 날을 손꼽아 기다리겠습니다. 그때 자랑스러운 모습으로 선생님 앞에 나타나 떳떳하게 사랑의 마음을 전하겠습니다.」

지선이 다시 귀국한 사실을 몰랐던 경철은 대학 졸업 후 인천에서 자리를 잡았는데 규모가 꽤 큰 약국의 관리약사로 취직했다. 얼마 지나지 않아 스스로 조그만 약국을 차려 독립했으며, 오로지 한 가지 목표를 달성하기 위하여 부지런히 사업을 일궈나갔다. 경철의 꿈은 사모하는 선생님이 고국에 돌아오는 날 당당하게 나타나 프러포즈를 하겠다는 야무진 포부였다.

지선이 서울에 살고 있다는 사실을 뒤늦게 알았을 때 까지도 경철은 아직 미혼이었다. 선생님의 결혼 사실을 받아들이기 힘들었던 경철이가 드디어 며칠 전 미술학원을 방문하게 되었다. 사실을 직접 확인한 경철이 충격으로 얼마동안 약국 문도 닫아버린 채, 삶에 대한 희망을 잃고 방황했다. 지금까지 열심히 살아온 목표가 오로지 짝사랑했던 선생님과의 결혼이었고 그 꿈에 매달려 우선 경제적 자립을 이룩하기 위해 다른 모든 일, 심지어 몇 차례 이루어질 뻔한 결혼 유혹에도 무너지지 않고 여태껏 미혼으로 참으로 열심히 앞만 보고 달려왔던 세월이었다.

경철의 방문을 받고 지선은 선생님을 잊지 않고 찾아준 옛날 제자를 처음 몇 번은 뭣도 모르고, 반가운 마음으로 환영했지만 경철이 괴로워하는 내막을 알고 나서는 차츰 부담이 되기 시작했다. 드디어는 아무리 사제지간이었다 하지만 엄연히 가정을 갖고 있는 주부로서, 더군다나 학생들 시선도 있고 하니 앞으로는 방문을 삼가 해달라고 최후통첩까지 하기에 이르렀다. 그럼에도 불구하고 경철은 어느 날은 학원에 나타나서 선생님이 좋아하는 장미꽃 다발만 전하고 금방 사라지거나, 어느 날은 먼발치에서 선생님 모습만 보고 돌아가는 행동을 반복했다.

요사이 지선이 고민은 경철이란 제자 때문이었다. 그의 집념이 점점 무섭고 부담스럽게 느껴지며 제자의 정신 상태가 온전한지 자체가 의심 되었다. 공부하며 지금까지 사회생활 해왔던 다른 측면에서 미루어보면 부족함이 없는 사람으로 짐작이 되나 옛날 학생 신분으로 선생님한테 보여준 대담한 편지 사건이라든지 근래의 지나친 표현은 정상인의 범주를 벗어난 행동이 아닌가 하는 두려움이 따랐다.

급기야 며칠 전 경철이가 꽃다발을 전달하는 모습을 아름이 아빠가 목격하게 되었는데 그 문제 때문에 결혼 후 처음으로 심한 다툼까지 하게 되었다.

"스승과 제자 사이를 이상한 시선으로 보는 사람이 잘못이에요."

이때에도 스승은 제자에 대해 변함없이 두둔을 했지만 속내는 개운치가 않았다.

"아름이 아빠는 어떤 분인가요?"

"그이는 선한 사람이에요. 애들 문제라면 끔뻑 죽어요. 애들을 사랑하고 나를 위해줘요. 혹시 불만이 있다면 내 기대가 너무 과했기 때문일 거예요. 결혼 전 약속대로 내가 그림 그리는 일, 한 번도 방해하지 않았어요. 그렇다고 적극적인 후원자도 못 되었지만요.

평범한 엘리트 회사원이에요. 유일한 취미는 고전음악 감상인데 나도 음악을 좋아해서 음악을 자주 듣는 편이지만 고전음악에 관해서라면 나보다 훨씬 안목이 넓어요. 심지어 라디오에서 중간마다 짤막하게 나오는 토막음악도 거의 모르는 곡이 없을 정도로 조예가 깊어요. 음악은 우리 두 사람의 유일한 공통 취미이자 대화의 통로이기도 해요."

"옛날 지선 씨가 안과에 입원했을 때 봤지만 너무 오래되어 어떻게 변했을지 잘 생각이 안 나는군요."

"그런데 내가 아직도 명수 씨를 사랑했던 감정이 그대로 남아있다면 잘못일까요?"

갑자기 던지는 지선의 물음에 놀랐으나, 그 물음은 실은 내가 스스로에게 던져봤던 오래된 물음이기도 했다.

"지선 씨, 사람은 물론 평생 한 사람만 사랑한 사람도 있지만 여러 사람을 사랑한 경우도 많아요. 그러니 일생을 두고 사랑의 대상도 여러 번 바뀔 수 있겠지요. 여러 사람을 사랑한다고 해서 그 만큼씩 사랑의 농도가 더 약해지거나 그렇지도 않아요. 옛날 우리 조상들도 그랬던 사실이지만, 현재 지구상에는 일부다처 혹은 일처다부인 사회도 있는 현실 아닌가요? 그렇다고 그 사람들의 사랑이 일부일처의 사랑과 비교해 더 못하다고는 할 수 없을 거예요. 나 역시 십대에 혼자 속으로만 사랑했던 사람이 있었어요. 물론 사랑한다는 말 한마디 못 해본 사람이었지만요. 이십대엔 세상에서 제일 좋아했던 지선 씨를 만났고요. 결혼까지 원했지만 서로 헤어져야 했지요. 그러는 과정에서 사랑하는 사람과 떨어져서 사는 법을 배웠어요. 아니 사랑하는 사람들이 꼭 결혼해서 살 수만은 없다는 현실을 체험한 거지요."

"명수 씨, 사랑과 결혼이 같이 이어지는 경우라면 이상적이지만 이 둘은 늘 함께 따라다니지는 않아요. 우리가 비록 부부의 연을 맺지는 않았지만 명수 씨에 대한 사랑의 감정은 결혼 후에도 남아있었어요."

"나도 지선 씨 만나기 전까지는 과연 다시 만나는 일이 옳은가, 반문도 해보았는데 이런 이야기까지 할 수 있게 되니 만나길 잘했구나, 그렇게 생각이 드는군요."

"명수 씨 말대로 저 역시 비슷한 생각을 했어요. 만나고 나서 오래 간직한 좋았던 꿈이 깨지지나 않을까 염려 되었는데 만나고 나니 부질없던 기우였어요. 한 마디로 뭐라 표현하기 어렵지만 지금 느낌은 투명한 사랑의 감정이라고 부르고 싶어요. 일찍이 명수 씨와 처음 만나고 간절히 원했던, 그러나 그 당시에는 막연히 바라던 그런 사랑의 감정이에요. 명수 씨와 함께 다다르고 싶었던 사랑의 경지랄까요. 다른 모든 세상 사람들도 살아가면서 범상하게 겪고 사는지 모르겠지만 저로서는 처음 경험해 본 세계예요. 아무리 들여다보아도 흐리지 않고 맑고 투명한 느낌이 드는 사랑의 감정 말이에요."

그렇게 우리들의 대화는 현재와 과거 그리고 꿈과 현실이 섞인 채 쉴 새 없이 이어져 갔다. 문밖 겨울밤, 눈은 소복소복 쌓이고 지선이 지내온 이야기도 끝없이 이어졌다.

"명수 씨, 지금도 경아가 생각날 때 있으세요?"

"경아에 대한 생각은 그 당시 모두 잊어버리려고 했어요. 그러나 세월이 흐르고 돌아보니 그런 결과가 빚어지기까지 원인 제공을 내가 했다는 결론에 이르더군요. 그때마다 경아한테 미안한 생각이 들었습니다. 마음속으로는 몇 번이고 사과했어요. 그리고 이제는 다시 만난다 해도 솔직하게 지난 이야기를 할 수 있을 것 같아요."

"원인 제공을 명수 씨가 했다고요?"

"내가 경아한테 몰두하지 못했어요. 아직 그때까지 미래에 대한 아무런 약속이 없었던 시기였다고 스스로에게 자기합리화도 했었지요. 그래서 그 당시 처음엔 경아가 먼저 나를 배반했다고 호도하고 화도 냈지만 이성을 찾고 냉정히 생각해보니 상대방 입장에선 내가 먼저 경아를 배반했다고 판단할 수 있겠더군요. 게다가 그때까지 내가 경아에게 미래에 대한 확실한 입장을 안 밝혔어요. 경아 입장에선 진실성이 없다고 생각되었겠지요.

가끔 이런 생각도 했다면 지선씬 엉뚱하다고 웃겠지요? 경아같이 쾌활한 사람이 눈물 펑펑 쏟는 나약한 남자를 만나고서 얼마나 황당했을까? 그 당시 경아는 나라는 사람에 대해 우유부단하고 나약한 남자라고 판단했을 거예요. 내가 사람이 그리워 경아집에 찾아갔던 사실 또한 어떻게 알았겠어요? 그렇지만 오히려 감사했어요. 경아 덕택에 지선 씨 같은 좋은 사람 만날 수 있었으니까요. 그리고 결과적으로 경아는 김진배 같이 자신을 진심으로 사랑하는 사람과 만나 결혼하게 되었구요."

"경아 대단한 친구예요. 몇 년 전 일인데 경아 신랑이 시작했던 일이 잘못되어 사업이 곤경에 빠져 어려웠던 적이 있었어요. 신랑도 사업 초짜인데 사업에 대해 뭘 알았겠어요? 그런데 경아답게 한 번도 얼굴 구기지 않고 고생스런 모습을 드러내지 않더군요. 저하고 만날 때마다 옛날 쾌활했던 그 웃음 그대로였어요. 나중엔 안 되겠다 싶으니까 직접 자기가 팔 걷어붙이고 나서서 생전 하지 않았던 일을 해결해 냈어요. 그 때 경아의 또 다른 면을 봤어요. 이제 경아네는 자리 잡히고 안정되었어요. 애도 둘 있는데 얼마나 잘 컸다고요."

"그런데 두만 씨와는 어떻게 헤어지게 되었답니까?"

"언젠가 한 번 들었던 이야기예요. 처음엔 경아 일이라면 죽으라고 하면 거의 죽는 시늉까지 하면서 받들어 모시더니 갑자기 태도가 확 바뀌었대요. 그 당시 경아 어머니가 아버지와는 별도로 무슨 사업을 하고 있었대요. 그런데 하필 어머니 하던 사업이 잘못된 적이 있었는데 그 시기였대요. 하루아침에 언제 좋아 한 적이 있었던가 싶게 이유도 없이 마음이 싹 돌아서 버리더랍니다. 경아도 뒤늦게 모든 걸 알았답니다. 진영이 아저씨가 처음 이야기 해줬듯 두만 씨는 여섯 사람 중 유일하게 추천하기 곤란한, 예측할 수 없는 파트너 감이었다는 사실을. 그런데 감쪽같이 경아가 위장술에 넘어간 거였지요."

"내 나름대로는 그 원인이 나 때문이라고 자책한답니다. 내가 끊고 맺음을 확실히 했더라면 경아도 두만과 만남을 그런 식으로 시작하진 않았을 거니까요. 그렇게만 했더라면 나 역시 경아와 관계가 훨씬 자연스러웠을 테고.

그런데 경아가 나한테 많이 섭섭해했지요?"

"말도 말아요. 경아는 두만 씨보다 명수 씨한테 훨씬 섭섭해했어요. 아니 섭섭하다는 정도론 표현이 부족해요. 명수 씨에 관한 이야기라도 하려고 하면 아예 말도 끄집어내지 못하게 미리부터 막았지요."

"이해가 됩니다. 나로서도 그 점이 항상 마음 속 깊이 경아한테 느끼는 죄책감이에요. 시간이 지나면서 나 때문에 벌어진, 즉 원인 제공자가 나라는 사실을 깨달았지만 그때는 벌써 늦었지요."

"두 사람이 결혼한 걸 어떻게 아셨어요?"

"딱 한번 충장로에서 경아와 진배형이 같이 가는 걸 봤어요. 양쪽에서 이제 막 아장아장 걷기 시작한 애기 손을 잡고 걸어가고 있었는데 모두 행복해 보였어요. 나도 두 사람을 위해 진심으로 축복해 주었고요."

"제가 명수 씨 만나러 왔다고 부인이 알면 화내는 것 아니에요?"

"결혼 전 세상에서 가장 귀중하고 사랑했던 사람과 만났다고 화낼 사람은 아니에요. 그리고 지금도 내가 지선 씨를 또 지선 씨가 여전히 나를 사랑하는 감정이 남아있다고 해서 그릇되지 않아요. 오히려 그 문제라면 반대되는 견해랍니다. 무슨 말인가 하면 그런 소중했던 감정을 쉽게 잊어버린다면 그거야말로 더 큰 문제 아닐까요?

어느 경우엔 대상이 사람이 아니고 종교나 예술, 아니면 동물 이렇게 변할 수는 있어도 세상을 지탱해 나가는 원동력은 여전히 사랑의 힘이에요. 사랑에 관해 말하자면 일차적으로 이것 아니면 저것, 그렇게 둘 중 하나를 선택하는 간단한 사안이 아니에요.

결혼이라는 전제를 떠나, 사랑하기 때문에 헤어져야 하는 경우도 있고 사랑을 위해서라면 죽는 경우도 있어요. 지선 씨에 대한 사랑은 나름대로 나에게 있어서 무엇과도 비교될 수 없을 만큼 귀중해요. 이런 관점에서 보면 어느 사람에게나 그에게 소중한 추억이 있고 사랑도 있으며 역시 내 것이 소중하듯 당연히 그 사람 추억이나 사랑 또한 가치를 인정해 줘야 되겠지요."

"저와의 추억을 아직껏 소중하게 간직해 주셔서 고맙습니다. 저 역시 살아오면서 명수 씨에 대한 사랑의 감정이 변한 적이 없었답니다."

"지선 씨, 아까도 세상을 움직이는 힘이 사랑이라고 말했는데 물리학 시간에 배웠던 법칙 중 이런 원리가 있어요. '양쪽에서 힘이 작용할 때 물체가 움직이는 방향은 어느 방향이겠는가?' 이 때 물체는 두 힘의 세기에 비례되는 방향으로 움직인다는 원리였는데 마찬가지로 삼라만상이 움직이는 방향도 여러 사랑의 힘이 작용을 할 때 그 힘들의 세기와 비례되는 방향으로 움직인다는 생각이 들 때가 많아요."

이야기 하는 동안 세월이 벌려 놓은 간격도 좁혀졌고 지선이도 예전 밝고 천진한 모습으로 돌아와 있었다.

"명수 씨, 나 오늘 청주에 오길 잘했어요. 그동안 혼자서만 고민했던 문제가 모두 말끔히 풀렸어요.

그간 살아오면서 남편에 대한 사랑이 엷어졌다고 생각할 때 얼마나 미안한 감정에 사로잡혔는지 몰라요. 명수 씨에 대한 변함없는 사랑과 비교할 때 남편에게 향하는 사랑이 풍성하지 못할 때 스스로를 볶고 괴로움에 시달려야 했어요. 이제는 명수 씨에 대한 사랑과 남편에 대한 사랑의 차이점을 혼돈 없이 확연히 구별할 수 있겠어요. 옛날 내가 말했듯이 명수 씨에 대한 사랑은 그 나름대로 아름답게 간직하며 더욱 높게 승화해 나가겠어요. 요사이 나를 괴롭혔던 경철이 제자에 대한 해답도 해결의 실마리를 찾았어요. 우선 그의 뜻을 순수하게 받아들이겠어요. 상대방 입장에서 생각해 보고 그의 순수성을 인정해야겠어요. 그로서는 지금 얼마나 안타깝고 쓰라린 심정이겠어요. 나름대로 아름다운 시각으로 바라볼 수도 있고요."

고속도로 사정이 나빠 원래 출발하려고 했던 시각보다 출발이 많이 지체되었다. 드디어 떠날 버스가 들어서고 모두 승차를 서두르나 지선이는 조금이라도 늦게 오르고 싶어 기사가 나타난 후에야 재빨리 차에 오른다.

앉아있는 곳을 찾아보려 둘러봤지만 차 유리창에 김이 서려 잘 보이지가 않는다. 처음 예약 할 때 좌석 중간 창 쪽을 원했기에 중간쯤에서 찾아보니 유리창에 뽀얀 김이 지워지며 구름 속에서 달이 나타나듯 지선이 밝은 얼굴 윤곽이 차츰 환하게 드러난다.

지선이는 유리창 김을 이용하여 그림 그리는 장난을 즐겨했다. 어떨 때는 얼굴 모습도 그리고 어떨 때는 토끼도 그렸다. 얼굴 모습은 손가락으로 몇 개의 곡선을 이용해서 웃는 어린애 그리기를 좋아했다. 어느 날 지선이가 떠나면서 유리창에 그린 그림은 사과 같은 모양의 사랑의 심벌마크였다. 사랑마크를 그렸다가 마크의 패인 부분에 줄기를 그리니 옆에서 보면 꼭지 달린 사과 같기도 하고 단풍잎 같기도 했다.

오늘 지선이가 그린 그림이 옛날 그렸던 단풍잎 같은 심벌마크였다. 단풍잎 안을 문지르자 이파리 안에서 지선이 웃는 얼굴이 뽀얀 김 사이에 나타났다. 유리창을 통해 싱긋 웃는 그 얼굴은 옛날 세상 아무 것도 눈에 안 찰 정도로 나의 영혼까지 지배했던 신화 속 바로 그 사람이었다.

늦깎이 제자

지선네 미술학원을 방문할 기회가 생겼다. 학원은 아파트 상가를 분양받아 처음엔 상가 한 칸으로 시작했다. 차츰 학생 수가 많아지면서 자리도 잡혀 옆 가게 중간 벽을 허물어 두 칸으로 만들어 넓게 사용하고 있단다.

상가 내에는 여느 아파트 상가와 똑같이 미술학원 말고도 다른 가게들이 오밀조밀 모여 있었다. 「아름 미술학원」 문 앞에 서니 오래전 주소하나만 들고 시골 지선네 집을 찾아 섬마을 동네를 온통 헤매고 다녔던 기억이 떠올랐다. 그때 어렵사리 빨간 넝쿨 장미를 발견하고 집을 찾았던 일, 방에서 바라다 본 장미꽃들의 아름다운 모습들이 마치 엊그제 겪었던 일같이 시들지 않고 되살아났다. 그녀의 방 한쪽 벽면을 차지하고 걸려있던 파란 바다가 배경으로 된 수채화 그림 사이 적혀있던 시.

'사랑은 어떻게 네게로 왔는가?'

얼마나 전율하는 감동을 던져주었던가?

「아름 미술학원」 간판을 발견하고 느끼는 감회가 가슴에 벅차왔다. 학원은 벌써 끝났고 상가들도 조용했다. 출발 전 미리 연락을 해뒀기에 기다리고 있으리라 짐작되어 밖에서 들어봤더니 안에서 인기척이 났다. 문틈으로 새어나오는 불빛과 함께 조용한 음악소리가 흘러나오고 있었다. 무슨 음악인지 잠시 귀 기울여 들어보았더니 조용한 피아노 곡 같았지만 확실히 들리지는 않는다. 문을 두드리고 들어서니 앉아서 음악을 듣고 있던 지선이가 일어나 걸어 나오며 반가이 맞이했다.

들고 온 연분홍 장미꽃 한 아름을 건네주며 안부 인사를 물었더니,

"내가 제일 좋아하는 색깔인데."하며 환하게 웃는다.

학원은 사면이 그림으로 둘러싸여 있었다. 한 쪽 벽면엔 학생들 그림, 다른 쪽 벽면엔 지선이 그림, 또 다른 벽면에는 각종 미술대회에서 받은 상장들이 상하 좌우로 즐비하게 장식되어 있었다. 그림과 상장들은 그냥 압침으로 꾹 눌려 벽에 붙어 있었으나 문외한의 눈으로 봐도 막 그린 그림 같지 않고 수준들이 있어보였다. 실내에서는 귀에 익은 피아노곡이 잔잔히 흐르고 있었다.

책상 위 꽃병에도 장미꽃이 예쁘게 꽃꽂이 되어 꽂혀있었다. 미술학원 수강생은 학생뿐 아니라 다른 부류 제자들도 많다는데 학원 바로 가까이에 있는 이비인후과에 근무하는 간호사도 제자라고 한다.

책상 위 장미꽃은 점심시간 그 간호사가 꽃꽂이 했던 꽃이란다.

문 바로 위쪽 벽에도 꽃잎 채 그대로 마른, 장미 꽃다발이 거꾸로 매달려 마치 장난꾸러기 애들같이 익살스럽게 웃고 있었다.

"너무 어질러졌지요? 학생들이 왔다 가면 정신이 하나도 없어요. 한바탕 치룬 전쟁터 같아요. 금방 준비 할게요. 조금만 기다려주세요."

"지금 흘러나오는 음악이 귀에 많이 익은데 누구 음악이지요?"

"슈베르트예요. 미완성교향곡, 참 감미롭지 않나요? 요즘 많이 들어요."

가까운 찻집으로 자리를 옮겼다.

"아까 학원 문 위에 거꾸로 매달려 있던 장미꽃 생각나세요?"

"드라이플라워 만들려고 말리는 것 아니에요?"

"맞아요. 옛날 섬에서 내가 가르쳤던 제자들이 한 사람씩 연락되더니 서울에서만 십여 명이 연락됐어요. 그중에는 그 당시 미술반 학생들도 있었는데 지금은 미술 선생님이 되었더군요. 남녀공학이었기 때문에 동창과 결혼한 주부도 있어요. 놀랍게도 지난 오월 스승의 날에 이 제자들이 옛 스승이라고 찾아 왔지 뭐예요. 지금은 같이 나이 들어가는 처진데 송구스럽더라고요. 그때 가져온 장미꽃이 시드는 게 아까워 드라이플라워 만들려고 거꾸로 매달아 말리던 중이었어요."

"대단한 제자들이군요. 하긴 그때 만난 인연이었으니 정들이 얼마나 각별했겠어요?"

"그때 경철이와 유식이도 왔었어요. 두 사람 내가 지난번 이야기했는데 기억나시지요? 유식이는 지금도 군인이고, 경철이는 약국한다는 제잔데?"

"그럼요. 경철이는 지선 씨가 프랑스에서 돌아와 결혼한 사실도 모르고 지선 씨 나오면 결혼하고 싶다고 기다리고 있었던 늦된 친구 아닙니까? 학생 때도 선생님을 짝사랑했고."

"맞아요. 지난번 청주 다녀온 후 경철이를 만나 허심탄회하게 이야기를 나누었는데 그때 냉철하게 현실을 판단해보라고 타일렀어요. 그리고 빨리 결혼하도록 설득시켰어요. 아니, 아예 내가 발 벗고 앞장서 나서버렸어요.

일행 중에 경철이보다 일 년 늦게 졸업한 현순이라는 제자가 있었는데 집안 형편이 어려워 고등학교만 졸업하고 일찍이 서울에 올라와서 그동안 직장에 다니며 실제적인 가장 노릇을 하며 살림을 꾸려온 제자예요. 경철이한테 현순이를 소개시켰어요. 둘이는 같은 미술반이었는데 학생 때는 전혀 관심들이 없었는지 서로 잘 모르더군요.

현순이 참 착한 애예요. 그리고 아깝기도 하고요. 학생 때는 공부도 잘했는데……. 현순이 생각하면 슬퍼요. 삼 남매 맏딸인데 그동안 혼자서 두 동생들 뒷바라지 하느라 고생이 많았지요. 남동생을 전문학교까지 졸업시켰어요. 본인은 아직 미혼이지만 밑에 여동생 결혼까지 시켰으니 얼마나 대견하고 마음이 예뻐요?

미인은 아니지만 경철이도 현순이 예쁜 마음 때문에 움직였지요.

현순이 말이, 전문학교 졸업한 남동생이 군대도 마쳤고 취직해서 이제는 가계에 도움이 많이 된대요. 현순이 만날 때마다 더 늦기 전에 결혼하라고 저 역시 부추겼어요. 몸도 예쁘게 가꾸게 하고 요즘 유행하는 옷도 맞춰 입게 했거든요. 가꿔놓고 보니 현순이가 참 예쁘더군요."

지난 5월, 스승의 날 경철이도 다른 제자들과 같이 옛날 스승을 찾았다. 이때 선생님 소개로 두 제자가 첫 만남을 가졌다. 그 후 선생님은 몇 차례 더 두 사람이 만날 수 있도록 다리 역할을 해주었다. 두 사람의 만남은 자연스럽게 결혼으로 이어졌다.

"어머, 여태껏 계속 내 얘기만 했어요. 명수 씨 얘기 좀 해주세요. 순전히 나보고 싶어 오신 건 아닐 테고 그러니까 가시면서 살짝 들리셨겠지요? 그것도 갑자기요. 무슨 일이세요?"

"실은 안 좋은 일 때문에 왔답니다. 제 은사이신 내과 과장님께서 갑자기 운명하셨어요. 아직 정정하시고 하실 일도 많이 남으신 분인데 아깝게 돌아가셨어요. 그일 때문에 왔답니다."

"그런 일이 있으셨군요. 그렇게 슬픈 일이 있는 줄도 모르고 계속 내 얘기만 떠들어서 죄송합니다."

"갑자기 당한 일이라 모두들 경황이 없었답니다."

"의사 선생님도 그렇게 갑작스레 돌아가실 수가 있군요."

"복부동맥파열이라는 병입니다. 삽시간에 동맥이 갈라지는 내과 병 중에서 가장 응급한 질환인데 이런 병은 예기치 못하게 순식간에 생긴답니다. 병원에 도착하기 전에 본인이 미리 진단을 내리셔서 병원에 도착하자마자 응급수술에 들어갔답니다. 다행히 진단이 빨리 내려져 수술도 무사히 잘 마치셨고 경과도 좋아서 모두들 한 고비 넘겼다고 안심하고 있던 찰나에 악화되셨어요. 아마 연세 때문에 회복되는데 지장이 있었던 모양입니다. 너무 갑작스런 상황변화라 가족은 말할 것도 없고 주변사람 모두 마음의 준비가 안 되어 당황했답니다.

내과계의 대들보셨는데…… 내가 내과수련을 시작하고 미숙할 때 걸음마부터 가르쳐 주셨고 평생 의사로서 어떻게 살아가야 하는지 기본 덕목을 잡아주신 큰 스승님이셨어요."

"안 되셨어요. 어떻게 위로 말씀을 드려야 할지……. 어디 가서 간단하게나마 식사 대접할게요. 이 근처 제가 자주 가는 음식 맛있게 하는 식당이 있는데 한식 괜찮으시겠어요?"

그녀가 걸어서 갈 수 있는 아담한 한식집으로 안내했다. 자리에 앉자마자 그녀가 뜬금없이 질문을 던진다.

"진작부터 궁금했는데 부인은 어떤 분이세요?"

"말할 수 없이 좋은 사람이요."

"어쩜 대답이 그렇게 빨리 나와요. 마치 물어보면 대답하려고 답을 준비하고 있었던 사람 같아요."

"실제가 그래요."

"좋은 사람이라니 너무 광범위하군요. 조금 더 구체적으로, 예를 들면 마음이 곱다느니, 예쁘다느니……."

"티 없이 맑고 순수하고 선한 사람이에요."

"부인 예찬론가시군요. 어떻게 만나셨어요?"

"지선 씨가 프랑스로 떠나고, 나는 입대를 했지요. 그리고 막 군의관으로 임관하고 나서 선을 봤어요. 생전 처음 봤던 선이었는데, 선본 바로 그날 결혼하겠다고 결정해 버렸어요."

"첫눈에 마음에 들었던 모양이지요?"

"가슴을 설레게 만들고 그런 건 아니지만 보고 있으면 평온해요. 밝고 맑고 순수 그 자체예요."

"축하드려요. 그런 분을 만났으니 얼마나 좋으세요. 자 건배! 좋은 분 만나기를 얼마나 빌었다고요. 그럼 지금까지 의견이 달라 다투고 그런 적도 없었겠어요?"

"아직까진 없었어요."

"두 분 취미는 같아요?"

"나도 그림을 좋아하는데 집사람도 그래요."

"취미가 같으니 좋으시겠어요."

"집사람도 지선 씨 보고 싶어해요. 기회가 되면 한번 같이 만나요.

옛날 포항 바닷가에서 잃어버렸지만 지선 씨 곰 인형 때문에 우리 애 준결이가 무사해서 집사람도 지선 씨 많이 만나 보고 싶어 한답니다."

"나도 보고 싶어요. 명수 씨 이야기만 듣고서도, 만나면 금방 좋아질 것 같아요. 좋은 사람 만나서 결혼까지 하고 그 사람과 평생 해로할 수 있다니 상상만 해도 행복해요. 우리가 나이를 먹은 모양이에요. 이런 이야기까지 하게 되고. 옛날엔 그저 아무런 생각 없이 만났는데. 아! 참, 잃어버린 곰 인형은 내가 다시 만들어 드릴게요."

"지금까지 기억하고 있었어요?"

"그럼요."

"아까 지선 씨 방에서 듣고 있던 음악이 미완성교향곡이던데 지선 씨, 슈베르트 좋아하세요?"

"요즘 많이 들어요. 특히 미완성교향곡이 좋아요. 아름다운 선율도 좋지만 선율 속에 젊은 날의 고뇌가 느껴져요."

"젊었을 때 만든 작품인가요?"

"31살 때 죽었고 죽기 6년 전에 작곡했으니 젊은 시절의 작품이지요. 아마 그가 충분히 오래 살았다면 미완성교향곡이란 이름 대신 다른 곡명으로 불렸을 거예요. 왜냐하면 이 곡이 슈베르트 사후 37년이나 지나 발견 되었는데 이때 2악장까지만 완성된 작품이었으니 만약 그가 오래 살았더라면 곡도 완성이 되었을 테니까요.

그렇지만 듣고 있노라면 이 자체만으로도 완벽해요. 사람의 일생과 비슷하다 생각해요. 꼭 오래도록 사는 일생이 완성된 삶이라고 할 수 없듯이요. 어느 시기의 삶을 살았든 그때까지 나름대로 완성된 삶을 살지 않았을까요? 내 생각이지만 슈베르트도 나머지 부분은 먼 훗날, 그때 가서 작곡하고 싶었을 거예요."

차를 타고 떠나는 아픈 이별이 싫어서 이번에는 길에서 작별 인사를 나누었다.

"잘 지내요."

"대접이 소홀했어요. 조심해 가세요."

차가 미끄러지듯 터미널을 빠져 나오면서 혹시나 하고 차창 밖을 내다보았더니 버스가 나오는 입구 한 쪽에 그때까지 그녀가 서있었다. 손을 흔들어 보았으나 그녀는 이쪽을 못 보고 돌아서 버렸다.

차는 사랑하는 사람끼리 같이 서있는, 혹은 사랑하는 사람 곁으로 찾아가는 이들이 신호등을 기다리는 횡단보도를 빠져나와 벌써 한강

변으로 달려 나갔다. 또 한 차례 지선이와 멀어져 가고 있었다.

구름 한 점 없이 맑은 가을날 경철이 결혼식이 있었다. 주례는 정년퇴임 후에 지금은 서울에 머물러 계시는 고교시절 교장선생님께서 맡으셨다. 결혼식엔 지선이 뿐 아니라 서울 근교에 살고 있는 동창들이 모두 참석했으니 식장이 마치 섬마을 학교의 동창회 모임과 같았다. 까까머리, 단발머리였던 신랑신부가 웨딩마치에 발을 맞추어 입장하는 모습은 세월의 강을 건너는 한 쌍의 원앙이었다.

맨 뒷좌석에 앉은 지선이는 연신 손수건으로 눈물을 훔쳤다. 결혼식이 끝나고 피로연석에서, '선생님 고맙습니다' 인사하는 현순의 목소리도 촉촉이 젖어있었다.

"둘이 잘 살아야 돼. 경철이 너, 현순이 고생시키면 안 돼."

지선이 눈에 또다시 눈물이 고였다. 그렇게 늦깎이 제자 두 사람은 옛 스승과 어린 시절 고향 동창들의 축복 속에서 새로운 시작의 힘찬 발걸음을 내 딛게 되었다.

그날 전화 수화기를 통해 감격스런 결혼 소식을 전하는 지선이 목소리가 날아갈 듯 가벼웠다. 큰 짐을 훌렁 벗어버린 듯했다.

"명수 씨, 나 이제 시원해요. 오늘 예식장에서 주책 부릴 뻔 했어요. 까딱 잘못했으면 좋은 날에 울 뻔했어요. 나는 꼭 좋은 날에 눈물이 막 나와요. 어디가 잘못된 모양이에요."

그동안 혼자서만 속으로 겪었던 마음고생이 생각보다 훨씬 심했던가 보았다.

"그동안 얼마나 고민 되었는지 몰라요. 누구한테 말할 수도 없고 그렇다고 애들 아빠하고 상의하기도 미묘한 사안이고 혼자서 속으로 삭이며 벙어리냉가슴 앓듯 지내다 지난번 처음으로 명수 씨한테 털어놨던 거예요. 덕분에 좋은 결과가 맺어진 것 같아요. 감사드립니다."

"지선 씨의 진심이 통했기 때문이지요."

"명수 씨, 오늘 주례는 옛날 내가 학교에 근무했을 때 모시고 있었던 교장 선생님이 서주셨어요. 지금은 정년퇴임 하시고 서울에서 아들하고 함께 사신대요. 경철이와 현순이가 찾아가 교장 선생님께 주례를 부탁드렸더니 기꺼이 응낙해 주셨어요. 교장선생님이 옛날에 저를 무척 예뻐해 주셨어요. 내가 살아오면서 존경해 마지않는 훌륭한 스승이셔요. 조그마한 미술학원이지만 제가 지금까지 운영하면서 단 하루도 게을리 하지 않고 성실하게 학생들을 지도하며 살 수 있게 된 기본자세가 모두 교장선생님 덕택이에요.

옛날 경아 결혼식 날이었어요. 결혼식이 토요일이었는데 경아가 그 날은 수업을 빼먹더라도 꼭 참석해 달라고 신신당부를 했기에 그날 수업을 조금 당기고 일찍 퇴근하려고 교장선생님께 말씀드렸답니다. 그때 혼만 났더랬어요. 교장선생님이 나한테 뭐라며 나무랬는지 아세요? 나는 한 사람 일지 몰라도 선생님을 바라보며 공부하는 학생들은 여럿인데 그 학생들을 소홀히 하면 어떻게 되겠는가? 그건 교단에 서서 학생들을 가르치겠다는 스승의 바른 자세가 아니라고 따끔하게 일침을 가하셨어요. 그때 얼마나 부끄러웠는지 몰라요. 그 뒤로 학생을 마주할 땐 언제나 나는 한 사람이지만 학생들은 여럿이라는 교훈을 잊지 않았죠. 아무리 사적인 중요한 일이 생겨도 나를 바라보는 많은 학생들을 떠올리면 교육을 소홀히 할 수가 없더라고요. 그 당시엔 교장 선생님께 많이 섭섭했는데 지나고 나서 생각하니 나에게 커다란 교훈을 심어 주셨더라고요. 결국 그날 육지에 나오는 배편을 놓쳐 결혼식에도 못 갔어요. 경아 그 계집애 그런 사연이 있었던 줄도 모르고 결혼식에 참석 안 했다고 두고두고 섭섭해 하더군요."

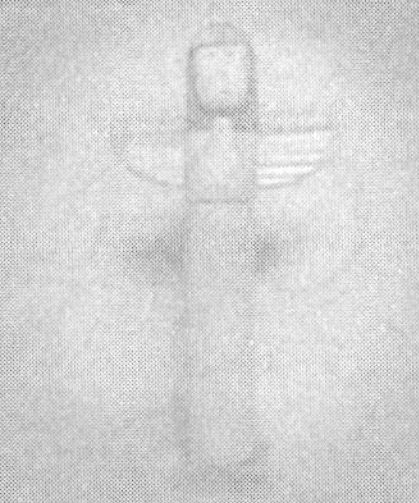

제5부
미완성교양곡

마지막 만남

갑작스런 그녀의 마지막 방문은 단풍이 유난히 짙게 물든 그 해, 가을 어느 날 오후였다. 막 퇴근 준비를 서두르는데 들어선 사람이 지선이었다.

"아니 지선 씨……."

"그간 잘 지내셨어요?"

"미리 연락도 없이 용케 시간을 잘 맞추셨어요?"

"직원한테 전화해서 퇴근시간 알아봤어요. 혹시 다른 약속 있으신 것 아니세요?"

"없습니다. 설령 약속이 있다 해도 멀리서 오신 귀한 분 혼자 있게 할 수는 없지요."

"저, 우암산 가고 싶어요. 서울서부터 택시로 왔어요. 이 차가 그곳까지 데려다주고 돌아가기로 약속되었어요."

"우암산이 보고 싶어서 오신 거군요."

그날따라 그녀에게서 풍기는 분위기가 몹시 가라앉아 있었고 움직이는 동작도 어딘지 어색해 보였다.

"명수 씨, 나 이상해 보이지 않아요?"

"왜 무슨 일 있어요?"

"눈이 더 안 보여요. 이제 다른 쪽 눈까지 많이 나빠졌어요."

"지난 번 만났을 때 그런 말 안 했는데…."

"그때도 상태가 좋지는 않았어요. 그 후 점점 진행된 것 같아요. 이젠 올 때까지 온 모양이에요. 나 바보지요? 눈을 무리하면 안 되는 줄 뻔히 알면서 번번이 무리를 시켜 병을 악화시키네요."

"그거야 그림 그리는 일이 워낙 눈을 많이 사용하는 작업이니까 그럴 수밖에 없지요. 그 병 자체가 원인도 확실치 않은 병이고요. 그림만 그려서 생긴 병이라면 그림 그리는 다른 많은 사람들도 같은 병을 앓을 것 아니에요? 그러니 자신 탓으로만 돌릴 문제가 아니에요."

"우암산은 역시 좋은 산이네요. 가을에 와도 운치가 있군요. 등산객들도 많네요. 제가 이곳에 처음 왔을 땐 눈이 많이 쌓여 있었지요. 그리고 수채화 모임에서 한 번 온 적이 있었고, 오늘 보니까 느낌이 또 달라요. 우선 시내와 공기가 다르군요. 상쾌한 기운이 머릿속까지 파고 드는것 같아요. 지난번에도 이곳에서 귀가 멍했는데 지금도 그렇네요. 귀에 바람을 불어넣으면 괜찮다고 하셨지요?"

"코를 손으로 꼭 잡고 바람을 넣어야 해요. 그래야 바람이 코로 안 새어 나가고 곧바로 귀로 전달되거든요."

"처음 눈이 아팠을 때, 나에게 소리가 안 들려도 상관없으니 눈만 보이게 해달라고 얼마나 빌었는지 몰라요."

"귀가 듣고 화났겠어요. 쉬고 나면 다시 옛날같이 좋아질 테니 우선 잘 쉬어봐요."

"아니에요. 이번에는 안 좋아질 것 같은 예감이 들어요. 그동안 계속 조금씩 진행되면서 나빠졌거든요. 그간 겨우 한쪽 눈에 의지하며 버텨 왔는데 이제 색감은 말할 것도 없고 사물의 윤곽이 또렷이 보이지 않네요."

"안경을 착용하지 그래요."

"지금 안경 썼는걸요. 콘택트렌즈를 착용했어요. 그렇지만 병변 부위가 망막과 시신경 쪽에 있어서 안경으론 도움이 안 된대요. 앞으로 나 혼자서는 여행하기가 어려울 것 같아요. 조금이라도 시력이 남아있을 때 이곳에 오고 싶었어요. 나, 이제 그림도 못 그리는데 어쩌지요?"

그동안 간신히 참았을 눈물이 비 오듯 쏟아진다.

"지선 씨, 휴식이 필요할 것 같군요. 우선 쉬어보세요. 옛날에도 회복되지 않았던가요? 일차적으론 눈에 그리고 몸에도 휴식이 도움 될 것 같습니다."

"고향에도 가보고 싶어요. 수채화 물감을 풀어놓은 것 같이 한없이 파란 고향바다! 옛날 처음 눈이 아팠던 때에도 그랬어요. 파란 물감을 풀어 그림을 그려놓고 보면 어느새 눈앞에 고향바다가 출렁거리는 거예요. 저는 파란색 물감을 풀어 바다를 그릴 때 제일 행복하답니다. 그런 이유 때문에 다시 수채화를 그리기 시작한거구요.

명수 씨, 제가 가장 자신 있게 잘 쓰는 색깔도 파란색과 빨간색이에요. 파란 바다와 농담이 또 다른 파란 하늘이 맞닿는 수채화 그림을 그린다는 생각만 해도 벌써 가슴이 뛰기 시작 한답니다. 옛날 명수 씨가 좋은 그림이란 꿈이 담겨져 있는 그림이어야 한다고 했는데 기억하세요? 제 그림 속 꿈은 언제나 고향 바다였어요.

명수 씨, 나 다시 태어날 땐 건강한 눈을 갖고 태어났으면 싶답니다."

"누구든 현실에 만족만 하고 사는 사람이 있겠어요. 세계에서 자살률이 많은 나라도 모두 살기 편한 나라들이랍니다."

"내가 행복에 겨운 고민 하고 있다고 나무라는 소리로 들리는군요."

살짝 토라졌던 지선이 다시 입을 열었다.

"명수 씬 내세를 믿으세요?"

"믿고 싶어요. 내세에 대한 믿음은 현재를 살아가는데 조그만큼도 나쁜 영향을 끼칠 일이 없다는 생각입니다. 인생은 너무 소중해서 인생을 그냥 우연의 소산이라고 돌리기에는 아까워요. 우리 만남도 그냥 아무렇게나 되는대로 이루어진 게 아니었다고 믿고 싶어요."

"명수 씨, 내가 이 세상에 태어난 의미가 사랑하는 우리 애들 아름이와 한솔이를 남긴 것뿐일까요?"

"왜 그렇게 좁게만 생각하세요. 세상 모든 이치를 자신을 중심축에 두고 생각해야 해요. 지선 씨로 말하자면 가족에게 뿐만 아니라 학원에서, 그리고 지선 씨 주위의 모든 사람에게 지선 씨로 인한 영향이 은연중에 횡으로 종으로 엮여 다음 세대로 계속 이어지고 있는 거잖아요. 그게 우리가 오늘 존재하는 의미 아니겠어요?

지선 씨 존재 자체가 나에게도 소중했어요. 지선 씨로 인하여 살면서 무엇이 소중한지 알게 되었지요. 무엇보다 지선 씨는 나에게 사랑을 알게 해줬어요. 더불어 사랑하는 사람과 헤어지는 법까지도요."

"지금은 내가 모두에게 짐이에요."

"생각이 너무 비관적이어서 그러니 우선 휴식이 필요해요 그리고 꼭 병원에 들르세요. 의사의 자문이 필요할 것 같아요. 특히 정신과 쪽으로요."

"며칠 전 애들 아빠하고 의견충돌이 있었어요. 애들 문제가 발단이 되었어요. 지난번 경철이 제자 문제로 다투고 나서 아직도 불편한 관계였는데……."

"무슨 일 때문이었습니까?"

"아름이는 그림에 재능이 있어요. 그래서 진로도 미술 쪽으로 이미 결정을 했어요."

엄마를 많이 닮은 딸, 아름이는 예능에 대한 재능마저 엄마로부터 쏙 물려받아 어려서부터 그림을 좋아했고 소질도 따라줬다고 한다. 그래서 진로도 재능을 살릴 수 있는 예술고등학교로 정해버렸다.

최근에는 본인 작업 틈틈이 아름이 그림에 대한 기초를 닦아주느라 몸이 둘이어도 모자랄 지경이었으나 중요한 시기에 다시 눈 문제가 걸림돌이 되어버렸으니 상심이 너무 컸다고 한다.

"애들한테 도움은 고사하고 짐이 되고 있어요. 심지어 집안일까지 애들 도움을 받아야 할 처지가 되었어요."

눈에 문제가 생기면서 마음이 더욱 초조해지며 조급한 나머지 큰딸 아름이에게는 우선 그림은 젖혀놓고 혼자서 밥 짓기, 세탁하기, 심지어 김치 담그기까지, 살림에 필요한 제반 실습을 시켰단다. 유난히 아침잠이 많은 한솔이에게도 아침에 스스로 일어나 학교 갈 채비를 혼자 하도록 과하다 생각될 정도로 훈련을 시켰다는 것이다.

아름이에게 빨래며 청소하는 일을 시켰던 처음엔, 아름이가 불평을 털어놓았던 적도 몇 차례 있었지만 난생 처음 정색하고 나무라는 엄마를 대하자 영문도 모른 채 엄한 교육을 잘 따라주었다고 한다.

날이 다르게 병이 진행되어 감을 느낀 지선은 눈이 더 악화되기 전에 미리 청소에서부터 옷장 정돈 그 외 주변정리를 하나씩 해나갔다. 며칠 전에는 비록 도우미 아줌마의 도움을 받았지만 이불 빨래까지 모두 끝마쳤고 심지어 본인이 입었던 헌 옷가지들을 아파트 뒤 공터에서 불태워버리는 일까지 말끔하게 처리해버렸다. 혹시 이 세상에서 사라지더라도 누구에게든 초라했던 흔적을 남기고 싶지 않아서였다.

"그렇게 힘든 시련을 혼자서 겪었단 말이에요?"

"옛날에도 이야기했던 적이 있었지만 다른 누구에게도 짐이 되긴 싫어요. 부모님은 말할 필요도 없고 심지어 애들 아빠에게도요."

시간이 지나면서 애들도 어렴풋이 엄마의 뜻을 이해하고 이젠 모든 일을 스스로 챙길 정도까지 변했다.

"실은 그 일 때문에 애들 아빠하고 의견 충돌이 있었어요."

애들 아빠는,

"지금 애들이 학교 공부하기도 힘든 시긴데 빨래다, 청소다, 하면서 집안일까지 짐을 지게 하다니 너무 과한 처사가 아니요? 하고 나무라더군요."

지난 번 경철이 제자 사건만 아니었다면 애들 교육에 대하여 미리 애들 아빠와 의논이 됐어야 했으나 지난 번 다툼이 있고나서 오랜 시간 대화가 단절된 상태였다고 한다.

"모두 내 잘못이에요. 나는 다투고 나면 풀릴 때까지 말을 안 하는 나쁜 버릇이 있어요. 아마 막내딸 티를 내려고 그럴 거예요."

신통하게도 애들은, '엄마, 조금도 걱정 마세요. 우리가 잘 해 나가고 있지 않아요?'하면서 엄마를 위로하고 감싸주었단다. 그러면서 심한 교육 또한 엄마 뜻을 거스르지 않고 기꺼이 받아들였다는 거였다.

그러나 애들이 어찌 엄마의 맘 속 깊이 숨어있는 생각을 상상이나 할 수 있었으랴! 이때 엄마는 서서히 애들과 헤어질 준비를 시작했고 이 세상에서 엄마가 사라지더라도 혼자 살아갈 수 있도록 교육을 시키고 있다는 사실을.

"이젠 내가 없더라도 애들 혼자서 스스로 헤쳐나갈 수 있을 거예요."

"마음이 약해질 때 우선 그런 소중한 애들을 생각해야지요. 얼마나 착하고 귀한 애들이에요? 애들한테도 그럴 거예요. 어떤 모습으로든 지선 씨가 이 세상에 존재한다는 자체가 중요할 따름이에요. 나 역시 세상에서 중요했던 사람과 이별을 했어요. 일생에 한 번만이라도 좋으니까 세상 어느 곳이든 살아있는 사람이라면 언제고 만날 수 있으니 희망이 있지만 벌써 세상을 떠나버린 귀중했던 사람을 생각하면 슬픔 밖에 안 남아요. 세상은 살아있는 사람에게 짐도 되지만 또한 살아있는 사람 차지예요."

잠시 걸음을 멈추고 지선이가 나를 바라본다.

"명수 씨에게 걱정만 끼쳐주고 좋은 친구가 돼주지 못했어요."

"그 점에서도 지선 씨와 견해가 달라요. 항상 즐거운 일로서만 누구에게 도움을 안겨주는 건 아니에요. 어떤 경우엔 슬픔이 또는 아픔이 따르더라도 도움이 되는 경우가 있어요. 심지어는 이 세상에 존재한다는 한 가지 사실만으로도 기쁨을 줄 수 있는데 지선 씨는 나에게 바로 그런 사람이었어요. 내가 좋아하는 사람이 이 세상 어딘가 살고 있다는 생각이 들 때면 언제나 기뻤어요. 어느 날 우리 별을 보며 나와 똑같은 마음으로 저 별을 바라보고 있는 사람이 있다는 자체만으로도 행복했답니다. 물론 지선 씨는 가족들에게 바로 그런 존재일 거예요. 아무도 돌보지 않고 내다버린 우리나라 장애아들을 입양시켜 자기가 낳은 친자식과 똑같이 길렀던 어느 외국인 이야기를 들은 적이 있어요. '장애아들을 기르느라 얼마나 힘드셨어요?' 라고 묻는 질문에 대한 그 분 말씀이 '신체가 건강한 자신들이 오히려 신체가 부자유스런 장애아들을 통하여 배운 점이 훨씬 더 많았다.'고 했어요. 장애아들을 보고서 비로소 자신들 건강에 감사할 줄 아는 마음이 생겼답니다. 중요한 사람들에게 신체의 장애쯤은 아무 문제도 아니지요."

겹쳐 밀려오는 현실의 파도들이 그녀의 지친 몸으로 헤쳐 나가기에는 너무 힘들어 보였다. 오늘따라 그녀가 넓은 바다에 홀로 떠있는 작은 조각배같이 가냘퍼 보였다. 지금에 이르러 그녀는 장애물과 애써 맞서 싸우기보다 도피하고 싶은 생각이 엿보였다.

“지선 씨, 미흡하지만 어느 때든 힘이 되어드릴 테니 같이 이겨나가요.”

“명수 씨가 돕는다고 해결될 문제가 아니에요. 오랜만에 만나서 답답한 이야기만 늘어놔서 죄송해요.”

고향 바다가 보고 싶다며 쫓기는 사람같이 서둘러 떠난 그녀의 뒷모습이 그날따라 더없이 여리고 허전해 보였다.

하늘나라로

꿈인지 현실인지 혼란스러웠다.

여름 방학을 끝내고 개학을 하니 친한 친구 얼굴이 안 보였다. 친구들끼리 물놀이를 갔다 혼자만 죽었다는 슬픈 소식이었다. 그 후 그 친구 얼굴을 영영 볼 수 없었다. 기억에 남는 철들고 맞이한 첫 번째 놀라운 사건이었다.

또 다른 믿기지 않은 사건은 아직 세상을 떠나기 말할 수 없이 이른 친구 순형이의 부음이었다. 뒤에 남겨진 그의 부인과 어린 두 애들 생각에 슬픔을 주체할 수가 없었다. 하늘이 하는 일을 순수하게 이해하고 받아들이기엔 나 역시 아직 너무 젊었다.

어떤 심사기준을 적용했는지는 알 수 없지만 성향이, 무조건 복종이 요구되는 의사 사회에 합당치 못하니 군복무를 끝낸 몇 년 후라면 모를까 아직은 모교에서 수련을 허락할 수 없다고, 모교 수련을 거부당한 친구들 중 나와 순형이는 해군을 지원했다.

함께 포항 해군병원 생활을 거쳐 나는 진해 해양의학 연구소를 그리고 순형이는 우리연구소 가까이 있는 해군사관학교 의무실로 배속되어 동경해 마지않던 진해에서의 생활을 함께 시작하였다.

내가 근무하는 해양의학 연구소엔 10m 깊이의 수조가 있어 수중환경과 연관된 해양연구를 할 수가 있었다. 수중 재현장치인 잠수 체임버가 갖춰져 있어 그 안에 들어가 수압만 조절하면 지상에서도 바다 밑 환경을 똑같이 재현해 낼 수가 있었다. 우리 잠수의학 군의관들은 이곳에서 해양의학의 연구와 우리 연구원에 위탁된 다른 해군 군의관들의 잠수교육을 담당했으며, 교육 내용 중 스쿠버 훈련은 필수코스였다. 해군 사관학교에 근무하던 순형이는 시간 여유만 생기면 우리 연구소에 들러 스쿠버 훈련에 관심을 기울였다. 주말이면 물이 제일 맑고 경치가 빼어난 사관학교의 오염되지 않은 바다 속에서 동료가 되어 나와 함께 스쿠버를 하며 무료한 진해에서의 시간을 달래곤 했다. 제대 후 수련을 마친 순형이는 속초에 자리를 잡고 그렇게나 원하던 스쿠버를 다시 시작했다.

"명수야, 이곳 속초는 스쿠버 하기엔 모든 조건이 완벽해. 내가 먼저 자리 잡고 연락할게, 너는 천천히 와."

위험이 따르는 스쿠버 잠수는 반드시 동료와 짝이 되어 잠수를 하는 게 원칙이었으나 마지막 전화 통화를 남긴 후 동료 없이 잠수를 시도한 순형이는, 사랑하는 가족들에게 유언 한마디 못 남기고, 물 밖으로 떠오르지 못한 채 먼저 저 세상으로 떠났다.

"순형아, 아직 지상에서 못다 한 일, 함께 하기로 계획했던 일, 너무나 많이 남아 있는데 어떻게……."

그의 부음에 눈앞이 캄캄해졌었다.

모교 교수가 된 친구 앞에 어느 날 공손하게 인사를 올리고 나타난 어딘지 얼굴 모습이 눈에 익은 의과대학 신입생은 순형이가 세상을 떠날 때 코흘리개였던 순형이 아들이었다. 동문장학금 이름으로 도움을 받았던 순형이 아들은 아빠친구들의 기대를 저버리지 않았고, 신경외과 인턴으로 첫 봉급을 받던 날 우리들 모두에게 전달 할 자그마한 선물을 들고 모임에 나타났었다.

"여보세요. 혹시 오명수 씨 댁 아니십니까?"
"제가 오명수 입니다만……."
"갑자기 전화드려 실례했습니다. 류지선 씨를 아시는지요?"
"아름이 엄마 류지선 씨 말씀하십니까?"
"네, 그렇습니다."
"압니다만 왜 그러시죠?"
"저는 류 선생님 제자되는 김현순이라고 합니다."
"아, 그러세요. 그런데 무슨 일 때문에 전화를 주셨습니까?"
"류 선생님 소식 들으셨어요?"
"어떤 소식인데요?"
"선생님 소식을 아직 모르시는군요."
"류 선생님이 이곳 청주에 오셨던 적이 있었는데, 아마도 두 달 가까이 된 것 같습니다만."
"오 선생님, 놀래지 마십시오. 선생님이 돌아가셨습니다."
"아니, 여보세요, 무슨 일인지 좀 자세히 말씀 해주시겠어요?"
"두 달전에 청주에 가셨던 적이 있다면 그러니까 류 선생님이 돌아가신지 한 달 지났으니 그 곳에 다녀오시고 한 달쯤 지나서 인 것 같습니다."
맑게 갠 하늘에서 그야말로 날벼락이 치는 것 같았다. 지선의 소식에 거의 할 말을 잃어버린 나는 순간적으로 머릿속이 텅 비어버린 듯한 현기증을 느꼈다. 간신히 정신을 수습하고, 제자에게 물었다.
"어떻게 갑자기 그런 일이 생겼답니까?"

"교통사고였습니다. 언덕에서 차가 굴렀답니다."

"어쩌다 그런 일을……"

"오 선생님께 전해드릴 물건이 있어서 그러는데 언제 시간 좀 내주셔야 겠습니다. 류 선생님께서 꼭 선생님께 직접 전달해 달라는 간곡한 부탁이 있으셨어요."

그러니까 그날 지선의 제자 현순에게 그녀의 교통사고 소식을 전화를 통해 처음 알게 되었다. 얼마나 놀랬던지 곁에서 과일을 깎고 있던 아내가 깜짝 놀라며 무슨 일인지 궁금해, 미처 덜 깎인 과일을 쟁반에 올려놓으며 놀란 눈을 하고 통화 내용에 귀를 기울였다.

"무슨 전환데 그렇게 놀라세요? 혹시 안 좋은 소식이라도……?"

"응. 서울에 사는 친구가 교통사고로 죽었대."

"어떤 친구가요?"

"지선이라고 당신도 아는 친구야."

"지선 씨라면 우리 포항에 살 때 잃어버린 곰 인형을 만들어준 친구 아니에요?"

"맞아. 바로 그 친구야."

"언제 사고를 당했어요?"

"한 달 전이래."

"전화 해준 사람은 누구에요?"

"지선 씨 제자 되는 사람이라고 해."

"그때 이야기가 지선 씨 프랑스에 유학 갔다고 했었는데……."

"간지 얼마 안 되어 돌아왔었어. 아버지가 암에 걸려 수술을 하게 됐는데 그때 바로 귀국 했다더군."

"어쩜 그런 끔찍한 사고를 당했다지요? 지선 씨 만난 적 있었어요?"

"최근은 2달쯤 전이야. 그때 눈이 많이 나빠졌다고 했는데 그리고 고향에 한번 가보고 싶다고도 했고."

"지선 씨 결혼은 했어요?"

"그럼. 결혼도 했고 애도 둘 있어."

"그간 지선 씨 하고 연락이 있었어요?"

"만난 적도 몇 번 있었어. 맨 처음 만났던 때는 서울에서 내과 수련을 받던 시기 였는데 지선 씨가 눈이 아파 갑자기 응급실에 실려 들어왔어. 구급차에 실려왔었는데 그 당시엔 지선 씨가 한국에 있으리라고 상상도 못했으니까 얼마나 놀랐는지 몰라.

그때 이미 결혼도 했고 애들도 있다고 했어. 얼마 동안 입원했다 퇴원했는데 그때가 워낙 정신없이 바빴던 주치의 시기여서 차분하게 만날 틈이 없었어. 그 후 몇 년 소식도 모르고 지냈었는데 물론 서로 알려고만 했더라면 얼마든지 알 수 있었을 테지만 바쁘게 살다보니 미처 연락할 정신도 없었고, 무엇보다 각자 가정을 지니고 있는 상대방을 조금이라도 불편하지 않게 하기 위해서였지."

"어떻게 다시 연락이 닿았나요?"

"우리가 청주로 이사 오던 해 겨울이었어, 친구로부터 우리가 이곳에서 살게 되었다는 소식을 들었대. 그때 다시 연락이 닿았어."

"그간 왜 나한테 지선 씨 이야기 한 번도 안 해줬어요?"

"구태어 옛날 사귀었던 사람 이야기해서 당시 기분을 언짢게 하고 싶지 않았던 거야."

"이야기 해줬어도 기분 상하지 않았을 텐데. 그런데, 지선 씨를 많이 좋아했어요?"

"결혼 전 일이야. 세상에 그 사람이 없으면 못 살것 같은 그런 시기가 있었어. 그러다 당신을 만나서 결혼도 했고 사랑하며 사는 거야."

"곰 인형 아니었더라면 우리 준결이 큰일 날 뻔했는데……. 나도 꼭 한번 보고 싶었고 지선 씨에게 속으로 항상 감사하는 마음을 갖고 지내왔어요. 그런데 이제 어쩐다지요? 믿어지지가 않는군요. 여보, 좋은 친구를 잃어서 안됐어요. 속으로 샘도 났지만 곰 인형 사건 후 그분에게 항상 은혜를 입었다고 생각했어요.

그런데 남녀 사이에 그런 순수한 우정이 가능하던가요?"

"우리가 다시 만나서 약속한 적은 없었지만 각자 옛날 순수했던 사랑을 더욱 아름답게 가꾸기 위해 노력했어. 그녀 역시 그랬던 것 같아. 그렇게 하다 보니 친구가 될 수 있었고. 아니 지선 씨는 처음부터 결혼은 아예 생각지 말고 좋은 친구가 되자고 했었지. 그 당시 나는 그 말이 무엇을 의미하는지 조차 몰랐어. 그냥 그 사람하고 결혼을 못해서 안달이 났으니까. 끝내 결혼은 이루어지지 않았고 결국에 가서는 지선 씨 주장대로 친구가 되었지만."

내가 하는 대답을 묵묵히 듣고 있던 아내가 과일을 썰어 가지런하게 쟁반에 옮겨 담은 후 애들 방으로 사라졌다. 사라지는 아내의 뒷모습을 바라보며 얘기를 듣는 동안 잠시 낯설어하던 아내의 얼굴이 떠오르며 아내가 물어봤던 질문을 다시 스스로에게 던져보았다.

'다른 감정이 아닌 순수한 우정이 가능했던가?'

'직접 겪어보니까 남녀 사이에도 순수한 우정이 이루어졌다, 아니 어느 면에서는 남자와 남자 사이보다 훨씬 애틋한 우정이었다. 뿐만 아니라 서로가 노력하여 그녀가 바라던 대로 그 우정을 영혼의 가장 높은 곳에 올려놓을 수가 있었다. 내 사고의 일부가, 아니 영혼의 일부가, 지선이라는 친구가 있다고 해서 아내나 가족에게 향하는 사랑이 부족되리라는 산술적 수학공식은 사랑의 세계에서는 맞지 않는 기호일 뿐이다. 사랑은 수학공식이 아니니까. 사랑이 수학공식이라면 수학자가 사랑을 제일 잘 할 텐데 사랑에 있어선 그런 공식은 통하지 않는다. 누구에게서 큰 사랑을 받아 본 적이 있는 사람이 역시 다른 사람에게 더 큰 사랑을 줄지도 알게 된다. 사랑하는 사람이 어떻게 좋은 친구가 될 수 있는지 직접 체험하게 되었다.'

미술 전람회장에서 처음 만났던 순간부터 지선이와 겪었던 일들이 파노라마처럼 머릿속을 스쳐가며 자신에게 던졌던 질문에 대한 대답을 마음속으로 해봤다.

애들 방을 다녀온 아내가 조용히 곁에 앉으며 다시 말을 이었다.

"당신의 친구가, 아니 당신이 사랑했던 사람이 어떤 사람일까, 많이 궁금했었어요. 기회가 있으면 꼭 만나고 싶었는데…… 여태껏 살아오면서 지선 씨 생각 자주했어요?"

"옛날 좋아했던 사람인데 어떻게 생각나지 않았겠어. 그렇지만 옛날 같은 그런 기분하고는 판이하게 다른 거였지. 지금도 여전히 생각이 나지만 옛날하고는 차원이 다른 것 같아. 무슨 말인고 하니 지선 씨는 세상에서 만난 좋은 길동무라고 생각해. 한때는, 물론 결혼 전이었지만, 세상에서 지선 씨 밖에 눈에 들어오지 않았어. 그 사람이 없으면 세상에 흥미도 없고 이를테면 세상사는 의미가 없더랬어. 존재의 이유라든지 심지어 모든 예술도, 교회도, 파란하늘도, 노래하는 새까지도, 모두 지선 씨 때문에 의미가 있었는데 지금은 그 때하고는 달라졌어. 무엇이 달라졌는가 하면 다시 보고는 싶지만 옛날 같이 헤어질 때 아파하고 못 견뎌하고 그렇지는 않아. 아마 이런 기분일거야. 곁에 없어도 견딜 수 있지만 같이 있기 때문에 더욱 윤택해지고 더 충만 된 것 같은 기분.

이것을 성숙이라고 하겠지. 그녀가 언급했던 사랑의 저 높은 곳에 이른 거겠지. 그녀가 곁에 있건 없건 상관없이 지선이란 사람이 세상에 존재한다는 자체만으로도 축복받는 기분이었어. 옛날 그렇게 강렬하게 바라던 곁에 두고 싶고 헤어지면 아파하고 같이 잠들었다 눈뜨면 곁에 있어야 만족할 것 같은 그렇기 때문에 결혼해서 살고 싶었던 그런 기분하고는 달라. 그러니까 그때는 사랑을 소유하고 싶었던 거야. 지금은 소유하지 않아도 괘의치 않아. 사랑하는 사람과 아무 바람도 없이 그냥 서로 바라보면서 있기만 해도 좋은 거지. 좋은 일이 생기면 즐거운 기분으로 같이 즐기고, 설령 궂은 일이 일어나더라도 슬픈 마음 그 자체를 서로 위로하고 이해하는 마음. 그러면서도 상대에게 아무 것도 바라지 않고, 부담주지 않고, 좋은 음악이 흘러나오면 같이 듣고, 아름다운 황혼을 같이 바라보며 눈빛으로 대화를 나누고, 혹시 멀리 떨어져 있더라도 영혼의 교감을 느끼는 거지. 이 세상에 같이 살고 있다는 사실 하나 만으로도 뿌듯함을 느끼는 그런 기분 말이야. 진정한 사랑은 소유가 아니더라고."

확실히 그 점이 옛날과 달랐다. 옛날에는 곁에 없으면 못 살것 같았다. 같이 있어도 허전하여 마음이 아플 지경이었다. 금방 헤어졌는데도 다시 돌이켜 세워 곁에 두고 싶었던 그때와는 확연하게 달랐다.

지금은 다시 만나고 싶지만 설령 만나지 않아도 상관없었다. 단지 세상에 살아있어 주었으면 그 이상 바랄 것이 없었다. 어느 곳에서든 좋으니까 못 봐도 상관없으니까 지구상에 살고 있다는 자체만으로도 만족했다. 그러면서 상대의 행복을 간절히 기원하고 싶었다. 살다가 어쩌다 만날 수 있다면 그것만으로도 축복이라는 생각이었다.

지선이는 이 세상에서 만난 좋은 길동무라고 생각한다.

옛날에는 운명이라고 이름 하였지만 지금은 단지 축복이라고 생각하며 감사한다. 세상을 살다 덤으로 얻은 축복이다. 이 축복을 누리게 해준 그녀에게 감사를 보낸다. 꽃들에게 별들한테 아니 오늘 하루 더불어 살아가고 있는 모든 것들에게 감사를 보낼 뿐이다.

그녀를 통하여 사랑을 얻었다. 온갖 것들과 닿을 수 있는 사랑을 얻었다.

복연선경 福緣善慶 화인악적 禍因惡積

지선의 사고소식을 듣던 날 제일 먼저 머릿속에 떠오른 사람이 순형이었다. 가족들에게 유언 한마디 못 남기고 유명을 달리한 순형이 얼굴과 어이없어, 할 말조차 잃어버린 그의 가족들 얼굴이 떠올랐다. 뒤이어 5월 26일, 양현이가 광주항쟁 마지막 날 죽음을 앞두고 그의 부인과 치렀을 기막힌 이별의 순간이 겹쳐졌다. 그런 참참한 생각에 젖어있을 때 양현의 전화를 받았다.

"명수야, 오랜만이다. 그런데 이렇게 좋은 소식을 너한테 안 알릴 수가 없구나."

"양현아, 무슨 좋은 일 생겼구나?"

"그래, 옛날 5.18 항쟁 때 아내 뱃속에 있었던 딸아이가 이번 외무고시에 합격했다. 복연선경이다."

"야, 축하할 일이구나, 그런데 복연선경은 뭐냐?"

"우리 집 가훈이다."

"그런 게 있었어?"

"너 같이 맨날 외국 원서나 들여다 보고 있는 사람이 이런 쉬운 말을 이해하겠냐? 화인악적 복연선경이란 경구인데, 지금의 화는 옛날 나쁜 일을 했던 결과이고, 착한 일을 하면 결국 나 같이 집안에 경사될 일이 저절로 따라온다는 의미다. 특히 너 같은 의사분들이 마음에 잘 새겨둬야 할 귀한 문구니라. 증조부 때부터 내려오는 우리 집 가훈이다."

"양현아, 복연선경이 그러면 결국 우리 증조부 좌우명과 비슷하겠다."

"너희 증조부 좌우명이 뭔데?"

"자구다복(自求多福)이다. 의미가, 복이란 감나무에서 감이 '퐁' 하고 가만히 누워있는 사람 입속으로 떨어지는 것이 아니고, 스스로 복을 구하고자 하는 사람한테 돌아온다는 의미다. 어느 의미로는 복이란 몸소 발 벗고 찾아나서야 비로소 얻을 수 있다는 의미이니, 결국 복연선경하고 일맥상통하는 의미 아니겠냐? 자구다복이 조금 더 역동적인 것 같지만. 우리 할아버지께서 이 좌우명에 따라 21살 때 증조부님과 상의 없이 논 문서를 일본인에게 저당 잡혀 그때 돈 거금 4만 5천원을 마련해 중국 상해로 건너가, 대한민국 임시정부 산하 '한인애국단'에 가입해서 독립 운동을 하셨다는 것 아니겠냐."

"아, 그렇게 되어 너의 조부께 건국훈장이 추서된 거구나. 훌륭한 증조부 좌우명이고, 똑 떨어진 할아버지 실천이셨네."

"할아버지는 나라의 독립이 가만히 앉아 있어서는 쟁취될 수 없다고 법정에서도 당당하니 피력하셨는데, 그때 나이가 24살 이셨으니 대단히 깨이신 분이셨다. 그러면서 할아버지가 증조부께 자구다복을 몸소 실천하셨다고 변명하셨다더구나. 그랬더니 증조부께서도 달리 아무 말 못하시고 돈을 마련해 논문서를 되찾으셨다고 들었다. 덕분에 나의 부모님이 결혼하실 때에는 벌써 가산이 많이 기울었지만, 현명하신 나의 외조부님이 할아버지 그 점이 마음에 꼭 들어 두 집안이 사돈하기로 결정하신 것 아니겠냐?"

"명수야, 증조부들끼리 가훈과 좌우명을 상의해서 만드신 모양이구나."

그런 통화를 하던 뒤 끝에, 며칠 전 당장 내 눈앞에서 벌어진 어처구니 없었던 사실 하나가 떠올랐다. 그때 모임은, 사회에서 꽤나 지도층인 인사들의 모임이었는데 그때 화제가, 5.18 항쟁 마지막 날 5월 26일 밤부터 5월 27일 새벽까지, '사랑하는 우리 형제, 우리 자매들이 계엄군의 총칼에 숨져가고 있습니다. 우리 모두 일어나서 계엄군과 끝까지 싸웁시다. 우리는 광주를 사수할 것입니다. 시민 여러분 계엄군이 쳐들어 오고 있습니다……' 홍보차량 마이크를 잡고, 밤을 새워 방송을 했던 사람이 중심화제였다. 그때 모임 인사 중 한사람이,

"그 사람 간첩이었다면서?"

그렇게 말을 끄집어냈다. 그때 좌중의 다른 한 사람이 자연스럽게 말을 받아,

"내가 그 당시 전경으로 광주에 있었는데 잡고 보니 간첩이더라고."

화제가 마치 그 당시 마이크의 주인공이 간첩인 것 같이 흘러가고 말았다.

"양현아, 그런데 그 사람 간첩이 맞냐? 내가 알기론 간첩이 아닌 걸로 확인됐다고 알고 있었는데……."

"명수야, 그렇기 때문에 그들을 용서할 수 없다는 거야. 그날 밤새워 마이크를 잡고 애절하게 외쳤던 사람은, 박영순 「1959년생 21세, 광주 송원전문대 보육과 2년(24일부터 선전조로 가두방송을 하여 시내를 순회함. 죽음을 넘어 시대의 어둠을 넘어, 전남 사회운동 협의회 편 P. 236)」과 또 다른 학생, 두 사람이었다. 물론, 18일부터 시내에서 계엄군의 잔학함을 보고 울분에 못 이겨 마이크를 든 전춘심(31세, 일명 전옥주)과 차명숙이란 사람도 있었지만.

광주 항쟁이 일어난 지 어언 30년이 넘었으니 일부에서는 전 국민

화해 차원에서 용서해 주자는 얘기도 나오는데 용서란 뭐냐? 우선 누구를, 그리고 무엇을 용서해줄지 대상이 있었을 때 나올 수 있는 이야기인데, 누구 한 사람 잘못했다는 사람도 없는데 누구를 용서해준다는 거냐? 기록에서 확인한건데, 시냇가의 어린 학생들과, 들판의 일반 아낙까지 조준사격으로 학살을 단행했던 그런 행동들은 도저히 용서 받을 수 없는 사실들이지. 그들이 저지른 짓은 인간이기를 포기한 짐승들의 행위인데 그래, 잔인한 짐승이 한 짓을 어떻게 용서해 주고 말고 할 수 있겠어? 물론 우리가 따로 용서하지 않더라도 화인악적이겠지만.

그러니까 아직껏 정확한 사망자 숫자도 밝혀내지 못하고 있는 것 아니겠냐? 옛날에 내가 한번 언급했는데 26일 저녁, 여자들과 어린애들을 모두 돌려보내고 난 후 YMCA에서 총기 조작 교육을 마치고 도청 앞에서 노제를 지내면서, 그때가 8시경 이었는데 기획위원인 내가 최종적으로 확인한 숫자가 400명이더라. 그런데 27일 새벽 4시부터 4시 55분까지 도청이 계엄군에게 완전 점령되고 상황이 종료되고 나서 경찰 후송차 두 대에 나눠어 우두커니 서서 끌려가면서, 평소 기획위원이 했던 일처럼 우리차 안의 시민군 숫자를 어림잡아 헤어보니 약 100명이더라구, 그러니 차 두 대에 실려 있던 사람은 모두 200명 정도 아니겠냐? 그사이 내 눈앞에서 총 맞아 숨진 시민군 숫자가 헤아릴 수 없이 많았고. 그런데 그 당시 발표가,

「전남북 계엄소에서 알리는 말씀입니다. 6시 현시 작전 결과입니다. 민간인 피해는 하나도 없습니다. 폭도들은 생포 207명 사망 2명입니다. 이상은 전남북 계엄소에서 알리는 말씀이었습니다.」 글쎄 그런 발표이고 보니, 밤사이 마음이 바뀌어 집으로 돌아간 사람이 있었거나 계엄군 작전이 시작된 후 담장을 넘어 도망간 사람이 있었다 치더라도, 바로 어제 밤 직접 점검했던 400명이란 숫자와 전남북 계엄

소에서 발표한 207명이란 숫자 차이를 이해할 수가 없구나. 도대체 밤사이 증발된 의문의 숫자들은 무엇으로 설명할 수 있겠냐? 항쟁 전 기간에 대한 의문은 젖혀두고라도, 그날 죽어간 인원에 대하여 당장 내가 알고 있는 진실에 대한 의문조차 시원하게 해명 못하는데 광주에 대한 의문이 어떻게 해결될 수가 있겠냐구?"

'나쁜놈들'이라고 내뱉고 '후우~' 하는 한숨소리가 들려, 전화를 끊는가 생각하고 작별인사를 하려던 찰라 양현이 다시 말을 이었다.

"명수야, 그런데 조부께서 독립자금으로 증조부 몰래 가져가신 액수가 4만 5천원이라고 했냐? 내가 알기로 그 당시 쌀 한 가마에 7원쯤 했고, 이회영 6형제가 일제에 나라를 빼앗기자 나라 망했는데 가문이 무슨 소용이 있느냐며 6형제 전 재산을 처분하고 1910년 12월 독립운동을 하기 위해 만주로 떠나던 때 마련한 돈이 40만원이었는데, 너의 조부님께서 증조부 몰래 가져가신 액수가 4만 5천원이라고 하니 화폐개혁이 1909년에 이루어져 1932년 까지 유지되었지 아마? 그때 화폐가치로 환산하면 천문학적 숫자인데 증조부 때 엄청난 부자였던 모양이다?"

"할아버지께서 자구다복을 실천하기 전까진 함평군에서 제일가는 지주였다더라. 그전에는 나도 어른들한테 전해만 들었고, 우린 자라면서 어려운 생활을 했으니 자세한 내막은 잘 몰랐다. 훈장 추서되면서 재판기록을 보고 나서야 할아버지가 무슨 일을 하셨는지, 어떠한 분이셨는지 알게 된 사실이라, 나부터도 놀랐다."

"명불허전이구나."

"거, 쉬운 말은 또, 무슨 뜻이냐?"

"우리 마을까지 들리는 안 씨들 훌륭하다는 소문이 헛소문이 아니라는 말이다."

미완성교향곡

짐작했던 대로 전화를 걸었던 사람은 지선이 늦깎이 제자 경철이와 결혼한 현순이라는 여학생 제자였다. 인상이 밝았으며 지선이 입에 침이 마를 정도로 칭찬했던 그대로 사람이 무던해 보이고 믿음이 갔다.

오랜 직장생활을 했던 때문인지 첫 만남이었지만 자연스런 분위기가 몸에 배어있었다.

"처음 뵙겠습니다. 지난 번 갑자기 전화 드려서 놀래셨지요? 선생님께 말씀 들었기 때문에 실례 무릅쓰고 댁으로 직접 전화를 드렸답니다."

"별 말씀을요. 나도 류 선생님으로부터 현순 씨에 대해 들은 적이 있습니다."

"선생님과는 오랜 친구셨다면서요?"

"대학 학창시절 때 만났으니까 오래 되었군요. 그런데 다시 자세히 말씀해 주시겠습니까? 류 선생님이 돌아가셨다는 게 확실합니까? 도저히 믿어지지 않는군요. 불과 얼마 전에 만났는데, 교통사고를 당했다니요? 지난번 만났을 때 눈이 안 좋아 운전도 안 한다고 하셨는데."

"글쎄, 그 점이 이해가 안 되는 부분입니다. 눈이 너무 나빠져 그 당시에는 운전을 안 하셨던 때였습니다. 그런 분이 운전을 하셨다니 자살 행위를 한 거나 다름없지요."

"어떤 사고였습니까?"

"경춘 간 국도 커브 길에서 자동차가 벼랑길로 굴러 떨어진 사고였습니다."

"끔찍하군요. 혼자 타셨어요?"

"네. 사고 다음 날에야 발견되었어요. 사고가 나던 날 그러니까 사고 차량이 발견되기 전 날, 소식도 없이 나가신 분이 12시가 넘도록 연락이 없어 집에서 소동이 났답니다. 예전에 이런 경우가 한 번도 없었던 분이라 가까운 친구들한테 연락을 해봤지만 아는 사람이 아무도 없어 다음날 새벽같이 동네 파출소에 신고를 했는데 사고 차량이 그날 오전 중에 발견되었답니다. 사고는 차량이 발견되기 전 날 일어난 걸로 추정되었고 발견 당시 선생님은 돌아가신 상태였습니다."

아직 나는 지선이 죽음을 실감할 수 없었다. 반신반의 하며,

"너무 안 됐군요. 그런데 저한테 전해달라는 물건이 있다고 했는데……."

"이 것인데 포장을 안 열어봐 무엇인진 모르겠습니다. 사고 3일전에 선생님께서 전화를 주셔서 뵈었습니다. 이걸 저에게 주시면서 오 선생님께 전해드릴 물건인데 여행 때문에 못 전해드리니, 저한테 대신 전해달라면서 선생님 연락처를 알려주셨답니다."

"어디로 여행 가신다는 말씀은 없으셨어요?"

"그때는 별 생각 없어 자세히 못 물어봤는데 이렇게 기억이 납니다. 여행 일정이 확실히 결정된 것은 아니고 혹시 못 떠나시면 저한테 다시 연락 주신다고 하셨던 것 같습니다."

현순이가 건네준 물건은 잘 포장된 화장품 갑 크기의 자그마한 상

자였다.

“선생님은 제가 고등학교 2학년 때 스승님이셨어요. 저는 그 당시 미술반이었는데 서울에 사는 동창들이 연락이 닿아 함께 선생님을 다시 찾아뵙게 되었어요. 그때 동창생들 몇 명을 만나게 되었는데 그 후에도 개인적으로 선생님과 몇 차례 만날 기회가 더 있었습니다. 저는 그때 만났던 일 년 선배, 동창 되는 경철 씨와 인연이 되어 결혼까지 했습니다. 류 선생님이 저에게 경철 씨를 소개시켜 주셨고, 결혼이 이루어질 때까지 중간에서 마치 친동생같이 각별히 신경 써 주셨어요. 결혼 후에도 몇 번 선생님을 만났었고 지난번에는 선생님께서 부탁할 일이 있다고 하시면서 저한테 일부러 전화를 주신 거예요.”

“그때 어떤 이상한 점은 못 느끼셨어요?”

“선생님께서 눈이 많이 안 좋아지셨다고 하셔서 그런 줄만 알았습니다.”

서로가 궁금해 하며 정성스레 포장된 자그마한 물건을 조심스럽게 펼쳐보았다. 말은 하지 않고 포장을 벗겨 나가는 손끝만 주시하지만, 이 물건이 혹시 사고와 연관이라도 있지 않을까, 얼핏 두려운 생각이 들었다. 숨을 죽이고 마지막 포장지를 벗기니 접혀진 쪽지가 한 장 보였다. 쪽지에는 짤막하게,

「명수 씨, 약속했던 겁니다. 행복을 빕니다.
— 지선」

다른 내용은 없었다. 그리고 더 이상 다른 편지도 없었으나 글을 읽는 순간 온몸의 털끝이 서며 모골이 송연함을 느꼈다. 편지를 주시하고 있던 현순이도 마찬가지인 모양이었다. 놀래고 긴장된 두 시선

이 마주쳤다. 마치 사고와 어떤 연관이라도 있을 것 같은 예감이 든다는 일치된 시선이었다. 우선 쪽지의 내용이 전혀 상상 밖이었다. 다시는 못 볼 먼 길 떠나는 사람한테나 말함직한 '행복하세요' 란 글귀가 어색했다. 심각하고 심상치 않은 분위기에 갑자기 말문이 막혀 둘이서 할 말을 잊은 채 멍하니 상대방 얼굴만 쳐다봤다.

현순이에게 여행을 떠난다고 했던… 여행 계획도 이상했지만 뚜렷한 목적지도 밝히지 않고 무작정 여행을 떠난다고 하였다 하니, 생각하면 할수록 의문투성이였다. 쪽지를 건네받은 현순이도 할 말을 잃고 한참 만에 정신을 차린 뒤에 말문을 연다.

"상자 안에 무엇이 들어있는지 혹시 짐작 가는 데가 있으세요?"

"전혀 짐작이 안 되니 열어보겠습니다. 아니……."

"그건 인형 아니에요?"

"예. 그렇군요. 곰 인형입니다."

"웬 곰 인형을?"

옛날 잃어버린 인형과 비슷한 크기의 나무로 깎은 곰 인형이었다. 그런데 자세히 관찰해보니 옛날 것과 다른 구석이 있었다. 옛날 것은 얼굴이나 몸통 손발까지 실제 곰과 비슷하게 조각되었으나 지금 것은 몸통 부분에서 마치 옷을 걸친 것같이 한꺼번에 처리되어 있었다. 확실히 옛날 것보다 정교하지 못했다.

"실은 류 선생님께서 곰 인형을 조각해 주신다는 약속이 있었어요."

가슴이 뭉클 벅차오르고 눈앞이 아찔하며 현기증이 돌았다. 그러니까 그때가 서울에서 지선이 구급차에 실려 응급실에 왔을 때였으니까 내과 수련의 시절이었다. 내가 포항 바닷가에서 곰 인형을 잃어버렸던 사연을 말하자 나중에 다시 만들어 주겠다고 흔쾌히 언급했던 적이 그때였다. 까맣게 잊고 있었던 곰 인형이었다. 사고 3일전 제자에게 전달하다니! 한 가지 한 가지 모두 의심스러웠다. 사고와 연결되지 않았나? 하는 강한 의구심을 떨궈버릴 수가 없었다.

"실은 옛날 서로가 결혼하기 전이었는데 그 때가 아마 현순 씨 고등학생 시절이었을 겁니다. 선생님께서 곰 인형을 조각해 주신 적이 있어요. 그 뒤 서로 결혼을 했고 나는 신혼생활을 군의관 첫 부임지인 포항에서 시작했어요. 그때 3개월 된 첫애가 있었을 때였습니다."

현순에게 그 때 곰 인형과 얽힌 아슬아슬했던 크리스마스트리 전기 합선 사고를 이야기 했다.

"벌써 오래 전에 류 선생님께 그 이야기를 했더니 나중에 기회가 되면 다시 인형을 만들어 주겠다고 하셨지요. 그 때가 언제 적 일인데 잊지 않고 만들다니, 눈도 잘 안 보였으면서…….

그런데 왜 하필 사고 며칠 전에 그것도 현순 씨를 통해 전했을까요? 혹시 선생님이 미리 알고……. 일부러 낸 사고는 아니었을까요?"

기필코 입에 담고 싶지 않은 불길한 예감을 뱉어내고 말았다.

"저 역시 그런 생각을 떨구어 버릴 수가 없군요. 오 선생님 이야기를 듣고 보니 여러 정황이 앞뒤가 안 맞습니다. 운전을 안 하시던 분이 운전 사고를 냈던 점이나, 여행 문제 그리고 곰 인형 등 확실하게 의심되는 부분이 너무 많아요."

현순이와 나는 점점 미궁에 빠졌고 지금 시점에서 더 이상 명확하게 내막을 알아낼 방도 또한 없었다.

"제가 아름이 아빠를 한번 만나야겠습니다."

현순이는 그 말을 남기고 착잡한 걸음으로 돌아섰다.

사고 전모는 현순이가 지선이 남편을 만나고 나서 상세히 밝혀졌다. 지선은 다른 한 쪽 시력마저 나빠지자 옛날에 한번 시도했던 죽음을 다시 떠올렸다. 이번엔 약물 복용보다 교통사고 쪽을 선택했다. 사고 난 지점까지는 부탁을 받은 대리기사가 그녀의 차를 대신 운전하고 갔으며, 대리기사는 다른 보조기사가 뒤따라와 원하는 곳에 그녀를 내려주고 떠났다. 여행하다 애들 아빠하고도 몇 번 머물렀던 경치 좋고 벼랑 깊은 국도에 인접한 낭떠러지였다. 힐끗 백미러에 드러난 그녀의 흐르는 눈물과 슬픈 모습이 아무래도 심상치 않아 대리기사가 다음 날 다시 그곳에 들러 사고 차량을 확인하고 신고를 했던 것이다.

"아름이 아버님, 어떻게 선생님이 죽음을 생각했다는 눈치를 채셨어요?"

현순이의 물음에,

"처음부터 알았던 것은 아닙니다. 그 당시에는 이런 일이 생기리라고는 상상도 못했지요. 돌이켜 생각해보니 모두 사고와 관련이 있었던 것 같아요. 최근 애들 교육 문제 때문에 다툰 적이 있었어요. 평소에는 저녁식사를 마치고 내가 음악을 듣고 있으면 집사람이 차를 준비해, 같이 마시면서 음악을 들으며 애들 문제라든지 그 외 집안 문제 등, 대화하는 시간을 가졌었는데 다투고 나서 그런 시간이 없어졌어요. 사고 나기 며칠 전 일거예요. 모처럼 저녁 식사 후 같이 음악을 들을 기회가 생겼어요. 애들 엄마가 슈베르트 곡을 듣고 있더군요. 그 때 듣고 있던 곡이 「미완성교향곡」이었는데,

'여보 아무래도 내가 당신보다 먼저 죽을 것 같아요. 나 죽으면 시신은 꼭 대학병원에 기증해줘요. 연구 자료로 쓰게요. 그래서 나 같은 병으로 고통 받는 사람이 다시는 안 생기게요.' 집사람이 그러더군요. 나는 깜짝 놀라 무슨 쓸데없는 소리를 하느냐고 버럭 화부터 냈지요. 다투고 나서 기분도 언짢고, 또 흘러나온 음악도 그래서, 분위기 때문에 그러려니 하고 대수롭지 않게 생각했었는데,

'나 눈이 더 안 보여서 병원에 가봤더니 망막에서 「망막변성」이 진행되고 있다고 하대요.' 허깨비처럼 멍한 눈을 하고는 저를 바라보며 마치 다른 사람에 대한 이야기라도 하듯 심드렁하게 내뱉는 거예요. 그래서 내가,

'망막변성이 뭔데?' 하고 집사람한테 물었더니,

'망막의 세포가 변형을 일으킨대요. 정밀 검사를 해봐야 더 확실한 결과가 나오겠지만 어떻든 시력이 다시 옛날같이 돌아오긴 어렵대.' 그러는 거예요.

'그런 지경인데 왜 빨리 이야기 안 했어? 내일 같이 병원에 가보자' 고 했더니 '내 병은 내가 잘 알아요. 우선 집에서 쉬고 싶어요' 라고 핑계를 대며 한사코 병원 가기를 거부하는 거예요. 애들 엄마는 너무 지쳐있었어요. 그리고 체념한 듯 했어요. 그때 더 깊은 대화를 나누고 즉시 방도를 강구했어야 했는데, 왜 바로 알리지 않았나 하며 불쑥 짜증부터 냈으니 후회막급입니다. 병이 그렇게 심각하게 진행된 사실은 집사람 하늘나라로 보내고 나서야 알았습니다."

'여보, 당신한테는 미안했어요. 애들을 당신한테 맡겨야 하다니, 그렇지만 이제 우리 애들 나 없이도 혼자서 잘 헤쳐 나갈 수 있을 거예요. 모든 짐을 당신한테 맡기겠어요. 이렇게 결정해버리니 홀가분해요. 나는 좋은 엄마도, 좋은 아내도 못 되었어요. 되돌아보니 제가 살아온 여정이 미완성이에요.'

"이 말이 애들 엄마가 이승에서 나한테 남긴 마지막 말이었어요. 정말이지, 우리가 나눈 이야기가 모두 그때 듣고 있던 음악 때문인 걸로 알고 있었어요. 모두 내 탓이에요. 나는 평생 애들 엄마를 제대로 이해하지 못했어요. 돌아올 수 없는 길을 떠나야 했기 때문에 애들한테 심하게 집안일까지 시킨 이유도 몰랐으니……."

현순은 흐르는 눈물을 닦을 생각도 못한 채 회한에 쌓여, 한없이 자신 탓을 하는 지선의 남편을 뒤에 남겨두고 뒤돌아 나왔다.

나를 방문했을 때 지선은 이미 마음의 결정을 내렸던 것 같다. 고향바다를 보고 싶다고 했던, 그림을 못 그릴 바에야 죽어버리는 것보다 못하다고 했던 그때, 이미 나에게도 작별인사를 하고 고향바다와도 헤어질 계획이었던 모양이다. 아니 고향바다를 가슴 속에 깊이 간직하고 싶었던 거겠지.

'지선은 어느 별에서 살다가 잠깐 이곳 세상에 머물다 다시 자기가 온 나라로 떠날 별나라사람 같았다.' 옛날 그녀와 별빛 쏟아지는 바닷길을 걷다가 얼핏 스쳤던 생각이다. 이제 그녀는 정말 자기가 왔던 곳으로 떠나간 것이다.

마치 두 손에 가득 받았던 계곡의 맑은 물 손가락 틈새로 모두 흘러 버리고 빈손만 남아있듯 그녀와 함께 한 아름다운 시간 모두 흘러가 버리고 덩그러니 추억만 남아있다. 어느 때는 가슴 가득한 기쁨으로 어느 때는 시린 아픔으로.

이생에서 그녀와 공유한 모든 순간에 감사를 보낸다.

젊은 의사의 초상

문병란(前 조선대학교 교수, 시인, 서은문학회 회장)

1.

저자 안상선은 광주 서중·일고 졸업 후 연세대(생화학과), 조선대학교 의과대학을 졸업, 군의관을 거쳐 고려대학교에서 내과전문의 과정을 수료하고 청주 「안상선 내과」를 개원 인술을 베풀며 고려대에서 의학박사 학위를 받은, 1970년대 민청학련 사건으로 구속되는 등 어려운 시대를 극복하고 젊은 날의 이상이었던 히포크라테스 인술의 길을 꾸준히 걸어온 하나의 성취인이다.

누구에게나 젊은 날은 있기 마련이고 인생의 성장과 편력에 있어 가장 소중한 시기이지만 특히 안상선의 경우 학창시절을 유신치하 서울과 광주에서 보내면서 외면할 수 없는 민주항쟁의 소용돌이를 겪었다. 성장기 청춘기 홍역을 치른 애정과 우정의 편력, 장차 5.18의 피비린 무대가 되는 광주통합병원에서 군의관 시절을 겪음으로써 특별한 체험을 쌓기에 이른다. 이에 중요한 생애의 기록을 남기고자 자전적 에세이나 1인칭 사소설적 문장형태를 취하여 자신을 스쳐간 잊을 수 없는 인물들과의 관계를 문향을 빌어 미적 진지성으로 승화시키고 있다. 어느 면 자신을 '명수'로 객관화하여 자신의 전기를 사실주의적 문학으로 탁월한 필력으로 흥미진진한 장편소설의 영역을 육박하고 있다. 특히 젊은 날의 의학도로서 인술에의 성취의욕과 잊을 수 없는 애정편력은 고전작품이나 낭만주의 소설의 경우에 핍진하는 흥미와 수준을 지니고 있어 허구와 사실의 경계를 넘나들고 있다.
단테의 「신곡」이나 괴테의 「파우스트」에서처럼 남성을 '구원'하는 '여성상'을 보여주고 있어 범상치 않은 「젊은 의사의 초상」은 전기나 회고록이라 믿기엔 너무도 특이한 체험이라 이를 만하다. 젊은 날의 '방황과 고뇌'는 '진실하고자 하는 삶의 갈등'이며 거기서 인생이나 남성을 구원하는 것은 영원한 여성이 구원한다고 했듯 안상선의 오늘을 있게 한 그 성취의 동인은 바로 '여성'이었음을 자전적 에세이나 소설적 필치로 전해주고 있다. 아울러 인술이 마땅히 환자의 육체적 질병만이 아니라 사회적 이상, 반독재 반민주 그 사회악과 싸우는 보다 큰 인생의 병균에 대해서도 그 '메스'가 악을 도려내는 역할도 있음을 아울러 보여주고 있다. 이 두 가지 큰 이유가 이 「젊은 의사의 초상」 발간 의미를 가지며 독자의 심안에 많은 파문을 일으킬 것이라 믿는다.

자신을 마치 소설 속의 인물처럼 객관화하여 '명수'로 명명하고 이 작품의 시작과 끝을 관류하는 '류지선', 그녀와는 맺어지지 않았으면서도 매우 중요한 역할을 하고 있고 그와 쌍벽을 이루는 '경아', 자신의 아이들을 낳은 '아내', 감옥을 드나들며 어려운 시대를 같이 했던 학우들 '양현'이 '상윤'이 '정길'이, 겸하여 1980년 5월 통합병원에서 만난 '은사, 폭도(시민군), 계엄군'을 함께 치료해준 기구한 운명 속에서 광주에서 자라고 배우고 고난 받고 많은 빚을 진 그 젊은 날의 초상은 다름 아닌 「젊은 날의 방황과 고뇌」 투쟁을 의미할 것이다. 고교에선 국어를 가르쳤고 조선대 의대에선 교양 국어를 가르쳤던 선연, 그러나 1980년 5월엔 국군통합병원에서 피의자 구속자로 병감된 나를 숨어서 걱정했던 그 마음, 그 내력까지 이 '장문의 자전적 고백록' 속에 귀중한 사회적 개인적 기록물이 담겨져 있다. 일독을 권하기 위하여 아래에 이 책의 중요한 내용과 그 의의를 간략히 '감상비평 형식'으로 소개코자 한다.

2.

1973년 유신치하의 의대생인 오명수는 2학기 중간고사를 치르고 난 축적된 심신의 피로를 한잔 술보다 평소 관심이 깊은 미술작품 관람으로써 대신 하고자 광주 전남도전 미술전람회장을 찾는다. 그곳에서 눈이 머문 어느 매력적인 수채화 앞에 서게 되었는데 거기에는 특선작 시상표가 붙어 있고 그보다는 자신 먼저 어떤 묘령의 멋진—자신의 눈에는 그 그림보다 더 눈길을 끄는—여인이 언제까지고 거기 머무를 듯 자신의 시선과 발길을 꼭 붙잡는 것이었다. 인상적인 그림과, 시선을 붙잡고 놔주지 않는 묘령의 여인, 그 순간의 전율감은 거의 동시에 일어난 사건이었다. 그리고 마감 날 맞추어 다시 찾아갔을 때 그 그림을 벽에서 철수하려 떼어내고 있는 수채화의 작품 앞에 다시 서게 된다. 출품자 이름 류지선, 어느 항구 풍경 시상표 앞에서, 그 그림을 독점하고 감상하고 있던 그 신비하고 아름다운 묘령의 여인이 출품자 류지선임을 확인하게 된다. 그날부터 자신의 심령 안에 각인된 운명적인 이름 류지선은 멀고먼 방황과 그리움의 초상으로 자리 잡게 되는 것이다. 왕왕이 인생에 있어 신비로운 전율처럼 찾아온 에로스와 뮤즈의 눈빛 하트에 날아온 화살은 애꿎은 젊은이의 가슴을 강타한다고 하는데 '명수'의 경우 그것은 단테의 '베아트리체'이거나 파우스트 20세 젊은 날 악마와의 거래로 영혼을 저당 잡히고 다시 찾은 청춘의 여인 '그레테헨', 첫눈에 운명이 된 젊은 베르테르의 여인 '롯데', 바로 그 영원의 여성 그것이었다. 미술학과 3학년 서양화 전공, 철거중인 그림에서 얻어낸 유일한 정보를 안고 말 한 마디 붙여 보지 못한 채 그 그림과 그 그림을 그린 여인은 애젊은 의학도의 젊은 날의 영원한 초상이 되는 순간이었다. 그는「어느 날 가벼운 마음으로 들렸던 전람회장에서 그녀의 수채화 그림은 그녀와 함께 창졸간에 나의 영혼 깊숙한 곳에 자리 잡았다.」고 진지하게 고백하고 있다.

이렇게 시작한 프롤로그(서사)는 곧 마련된 운명의 여신에 의해 재회의 순간이 의대생과 미술학과 3학년을 대상으로 한, 당시 유행이던 미팅 장소에서 또 한 번 기적처럼 찾아왔다. 미팅 소리만 들어도 예민한 거부반응을 보이던 '명수'가 몇 명의 의대생 친구와, 미술과 여대생이 마주 앉은 그 자리에서, 한 자리 비껴 앉은 앞에 그 신비와 운명의 여인 류지선이 앉아있지 않은가. 자신의 미팅 대상 경아보다 신경이 모아지는 여인! 그러나 그 여인을 한 자리 빗나간 맞은편에서 이미 김두만이 선점하고 있었다. 이렇게 해서 첫 번째 미팅은 미묘한 엇갈림으로 마음은 지선에 두고, 경아를 짝으로 삼는 어설픈 운명의 장난 속에서 젊은 날의 방황과 고뇌는 고이 날개를 펴기 시작하였다. 단발로 끝나지 않고 하숙집, 자취집으로 이어지거나 맥주 집을 빌려 가면서 그 미팅은 상당한 진척을 보여 교제나 우정, 연정의 홀씨가 자리 잡기 시작했던 것이다.

때는 시월 유신이 공표되어, 정가는 군사정권과 민주화운동의 민주회복을 주장하는 야당이나 시민들의 저항이 만만치 않던 시절 이었다. 미팅석상과 다른 서중·일고 명문의 동문들 양현이 정길이 상윤이…. 이대로 방관자가 될 수 없다. 청년학생의 사회참여, 짓밟힌

4·19의거의 인권과 자유 민주주의 회복의 회오리와, 류지선의 모습과 함께 시작된 만만치 않은 젊은 날의 방황은 의학도의 가슴엔 중질 태풍이었다. 그리하여 민청학년 사건은 그에게도 연애의 행복보다 먼저 대공분실의 고문대에서 키스보다 혹독한 물고문으로 찾아왔다. 명문가 안 씨 집안 지방 유지였던, 돌아가신 독립지사 할아버지 내력과 판사 외삼촌의 신원보증으로 의대퇴학을 모면한 그는 안가에서 학교로 다시 돌아온다.

그 사이 경아와 류지선 사이를 오가며 두 마리 토끼 쫓다 한 마리 토끼도 못 잡듯 그의 어긋난 청춘의 꿈은 김두만의 이중역할 속에서 경아도 불발탄이 되고, 원상 복구될 듯이 보이던 류지선을 만나기 위한 '장미의 집 방문'은 급진전을 보이며 운명의 재조정이 가능했으나 지선은 독신주의 표명과 함께 프랑스로 유학을 결정한다. 「예술에 살고 예술에 죽고」 청춘의 꿈은 무산되고 두 사람은 우정의 관계로 연착륙한다. 그러나 다행하게 그렇게 힘들었던 의학도의 이상은 졸업으로 이어져 군의관 입대 때는 1980년대 유신시대 군사정권의 단말마 시기, 민주진영의 결사항전은 1979년 10월을 향하여 운명의 순간을 새기고 있었고 명수로 대리 출연하고 있는 안상선은 부모의 알선에 의한 중매로 전격적인 결혼으로 정리된다. 포항, 진해 근무를 거쳐 제대 앞둔 마지막 일 년은 자신의 고향 무등산 밑 광주 국군통합병원에서 30분 안에 결정한 맞선으로 맞이한 아내와 함께 두 명의 아이들 아버지로서, 1980년 5월을 군의관 장교로서 맞이했는데…. 류지선, 파리로 유학 간 그녀와는 '바다 고동 팔찌와 곰 인형'을 간직하고 그 이름을 심층에 묻어 둔 채 아내와의 가정꾸리기 성실한 아버지가 되길 염원했지만 미팅 자리에서 심금을 울린 기타 선율의 로망스, 곰 인형, 못다 이룬 불발탄 첫 사랑 류지선은 그 마음에서 한시도 떠나거나 지워지지 않았다. 궁금해 하면서도 애까지 낳으며 독점한 의사 남편에 별로 불만이 없는 무던한 아내, 영혼 깊숙이 감춰놓은 곰 인형 그것을 둘러싼 신비한 사건들, 그리고 1980년 5월 광주국군통합병원에서 겪은 5.18 항쟁사건 폭도(시민군)와 계엄군을 같이 치료하며 겪은 난리, 거기서 부상당한 시민군 민청학련사건 동창 양현이의 부상을 치료하고 구속당하여 병감중인 은사 문병란(필자)과의 만남. 그 얄궂은 운명 속에서도 아직 떠나지 않았던 류지선, 그가 이미 프랑스 유학에서 돌아와 자신의 결혼사실을 알고 자신도 독신주의를, 아버지의 권고로 접고서, 결혼했음을 재회로서 알게 되는데…. 그녀의 눈병은 깊어가고 있었고 서로 못 잊고 지낸 것은 마찬가지…. 우정과 연정은 어떻게 다르며 그 공유는 가능한가? 끝낼 수밖에 없는 길고긴 방황, 끝낼 수 없는 두 사람의 재회와 다시 시작된 방황. 그러나 그때 명수는 전문의가 되어 서울과 광주 중간 충청도 청주에 「안상선내과」를 개업한 병원장이자 아버지였고, 류지선도 아이들의 어머니이자 일류회사 엘리트 회사원의 아내가 되어 미술학원을 운영하고 있었다. 이 운명을 어떻게 돌려낸단 말인가.

피리엇을 찍을 순간은 차츰 다가왔다. 미안한 여자는 불발탄 사랑 경아나 지선만이 아니라 과거사에 대해 깊이 따지지 않는 아내, 그 아이들과 아내에 대하여 더 이상 이중의 사랑은 불가능하지 않는가. 서로의 행복을 빌며 잃어버린 '곰 인형'과 함께 그 이룰 수 없는 사랑을 우정으로 승화시키자, 그들은 지성인답게 아름다운 우정의 재회와 작별을 맞는다. 그리고 며칠 후 류지선의 교통사고 소식과 함께 그의 선물과 유서가 제자에 의해 전달된다. 교통사고냐? 신병이 깊어지자 감당할 수 없는 여러 가지 벅찬 운명 앞에서 사고를 위장한 자살이냐? 짧으나 행복을 빌어주는 간단한 쪽지, 그것은 사랑했다는 마지막 인사말의 암시가 너무나 분명했다. 새로 깎은 곰 인형과 함께 찾아온 그녀의 죽음! 이리하여 길고긴 사랑과 방황과 고뇌는 끝난다. 칸트는 문학을 고상한 쾌락(Higher Pleasure) 무관심의 기쁨(Disinterested Delight) 미적 진지성(Aesthetic Seriousness)으로 설명했다. 르네 웰렉과 오스틴 워렌은 그들의 공저 문학의 이론(Theory of Literature)에서 예술(문학)은 본질적으로 아름답고 그 속성에서 진실하다(Art is Substantively Beautiful and True)하였다. 안상선의 자전적 에세이, 소설화된 그 젊은 날의 사랑의 고백을 뒷받침할 비평이라 할 것이다.

본인은 그의 서문에서 「무거운 짐을 내려놓은 기분이다」라고 쓰고 있다. 남의 아내가 된 경아, 지선 두 여인에게 어떤 의미로든 젊은 날의 연정과 고뇌를 통해 마음의 빚을 남겼고, 대한민국의 군의관으로서 이제는 성숙된 노년기의 내과의사 병원장으로서 사회적 지도자가 되어 있는 그에게 자신을 성장시킨 광주와 무등산과 조선대학 캠퍼스와 그 연인들! 그들에게 진 빚을 갚는 심정으로 쓴 이 자전적 에세이, 개인사적 소설이 모든 사람에게 심대한 음영을 남긴 70년대 80년대의 단순한 회고담이 아니라, 21세기 중요한 전환점을 맞고 있는 대한민국의 미래를 생각하는 사람들에게 과거완료가 아닌 미래지향적 새로운 출발에 어떤 시사점이 되길 빌어 마지않는다. 특히 그의 아내 준결 엄마—안상선은 그의 아내의 가문이나 아내의 신분을 밝히고 있지 않다—짧은 시간 안에 결정한 대담성의 결과였지만, 인내심을 가지고 내조의 미덕을 발휘하여 성공한 의사를 만든 점 특별상감임을 강조한다. 그리고 '명수'가 아닌 '안상선'이 가장 미안해해야 하고 감사해야 할 사람은 경아와 지선이가 아니라, 준결이와 자신을 지켜준 '내조의 여왕 아내임'을 강조하고 싶다. 아무리 숨겨놓은 과거가 아름답다 하여도 그것은 엄밀한 의미에선 미완이자 진지성을 가지고 있지 않다. 안상선을 스쳐간 수많은 여인 중 가장 아름답고 미적 진지성을 획득한 승리한 여인은 그의 곁에서 묵묵히 내조의 미덕을 쌓은 그의 아내일 것이다. 그러기에 이 회고록은 미완의 초상이면서 완성을 향한 또 하나의 출발이 되는 것이다. 영원히 여성적인 것이 우리 남성을 구원한다는 파우스트의 대단원, 괴테의 여성 찬미론, 구원의 여성상에 영원한 축복이 있으리라 빌면서 이 글을 끝맺는다.

2012년 9월 18일

서은문학연구소에서

서은 문병란 삼가 씀

跋文

아픈 時代를 가로질러 온 靑春의 談論

안수길 (소설가)

1. 自傳小說 : 진솔한 자기고백서

좋은 글을 읽고 감동을 느끼는 것은 즐거운 일이다. 그 느낌을 누군가와 나누고 공감부분을 확인하고 공유한다는 것은 더욱 즐겁고 유익한 일이다. 하지만 주관적일 수밖에 없는 느낌을 글로 표현, 미지의 독자에게 간접적으로 전달하는 작업은 조심스럽고도 쉽지 않은 일이다. 이견(異見)을 조정하는 소통의 기회를 갖기가 어려운 까닭이다.

그럼에도 이 책의 독후감 청탁을 주저 없이 떠안았다. 이 시대의 아픈 상처로 남아있는 민주항쟁, 그 역사의 현장이었던 광주, 그리고 그 소용돌이를 온몸으로 부대껴 온 의학도의 사랑이야기가 대단히 흥미로울 것이라는 예감 때문이다.

저자는 머리말에서 탈고 후의 소감을 '무거운 짐을 내려놓은 기분이다'라고 했다. 응어리처럼 가슴에 끌어안고 있던 소회를 풀어내고 싶은 욕구, 일종의 의무로 부터의 해방감을 표현한 것이라 여겨진다. 그만큼 남다른 체험, 품은 회포가 깊고 컸던 때문이리라.

이 책 속에서 1인칭 화자(話者)로 등장하는 주인물 '나'의 이름은 명수다. 그러나 가명(假名)이다. 자서전이래도 좋을 이 글에서 굳이 가명을 쓴 까닭은, 혹시라도 있을지 모르는 자기합리화나 자화자찬의 위험을 피하고, 객관성을 확보하기 위한 수단으로, 혹은 삶의 전 과정을 기록한 온전한 자서전이 아니라, 생애 중의 일부분만을 소설형식으로 구성했음을 시사하기 위한 것일 수도 있다.

내용은 청춘의 수기요 형식은 소설이지만, 문장 곳곳엔 수필적 서정과 깊은 사유(思惟)가 담겨있는 다양한 성격을 지닌 글이지만, 시대의 아픔과 그 속에서 고뇌하고 갈등하는 '젊은이들의 초상'을 읽어내는 데는 그 어떤 자서전, 어떤 소설보다도 진지하고 극적인 반전의 묘미를 지니고 있다.

2. 역사의 소용돌이 : 불행한 시대의 분노한 젊음들

5.18의 평가는 시대에 따라 시각에 따라 엇갈리지만, 그 후의 유신(維新)과 민주항쟁은 수십 년이 흐른 지금도 아물지 않는 상처다. 그 중 5.18광주민중항쟁은 비극 중의 비극이었다.

유신시대에 의학도의 신분으로 민청학련사건에 연루되어 모진 고문을 당했던 주인공이, 5.18광주민중항쟁 때는 비록 군의관의 신분이지만, 민간인 부상자와 진압군 부상자를 함께 치료해야 했던 일은, 빗나간 권력이 빚어낸 시대의 아픔이요 역사에서 지울 수 없는 상처다.

「'하찮은 네까짓 놈의 생사여탈이 이제부터 내 손안에 달렸다.' 바로 그거였다. 그런데 독사눈은 프로였다. 낮 동안 무섭게 두드려패도 어떻게나 기술적으로 때렸던지 혹시나 하고 다음날 이곳저곳 움직여보면 여전히 뼈나 관절이 으스러진 곳은 없었다. 오히려 독사눈이 나한테 '너 진짜 빨갱이 맞지?' 반문을 했다」(본문 1장, '올가미' 일부)

단 몇 줄의 문장 속에 담긴 내용이, 당시에 주인공이 겪은 고통의 깊이를, 그리고 인권을 짓밟는 권력의 잔혹성을 적나라하게 보여주고 있다.

「모두 입술을 깨물며 '나쁜 자식들' 허공을 향해 누군가에게 험한 욕을 내 뱉었다.」

통합병원에 실려 온 시민 부상자들의 참혹한 모습을 보고 분노하는 윤 대위, 김 대위의 격한 언어는 곧 명수 자신의 분노를 대변하는 것이다. 항쟁 현장에서 부상당해 통합병원으로 실려 온 스승 문병란의 시 '고무신'을 인용해 그 분노의 깊이를, 역시 간접적으로 표출한다.

「前略 / 썩어도 썩어도 썩지 못하는 한 많은 가슴 / 땅 속 깊이 파묻혀도 / 뻘밭 속에 거꾸로 처박혀도 / 한사코 두 눈 부릅뜨고 / 영영 죽지 못하는 한 / 여기 벌떼 같이 살아가는 아우성이 있다.」

인용문은 유린당한 인권, 폭거에 희생된 민중의 한이 얼마나 깊고 절절한가를, 그 분노가 얼마나 큰 것인가를 절규하고 있다.

동료 군의관의 입을 통해서, 스승 문병란의 시를 통해서 표출되는 명수의 분노는 크지만, 그러나 명수는 그 분노를 자신의 입으로 말하지 않는다. 증오로 전환시키지도 않는다.

총상환자를 치료하면서, 진압군 병사들도 시민군과 같은 평범한 인간으로 '시민군을 직접 대하고 할 말을 잃은 대다수 계엄군 또한 희생자라는 사실을 짐작할 수 있었다'는 토로는, 명수의 분노가 명령에 따를 수밖에 없는 병사 개개인을 향한 것이 아니라, 빗나간 권력, 불법한 정권에 대한 것임을 시사 하고 있다. 혈흔 낭자한 통합병원에서 적대관계의 시민군과 진압군 총상환자들을 함께 치료하면서 느꼈던 군의관 오명수의 분노는, 불행한 시대를 그와 함께 살아 온 모든 젊은이들의 분노요 또한 고통이었다.

3. 사랑과 우정 사이 : 순결하고 애틋한 사랑의 풍속도

이 작품의 전체를 관통하는 내용은, 불행한 시대의 젊음이 겪어 온 민주항쟁의 고통이 씨줄이라면, 젊은 의학도의 순수한 사랑 얘기가 날줄이다. 씨줄과 날줄의 교직(交織)으로 이루어진 한 폭의 정교한 직물(織物)은 이 땅에서 1970년대~1980년대의 아픈 시대를 가로질러 온 '젊은이들의 초상'이다.

'역사에서 제외될 수 없는 개인의 운명' 때문에 주인공 명수의 청춘이 고통과 갈등에 휘말렸지만, 그렇다고 젊음의 특권(?)인 '사랑할 권리'까지 박탈당한 건 아니다. 걸핏하면 대학의 문을 닫고 군 병력이 주둔하는 혼란기에도, 학생들은 갈등과 고민이 얽힌 복잡한 사랑풍속도를 그려간다.

대상이 서로 어긋나는 사랑(경아), 진심을 털어놓지 못한 숨은 사랑(명수), 연모하는 여인의 교제 상대에게 진실로 사랑하라고 격려하는 아픈 사랑(진배), 그 시대의 사랑 풍속도는 복잡하다. 그러나 불같이 달아올랐다가 금세 '찢어지는' 요즘 풍속도와는 다르다. 순수하고 순결하고 그리고 기다림이 있는 사랑이었다.

그 가운데 가장 오래고 질기게, 그리고 순수한 사랑의 끈을 놓지 않고 있던 지선과 명수의 사랑은 고전적인 '플라토닉 러브'요, 사랑의 본모습은 소유하고 받는 것이 아니라는 유치환의 시 '행복'처럼, 주는 사랑, 바치는 사랑이 그 전형임을 보여준다.

「前略 / 사랑하는 것은 / 사랑을 받느니보다 행복하나니라 / 오늘도 나는 너에게 편지를 쓰나니 / 그리운 이여, 그러면 안녕! / 설령 이것이 이 세상 마지막 인사가 될지라도 / 사랑하였으므로 나는 진정 행복하였네라.」

4. 씨줄과 날줄의 조화 : 소재의 균형

이 작품은, 소재의 한 축은 이미 널리 알려진 사실(민청학련사건, 5.18광주민중항쟁)이고 다른 한 축은 전혀 개인적인 체험(사랑의 승화)이므로 작자는 집필과정에서 체험사실을 정선(취사선택)하고 이를 구성하는데 상당한 고민을 했을 것으로 여겨진다.

오래 전의 생각, 오래 된 사건들을 가장 사실에 가깝게 복원한다는 것이 결코 쉬운 일이 아니다. 주인물의 이름을 가명으로 한 것도 사실의 재현에 좀 더 객관적 입장을 취하기 위한 고민의 일환으로 보여진다. 때문에 작자와 동시대, 동일한 범주에서 생활했던 사람들의 공감은 물론, 회고하고 회포를 풀 여지가 많을 것으로 생각된다.

작품의 큰 갈래를 이루는 두 가지 중, 씨줄에 해당하는 민청학련사건과 5.18광주민중항쟁, 날줄에 해당하는 의학도들의 고된 수련과정 및 사랑 풍속도가 교직(交織)되는 과정에서 씨줄의 비중이 허약한 반면, 날줄은 비대한 느낌이다. 굵기나 강도가 다른 실의 혼직(混織)은

짜여 진 천의 질을 약화시킬 염려가 있다. 물론 명수와 지선의 승화된 사랑이 주제의 핵심이지만, 민청학련사건 당시 학생의 신분으로 겪은 고민과 고통, 군의관 신분으로 바뀐 처지에서 겪은 5.18항쟁 현장의 생생한 체험과 갈등을 좀 더 상세히 묘사하고, 고된 학업과 어지러운 시국(時局), 그리고 사랑을 함께 고민하는 모습을 강조, 균형을 취했더라면 당시의 '젊은 초상'을 보다 더 완벽하게 그려낼 수 있지 않았을까 하는 아쉬움이 있다.

작자가 내용의 사실성을 중시한 만큼, 문장에도 사사로운 감정개입을 자제한 듯, 냉정하리만큼 침착성을 유지하고 있다. 통합병원에 실려 오는 시민군 부상자들의 참혹한 모습을 보면서 느끼는 분노가 컸음에도, 작자는 그 분노의 표현에 자기언어를 극도로 제한하고 동료 군의관들의 말로 대변하거나 스승의 시를 인용한다. 사실의 재현에 개인적인 감정주입을 스스로 통제하려는 의도 때문이라 생각된다.

그런가 하면 제 17장의 '장미 예찬'은 그 한 편이 온전한 서정수필이라 해도 좋을 만큼, 장미에 관한 서술에 작자의 풍부한 감성(感性)이 유감없이 배어있다. 굳이 사실성을 강조할 필요가 없는 부분에서는 주저 없이 자기감정을 이입(移入), 서정적인 맛을 독자에게 전해주고 있다. 인용한 시를 통하여 장미꽃의 아름다움을 찬양하고, 그와 관련하여 지선이라는 한 여성의 순결한 심성을, 그리고 그런 지선에게 향하는 자신의 심경을, 이중투사(二重投射)를 통해 표출했다. 감정 노출을 극도로 절제한 객관적 문장, 그러나 때로는 풍부한 감성이 유감없이 발휘 된 서정성, 이는 전람회장에서 '보자마자 사랑이 움터 열병을 앓게 된' 지선에게 오랫동안 고백조차 못하고 '숨은 사랑'만 간직했던 작자의 성품과도 일맥상통하는 부분이 아닌가 여겨진다.

격변의 시기, 빗나간 권력의 횡포에 항거하면서도 학업과 사랑을 포기할 수 없었던 한 '의학도'의 체험은, 동시대를 살아 왔고 이제는 중년고개를 훌쩍 넘어선 모든 사람들이 함께 나누며 현재와 미래를 논의할 공동의 자산이 될 것이다. 이 글의 제목 끝에 '담론(談論)'을 붙인 것도 그 때문이다.

5. 세상을 지탱하는 원동력 : 온갖 것과 닿을 수 있는 사랑

아파 본 사람만이 남의 아픔을 안다. 저자 오 명수는 남 보다 많은 아픔을 겪었다. 강자의 횡포, 빗나간 권력의 탄압, 그리고 애절하면서도 달콤했던 사랑 때문에 누구 보다 많은 아픔을 겪었다.

음산한 보안사(?) 고문실에서 격심한 육체적 고통을 맛보고, 통합병원 진료실에서 피투성이 시민군 부상자를 치료하며 불의(不義)에 대한 분노의 아픔도 겪었다. 그리고 장미꽃을 사랑하는 청순한 여인을 향한 연모(戀慕) 때문에 오랫동안 가슴을 앓았다.

세월이 지나고, 모든 아픔을 극복한 후에 그가 얻은 결론은 간단하다.

「사랑은 온갖 것과 닿을 수 있다.」

지극히 상식적일 수도 있지만, 사랑에 대한 언어의 의미를 이해하는 것과 아픔을 통해, 고통을 극복한 후에 깨닫는 것과는 다르다. 전자가 머리와 혀에 머무는 것이라면 후자는 가슴을 적시고 몸에 밴 것이다. 가슴을 울리는 깨달음은 각성(覺性)이요 몸으로 겪고 얻은 것은 체득(體得)이다.

각성과 체득, 이를 통해 오명수가 얻은 '사랑'은 세상을 지탱하는 원동력이고 모든 것과 닿을 수 있는, 이른바 삶의 명약(名藥)이다.

그 것은 또, 그의 영원한 연인이요 길벗인 지선의 말대로, '사랑은 세상을 움직이는 원동력'임을 실현하는 것이기도 하고, 모든 의사들의 도덕규범인 히포크라테스 선서를 온전히 실천하는 것이기도 하다.

연정을 우정으로 승화시키고, 부부와 가족, 환자와 동료 간에 견고한 신뢰의 성을 쌓아 온 명수의 사랑법이 확대 되어 차원 높은 인간애, 인류애로 승화되리라 믿는다.

2012년 10월 30일

안수길

跋文

젊은 의사의 초상

윤이주 (소설가)

종이상자에 가득한 천 매가 훌쩍 넘는 육필 원고를 받고 나는 좀 당황했었다. 원고지 칸칸에 들어찬 선생의 숨결 앞에 자세부터 바로 잡지 않을 수 없었다. 필체 역시 단아한 기상을 지니고 있었으며 게다가 글을 읽어가면서는 선생의 직업(의사)이 그래서인지 인과관계가 촘촘하며 거짓 없다는 생각이 들었다. 체홉, 루쉰, 체게바라가 그러하듯 의사 중엔 훌륭한 작가, 시인들이 많다는 점을 다시 확인할 수 있었다. 환갑이 넘은 현직 내과의사인 선생의 글을 읽어가는 동안 작가로서의 나를 되돌아볼 소중한 기회를 얻을 수 있었던 건 나에게 큰 선물이었다. 무릇 문학은 기교가 아니라 태도나 자세라는 것을 깊이 새겼다.

이 자전 소설은 그저 생활인의 회고담이 아니다. 선생 특유의 호흡으로 독자를 끌어들이고 있는 『젊은 의사의 초상』은 우리 선배세대의 시간으로 우리를 강력하게 이끄는 환기력을 지니며 분명한 소설적 성취를 이루어내고 있다.

2012년 10월

윤이주

안상선
전남 함평군 월야면에서 태어나 연세대학교 생화학과와 조선대학교 의과대학을 졸업하였다. 의대 재학 중에 1974년 민청학련 사건으로 구속되었고, 졸업 후 광주 통합병원 군의관으로 복무하던 중에는 5.18광주항쟁을 생생하게 경험하였다. 이후 1984년 고려대학교 내과 전문의를 수료하고, 1991년에 고려대학교 의학박사 학위를 받았다. 현재 청주 안상선 내과와 고려대학교 내과 외래 교수를 겸하고 있다.

젊은 의사의 초상
초판 인쇄 2013년 1월 7일 **초판 발행** 2013년 1월 10일
지은이 안상선 **펴낸이** 박성복
펴낸곳 도서출판 월인 **주소** 서울특별시 강북구 노해로25길 61(수유2동 252-9)
전화 (02) 912-5000 **팩스** (02) 900-5036
e-mail worin@hanmail.net **homepage** www.worin.net
등록번호 제6-0364호 **등록일** 1998년 5월 4일
ISBN 978-89-8477-526-8 03810

값 14,000원